FANPRO

Arous Brocken

Katze unter Bären

Elfter Roman in der Welt von
Classic BattleTech©

Originalausgabe

FanPro
Band 31018

Titelbild: Swen Papenbrock
Redaktion: Catherine Beck / Dirk Scharfenstein
Satz und Layout: Sarah Nick
Umschlaggestaltung: Ralf Berszuck
Druck und Bindung: Ebner & Spiegel, Ulm

Besuchen Sie unsere Website *http://www.fanpro.com*

Printed in Germany.

1. Auflage

ISBN 10: 3-89064-490-2
ISBN 13: 978-3-89064-490-5

Für Gardrut, die mich spüren ließ, dass eine Seele Flügel hat

Die Anwärter

Das Labyrinth

**Ilfyanberge, Attika-Akademie,
Pyanar, Tranquil, Kerensky-Sternhaufen**

20. März 3053 TNZ

Keuchend erreichte George die Lichtung auf dem Hügel hinter Hatim, dem Katzmeister. Die Sonne brannte senkrecht auf das Gras neben dem steinigen Pfad, dessen Unebenheiten die Kadetten unter ihren bloßen Füßen schon längst nicht mehr wahrnahmen, waren sie doch seit frühester Kindheit daran gewöhnt worden, solche Gepäckmärsche barfuß zu bewältigen. Mädchen wie Jungen trugen in der drückenden Mittagsschwüle nur Shorts, der Schweiß rann ihnen über die freien Oberkörper und hinterließ helle Streifen auf den staubigen Beinen.

Neben dem manchmal süßlichen, manchmal herben Duft der subtropischen Büsche nahm George den Schweißgeruch des Erwachsenen wahr. Hatim trug das gleiche Marschgepäck wie sie, aber er atmete bereits wieder so ruhig, als hätte er lediglich einen Spaziergang über den Akademiehof gemacht. Nur die über seine Rippen rinnenden Schweißtropfen zeugten davon, dass auch ihn der Aufstieg angestrengt hatte.

Hatim war ein Krieger, er hatte bereits einen BattleMech im Kampf gesteuert und Ehre errungen. Aus Gründen, die den sechzehnjährigen Kadetten nicht verraten wurden, war er im besten Kriegeralter von sechsundzwanzig aus der aktiven Kriegerlaufbahn ausgeschieden, um hier auf der Akademie die weniger ehrenvollen Aufgaben eines Katzmeisters zu übernehmen. Inzwischen zählte er dreiunddreißig Terranormjahre, und für die Kadetten war er immer nur ›der Alte‹, obwohl sie es nie wagen würden, von ihm anders als als Katzmeister zu reden, wenn er in der Nähe war.

Sie genossen den Ausblick über das weite Talbecken, das sich vor ihnen öffnete, und nutzten die willkommene Pause, um wieder zu Atem zu kommen. Der zentrale Komplex der Attika-Akademie, die Quartierhäuser, die Unterrichtsräume, die Trainingshallen und die Verwaltungsgebäude befanden sich Luftlinie etwa zehn Kilometer entfernt in der Mitte des Talbeckens auf einer leichten Anhöhe, die im Frühling bei der Schneeschmelze oben in den Ilfyanbergen wie eine Insel aus der umliegenden Seen- und Sumpflandschaft herausragte. Jenseits der Akademie erstreckte sich die zweite Hälfte der breiten Talsohle, dann stieg das Gelände leicht an und wurde eine zerklüftete Hügellandschaft, die mit zunehmender Entfernung immer höhere Gipfel aufwies. In etwa fünfzig Kilometern Entfernung ragten die Gipfel des Hauptkamms der Ilfyanberge bis zu 5.000 Meter in den Himmel.

»Eine Stunde Pause sei euch gegönnt, Lenardon-Wests«, sagte Hatim.

»Aye, Katzmeister«, antworteten die Kadetten im Chor.

Seufzend ließ sich George hintenüber sinken und öffnete die Gurte seines Gepäcks, um sich von der Last zu befreien. An einem Gurt trug er seinen Rucksack noch einige Meter weiter zu einem Busch mit knorrigen Ästen und blaugrünen Blättern mit leuchtend hellgrünen Adern darauf. Er zog das Regencape aus der Seitentasche, befestigte es an einem der Äste und spannte es mit einem Rucksackgurt, sodass sich ein kleines schattiger Fleck ergab, der für Schultern und Kopf ausreichte. Er streckte sich aus und spürte die Gräser seine Haut kitzeln.

Er nahm einen Schluck Wasser aus der Feldflasche und lächelte grimmig. Lenardon-Wests, noch immer sprach Hatim sie so an, als hätte er es mit achtunddreißig Kadetten zu tun. Dabei war ihre Zahl bereits stark geschrumpft. Acht waren sie gerade noch. Nate und Magali, John und Bina, Pyda und Rubb, Phil und er selbst. Mehr waren von der anfangs 56-köpfigen Geschwisterkompanie nicht übrig geblieben, die aus dem Generbe von Sterncaptain Silara Lenardon und Strahlcommander Matthew West entstanden war. Mit fünfundfünfzig Kompaniegeschwistern war George im Mai 3035 von den Eugenikwissenschaftlern des Clans Novakatze aus den Kannistern auf diese Steppenwelt gekommen, um seit den ersten Monaten ihres Lebens auf das Leben als Krieger vorbereitet zu werden. Geschichten, Lektionen, Prüfungen, Spiele, Wettkämpfe ... alles drehte sich von Anfang an darum, eines Tages in die Kriegerkaste des Clans aufgenommen zu werden.

Wer die Prüfungen nicht bestand, erhielt nur wenig Gelegenheit, sich noch einmal zu bewähren. Die meisten, die es beim ersten Mal nicht schafften, schafften es auch beim zweiten Mal nicht. Sie wurden aussortiert. Das bedeutete, dass sie über Nacht die Geschko verlassen mussten, um woanders auf ihr Leben im Clan Novakatze vorbereitet zu werden. Sie würden nie die Chance erhalten, in die Kriegerkaste aufzusteigen. Stattdessen wurden sie zu Techs, Wissenschaftlern oder Händlern ausgebildet, um so dem Clan zu dienen. Sie würden auf eine andere Art Karriere machen, Ansehen gewinnen und etwas bewirken. Jeder Clan hatte seine eigenen Bluthäuser, seine Abstammungslinien, die nach sorgfältiger Auswahl miteinander gekreuzt immer neue und bessere Krieger hervorbrachten. Es gab allerdings auch freigeborene Krieger bei den Novakatzen, also solche mit natürlichen Eltern. Die Vorstellung des allein auf Zufallsprinzipien beruhenden Fortpflanzungsvorgangs und alles, was damit zusammenhing, verursachten wahrgeborenen Kriegern Unbehagen und Übelkeit.

Trotz dieser scheinbar harten Auslese war das Aufwachsen unter Aufsicht der Geschko-Erzieher eine Zeit der schönen Kindheitserinnerungen für George. Auch wahrgeborene Kinder hatten soziale Bedürfnisse und mussten auf das Leben in einer Gemeinschaft vorbereitet werden. Das konnten die Erzieher der Wissenschaftlerkaste besser als ehemalige Krieger. KatzLehrerin Astrid und KatzLehrer Warner waren selbst Wahrgeborene, die im Laufe ihrer Erziehung ausgesondert worden waren, und kannten als ehemalige Kriegeranwärter beide Welten, die der Kriegerausbildung und die der übrigen Kasten. Ihre Geschichten, Spiele und Lektionen drehten sich vor allem um das Aufwachsen der künftigen Krieger, aber sie legten auch die Grundsteine für Kenntnisse und Fertigkeiten, die in der Kriegerkaste eher nicht gebraucht wurden.

Mit dem Eintritt in die Attika-Akademie änderte sich das schlagartig. Achtzehn Kogeschwister waren bereits aussortiert worden und über Nacht verschwunden, als die sechsjährige Lenardon-

West-Geschko vor den Akademiekommandanten Dalibo Lenardon geführt wurde. Da der Sterncolonel aus dem gleichen Haus stammte wie die Anwärter, hatte er ein besonderes Interesse an ihrer Ausbildung, an ihren Prüfungen und an den Testergebnissen. MechKrieger Hatim, ebenfalls aus dem Haus Lenardon, wurde ihr Katzmeister und übernahm damit die Rollen von Katzlehrerin Astrid und Katzlehrer Warner.

Der Katzmeister war jedoch kein Erzieher, er war Krieger und Ausbilder. Von nun an lernten die Anwärter das Kriegerleben und bereiteten sich darauf vor, in die Kriegerkaste der Novakatzen aufgenommen zu werden. Das Leben hier war härter, karger, entbehrungsreicher ... und es bot wenig Trost. Viele Anwärter hielten das nicht aus und brachen zusammen. Einige lernten, sich statt auf die Ausbilder nur aufeinander zu verlassen und fanden zu einer neuen Art Gemeinschaft innerhalb der Geschko zusammen. Sie wurden unter den Bedingungen der Ausbildung nicht geschwächt, sondern gestärkt, und genau das war die Sorte Anwärter, aus der eines Tages die Krieger des Clans Novakatze hervorgehen würden.

Nach sechs Jahren harter Schulung und Ausbildung in den unterschiedlichsten Fertigkeiten, die junge Menschen körperlich fit und geistig beweglich machen, unterzogen sie sich zusammen mit ihrem Katzmeister Hatim zum ersten Mal einem Visionsritual. Es waren nur noch neunundzwanzig zwölfjährige Anwärter. Durch Nahrungsknappheit, Schlafmangel und den aromatischen Duft eines Kohlefeuers, in das Hatim einige Kräuter streute, geisterten seltsame Bilder durch ihre Köpfe. Einige fanden einen Sinn darin, andere – darunter George – konnten nicht in Worte fassen, was sie erlebt und gefühlt hatten. In den folgenden Monaten waren die Prüfungen überwiegend geistiger Natur und sollten ihnen helfen, Klarheit in ihre Visionen zu bringen.

Dann kam der große Tag, und sechsundzwanzig Anwärter traten vor das Konklave der Attika-Akademie, um in die Kriegerkaste aufgenommen zu werden. Katzenmasken, Katzenumhänge und blitzende Krallen überall. Die Worte der maskierten Fürsprecher und der Gegensprecher hallten in ihren Ohren wider. Nicht alle bestanden die Prüfung. Am Abend trauerte die Lenardon-West-Geschko um vier Brüder und Schwestern, und die Kriegerkaste der Novakatzen hatte zweiundzwanzig neue Mitglieder.

George schreckte aus dem Dösen hoch, als der Katzmeister in die Hände klatschte. Er streckte sich und rappelte sich auf. Während er mit wenigen schnellen Handgriffen sein Cape wieder in den Rucksack stopfte, dehnte er die lahmen Beinmuskeln. Wie er Hatim einschätzte, würde der Rückweg mindestens so lang werden wie der Herweg. Es galt, Ausdauer zu beweisen. George freute sich darauf. Kurze und harte Anstrengungen, Ringkämpfe, Sprints und dergleichen lagen ihm nicht sonderlich. Seine Noten in diesen Disziplinen waren gerade noch akzeptabel, dafür lag er meistens an der Spitze, wenn es um lange Strecken und Ausdauer ging. Hatim wusste das genauso wie seine Kogeschwister, aber bis jetzt hatte er George wegen dieser Schwäche noch nie benachteiligt.

»Waren euch Visionen vergönnet?«, fragte Hatim.

Einige Sekunden lang sahen sie sich an, um sich Gelegenheit zu geben, die Frage zu bejahen, falls einer von ihnen das Glück gehabt haben sollte. »Nein, Katzmeister.«

Wortlos griff Hatim nach seinem Rucksack und marschierte los. Die Kadetten folgten im Gänsemarsch.

MechTrainingsgelände 8, Attika-Akademie, Pyanar, Tranquil, Kerensky-Sternhaufen

Kurz nach Sonnenaufgang, 21. März 3053 TNZ

Nur wenige Wolken hingen am blassblauen Himmel über Tranquil, und die würden sich im Laufe des Vormittags auflösen. Die Luft roch intensiv nach Gräsern und sonnenerwärmter Erde. Seit einigen Jahren assoziierte George diesen Geruch mit der Akademie, und die Attika-Akademie war der Ort, an den er gehörte, an dem er aufwuchs, an dem er sich auf das Leben als Krieger vorbereitete. George lächelte, als er aus dem Hangar in die warmen Sonnenstrahlen trat, um Argoff zu treffen.

Der rothaarige Riese wartete bereits vor dem Tor und nickte dem Kadetten zu. »Guten Morgen, Kadett. Hast du klar geträumt?«

»Pos, ich denke schon!«

Argoff runzelte die Stirn. George wusste sofort, dass seine unclanmäßige Antwort den Unmut des Kriegers erregt hatte.

»Pos. Ich habe klar geträumt.«

»Kannst du mir davon erzählen?« Argoff war über zwei Meter groß und schien fast ebenso breit zu sein. Er war Elementar und leitete meistens eine Geschko beim Nahkampftraining. Für die fast fertigen Kadetten schlüpfte er hin und wieder in seine Rüstung, um den angehenden Kriegern Infanterie-Abwehrtechniken beizubringen. Von den Ausbildern war er der gefürchtetste, denn als Elementar hatte er quasi das natürliche Bestreben, den unerfahrenen Piloten der unbeholfenen Stahlgiganten zu zeigen, wer die wahren Herrscher der Schlachtfelder waren. Da die für diese Übungen verwendeten Mechs leistungsreduzierte Waffen mit Übungsmunition verwendeten, bestand für den Elementar keine Gefahr, und er konnte in Ruhe alle Register seiner Trickkiste ziehen. Meistens war das aber gar nicht erforderlich. Oft genug waren die Begegnungen schon nach Sekunden vorbei.

Es ging darum, sich gegenseitig simuliert zu töten. Dabei stellten sich Mech und Elementar im Gelände auf und starteten ihre Attacken auf eine Signal hin. Der Mech musste den Elementar ›tödlich‹, also direkt, treffen, was ob dessen Geschwindigkeit und geringer Größe schon nicht leicht war, während der Elementar den Mech erreichen und ersteigen musste, um sich dann mindestens zehn Sekunden festzuhalten. Gelang es dem Kadetten nicht, in dieser Zeit den Elementar abzuschütteln, musste man davon ausgehen, dass er genug Zeit gehabt hatte, um mit seinen Servomotoren-Klauen an entscheidenden Schwachpunkten die Panzerung aufzureißen und interne Systeme so kritisch zu beschädigen, dass der Mech kurz vor der Explosion stand oder der Pilot tot war, wenn das Cockpit das Ziel der Attacke gewesen war.

»Pos, ich erinnere mich daran, dass ich meinen Kater Chany gesucht habe. Chany war kaum ein paar Wochen alt und noch ganz klein ...«

Im Alter von vier Jahren bekamen die Kinder einer Geschwisterkompanie Clan Novakatzes ihre ersten Haustiere, um zu lernen, für sie zu sorgen, und um erste Schritte auf dem Weg zum Verständnis des Wesens ihres Wappentiers zu tun. George brauchte nicht zu erklären, dass er von einer Kindheitserinnerung geträumt hatte. »... er war in den Garten entwischt und hatte sich in den Büschen versteckt, und ich bin auf der Suche nach ihm durchs Gebüsch gekrochen. Dann war Chany auf einmal schon groß und ist mit mir zusammen durchs Gebüsch gepirscht. Ich weiß nicht mehr, was wir gejagt haben. Aber wir haben es nicht gefunden ... glaube ich. Auf einmal lag Chany verletzt auf der kleinen Lichtung am Zaun ... das war später, als Chany schon fünf Jahre alt war. Irgendetwas hatte ihn nachts angefallen, und ich habe ihn morgens so gefunden ...« Er stockte.

Die furchtbaren Augenblicke, als er seinen geliebten Kater sterbend im Garten gefunden hatte, waren eine traumatische Erinnerung für den neunjährigen Jungen gewesen. »Ich steckte noch im Gebüsch und wusste, dass das, was Chany angefallen hatte, noch immer da sein musste. Also fing ich an, danach zu suchen, damit es nicht auch die Katzen meiner Kogeschwister töten konnte. Ich habe gesucht und gesucht und wusste die ganze Zeit, dass es die anderen Katzen jagte und tötete, aber ich habe es nicht gefunden ...« Er schüttelte den Kopf. »An mehr kann ich mich nicht erinnern.«

George blickte seinen Ausbilder an und fragte sich, was Argoffs musternder Blick zu bedeuten hatte. Schließlich nickte dieser. »Du steigst in deinen *Fire Moth,* während ich meine Rüstung anziehe, und dann steige ich auf. Wir trainieren heute außerhalb der Akademie!«

George wollte noch nach dem Grund fragen, aber Argoff ging bereits davon.

Als er in der Pilotenliege saß und den Reaktor anlaufen hörte, strömte ein wohliger Schauer über Georges Rücken, der nicht von der Kühlweste verursacht wurde. Das Gefühl der Macht über 20 Tonnen kampfbereiten Stahls war einmalig und kaum zu beschreiben. Man musste einen Mech gesehen, vor einem gestanden haben, besser noch in einem mitgeritten sein, um die Erzählungen eines MechKriegers zu verstehen. Die erhöhte Perspektive, die gigantische Größe, die beeindruckende Waffenansammlung, das Gefühl der stampfenden Schritte, der heiße Atem der Kühlergebläse, die die Abwärme des Reaktors abführen sollten ... All das ließ den Piloten direkt fühlen, welche Kräfte er entfesselte, wie viel Macht er mit den Kontrollen ausübte.

Als George den *Fire Moth* mit Hilfe der Techs in Betrieb genommen hatte, öffnete er einen Kanal zur Hangar-Kanzel, einer kleinen Kabine unter der Decke über dem Tor, von der aus man auch hinaus aufs Vorfeld blicken konnte.

»*Fire Moth* Gamma-Attika an Hangar acht! Erbitte Freigabe zum Manövrieren im Hangar!« Gamma war Georges Rufzeichen für heute. Die Nennung des MechTyps war deshalb wichtig, weil alle anderen wissen mussten, wie viel Manövrierraum er benötigen würde. Ein leichter *Fire Moth* brauchte natürlich wesentlich weniger Platz als ein schwerer *Mad Dog*.

»Gamma-Attika, warten!« Nachdem sich der Tech in der Kabine vergewissert hatte, dass niemand auf dem Vorplatz im Weg war oder ein anderer Mech Anstalten machte, im Hangar zu manövrieren, antwortete er: »Gamma-Attika, Freigabe zum Manövrieren im Hangar erteilt! Zwei Schritte aus dem Gerüst, 90 Grad Rechtsdrehung, bis vor das Tor gehen und anhalten!«

George umfasste die Kontrollen und spürte, wie die versehentliche sachte Bewegung der Sidesticks sofort von den Aktivatoren in Bewegung umgesetzt wurde. Der *Fire Moth* schien sich zu straffen und Luft zu holen, bevor er unter dem Jaulen und Rasseln der Gelenke zwei Schritte aus dem Wartungsgerüst machte und sich elegant auf der rechten Fußplatte drehte, was alle Techs ohne Gehörschutz im Hangar zusammenzucken ließ, weil das Metall auf dem Beton ein schrilles Kreischen erzeugte.

Für etwas, was fast zehn Meter groß und über zwei Meter breit war, war der geräumige Hangar reichlich eng, obwohl die freie Fläche zwischen den beiden Reihen der Wartungsgerüste mehr als zehn Meter breit war. Zusätzlich verengt wurde der Laufbereich dadurch, dass vorn links eine 90-Tonnen-*Supernova* in ihrem Kokon stand und die in Ruhestellung herabhängenden Geschützarme unter dem Rumpf nach vorn ragten. Der Pilot der *Supernova* musste schon nach einem Schritt aus dem Gerüst vorsichtig Richtung Tor manövrieren und dabei die Fadenkreuze senken, damit die schweren Laser nicht die Kabine der Hangaraufsicht aufspießten. Allerdings bestand wenig Gefahr, dass einem Kadetten tatsächlich dieses Missgeschick widerfuhr, denn außer im Simulator wurde niemandem eine *Supernova* anvertraut, besonders nicht diese, denn es war der persönliche Mech des Akademie-Kommandanten.

Der *Timber Wolf* im Kokon gegenüber allerdings wurde häufig für Streifen eingesetzt. Auch er hatte tief nach unten hängende PPK-Manschetten, die ebenfalls weit nach vorn ragten und deshalb den Weg zum Tor schmaler als geplant machten. Obwohl George in seinem agilen *Fire Moth* eigentlich keine Probleme bekommen dürfte, ging er doch sehr vorsichtig zwischen diesen Kolossen hindurch, die beide jeweils etwa das Vierfache seines Mechs auf die Waage brachten.

Vor dem Tor pflanzte er beide Füße auf den Boden und blickte zur Kabine hoch. »Gamma-Attika erbittet Freigabe zum Verlassen des Hangars!«

»Freigabe erteilt, Gamma-Attika!«

George ruckte kurz am rechten Sidestick. Der *Fire Moth* hob grüßend den rechten Unterarm. Dann setzte er den Mech in Bewegung und trat in die Sonne hinaus. Die Ortungsgeräte sprachen sofort an. In die holografischen Darstellungen vor ihm wurden Mechs, Elementare, Panzer, Schweber, Gebäude und Menschen gezeichnet. Kurz darauf erschien eine Klassifizierung und eine Darstellung der Mechs in der Nähe. George war nicht der Einzige, der an diesem Morgen in seinem schwere Gehzeug über das Gelände gescheucht werden sollte.

Der Computer gellte eine Warnung, als ein Elementar in voller Rüstung an sein rechtes Bein herantrat. Ohne lange nachzudenken griff George nach den rechten Handschuhkontrollen und schlug mit dem tonnenschweren Arm nach ihm wie nach einem lästigen Insekt, während er mit links bereits das MG im Arm herumzog. Der *Fire Moth* musste sich etwas bücken, um so dicht vor seinen Füßen den Elementar ins Schussfeld zu bekommen, aber der taumelte bereits vor der Beinahe-Ohrfeige völlig überrascht zurück, strauchelte und verschaffte George so genug Zeit, das MG auszurichten und den Abzug zu drücken. Knatternd erschienen lauter grüngelbe Spritzer auf der Rüstung des Elementars, der vor Schreck erstarrt stehen blieb, während der über ihm aufragende *Fire Moth* nun beide Laser auf ihn richtete.

Jetzt war es George, der überrascht die Stirn runzelte. Das Verhalten des Elementars war völlig uncharakteristisch für Argoff. Der hätte sich ihm nicht ohne Warnung über Funk genähert, weil er genau wusste, dass die aktive Energiezelle der Rüstung in jedem MechComputer einen Alarm auslöste. Außerdem wäre Argoff sicher nicht einfach stehen geblieben und hätte sich abknallen lassen.

George vergewisserte sich, dass die Laser leistungsreduziert arbeiteten und schaltete die Außenlautsprecher ein. Vielleicht war mit Argoffs Rüstung etwas nicht in Ordnung? Oder war sein Funkgerät defekt? Oder das des *Fire Moth*? Aber die Hangaraufsicht hatte keine Störung gemeldet.

»Identifiziere dich!« Georges Stimme hallte weit über den Platz und ließ den Elementar zusammenzucken.

»Kadett Siebold, 3. Ausbildungskompanie, Attika-Akademie!«

George ließ ein überraschtes »Oh!« über den Platz hallen, bevor er den Lautsprecher abschalten konnte, um ihn sofort wieder einzuschalten. »Tut mir Leid, Kadett Siebold!«

»Bist du nicht Ausbilder Nirdan, franeg?«

»Neg!« George sah keine Veranlassung, dem ungeschickten Anfänger zu verraten, dass er ebenfalls Kadett war. Er schlussfolgerte, dass dieser Nirdan Elementar-Ausbilder für MechAbwehrtechniken war und in Kürze in einem Mech aus dem Hangar auftauchen würde, um mit dem Elementar ins Gelände zu ziehen und mit vertauschten Rollen das Gleiche zu üben, was Argoff mit ihm vorhatte. Wahrscheinlich hatten die beiden ebenfalls verabredet, dass der Elementar aufsitzen sollte, und der ahnungslose Siebold hatte angenommen, dass der erstbeste Mech, der aus dem Hangar kam, von seinem Ausbilder gesteuert wurde.

Klingelnd warnte der Computer vor einem weiteren Elementar, während es in Georges Kopfhörern knackte, als jemand Verbindung zu ihm aufnahm. »Nicht schießen, Kadett George! Das bin ich nicht. Ich komme gerade erst.«

»Das habe ich bereits gemerkt. Schon die Tatsache, dass ich den hier erwischt habe, hat mir gezeigt, dass nicht du es sein konntest, Argoff.«

Das Bellen, das als Antwort über den Gefechtsfunk kam, musste Argoffs Lachen sein.

Wieder kam ein Warnsignal von der Ortung. Hinter George stampfte ein *Stormcrow* aus dem Hangar. »Was ist denn hier los?«, dröhnte die Stimme des Piloten über die Außenlautsprecher. »Kadett Siebold? Wieso ist deine Rüstung immer noch bekleckert? Hast du sie seit gestern nicht geputzt?«

Die Antwort des unglücklichen Kadetten konnte George nicht hören. Offenbar konnte er sich mit seinem Ausbilder direkt über Funk verständigen. Dass dieser die Lautsprecher eingeschaltet ließ, während er nun seinen Kadetten auslachte, war eine bewusste Demütigung.

Argoff ignorierte die beiden. »Kadett George, ich steige jetzt auf.«

George spürte, wie der 20-Tonnen-Mech leicht schwankte, als der Elementar an ihm hochkletterte und es sich auf der Schulter bequem machte.

Der Marsch nach Osten führte durch bekanntes Gelände, und als die ersten Buckel und Schluchten in der Holo-Projektion auftauchten, öffnete George einen Kanal. »Minos-Labyrinth.«

Argoff antwortete nicht. Offenbar genügte es ihm, dass der Kadett das heutige Trainingsgelände erkannt hatte.

George plagte die Neugier. »Es gibt einen bestimmten Grund dafür, frapos?«

Nach einem kurzen Zögern ließ sich Argoff endlich doch zu einer einsilbigen Antwort herab: »Pos.«

»In den Schluchten kann ich weder meine Tonnage noch meine besseren Ortungssysteme ausnutzen! Das ist ...« Im letzten Moment verschluckte George den Rest des Satzes. Kampf unter widrigen Umständen gehörte zum Standard der Ausbildung eines MechKriegers.

»Eben!«, pflichtete Argoff ihm bei, ohne den angedeuteten Lapsus zu kommentieren. »Wenn ich Elementar wäre, würde ich mir das Minos-Labyrinth aussuchen, um einen BattleMech überraschend anzugreifen.«

»Wenn du ...?« Fast zu spät erkannte George den Humor in Argoffs Worten. Der Elementar-Ausbilder schien mehr Tiefgang zu haben, als man gemeinhin von einem Krieger erwartete. George lächelte.

»Das Gelände ist für mich vorteilhaft. Falls du jemals MechKrieger wirst, wirst du auch mit solchen Situationen konfrontiert. Wenn das Gelände dir keine Vorteile bietet, dann musst du dir selbst welche schaffen.«

»Und wie? Dieser *Fire Moth* ist nicht einmal mit Sprungdüsen konfiguriert.«

»Das musst du selbst rausfinden. Ich bin nicht deine Geschko-Amme.« Er zündete die Sprungdüsen seines Anzugs, stieg auf, flog nach vorn und landete einen halben Kilometer entfernt auf einem Buckel. Mehrere Schluchten trennten sie nun.

»Alpha Alpha Hotel Quebec!«, rief Argoff die Akademie. »Hier spricht Ausbilder Argoff. Erbitte ein Zeitsignal zur nächsten vollen Minute.«

»Argoff, verstanden. Zeitsignal kommt in 22 Sekunden ... zehn Sekunden ... drei, zwo, eins, jetzt.«

George löste sofort beide Laser aus, obwohl er wusste, dass Argoff außerhalb der effektiven Reichweite seiner Waffensysteme war. Und der Elementar tat ihm auch nicht den Gefallen, stehen zu bleiben. Er sprang hoch, zündete die Düse, wich einem möglichen Schuss des Mechs aus und verschwand in einer Schlucht.

George stieß einen leisen Fluch aus, der kaum unter dem eckigen Visier des Neurohelms hervorklang und im regelmäßigen Donnern der Schritte seines *Fire Moth* unterging. Der Schweiß stand ihm auf der Stirn. Obwohl er den Mech nicht mit Höchstleistung bewegt und noch keine Waffe abgefeuert hatte, war die Abwärme des Reaktors und der Myomermuskulatur deutlich spürbar. Die Hochleistungs-Wärmetauscher waren trotz der relativ kühlen Luft bereits voll ausgelastet. Die Kühlweste, die der Pilot unter dem dunkelblauen Kadetten-Overall trug, kribbelte angenehm und kühl, machte die Backofenhitze des Cockpits im Moment noch erträglich.

Die Landschaft war ein zerklüftetes Labyrinth von aus dem Kalksandstein gewaschenen Täler, Schluchten und Becken. Trügerisch, da die vielen porösen Blöcke, die in der Nähe der Schluchtränder nach dem letzten Niederschlag oder Nachtfrost nur gerade noch festsaßen, bei der leichtesten Erschütterung losbrachen und in die Tiefe stürzten. Zwar waren alle BattleMechs stark genug gepanzert, um beim Durchschreiten der Hohlwege nicht ernsthaft beschädigt zu werden, aber der Austausch zerkratzter Cockpitscheiben und demolierter Funkantennen stand nach fast jedem Einsatz hier auf dem Wartungsplan der OmniMechs, die beim Laufen durch die natürlichen Gassen des ›Minos-Labyrinths‹ genannten Gebiets unzählige kleine Erdbeben und damit Hunderte mittelgroßer Erdrutsche auslösten.

George lehnte sich in seiner Liege vor, soweit es die Gurte zuließen, und studierte die unmittelbare Umgebung. Die Schluchten waren hier nie tiefer als 40 Meter, und selbst sein nicht sprungfähiger *Fire Moth* war in der Lage, sich einfach über den Rand fallen zu lassen, ohne Schäden befürchten zu müssen.

Der Kadett fühlte sich fit genug, um das schwierige Manöver des Abfederns mit den Knien zu meistern. Was er scheute, war die Tatsache, überhaupt hinunter zu müssen. Er würde mit Sicherheit kilometerweit laufen müssen, bis er eine passende Rampe fand, die es ihm erlaubte, seinen Mech wieder nach oben zu bewegen. viele Kilometer unter prasselnden Kies- und Staublawinen in dieser klaustrophobischen Enge, die an einigen Stellen so schmal wurde, dass selbst der schlank gebaute und äußerst bewegliche *Fire Moth* mit den Schultern an den Wänden entlangscheuerte.

Bis jetzt hatte George es geschafft, über eine Stunde lang durch das viele Quadratkilometer große Gebiet zu marschieren, ohne einmal auf den Grund zu müssen, während er den Elementar verfolgte. Der noch frische Lack seines 20-Tonnen-Mechs hatte nicht einen Kratzer. Er ließ das riesige Gehzeug seiner Maschine noch einige metergroße Schritte machen und hielt dann an. Er setzte beide Füße auf relativ ebenem Boden etwa schulterbreit auseinander fest auf und überzeugte sich, dass der acht Meter aufragende 20-Tonnen-Koloss sicher stand, bevor er die Torsokontrolle packte und den ganzen oberen Rumpf des *Fire Moth* nach links drehte. Seit über einem Kilometer war er auf einem immer schmaler werdenden Rücken aus porösem Gestein entlangmarschiert. Doch jetzt endete er knapp fünfzig Meter vor den großen Füßen seiner Maschine in einem fast senkrechten sandigen Hang, den er nicht zu betreten wagte. Offenbar war die Schräge zu weich, sodass das lockere Zeug die Füße versinken ließ und ihn höchstens ins Stolpern brachte – ein Laufzustand, den George in seiner Anfängerzeit zur Genüge kennen gelernt hatte.

Stürze konnten die empfindliche Elektronik oder die Waffensysteme ernsthaft beschädigen – selbst auf flacher Wiese. Und in der Enge dort unten würde er kaum genug Platz zum Ausrollen oder Ausrutschen haben. Schlimmstenfalls überschlug sich der Mech, machte einen Purzelbaum und rammte – Cockpit voran – in die nächste Felswand, was von George kaum genug übrig lassen würde, um es in einem Fingerhut zu beerdigen.

Er schwenkte den Rumpf langsam wieder zur Mitte und weiter nach rechts. Nichts zu machen. Der Rücken war knapp 30 Meter breit, was den meisten MechPiloten reichlich Unbehagen bereitet hätte, denn die meterlangen Schritte der Kolosse machten das Manövrieren zu einer Konzentrationsfrage. Enge Kurven konnte man nur laufen, wenn man den Mech bis fast zum Stand abbremste, sonst lief man Gefahr, dass der Wendekreis größer war als die zur Verfügung stehende Fläche. Aber nicht nur dieses technische Problem machte den meisten hier im Minos-Labyrinth Sorgen.

Die Schritte der BattleMechs wurden ausnahmslos vom Bordcomputer gesteuert, der zwar sowohl mit einem Gyroskop als auch mit eigenen Kreiselstabilisatoren ausgestattet war, sich aber dennoch zum ständigen Abgleichen der Laufbewegungen am natürlichen Gleichgewichtssinn des Piloten orientieren musste. Der Neurohelm versorgte über das Helmvisier also nicht nur den Piloten mit den wichtigsten Daten, die dort wie auf einem HUD eingeblendet werden konnten, sondern er versorgte gleichzeitig das Innenohr des Piloten mit den meist leicht Schwindel erregenden Impulsen des Gyroskops. Unbewusst reagierte das Gehirn des Piloten darauf und korrigierte diese Impulse, die nun zurück an das Gyroskop übermittelt wurden und den Mech selbst im Stolpern aufrecht hielten – solange der Pilot nicht die Orientierung oder – in der Hitze des Gefechts – das Bewusstsein verlor.

Und genau da lag das Problem: BattleMechs verfügten über hochwertige Sensoren, aber in schwierigem Gelände verließen sich die meisten Piloten ausschließlich auf ihre Augen. Die wenigsten Cockpits gestatteten jedoch eine volle Rundumsicht, sondern besaßen nur kleine Fenster aus enorm dickem und polarisiertem Panzerglas, um Laserschüssen und den Splittern von Granaten und Raketen widerstehen zu können. Es gab sogar etliche Modelle, die überhaupt keine Fenster besaßen und stattdessen über seitliche Holo-Projektoren dem Piloten den Eindruck vermittelten, er säße mitten in der Landschaft, durch die sein Mech marschierte. In schwierigem Gelände galt die gesteigerte Aufmerksamkeit dem Gelände unmittelbar vor den Füßen der Maschine, und es war schwer, immer ein gutes Gleichgewichtsgefühl zu haben, wenn man mit gesenktem Kopf auf dem Sessel saß und nur selten aufblicken konnte, um sich am Horizont zu orientieren. Ohne festen und ebenen Boden war das Laufen im Minos-Labyrinth reine Gefühlssache, bei der die Instrumente überhaupt nichts nützten.

Bis jetzt konnte George stolz auf seine Leistung sein. Trotz mehrerer Stellen, an denen die gepanzerten Füße seines Giganten die durchlöcherten Felsen geradezu zerdrückt hatten, hatte er das drohende Stolpern schon immer im Ansatz durch einen schnellen Ausfallschritt abfangen können, ehe der *Fire Moth* ins Taumeln geriet und womöglich einer Schlucht zu nahe kam, um mitsamt dem Rand wegzubrechen und in die Tiefe zu stürzen. Die Gefahr dieser Ausfallschritte war das dritte große Problem des Labyrinths, denn auf den buckeligen Oberflächen musste man immer damit rechnen, dass der Mech dazu gezwungen war – und auf unsichere Stellen in der Nähe der Ränder treten musste.

Die Alternative wäre gewesen, die Steuerung der Beine selbst über die Pedale zu übernehmen, was das Tempo erheblich reduziert hätte, denn dann bewegten sich die gewaltigen Maschinen wie Kinder beim Laufenlernen: Fuß heben, Schrittweite schätzen, Aufsetzpunkt anvisieren, zielen, aufsetzen, Gewicht verlagern, Fuß entlasten, heben, nächste Schrittweite schätzen ... Solche Manöver waren nur sinnvoll, wenn man unbedingt auf Händen und Knien eine Steilstufe überwinden musste oder ein wirklich unsicheres Areal überqueren wollte. Für die meisten sonstigen Fälle war die Computersteuerung gut genug, um keine manuellen Eingriffe nötig zu machen, selbst im Minos-Labyrinth. Der Pilot musste nur ständig mit diesen Ausfallschritten rechnen, was offensichtlich den wenigsten lag.

George gehörte zu den wenigen, die sich auf die ständige Sorge der Ausfallschritte hatten einstellen können, und so war er trotz nur durchschnittlicher Leistungen inzwischen kurz davor, seine Ausbildung auf der Novakatzen-Attika-Akademie abzuschließen und als vollwertiger MechKrieger in eine Kampfeinheit versetzt zu werden. Ein weiterer Pluspunkt in seiner Akte war seine Neigung, sich weniger auf die Panzerung als vielmehr auf die Beweglichkeit seines Mechs zu verlassen. Das prädestinierte ihn geradezu für Übungen in leichten Mechs. Die meistens anderen Kadetten hätten dies als Nachteil empfunden, denn die schwereren Kaliber galten als besser. Niemand aus seiner Geschko hatte sich so deutlich für die Leichtgewichte qualifiziert wie George. Natürlich würden sie sich hüten, jemals einen Auftrag in einem *Fire Moth* abzulehnen, aber gerade in das Labyrinth wagten sie sich am liebsten mit einem 75-Tonnen-*Timber Wolf*, dessen Panzerung und Schlagkraft fast im selben Verhältnis besser war wie der Gewichtsvorteil gegenüber dem *Fire Moth*.

Nur die Mehrheit der Ausbilder und ganz wenige Kadetten sahen mehr Gewicht nicht immer als Vorteil, denn im selben Verhältnis, wie die Schlagkraft zunahm, nahm die Beweglichkeit und Geschwindigkeit ab. Natürlich waren in der Enge vom Minos-Labyrinth kaum Ausweichmanöver möglich, aber ein *Timber Wolf* brauchte deutlich länger, um hinter eine schützende Felskante zu kommen, als ein *Fire Moth*. Außerdem lag die Primärbewaffnung der großen Mechs – besonders eines *Timber Wolf* – in den Raketenlafetten, und für Raketen brauchte man ebenfalls freies Schussfeld, was im gewundenen Labyrinth nur an wenigen Stellen vorkam. Genauso war die Splitter- und Streuwirkung der PPKs, Autokanonen und Gaußgeschütze äußerst gefährlich, auch für den schießenden Mech. Im Labyrinth waren Laser deutlich im Vorteil. Die Standardbewaffnung des *Fire Moth* waren zwei mittelschwere Laser und zwei Maschinengewehre.

Zwar konnte George damit nicht hoffen, schwere feindliche Mechs wirklich aufzuhalten, aber das war auch gar nicht seine Aufgabe. Der *Fire Moth* war ein Scout, wobei sein größtes Manko darin lag, dass er nicht mit Sprungdüsen ausgestattet werden konnte, ohne erheblich an der ohnehin schwachen Panzerung und Bewaffnung zu sparen. Aber bei Feindkontakt hatte ein ScoutMech sich zurückzuziehen und Meldung zu erstatten, bevor es ihm gestattet war, nach eigenem Ermessen entweder den Rückzug zur Basis anzutreten oder den Feind in ein Gefecht zu verwickeln, bei dem er sich eher auf Beweglichkeit und eine gewisse Nadelstich-Taktik würde verlassen müssen: hinter einem Felsen vorstürmen, feuern und sofort in der nächsten Schlucht Deckung suchen, bis der Gegner ihn richtig anvisieren konnte.

George biss kurz die Zähne zusammen. Die Rezeptoren im Neurohelm registrierten das Signal und gaben es an den Bordcomputer weiter, der in Bereitschaft schaltete, gesprochene Befehle entgegenzunehmen. »Akademiekanal!«

Ein grünes Licht leuchtete auf der Kommunikationstafel auf.

»Alpha Alpha Hotel Quebec, hier spricht Gamma-Kadett, ich bin zwei Klicks vor Nav alpha und muss jetzt in den Keller von Minos!«, meldete George.

Im Funkjargon waren die Talböden des Minos-Labyrinths der Keller und die buckeligen Höhenzüge das Dach von Minos. Mechs in den Schluchten verschwanden praktisch aus dem Funk und den Ortungsnetzen, was überhaupt erst der Grund dafür war, warum das Gelände für Manöver so beliebt war. Mechs meldeten sich vorschriftsmäßig ab und wieder an, wenn sie im Minos-Labyrinth operierten.

»Gamma-Kadett, habe verstanden! Melden Sie sich, wenn Sie wieder auf das Dach steigen! Melden Sie sich spätestens von Nav alpha!«

»Bestätigt!« George zentrierte den Torso wieder und drehte den *Fire Moth* nach rechts.

Nach drei schnellen Schritten hatte er den Rand erreicht, der im selben Moment unter dem linken Fuß des Mechs nachgab, als der rechte nach vorn ins Leere trat. Der Höhenmesser links vor seinen Augen sprang auf 36 Meter und fiel dann zurück auf null. George hatte den Vorgang mehrfach geübt und war bereits im manuellen Beinmodus, hatte die Knie schon leicht angewinkelt und den Druck in der Federhydraulik erhöht, als die Füße in einer Staubwolke aufprallten.

In menschlichen Maßstäben wäre der Sturz einem aufrechten Sprung vom Garagendach gleichgekommen, und George erwartete, dass die Hydraulik und die künstlichen Myomermuskeln in den Beinen seines Mechs die kinetische Energie weit genug ableiten konnten, um die Maschine nicht umzuwerfen. Der Untergrund war jedoch nicht hart und fest, sondern weich und sandig. Die verhältnismäßig schmalen Füße des *Fire Moth* versanken einen halben Meter tief im Staub, bevor sie mit den Hinterkanten auf einen vergrabenen Felsen schlugen.

Übelkeit schoss durch Georges Kopf, als der Neurohelm das Vorkippen der Maschine übermittelte. Mit weit aufgerissenen Augen sah er den Boden wegklappen und hochkippen, während die Signale in seinem Innenohr ihm das Gefühl gaben, dass sich die ganze Welt um ihn drehte. Trotzdem blieb er geistesgegenwärtig genug, um auf den Sturz-Notschalter zu schlagen. Im Computer jedes Mechs waren verschiedene Notfall-Haltungen programmiert, in denen die Maschine je nach Situation quasi erstarrte. Beim Vornüberkippen war das eine Art gehockte Liegestütze.

Der Aufschlag drosch George in die Gurte und raubte ihm den Atem.

Schlagartig war das Schwindelgefühl vorbei, und er bekam mühsam wieder Luft, während er in den Gurten hing und die vollmodellierten metallenen Hände des *Fire Moth* zwei Meter unter sich im wirbelnden Staub erkennen konnte. Das Klingen und Scheppern, das nun immer noch trotz des schallisolierten Cockpits und der Ohrenschützer unter dem Neurohelm zu ihm drang, musste von den herabregnenden Kieseln des Canyonrandes stammen, die auf die Panzerung des Mechs prallten.

Er schob die Hände in die Handschuhkontrollen, mit denen er die Arme, Hände und Finger des 20-Tonners direkt steuern konnte, und stieß sich ab. Langsam richtete sich der *Fire Moth* in kniende Haltung auf. George zog die Hände wieder aus den Handschuhen und griff nach den Sidesticks der Primärsteuerung. Ein Ruck genügte, um die Arme wieder in die Grundstellung neben dem Rumpf zu bringen, wo sie durch entsprechende Bewegungen das Gleichgewicht beim Laufen halten helfen würden. Dann presste er die Pedale runter und neigte den Torso leicht nach vorn und hinten, wodurch die Maschine mit einem scheinbaren Nicken den Druck auf den Knien verringerte. George hob das linke Pedal, und der *Fire Moth* brachte das Knie nach vorn, pflanzte den Fuß auf und erhob sich.

Er gab den Code für den Primärcheck ein und blickte zum Rand auf, von dem er gerade heruntergekommen war. Ein ansehnliches Stück war frisch abgebrochen und als Erdrutsch mit ihm im Keller von Minos gelandet. Auf dem Primärschirm wurde ein Fadenbild des *Fire Moth* gezeichnet. Die gesamte Panzerung erschien blau, keine Schäden. Die Sensoren und Antennen sowie alle Öffnungen für die Wärmetauscher waren grün gezeichnet, also war nirgendwo so viel Dreck eingedrungen, dass die Systeme nicht mehr arbeiten konnten. Und die Funktionstüchtigkeit aller Antennen war ein Glücksfall. Wahrscheinlich war durch das Vorkippen des Rumpfes der gesamte obere Torso vom Erdrutsch verschont geblieben.

George nickte zufrieden und kontrollierte die Waffen. Die beiden Laser im Rumpf zeigten grün, aber das war auch zu erwarten, denn der *Fire Moth* war nur auf die Hände gefallen, nicht auf den Torso. An den Unterarmen trug er allerdings seine MGs. Probehalber schaltete George den Kampfmodus ein. Zwei Fadenkreuze erschienen vor ihm. Sie schienen im Hologramm seiner Umgebungsdarstellung zu schweben, eine bewusste optische Täuschung des Neurohelm-Visiers, die das Zielen erleichterte. George richtete das rechte Fadenkreuz auf die Felswand und feuerte das rechte MG. Eine kurze Garbe schlug genau dort ein, wo das Fadenkreuz lag. Auch das linke MG feuerte noch mit der geeichten Ausrichtung.

Inzwischen beendete der Computer den Check und meldete alle Systeme bereit: Reaktor, Kühlung, Wärmetauscher, Elektronik, Aktivatoren der Myomermuskulatur, Hydraulik ... ein einzelnes blinkendes gelbes Licht am linken Knie des Mechs erregte Georges Aufmerksamkeit. ›FOD‹ las George auf einem Hilfsbildschirm: Fremdobjektdefekt. Bei jedem Schritt klaffte im Knie eine Lücke auf, in die sich nur zu leicht Granatsplitter oder andere störende Objekte verirrten. Die empfindliche Mechanik, die im Laufen abwechselnd mit den vollen zwanzig Tonnen be- und entlastet wurde, litt unter diesen Störobjekten, und deshalb gab es eine Panzerplatte, die diese Öffnung in die Innereien des MechBeines schützen sollte. Dadurch klaffte aber etwas weiter unten eine etwas größere Lücke zwischen den Panzerplatten, die zwar ungefährlich war, selbst wenn jemand genau dort eine Handgranate detonieren ließ, aber größere Objekte – zum Beispiel ein dicker Stein – konnten bei angewinkeltem Knie dazwischen geraten, eingeklemmt werden und die Bewegung des Beins behindern. Genau das schien jetzt passiert zu sein.

George lehnte sich vor, um durch das untere Fenster am Torso hinunterzusehen. Er konnte im orangegrauen Dämmerlicht der schattigen Schlucht gerade noch die Füße erkennen, die fast einen halben Meter tief im Sand steckten. Keine großen Felsbrocken blockierten die Bewegung der Beine, also musste wirklich etwas im Kniegelenk stecken. Das war ärgerlich, denn normalerweise blockierte das Knie im angewinkelten Zustand, und dann musste es nur etwas zurückgewinkelt und geschüttelt werden, um das Störobjekt loszuwerden. In diesem Fall war aber irgendetwas tiefer eingedrungen und saß im Knie, wo es nur nach Öffnen von Wartungsluken und wahrscheinlich dem Abnehmen der ›Kniescheibe‹ genannten großen Panzerplatte zu entfernen war.

Nichts davon war vom Cockpit aus möglich. Wahrscheinlich würde er ein Bergungsteam rufen müssen, um den zur Unbeweglichkeit verdammten Mech zurück in die Akademie zu bringen. Mit dem Duell gegen Argoff war es ebenfalls vorbei. Er rief bereits die Satellitentabellen aus dem Computer auf, um herauszufinden, wann er mit dem HQ auch aus dem Keller Funkkontakt aufnehmen konnte, als er sich zu dem Entschluss durchrang, wenigstens einen eigenen Versuch zu unternehmen. Das Ding war reingekommen, also musste es auch wieder rausgehen können.

George verlagerte das Gewicht des *Fire Moth* auf das rechte Bein und bewegte das linke vorsichtig vor und zurück. Der Fuß pflügte dabei jeweils einen Meter durch den Sand, aber das Knie bewegte sich nur so minimal, dass der Stein darin die Mechanik noch nicht beschädigen würde – hoffentlich. Anschließend bewegte er das Bein leicht seitwärts, sodass es fast ans rechte Fußgelenk stieß.

Ein deutliches Klirren von unten ließ ihn innehalten. Der Stein hatte sich bewegt und saß zumindest nicht mehr fest. Vorsichtig begann er, das Bein anzuwinkeln. Ohne Störung oder Ruck hob sich der Schenkel in waagerechte Haltung. Wie ein großer Watvogel stand der Mech nun auf einem Bein und hielt den Fuß in die Luft. Der Stein lag noch immer im Knie. Noch war er nicht rausgefallen, also würde er ihm den Gefallen auch nicht tun, wenn er das Bein jetzt wieder hinstellte und belastete.

George fluchte wieder leise, verriegelte die Beine, fuhr den Reaktor auf Minimalleistung herunter und begann, den Neurohelm und die Kühlweste abzukoppeln. Sollte Argoff genau in diesem Augenblick auftauchen und ihn angreifen, hatte er verloren. Aber verloren hatte er auch, wenn er den Abbruch des Manövers bekannt gab und das Bergungsteam rief. Also konnte er nichts mehr verlieren. Endlich schälte er sich aus den Gurten und griff nach dem Öffnungsmechanismus der engen Luke am Halsansatz. Knackend sprang die Versiegelung auf, und kühle Luft strömte herein.

Der Schweißfilm auf seinem Körper schien augenblicklich zu Eis zu werden, und die feuchten Stellen seines Overalls schabten unangenehm auf der Haut. George ignorierte die Kühle und kroch hinaus auf die Schulter des *Fire Moth*.

Nach der Hitze war die Luft noch angenehm, aber in ein paar Minuten würde er mit Sicherheit anfangen zu frieren. Er atmete tief ein, roch das noch immer sonnendurchglühte Kalkgestein der Felswände und das unverwechselbare Aroma des BattleMechs, das aus jeder Fuge des *Fire Moth* strömte: heißes Metall, Ozon von den Schaltplatinen der Aktivatoren, Schmiermittel und den scharfen Geruch von Kühlmittel. Es gab Ortungsgeräte, die besonders auf diese Kühlmittel-Rückstände in der Luft achteten und die Nähe von BattleMechs anhand der chemischen Substanzen feststellen konnten, die diese ständig verströmten.

George stand in sieben Metern Höhe über dem Boden und sah vier Meter unter sich den Oberschenkel. An Antennenfüßen und Lüftungsschlitzen hangelte er sich über den Brustpanzer hinunter, bis er sich vorsichtig auf den Oberschenkel gleiten ließ. Noch immer war er mindestens drei Meter über dem Boden.

Das Kiesbett der Schlucht sah wenig einladend aus, und George hatte nicht das Bedürfnis, mit dem Geröll Bekanntschaft zu machen. Wenn er jetzt runterfiel und sich nur den Knöchel verstauchte, konnte er jeden Versuch vergessen, das Cockpit wieder zu erreichen. Dann hätte er es fertig gebracht, einen voll funktionstüchtigen BattleMech in potenziell feindlichem Gebiet zu verlassen und sich selbst zu verletzen. Er wollte lieber nicht daran denken, was dann mit seiner Akte geschehen würde. Wahrscheinlich würde Dalibo Lenoradon sie vor seinen Augen zerreißen, und die Karriere als MechKrieger wäre zu Ende, bevor sie begonnen hätte.

Auf allen vieren kroch er bis zum Knie vor. Der Mech reagierte durch leises Knirschen auf die Gewichtsverlagerung, aber er kippte nicht. Endlich konnte George vorgebeugt ins Knie spähen. Ein halb zerbröselter Kalkstein lag einfach dort auf den Achsen. Er zog ihn mit beiden Händen vorsichtig heraus und ließ ihn fallen. Das verbleibende bisschen Sand würde von selbst durch die Lücken bis über die Ablaufschächte über dem Fußgelenk fallen. Eigentlich waren sie ursprünglich dafür gedacht, eingedrungenem Wasser eine Ablaufmöglichkeit zu bieten, aber auch Sand und kleine Kiesel fanden während des Laufens so wieder hinaus.

George kroch zurück zum Torso und hangelte sich hinauf. Eilig schwang er sich ins Cockpit. Inzwischen musste sich Argoff fragen, wo er blieb. Wahrscheinlich war der Elementar wieder umgekehrt und suchte ihn. Er aktivierte den Fusionsreaktor und wollte den Mech gerade in Bewegung setzen, als ihm der Gedanke kam, seine Verspätung zu nutzen und Argoff in eine Falle zu locken. Das war vielleicht seine einzige Chance, denn ein Elementar machte wesentlich weniger Krach als ein BattleMech, der mit ächzenden Gelenken, winselnder Hydraulik und rauschenden Lüftern durch die Landschaft stampfte. Er konnte sich nicht einmal irgendwo verstecken, denn das Standgeräusch allein würde ihn in 50 Meter Umkreis verraten.

George war quasi taub und blind. Die Geräusche des *Fire Moth* übertönten alles. Er würde Argoff erst hören, wenn der auf ihm landete oder versehentlich einen mittelgroßen Erdrutsch auslöste. Und die Ortungsgeräte waren zwischen den mineralienhaltigen Gesteinen zu unzuverlässig. George erkannte, dass es ein taktischer Fehler gewesen war, in den Keller zu gehen. Vielleicht ein unumgänglicher Fehler, aber trotzdem ein Fehler.

Georges erster Impuls war, möglichst schnell nach einer Rampe zu suchen, um wieder auf das Dach steigen zu können. Aber dann hielt er inne. Argoff hatte zwar gesagt, er dächte zu viel, aber andererseits war eindeutig seine Findigkeit gefragt, wenn er hier gegen einen Elementar antreten musste. Argoff hatte es mit seinen Sprungdüsen wesentlich leichter als George mit seinem *Fire Moth*, vom Keller wieder aufs Dach zu wechseln. Sobald er merkte, dass George unten war, würde er oben lauern.

Die Gesetze des Kampfes waren einfach: George musste den Elementar von weitem kommen sehen, um genug Zeit zur Abwehr zu haben. Andererseits würde Argoff genau deshalb dafür sorgen, dass er erst auf kürzeste Distanz sichtbar wurde. Für die Abwehr konnte George also nur auf einen Zufallstreffer hoffen –

bei Argoff unwahrscheinlich – oder etwas völlig anderes versuchen.

Er entschloss sich, nicht wieder hinaufzusteigen. Das mochte eine Trotzreaktion von zweifelhaftem taktischem Wert sein, aber wenn Argoff erwartete, dass er das tat, war das allein schon Grund genug, im Keller zu bleiben. Außerdem war der Vorteil der weiteren Sicht oben trügerisch. In die Schluchten konnte er trotzdem jeweils erst sehen, wenn er unmittelbar an der Kante stand. Der kleine Elementar hatte genug Deckung, um sich dem *Fire Moth* unbemerkt zu nähern. Und wenn Argoff es verstand, die mineralienhaltigen Schichten richtig auszunutzen – was er bestimmt konnte –, würden weder die Infrarotsensoren noch die Magnetanomaliedetektoren seine Annäherung melden.

George würde also hier unten bleiben müssen. Unschlüssig ließ er den Mech einige Schritte machen. Nein. Halt! Nur im Kampf Mech gegen Mech galt die Grundregel: Immer in Bewegung bleiben! Hier verriet er sich durch das Geräusch seiner Schritte. Er musste die Vorteile ausgleichen.

Mit Waffengewalt ließ sich nichts ausrichten. Zwar hätte er versuchen können, mit einer Autokanone oder einem Gaußgeschütz in regelmäßigen Abständen auf die Felswände zu schießen, um Argoff die Illusion zu vermitteln, er bewege sich durch das Labyrinth, aber diese Waffen machten charakteristische Geräusche beim Schießen, und Argoff würde die Täuschung schnell bemerken. Außerdem hatte George keine schweren Waffen. Der als Aufklärer konstruierte *Fire Moth* war schnell und beweglich – aber sehr schwach gepanzert und bewaffnet. Es bestand daher auch nicht die Aussicht, durch viel Lärm oder Geschützfeuer dem Elementar die Orientierung zu nehmen, ihn zu betäuben oder zu blenden.

Im Gegenteil war der Mech eigentlich nur die schwerere Version eines Elementars – allerdings ohne Sprungdüsen: Zwei mittelschwere Laser und zwei Maschinengewehre gegen einen leichten Laser und ein Maschinengewehr. Und seine viel dickere Panzerung gegen die dünne des Elementarpanzers, aber Argoff würde ihm kaum die Gelegenheit für einen direkten Schlagabtausch geben, wie es bei Kadett Siebold geschehen war.

Als Aufklärer war bei dem *Fire Moth* mehr Wert auf Beweglichkeit und hervorragende Ortungsgeräte gelegt worden. George war sich darüber im Klaren, dass die Ortungsgeräte im Moment wertlos waren, aber die Agilität des leichten Mechs war vielleicht einsetzbar. Er erinnerte sich, dass er den Elementarkadetten Siebold mit der künstlichen Hand des Mechs fast erwischt hatte. Zwar war der *Fire Moth* bei weitem nicht so behände wie eine Elementarrüstung, aber von allen Mechs war er es, der diesem Ideal am nächsten kam.

»Ein Riesen-Elementar gegen einen normalen!«, murmelte George. »Du bist schneller, und ich habe mehr Kraft!«

Er kam zu dem Schluss, dass er anders als mit schweren Waffen versuchen musste, seinen Standort im Labyrinth zu tarnen oder Argoff in die Irre zu führen. Entschlossen wendete er den *Fire Moth* und sprintete durch die Schluchten. In seinem Kopf entstand ein vager Plan. Argoff würde dem Radau und den ausgelösten Staubwolken folgen. Jetzt brauchte George einen passenden Ort.

Die Biegungen und Canyons zogen sich endlos dahin. Er hoffte nur, dass er schnell genug war, um Argoff keinen Überraschungsangriff von oben zu ermöglichen, denn er hatte in diesen engen Rinnen und Kesseln kaum Möglichkeiten, auszuweichen. Endlich öffnete sich das Gebiet zu einer großen Schüssel. George jubelte. Hier war Nav gamma, genannt ›das Herz des Minotaur‹.

Er schaltete von optisch auf MAD. Die zahlreichen Trümmer der Mechs, die hier früher gekämpft hatten, übersäten den Boden mit grellen Reflexen, sodass im Hologramm eine bizarre zackige Landschaft abgebildet wurde, in der George nicht in der Lage gewesen wäre, einen intakten BattleMech zu erkennen, solange sich dieser so unbeweglich verhielt wie die Trümmerteile. Lächelnd wechselte er auf Infrarot. Die normale Schluchtenlandschaft erschien wieder im Hologramm, jetzt aber in blau-grün-gelb. Die schräg einfallenden Sonnenstrahlen hatten einen Teil der Schluchtwände aufgeheizt. Neben kalten blauen Mauern ragten grellgelbe Wände auf, vor denen geysirartige grüngelbe Luftmassen emporflimmerten. Die Abwärme eines BattleMechs und seine Abluftmengen waren natürlich um einiges größer, aber solange Argoff nicht zu dicht an ihn herankam, musste auch auf IR nicht viel von dem *Fire Moth* zu erkennen sein.

Langsam und vorsichtig bewegte George den Mech durch die vielverzweigten Schluchten, wobei er eine relativ gerade Spur seiner Tritte im Geröll hinterließ, die dem Elementar sofort auffallen musste. Nachdem er das unübersichtliche schüsselförmige Gelände halb durchquert hatte, bog er links ab und beschrieb eine Kreisbewegung, wobei er darauf achtete, nicht zu nah an seine Spur zu geraten. Er manövrierte den *Fire Moth* in eine Nische, die er vorher mit IR und MAD betrachtet hatte. Er wusste, auf beiden Anzeigen würde der Mech fast unsichtbar hinter den übrigen Ortungsreflexen sein. Lediglich die Tatsache, dass die Sonne den oberen Teil der Wand beschien, würde den Stahlkoloss bis zur Hüfte in funkelndes Sonnenlicht tauchen, aber genau für solche Fälle war die Tarnbemalung gedacht, die für patrouillierende Maschinen in unregelmäßigen Grau- und Gelb-Orange-Tönen gehalten war, um sie mit dem Hintergrund des Minos-Labyrinths verschwimmen zu lassen. Wenn Argoff ihn erkannte, würde es hoffentlich zu spät für ihn sein.

George schaltete auf Normal-Optik und fuhr die Leistung der Wärmetauscher auf ein Minimum zurück, nachdem er den Reaktor ebenfalls auf minimale Leistung geregelt hatte. Das würde dafür sorgen, dass die noch geladenen mittelschweren Lasergeschütze nach dem ersten Schuss nicht wieder nachgeladen werden konnten, aber George rechnete ohnehin nicht damit, dass Argoff ihm Zeit für einen zweiten lassen würde. Der Vorteil war, dass die Geräuschkulisse des *Fire Moth* beträchtlich zurückging und sein Wärmeausstoß ebenfalls, sodass er auf IR noch schlechter erkennbar wurde.

George wartete und lauschte mit den empfindlichen Außenmikrofonen seines Mechs.

Schließlich zeigte die Temperaturskala komplett blau, die Maschine war unterhalb ihrer normalen Betriebstemperatur, und George konnte es sich leisten, die Wärmetauscher völlig zu schließen. Argoff musste ganz in der Nähe sein. Ohne die Gebläse war der *Fire Moth* bis auf ein leises Summen der den Reaktor umhüllenden Magnetfelder völlig lautlos.

Ein leises Klickern drang zu George durch, der in seinem Cockpit nass geschwitzt in der Liege herumrutschte. Sämtliche Abwärme des Reaktors wurde nicht mehr abgeführt und staute sich jetzt im Mech. Die Innentemperatur des Cockpits stieg schnell an. Er konnte sich die Verriegelung nur noch wenige Minuten leisten. Dann würde der Computer die Stilllegung empfehlen, und George wäre hilflos oder gezwungen, die abgeschalteten Wärmetauscher wieder rauschend in Betrieb zu nehmen.

Er reckte sich vor, um aus dem winzigen Fenster zu sehen, während er auf dem Hologramm immer wieder nach den Zeigern der akustischen Ortung suchte. Kleine Pfeile tanzten am oberen Rand hin und her, um dem Piloten eine Orientierungshilfe zu geben, woher die Geräusche kamen, aber in den Schluchten mit den vielen Echos und dem vielfach reflektierten Schall tanzten bei jedem Stein, der aufgrund von Temperaturverschiebungen im Gestein zu Boden kollerte, gleich ein Dutzend Pfeile.

George entdeckte eine kleine Staubwolke und sah einen faustgroßen Stein darin liegen. Misstrauisch beobachtete er die Schluchtränder oberhalb, aber keine Bewegung war auszumachen. Also hatte wahrscheinlich nicht ein Fehltritt Argoffs, sondern die Sonneneinstrahlung diesen Stein in die Tiefe geschickt.

Ein deutlicher Pfeil erschien links. Dort hatte der *Fire Moth* keine Fenster, und George musste sich weit vorbeugen, um die Felswand ansehen zu können, die neben seiner Schulter zahlreiche Risse sehen ließ, die ebenfalls durch Hitzedehnungen entstanden zu sein schienen. Ein hohles Knirschen drang tief aus dem Gestein.

»Das fehlte noch, dass mir die Wand auf den Kopf fällt!«, murmelte George.

In diesem Moment näherte sich ein regelmäßiges Schaben und Knirschen. Die AO, die Akustik-Ortung, konnte das Geräusch nicht richtig lokalisieren, aber die meisten Pfeile kamen von rechts oben. Schritte? George setzte sich zurecht und hob langsam die Arme des *Fire Moth* zur Wandkrone hinauf ...

Der Kopf des Elementars erschien – und verschwand sofort, als Argoff die auf sich gerichteten Maschinengewehre entdeckte. George presste die Auslöser der MGs. Der erste Feuerstoß sprengte eine kleine Lawine vom Schluchtrand und ging weit über den Elementar hinweg, der vorwärts in Deckung gehechtet war. Als durch die Erschütterungen der Einschläge die gesamte poröse Kante nachgab, überschlug sich Argoff mehrmals, während er mit der Lawine von mehreren Tonnen Gestein nach unten donnerte.

Für George, der fluchend den *Fire Moth* wieder auf volle Gefechtsbereitschaft brachte, hüllte sich die Schlucht in eine dichte Staubwolke, in der er Argoff nur als Schemen erkennen konnte – als geistesgegenwärtigen Schemen, der sofort auf die Beine kam und erneut weiter in Deckung zu hechten versuchte, um sich erst einmal orientieren zu können. George löste noch einmal ratternde MG-Salven aus. Die Dreckfontänen sprangen auf Argoff zu, trafen und brachten ihn lange genug ins Straucheln, um dem aufjubelnden George einen gezielten Laserschuss zu ermöglichen. Die Rüstung wurde beim Registrieren der Einschläge automatisch für eine halbe Sekunde steif und zeigte damit den Volltreffer und den wahrscheinlichen Tod des Elementars an.

Der Reaktor erzeugte allmählich wieder genug Energie, um die Laser so schnell feuern zu lassen, dass die Läufe überhitzten, aber George verzichtete auf einen weiteren Links-Rechts-Stoß, als Argoff abwinkte und auf ihn zukam.

»Sehr gut, Kadett George. Eine ausgezeichnete Strategie – wenn auch in der Durchführung noch zu verbessern! Hätte die Schluchtkante nicht nachgegeben, wäre die Begegnung unentschieden verlaufen, und ich hätte deinen Standort umgehen können, um meine Vorteile zurückzugewinnen. Du stimmst mir zu, frapos?«

»Pos! Ich hatte auf das Überraschungsmoment und meinen sofortigen Erfolg gesetzt«, pflichtete George bei. »Mehr als einen vorübergehenden Vorteil konnte ich so nicht erringen, aber es war das Beste, was mir einfiel. Und immerhin habe ich einen Vorteil erringen können, obwohl ich hier sehr benachteiligt bin.«

»Ein Krieger entschuldigt sich nicht, und er rechtfertigt sich auch nicht!«, wies ihn Argoff zurecht.

»Das war keine Entschuldigung!«, widersprach George.

»Aber es war eine Rechtfertigung. Und diese Diskussion ist eines Kriegers auch unwürdig.«

»Aye, Argoff.«

»Ein Krieger hat nicht zu glauben, nicht zu meinen, nicht zu befürchten, nicht zu versuchen ...«, leierte Argoff die Litanei herunter, während er den *Fire Moth* bestieg.

»... ein Krieger hat zu wissen, zu planen, zu kämpfen und zu sterben, wie der Clan es befiehlt!«, vollendete George den Satz, der ihm von Anfang an beigebracht worden war.

»Ich sehe, wir verstehen uns!«, lachte Argoff. »Meinen Glückwunsch zu deinem Sieg, George. Zurück zur Basis!«

Große Turnhalle, Attika-Akademie,
Pyanar, Tranquil, Kerensky-Sternhaufen

20. Mai 3053 TNZ

Alles tat ihm weh, und von der tauben Stelle auf der linken Wange kam ein zunehmendes Druckgefühl. In der linken Schulter wühlte der Schmerz einer kräftigen Prellung, und der Stichschmerz am rechten Knie ... George unterdrückte ein Stöhnen. Er spürte Nates Atem, als der Kobruder sich über ihn beugte.

»Sieh es ein, George. Es gibt nur einen Weg, Ehre zu erringen. Deine Tricks führen in die falsche Richtung.«

Er war nach wie vor anderer Ansicht, aber er war besiegt. Er hatte mit Nate einen Kreis der Gleichen ausgetragen, ein unter Kriegern übliches Ritual, Meinungsdifferenzen mit den Fäusten zu entscheiden. Er musste weiterkämpfen oder sich unterwerfen. Alles in ihm begehrte dagegen auf, aber die Prügel, die er bezogen hatte, seine Schwäche, machten es unmöglich, sich noch weiter dagegen aufzulehnen. Er brummte zustimmend.

Er zuckte zusammen. Der Schlag hätte ihm fast den Unterarm gebrochen, und er wusste, Nate hatte sich noch zurückgehalten. Nichts weiter als ein freundlicher Hinweis auf seinen Mangel an

Höflichkeit. »Wie bitte? Sprich deutlich, auf dass ich dich verstehen kann!«

Zwischen zusammengebissenen Zähne würgte George ein: »Aye, Nate«, hervor.

»Es ist bedauerlich, Kobruder, dass du dich so anders entwickelt habest als wir. Vielleicht sei es nicht einmal deine Schuld, aber du siehest doch ein, dass dein Beharren auf deinem eigenen Wege chalcas ist.«

Chalcas – unclanmäßig, schändlich. »Aye, Nate«, presste George hervor.

»Ich hege keinen Groll gegen dich, George«, fuhr Nate fort, »das gelobige ich dir. Aber es war seit langem fällig, dass dir jemand demonstrieret, wie wenig dir deine Tricks tatsächlich helfen.«

»Ich verstehe«, knurrte George widerwillig. O ja, er verstand nur zu gut. Nicht nur, dass er den Argwohn seiner Kogeschwister auf sich zog, weil er einfach ein bisschen anders war, weil seine körperlichen und geistigen Fähigkeiten andere Stärken und Schwächen aufwiesen, er hatte auch noch die Unverschämtheit besessen, der Lehrdoktrin zu widersprechen. Die meisten Lektionen der Ausbilder mündeten in immer derselben Doktrin: Der Starke konnte nur durch größere Stärke besiegt werden, der Schnelle nur von einem noch Schnelleren, der Wissende wurde von dem mit noch mehr Wissen übertroffen. Das war das Wesen der Clans, aller Clans, darauf baute sich das gesamte Gesellschaftssystem auf. Das war der Grund und die Daseinsberechtigung der Kriegerkaste, das war das Ziel, das sie alle anstrebten, damit sie eines Tages für würdig befunden wurden, ihr Erbe in den Genpool der Novakatzen einzubringen.

George erinnerte sich jedoch auch noch an die Fabeln von Katzlehrer Warner, an die Geschichten, in denen der Schwache den Starken mit Klugheit besiegt, in denen der Wissende über seine eigene Arroganz stolpert und unterliegt, in denen der Schnelle so schnell sein kann, wie er will, und dennoch immer als Letzter ins Ziel gelangt. Täuschung war chalcas, aber List war erlaubt. Und das hieß, dass es grundsätzlich immer mehr als einen Weg zum Ziel gab. Die meisten Kogeschwister dachten über die Geschichten aus der Kindheit nicht weiter nach und taten sie als unwichtiges Geschwätz ab, das man nicht mehr beachten musste, seit man der Kriegerkaste angehörte. Sie nahmen die Lektionen der Ausbilder in sich auf und strebten nach Stärke, nach Kraft, nach Schnelligkeit. Eine Lektion, die die Ausbilder ihnen immer wieder vor Augen führten, war die, dass ein Krieger auch unter widrigen Umständen zu einem Sieg fähig sein musste. Georges Kogeschwister verstanden das als rein taktische Übung, er jedoch verstand es so, dass er ob der Unterschiede nicht nur auf die Nachteile blicken durfte, die er hatte, sondern versuchen musste, die Vorteile zu finden und zu nutzen, die es zweifellos ebenfalls gab.

Dieses Verhalten war für seine Kogeschwister unverständlich und fremdartig. Er sonderte sich dadurch von ihnen ab. Und hatte gelegentlich sogar Erfolg, wodurch er zusätzlich Neid auf sich zog. Wenn er anders war, war das Georges persönliches Problem. Wenn er jedoch anders war und damit Erfolg hatte, sah es Nate als seine brüderliche Pflicht, George darauf aufmerksam zu machen, was er für das wahre Wesen des Kriegers hielt.

Sein Sieg im Kreis der Gleichen gab ihm Recht. George konnte nichts dagegen tun, jedenfalls im Augenblick nicht. Was er seine ›besonderen Fähigkeiten‹ genannt hätte, waren für Nate nichts als billige Taschenspielertricks, auf die man sich nicht verlassen konnte – wie er soeben bewiesen hatte, indem er George auf dem Dachboden dieser Turnhalle zusammenschlug.

»Aye, Nate.«

»Dann ist es gut«, entschied Nate friedlich. Seine Schritte entfernten sich.

Attika-Akademie,
Pyanar, Tranquil, Kerensky-Sternhaufen

22. Mai 3053 TNZ

Der Katzmeister hatte die Angewohnheit, seine lehrreiche Kritik vor der ganzen Geschko zu äußern, auch wenn es den Kadetten, der Anlass dazu war, demütigte. Anschließend jedoch nahm er sich die Zeit, mit jedem Beteiligten noch einmal unter vier Augen zu sprechen. Hatim ging offensichtlich davon aus, dass eine Niederlage und eine dazu passende Demütigung ausreichten, um allzu großes Ungestüm zu dämpfen.

Der Katzmeister starrte zu dem *Hellbringer* hinauf, der auf dem Exerzierplatz geparkt stand.

George wusste, dass er diesen Mech bevorzugte. Er räusperte sich, um den Ausbilder auf sich aufmerksam zu machen, bevor er sagte: »Kadett George meldet sich wie befohlen zur Stelle, Katzmeister.«

Hatim drehte sich zu ihm um. »Nun, Kadett, was hast du zu deiner Leistung während des letzten Simduells vorhin vorzubringen?«

»Der letzte Angriff war nicht klug, Katzmeister.«

»Aye, Kadett. Und was noch?«

»Ich hatte Glück, Katzmeister. Ich habe die Ehre, meine Niederlage gegen dich überlebt zu haben, um daraus zu lernen«, George verbeugte sich tief. »Ich zeige meine Dankbarkeit, Katzmeister.«

Als er sich wieder aufrichtete, lächelte Hatim grimmig. »Verschwendung ist chalcas, Kadett George. Selbst, wenn wir nicht im Simulator gegeneinander gekämpft hätten, hätte ich darauf verzichtet, dich zu töten. Dein Dienst am Clan wäre auch als Tech willkommen gewesen.«

»Aye, Katzmeister.«

»Die einzig wirklich gute Leistung war dein Sieg über Magalis *Huntsman*, Kadett George. Ihr habt beide Fehler gemacht, die mich Klagen machen, dass ich es mit so gering lernwilligen Kadetten zu tun habe, die nur vom Kriegerdasein träumen können und große Visionen haben – und einander an Ungeschicklichkeit übertreffen, wenn sie auf die Probe gestellt werden.«

George senkte den Kopf. »Aye, Katzmeister. Mir ist bewusst, dass meine Fähigkeiten in vereistem Gelände noch der Erweiterung bedürfen. Die meisten Fehler waren Fehleinschätzungen der Gletscheroberfläche.«

»Diese Erkenntnis gereicht dir zur Ehre, Kadett«, stimmte Hatim zu. »Und sie war auch der Schlüssel zu deinem Erfolg über Magali. Das zweite Duell jedoch war an Erbärmlichkeit der Gipfel dessen, was ich je miterleben durfte. Wie zuvor Magali, John und du hat Nate Fehler an Fehler gereiht und sich damit eine Kette geschmiedet, die ihn selbst gefesselt hat. Als er in die Spalte fiel, hätte ihn das Fehlen der Sprungdüsen nicht hemmen dürfen. Es war sein Fehler, zu lange nicht auf die Idee zu kommen, sich den Ausweg mit den Lasern zu bahnen. Der zweite Fehler war der, dass er so auf die Wand geschossen hat, dass das einstürzende Eis ihn treffen musste.«

»Und der letzte Fehler war, dass er auf eine Eiswand geschossen hat, auf der ein BattleMech stand, der auf seinem Mech gelandet ist.«

»Neg, Kadett George, *das* war dein *Glück*. Es war *dein* Fehler, die einzige Befreiungsmöglichkeit für Nate nicht rechtzeitig zu erkennen. Infolgedessen bist du zu dicht an die Spalte heranmarschiert, auf dass die einstürzende Wand dich mitreißen musste. Es hätte mit Leichtigkeit so sein können, dass du neben Nate im Eisschutt begraben gelegen hättest. Deine Landung *auf* ihm hat ihn besiegt. Offiziell hättest du damit nicht nur deinen Positionstest bestanden, sondern auch noch die Qualifikation als Sterncommander erhalten.«

»Danke, Katzmeister.«

»Nur offiziell, Kadett, denn ich habe dir noch nicht beigebracht, dass es neben dem Offiziell immer auch ein Inoffiziell gibt. So, wie jede klare Vision eine klare Bedeutung hat, hat sie immer auch eine unklare Nebendeutung, die man nicht vernachlässigen darf. Du wärest als Krieger in eine Kampfeinheit versetzt worden, aber du wärest nicht Sterncommander geworden.«

George sah ihn überrascht und verletzt an und wollte etwas erwidern.

»Neg, schweig, Kadett. Höre mich an und nimm diese Worte in dich auf, denn du wirst sie brauchen, falls du eines Tages doch noch einen Positionstest bestehen solltest!«

Er beherrschte sich und nickte. »Aye, Katzmeister.«

»Jeder Kommandeur, der deinen Kodax gelesen hätte, hätte deinen billigen Sieg über deinen zweiten Gegner gesehen, und er hätte mit Recht deine Fähigkeiten in Frage gestellt. Wärest du an einen wohlwollenden Kommandeur geraten, so hätte er dir vielleicht einen zweiten Positionstest zugestanden, auf dass du deine Fähigkeiten unter Beweis stellest. Die meisten Kommandeure jedoch, unter denen ich in meiner aktiven Kriegerlaufbahn die Ehre hatte zu dienen, hätten dich zum MechKrieger zurückgestuft und dich so in ihre Einheit aufgenommen. Hättest du dagegen protestiert, hätten sie dir deine Widerworte im Kreis der Gleichen ausgetrieben. Die nächste Chance hättest du dann ein Jahr später beim nächsten Positionstest erhalten.«

Der Katzmeister sah ihm an, dass er noch etwas sagen wollte, und brachte ihn mit einer Handbewegung zum Schweigen. »Nimm auch dies in dich auf, Kadett George: Unruhestifter bekommen niemals vor der Zeit die Gelegenheit zu einem Positionstest. Die leuchtenden Beispiele unseres Clans, die Vorbilder, die wir in der *Erinnerung* besingen, sind alle durch vorgezogene Positionstests aufgestiegen. Sie haben sich diese Ehre durch ihre Leistungen erworben. Durch diese Geschichten mag in euch Kadetten der Eindruck entstanden sein, der vorgezogene Positionstest sei die Regel, aber dies vergiss lieber noch bis Sonnenuntergang.«

»Aye, Katzmeister. Ich habe verstanden.«

»Ich bin bereits in der Nachbesprechung darauf eingegangen, welch eine bodenlose Dummheit es war, mit einem derart beschädigten Mech meinen *Hellbringer* anzugreifen. Gibt es dazu noch etwas zu sagen?«

»Aye, Katzmeister. Du hast uns beigebracht, niemals aufzugeben.«

»Aye, das habe ich, Kadett George. Dein Angriff auf mich war unnötig, überflüssig und praktisch Selbstmord. Ich kann es nicht anders nennen als Verschwendung, Kadett, chalcas Verschwendung. Die Aufgaben, die dir gestellt sind, sind an den realen Anforderungen orientiert. Es mag verzweifelte Situationen geben, in denen du mit einem schwer beschädigten Mech und nur noch einem einzigen Geschütz gegen einen überlegenen Gegner bestehen *musst*. Situationen wie diese sind in der *Erinnerung* an vielen Stellen besungen worden. Aber in der Situation eines Positionstests gibt es eine klare Strategie – Bestehen des Tests, um Krieger zu werden –, eine eindeutige Taktik – Sieg über so viele Gegner wie möglich, um einen möglichst hohen Rang zu erhalten –, und eine einfache Operation – mehr Schaden austeilen als einstecken. Deine operativen Aktionen waren gut, und die Taktik hast du erfolgreich umgesetzt.

Mit deinem chancenlosen Angriff auf mich, einen überlegenen Gegner, hast du jedoch deine Strategie ad absurdum geführt. Die Ergebnisse des Tests sprechen für sich: Magali ist durchgefallen und würde als Tech weiterleben müssen, ebenso wie John. Nate hat zumindest das erste Duell gewonnen und würde als MechKrieger in die Kriegerkaste aufgenommen. Du hattest deine Qualifikation als MechKrieger bereits und hast sogar eine als Sterncommander, wenn auch eine umstrittene, erlangt. Mit deinem Angriff auf mich hast du jedoch bewiesen, dass du ein unvernünftiger und verschwenderischer Sterncommander für unseren Clan geworden wärest.

Wenn du nach den Sternen greifst, Kadett, verlierst du den Boden unter den Füßen. Erspare mir die Schande, dich in deinem wirklichen Positionstest als Novacommander qualifizieren zu wollen. Beweise dich als Krieger und strebe nach dem Sterncommander, wenn du es vermagst, denn du kannst nichts dabei verlieren. Aber danach beweise die Klugheit, dich zurückzuziehen und deinen Erfolg zu erhalten. Wäre die Simulation ein echter Positionstest gewesen, wäre auch deine Zukunft in der Techkaste.«

»Ich verstehe das, Katzmeister. Ich werde mich bemühen, die Strategie hinter der Taktik nicht zu vergessen.«

Attika-Akademie,
Pyanar, Tranquil, Kerensky-Sternhaufen

24. Mai 3053 TNZ

Hatim trat vor die acht Kadetten der Lenardon-West-Geschko und musterte sie wie jeden Morgen. Dann allerdings wich er von dem üblichen Tagesrhythmus ab, und George durchlief ein Schauer der Erregung, als er hörte: »Lenardon-Wests, ich habe soeben neue Instruktionen für euch erhalten. Ihr werdet euch in den Hangars einen Mech aussuchen, mit dem ihr in den Positionstest gehen wollt. Gebt eure Konfigurationswünsche in einer Stunde an den Cheftech weiter!«

»Aye, Argoff«, antworteten sie im Chor.

Exerzierplatz, Attika-Akademie,
Pyanar, Tranquil, Kerensky-Sternhaufen

Mittags

»Wie beliebte es dir, dich für einen Mech zu entscheiden?« Pyda trat zu George in den Schatten des großen Baums, unter dem er saß und nachdachte, während er darauf wartete, dass die Zeit verging.

Er blickte auf. »Mir beliebte die Entscheidung für einen *Huntsman*.«

»Ist Einsamkeit das, was du suchst?«, erkundigte sie sich höflich.

Er zuckte die Schultern. »Deine Gesellschaft ist willkommen.«

Sie ließ sich neben ihm im Gras nieder und blickte sich um. Die Wohnquartiere lagen hinter ihnen. Der wenig spektakuläre Blick ging auf die Turnhallen und Verwaltungsgebäude. Der Ort hatte den Vorzug, dass er in der prallen Mittagshitze wenig besucht war und dennoch nicht allzu weit von den Quartieren entfernt lag, falls die Techs, die an den OmniMechs arbeiteten, noch Fragen hatten.

»Warum willst du ausgerechnet in einem *Huntsman* kämpfen, wenn du gestern erst im Simulator einen *Huntsman* mit einem *Ice Ferret* besiegt hast?« Sie streckte die nackten Beine aus. Genau wie George trug sie nur Shorts und ein ärmelloses Hemd. »Deine Vorliebe für leichte Mechs ist mir wohl bekannt, aber hättest du einem schweren oder überschweren Omni nicht den Vorzug geben sollen?«

»Um deinem Beispiel zu folgen?«, fragte er.

Sie sah ihn überrascht an. »Woher hast du Kenntnis von meiner Wahl eines *Timber Wolf*?«

Er grinste. »Die hatte ich nicht, aber es war der Vermutungen der guten eine.«

Sie lächelte verstehend. »Ein Schuss ins Blaue, das war nicht schlecht. Aber gehe ich recht in der Annahme, dass du meinen Fragen ausweichst?«

»Das ist nicht meine Absicht. Ich werde einen *Huntsman* führen, weil mir scheint, er ist geeignet ...«, er zögerte, weil er Pyda nicht beleidigen wollte, »meinen Weg zum Kriegerdasein zu unterstützen.«

»Welche Konfiguration hat deinen Beifall gefunden?«

»Ich habe nicht viel an der Primärkonfiguration modifiziert. Die Autokanone ist durch einen schweren Impulslaser ersetzt worden, und alle elektronischen Zusatzgeräte sind ausgebaut worden, damit ich einen größeren Reaktor und mittelschwere Impulslaser einsetzen kann. Die Raketen sind unverändert geblieben.« Es kam ihm nicht in den Sinn, diese Informationen vor seiner potenziellen Rivalin zurückzuhalten. Täuschung und Hinterlist waren Clankriegern völlig fremd.

Pyda gab ihm ebenso bereitwillig Auskunft über die Konfiguration ihres *Timber Wolf* wie er. Sie hatte die schweren Laser durch Partikelprojektorkanonen ersetzt und auf die leichten Laser und MGs verzichtet, um zusätzliche Wärmetauscher unterzubringen. »Ich beglückwünsche dich zu deinem Mut. Du bist der wenigen einer, die in einem mittelschweren Mech zum Positionstest antreten. Alle anderen aus unserer Geschko haben sich für mindestens 70 Tonnen entschieden.«

»70 Tonnen? Ich wage die Vermutung, dass es sich um Magali handelt, die einen *Summoner* führen wird, frapos?« Die für Kadetten zulässige Maximaltonnage für Positionstests lag bei 80 Tonnen, und die meisten Kadetten entschieden sich ohne lange Überlegungen für einen *Gargoyle*, einen OmniMech dieser Gewichtsklasse. Nur, wer gute Gründe hatte, wählte einen anderen Mech, so wie Pyda mit ihrem 75-Tonnen-*Timber Wolf*. George war mit seinem 50-Tonner weit unter dieser Grenze geblieben.

»Pos. Sie ist schon immer die Mutigste von uns gewesen.«

»Kerensky, und was bin ich? *Ich* lenke einen 50-Tonner.«

»Du bist schon immer anders gewesen«, stellte sie fest. »Entweder bist du verrückt wie ein Surat, oder du hast schon aufgegeben, bevor es überhaupt angefangen hat. Dann hättest du dich für einen Mech entschieden, den wir leicht abschießen können, damit einer von uns einen einfachen ersten Abschuss bekommt.«

Er starrte sie einige Augenblicke erstaunt an und schüttelte dann den Kopf. »Es ist meine Absicht, heute Abend ein Krieger zu sein.«

»Dann wünsche ich dir Glück, denn dein Können wird nicht reichen.«

Er musterte sie und nickte schließlich. »Du meinst das nicht gehässig, franeg.«

»Neg, ich bin nicht Nate.«

»Das ist wahr.«

»Welche Chance wirst du gegen ihn haben? Nate wird in einem *Gargoyle* sitzen, und wenn Ihr zusammen gelost werdet, wirst du in der ersten oder in der zweiten Runde gegen ihn kämpfen müssen.«

Die Kampfregeln der Clans waren einfach und ehrenvoll: Wenn sich zwei Mechs im Kampf begegneten, hatte der Benachteiligte – in der Regel der mit der geringeren Tonnage – den ersten Schuss frei. Andere Mechs durften in den Kampf nicht eingreifen, solange nicht einer der beiden Kontrahenten besiegt war. Da sich im Positionstest zunächst vier Kadetten begegneten und George den leichtesten Mech hatte, würde er sich praktisch seinen Gegner aussuchen können. Der, auf den er zuerst feuerte, war sein Duellpartner. Vernünftigerweise würde George in seinem 50-Tonner nicht einen 80-Tonnen-Gegner wählen. Ein Sieg, irgendein Abschuss, reichte völlig, um in den Rang eines MechKriegers aufzusteigen.

Für George wäre es das Beste, wenn noch ein anderer Kadett in einem mittelschweren Mech antrat, gegen den er kämpfen konnte. Nach seinem Sieg würde er MechKrieger sein, egal wie die folgenden Gefechte ausgingen. Sollte Nate bei den vier Kadetten sein, mit denen George antrat, würde der ehrgeizige Kobruder mit Sicherheit versuchen, auch noch einen zweiten Abschuss zu schaffen und sich zum Sterncommander zu qualifizieren – eine Leichtigkeit, wenn ein bereits aus dem Vorduell beschädigter 50-Tonner dafür zur Verfügung stand.

George legte nachdenklich den Kopf schief. »Ich werde seine Stärken gegen ihn kehren, wenn ich ihm begegne. Selbst Nate ist nicht unbesiegbar.«

Sie musterte ihn interessiert. »Hattest du eine Vision?«

»Nein, ich hatte nicht einmal eine Vorahnung, dass heute unser Positionstest sein würde.«

Sie seufzte. »Ich habe davon geträumt, aber ich habe nichts darauf gegeben.«

Er horchte auf. »Hast du auch gesehen, wo es stattfinden wird, frapos?«

Sie schüttelte den Kopf. »Neg, die Blicke meiner Visionen sind stets diffus und düster. Manchmal zweifle ich daran, dass es mir je vergönnt sein wird, eine klare Vision zu haben. Ich erinnere mich an Hindernisse, die die Schussfelder blockierten, Erschütterungen, die meinen Mech schwanken machten, rot leuchtendes Gestein – vielleicht Lava? – und feindliche BattleMechs, die sich um uns herum versammelt hatten wie bei einem öffentlichen Kreis der Gleichen.«

»Sprachst du von *feindlichen* BattleMechs, franeg?«

»Pos, doch, ich meine *feindliche* Mechs, denn auf einmal traten sie über die heilige Linie in den Kreis und mischten sich in unseren Positionstest ein. Ich erinnere mich an meine Wut, denn die feigen Jakos haben meinen Mech von hinten abgeschossen, als mir der Sieg nahe war. Ab da sind meine Erinnerungen verworren.«

Er schüttelte den Kopf. »Kläre deine Gedanken«, riet er ihr. »Selbst in einem *Timber Wolf* kannst du einen Positionstest verlieren, wenn deine Konzentration unvollkommen ist.«

Sie nickte. »Und was vermutest du? Wo wird der Ort unseres Schicksals sein?«

Er zuckte die Schultern. »Es wird nicht hier auf dem Akademiegelände sein.«

»Und auf keinem Gletscher«, ergänzte sie lächelnd, »die sind zu weit weg und zu schlecht zu erreichen.«

»Also bleiben nur der Sumpf im Tal südlich von hier, das Minos-Labyrinth im Osten oder die ebene Steppe im Talkessel nördlich. Wir sind bereits in jedem dieser Gelände gewesen und haben dort trainiert. Sie haben alle ihre Vor- und Nachteile. Ich wüsste nicht, welchem ich den Vorzug geben sollte.«

»So denke ich auch.«

»Also denke ich bevorzugt an meinen Mech, an seine Stärken und seine Schwächen.«

»Es wird lange dauern, bis die Techs deinen Reaktor ausgetauscht haben. Der Beginn wird von ihrer Fähigkeit abhängen, deinen Mech fertig zu machen. Wann wird das sein? Hat der Cheftech eine Prognose verlautbart?«

»Er hat sich nicht genau festlegen wollen, aber es wird noch mindestens zwei Stunden dauern.«

»Erst wenn alle Mechs fertig sind, dürfen wir eine Stunde lang mit ihnen üben, bevor wir uns zum Test bereit melden müssen. Entspricht es deiner Absicht, die ganze Zeit hier unter dem Baum zu sitzen, franeg?«

»Neg, wenn du einen besseren Vorschlag hast.«

»Den habe ich. Komm mit.« Sie führte ihn am Verwaltungsgebäude vorbei zu einer Stelle, wo es zwischen den Wällen des Schießplatzes und einer Schwebergarage einen ruhigen Platz gab, der von keinem Gebäude aus einsehbar war. Sie lächelte ihn fragend an.

Er grinste und nickte. Er kannte seine Koschwester gut genug, um zu wissen, wie sie es mochte. Sie blieb anfangs lieber passiv und wurde erst später aktiv. Deshalb streifte er ihr Hemd, Shorts und Slip ab und achtete darauf, ihr dabei über Schultern, Rücken und Beine zu streichen. Wie jede Clankriegerin hatte Pyda kräftige Muskeln an Armen und Beinen, ohne die ungeschlachte Masse einer Elementarin entwickelt zu haben. Ihr Körper war gestählt und besaß kaum ein Gramm Fett. Die natürlichen Folgen davon waren eine geschmeidige Beweglichkeit und nur wenig entwickelte weibliche Attribute.

Aber George kannte es nicht anders. Zwar hatte er schon Poster gesehen – auf den Spindtüren der Techs – auf denen freigeborene Frauen ... extrem dargestellt waren, aber in seinen Augen waren diese weichen und formlosen Fettansammlungen, die die Begeisterung der männlichen Techs weckten, nutzlos, abstoßend und Ekel erregend. Er verschwendete keinen Gedanken daran, als er sanft die kleinen Brüste seiner Koschwester umfasste und die aufgerichteten Brustwarzen berührte, sodass sie erzitterte.

Da Krieger nicht auf natürlichem Weg Nachkommen zeugen durften, galt für sie kein Inzestverbot. Sexuelle Erfahrungen mit den Kogeschwistern waren üblich und normal, um die nervöse Energie der heranwachsenden Kadetten abzuleiten. Es war ein beliebter Zeitvertreib und half, Spannungen abzubauen. Mit wenigen Handgriffen hatte Pyda ihn entkleidet und drückte ihn rückwärts ins Gras. Sie beugte sich über George. Auch sie kannte ihren Kobruder gut genug, um zu wissen, was er bevorzugte. Sie rieb ihre Schenkel an seinen und streichelte ihn ein wenig, um ihn noch mehr zu erregen, bevor sie sich auf ihn schwang und langsam über ihn gleiten ließ.

Attika-Akademie,
Pyanar, Tranquil, Kerensky-Sternhaufen

Nachmittags

»Kadett George, es sei dir zur Kenntnis gebracht, dass die Lenardon-West-Geschko nicht die Einzige ist, die heute ihren Positionstest zu bestehen hat. Das Los allein bestimmt, wie sich das

Quartett zusammensetzt. Gehe nicht davon aus, dass die Gegner, denen du begegnest, Kobruder oder Koschwester sind. Erwarte kein Pardon, gewähre kein Pardon. *Kämpfe!* Denn es könnte dein Tod sein, wenn du falscher Sentimentalität folgst.«

»Aye, Hatim.«

»Es ist im Navcomp deines Mechs eine Route programmiert. Gleichsam ist es geschehen bei den Navcomps der anderen Mechs. Die Routen jedoch unterscheiden sich. Du wirst nicht wissen, ob Nav alpha oder Nav beta der erste Kreuzungspunkt ist. Wenn du jedoch Nav beta erreichst, ohne einen Gegner zu sehen, solltest du warten, bis er dich einholt. Ebenso geht es weiter mit Nav gamma und delta. Wenn du siegreich bist, kannst du dich als MechKrieger auf deiner Route zum nächsten Navpunkt begeben. Wiederum wirst du nicht wissen, ob Nav gamma oder Nav delta der nächste Kreuzungspunkt ist. Solltest du Nav delta erreichen, ohne einen Gegner gefunden zu haben, solltest du ihn dort erwarten. Bist du zum zweiten Male siegreich, so begibst du dich zum Navpunkt epsilon. Dort wirst du mich oder einen anderen Ausbilder finden und kannst gegen ihn antreten, um dich zum Novacommander zu qualifizieren. Aber das hast du ja nicht vor, franeg?«

»Neg, Katzmeister.«

Hatim wandte sich mit einem Nicken ab.

»Katzmeister?«

Der Ausbilder blieb stehen und blickte ihn an. »Ja, Kadett?«

»Habe ich Klugheit bewiesen in der Wahl meines Mechs?«

Hatim dachte kurz nach, bevor er antwortete: »Es gibt sehr viele Krieger, die ihren Positionstest in einem überschweren Mech bestanden haben. Es gibt nicht ganz so viele Krieger, die es in einem schweren Mech geschafft haben. Es gibt wenige Krieger, die sich dafür einen mittelschweren Mech ausgesucht haben. Es sind nicht viele, aber es gibt sie. Also bitte mich nicht um Bestätigungen, die nur du geben kannst.«

»Ich habe Angst, Hatim. Ist das nicht eines Kriegers unwürdig, frapos?«

»Neg, Kadett George. Es ist eines Kriegers unwürdig, sich von der Angst besiegen zu lassen.«

George sog bebend die Luft ein. »Danke, Katzmeister.«
Hatim nickte und ging.

Die Sonne stand bereits dicht über dem Horizont, als die regelmäßig stampfenden Schritte des *Huntsman* George nach Osten trugen. Auf seinen Bildschirmen und im Hologramm waren im Augenblick keine anderen Fusionsemissionen zu sehen, aber er zweifelte nicht daran, dass mit wenigen Minuten Abstand vor und hinter ihm die anderen Kadetten auf Kurs zu ihren ersten Navigationspunkten waren. Er hatte auf der Satellitenkarte bereits gesehen, dass sämtliche programmierten Navpunkte innerhalb des Minos-Labyrinths lagen. Er nahm sich die Zeit, die Umgebung der Navpunkte jeweils etwas näher zu betrachten. Alle Koordinaten lagen in der Nähe einer Kreuzung der größeren Schluchten und mitten in einer canyonartigen Erweiterung, sodass sich die Plätze hervorragend als Gefechtsschauplätze eigneten.

George erhöhte die Geschwindigkeit. Mit beinahe 60 Stundenkilometern drang er in das Kampfgebiet ein. Er zog es vor, als Erster den Ort des Duells zu erreichen. Sein 50-Tonnen-*Huntsman* gab ihm mit seinem ausgetauschten Reaktor und einer Höchstgeschwindigkeit von fast 100 Stundenkilometern die Möglichkeit dazu. Trotz der Wärme, die in den Schluchten des Labyrinths noch lange nach Sonnenuntergang zu spüren sein würde, hatte der mittelschwere Mech von allen Anwärtern die besten Chancen, die programmierte Route schnell zurückzulegen.

Die Schluchten waren mindestens doppelt so tief wie ein OmniMech hoch, die meisten waren sogar tiefer. Die Sonne beschien nur noch den oberen Rand der Felswände, was in den Canyons ein seltsam unwirkliches Licht erzeugte, mal bräunlich-gelb, mal orange-rot, je nach Farbe der Steine. Der steinige Grund und seitliche Nischen lagen beinahe in völliger Dunkelheit. Selbst wenn eine Schlucht gerade verlief und übersichtlich erschien, ein Gegner, der es darauf anlegte, würde erst auf sehr kurze Distanz detektierbar sein. Radar und MAD wurden von den Mineralien gestört, abgelenkt oder überlastet. AO und IR waren zwischen den von der Tageshitze knisternd und knackend abkühlenden Felswänden beinahe nutzlos, George konnte sich nur auf NO und RV verlassen, Normaloptik und Restlichtverstärker.

Zwölf Minuten später erreichte der *Huntsman* Nav alpha. George hatte schon einen knappen Kilometer zuvor die Geschwindigkeit auf knapp 30 Stundenkilometer gedrosselt und sich mit größter Vorsicht angepirscht. Zwar war der *Huntsman* wahrscheinlich als Erster hier eingetroffen, aber es war nichtsdestotrotz nur eine *Wahrscheinlichkeit*, und es bestand eine geringe Chance, dass sein Gegner bereits hier war. Aber die Bildschirme zeigten nichts.

Er erinnerte sich an Hatims Worte und hielt sich nicht lange damit auf, hier zu warten. Möglich, dass Nav alpha der erste Duellplatz war, dann würde Nav beta, der in knapp zwei Kilometern Entfernung lag, ein so genannter blinder Navpunkt sein. In diesem Fall sollte George so schnell wie möglich dorthin eilen, um als Erster dort zu sein. Allerdings konnte es auch sein, dass Nav alpha ein blinder Punkt war und erst Nav beta die beiden programmierten Routen vereinigte. In jenem Fall bestand die Gefahr, dass die in Georges Navcomp programmierten Koordinaten von Nav beta bei seinem Gegner als Nav alpha gespeichert waren, sodass der andere ohne Umweg dorthin unterwegs war und selbst in einem langsameren Mech den Kampfplatz als Erster erreichte.

Also war sein Duellgegner im Augenblick vor, neben oder hinter ihm, irgendwo auf Parallelkurs, vielleicht links, vielleicht rechts. Wann würde er auf die Route des Gegners treffen? Oder der Gegner auf seine? Liefen die beiden Routen erst am Navpunkt zusammen oder schon vorher?

George blieb bei seinem langsamen Pirschgang. Er verzichtete auf die aktive Radarortung, weil er zwar mit aktivem Radar auf etwas über einen Kilometer Distanz genaue Zieldaten für die Kampfsysteme bekam, sein Gegner aber das aktive Radargerät auf knapp doppelte Entfernung orten konnte. Er rechnete auch nicht damit, dass einer der anderen Kadetten so unvorsichtig sein würde, es mit Radar zu versuchen. MAD, IR und AO lieferten so unsichere Daten wie nicht anders zu erwarten im Minos-Labyrinth, und die tief stehende Sonne vergrößerte die Schattenzonen, blendete gelegentlich schräg ins Cockpit und verlieh harmlosen Felsblöcken geheimnisvolle Konturen: kauernde BattleMechs, Geschützmündungen, Bewegungen, wo keine Bewegungen waren ... George schüttelte ärgerlich den Kopf und atmete tief durch.

Der computergenerierte Glockenton der Ortungssysteme, die ihn auf einen Kontakt aufmerksam machten, war eine Erleichterung. Endlich wich die Ungewissheit, endlich war das Warten vorbei. Irgendwo rechts voraus bewegte sich eine Quelle für Fusionsemissionen. Noch zweihundert Meter, dann würde er einen Abzweigung erreichen. Einer Eingebung folgend manövrierte George den *Huntsman* in eine Nische links an der Felswand und fuhr den 300-XL-Reaktor herunter, um sich nicht seinerseits durch Fusionsemissionen zu verraten.

Offenbar war es, wie er vermutet hatte. Sein Gegner steuerte direkt Nav beta an und hatte trotz seiner geringeren Geschwindigkeit einen Vorsprung. Vielleicht lag es aber auch nur daran, dass er ein paar Minuten früher als George aus dem Hangar geschickt worden war. Jedenfalls hatte er keine Möglichkeit mehr, Nav beta noch vor dem anderen Kadetten zu erreichen. Damit verlor er den Vorteil, das Gelände als Erster zu erkunden und sich die günstigste Feuerposition auszusuchen. Vielleicht ließ sich der andere aber überraschen.

Ein Hinterhalt war chalcas. George hatte jedoch keineswegs vor, den anderen Kadetten aus dem Hinterhalt zu überfallen. Er wollte lediglich Gelegenheit haben, Informationen über den anderen zu bekommen, ohne entdeckt zu werden. Immerhin würde der andere in einem schweren oder überschweren OmniMech kämpfen, und da konnte der mittelschwere *Huntsman* ein paar zusätzliche Informationen dringend gebrauchen.

Da! Im düster-orangen Licht der Schluchten wankte eine gedrungene Gestalt durch sein Sichtfeld. Der Torso schwang herum, die Geschütze wiesen einen Augenblick lang in den Canyon, in dem sich George verborgen hielt, dann stampfte der Mech weiter und verschwand. George runzelte die Stirn. Was war das für ein Mech gewesen?

Er rief die Ortungsdaten auf und ließ sich die Bilder auf einem Hilfsmonitor noch einmal abspielen. Er stoppte die Wiedergabe und vergrößerte das Bild, als der fremde Mech seinen Torso in die Schlucht hineindrehte. War das möglich? Zur Bestätigung gab er eine Identifikationsanfrage ein. Der Computer war sich offenbar auch nicht ganz sicher, denn er gab eine lediglich 55-prozentige Wahrscheinlichkeit dafür an, dass es sich bei der dunkelgrauen Maschine mit dem seltsamen Katzensymbol an der Schulter um eine *Glass Spider* handelte.

Auf einem zweiten Hilfsbildschirm erschienen Informationen zu dem Mech. 60 Tonnen, 64,8 Stundenkilometer schnell, standardmäßig keine Sprungfähigkeit, Standardbewaffnung zwei Gaußgeschütze. Den Bildern war zu entnehmen, dass die asymmetrische Silhouette vor allem durch eine asymmetrische Bewaffnung hervorgerufen wurde. Der linke Arm ähnelte eher der Waffenmanschette eines *Hellbringer* mit einer Partikelprojektorkanone, und der rechte Arm wirkte zu zierlich für ein Gaußgeschütz. Möglicherweise ein schwerer Laser.

Darüber wunderte George sich noch mehr. Nicht nur, dass sich dieser Kadett mit einer *Glass Spider* einen nicht modifizierbaren BattleMech ausgesucht hatte, während normalerweise jeder Kriegeranwärter in einem OmniMech in den Positionstest ging, er hatte sich auch noch einen hoffnungslos zusammengestückelt ausgerüsteten und unterbewaffneten Mech ausgesucht.

Was auch immer es war, er war bereit für das Duell und seinen ersten echten Kampf, die so genannte Feuertaufe, die ihn zum Krieger machen würde. George fuhr den Reaktor hoch und kontrollierte noch einmal alle Systeme mit einem kurzen Blick, bevor er den *Huntsman* nach vorn bewegte. Er erreichte die Abzweigung.

Die *Glass Spider* war 600 Meter weit gekommen und zögerte in diesem Augenblick. Der Pilot hatte die Fusionsemissionen hinter sich bemerkt. Der 60-Tonner blieb an einer besonders engen Stelle stehen und begann, sich mühselig umzudrehen. George vergeudete eine Sekunde mit der Überlegung, ob sein *Huntsman* als der leichtere Mech den ersten Schuss hatte oder der andere, weil er unterbewaffnet war. Den Ausschlag gab der Gedanke, dass bei den seltsamen Modifikationen des Gegners vielleicht doch eine

Möglichkeit, Waffen im Torso unterzubringen, hinzugekommen war. Zwei Gaußgeschütze repräsentierten eine Modulkapazität von immerhin über 30 Tonnen. Damit war der Gegner gegenüber Georges 23 Tonnen eindeutig im Vorteil.

Die Fadenkreuze blinkten golden über der gedrungenen Silhouette der *Glass Spider*, und George presste die Feuerknöpfe durch. Das schrille Singen des schweren Impulslasers im rechten Unterarm wurde übertönt von dem brüllenden Fauchen der startenden 10er-Salve Langstreckenraketen aus der Torsolafette. Normaloptik und Infrarot waren von den heißen Abgaswolken einen Augenblick überlastet, und George nahm den 60-Tonner nur mit MAD wahr. Hitze wallte ins Cockpit und ließ ihn keuchen. Dann blendete ihn die Kette der Detonationen, als die Raketen einschlugen. Im Widerschein der Explosionen, die den 60-Tonner hin und her warfen und gegen die Felswand taumeln ließen, meinte George, die rissigen Flicken über den nur notdürftig reparierten Kampfschäden der *Glass Spider* zu erkennen.

Er hatte keine Zeit, darüber nachzudenken, denn nun hob der Gegner die Geschütze. Der schwere Impulslaser im rechten Arm gab ein asthmatisches Schrillen von sich, und die Energiebolzen zuckten durch den Canyon. Die Torsopanzerung des *Huntsman* knirschte und klingelte, aber sie wurde nicht durchstoßen. Die glühende Mündung sank ein wenig herab, dafür hob sich die keulenartige Manschette mit der PPK, ein unheilvolles blaues Flackern war in der Mündung zu sehen, dann explodierten die Ladespulen der Waffe und rissen den ganzen Unterarm in Fetzen. Die *Glass Spider* taumelte erneut, konnte von ihrem Piloten aber noch abgefangen werden.

450 Meter, die Temperatur sank. George zielte sorgfältig und löste nacheinander seine Geschütze aus. Der schwere Laser schnitt tief in die Breschen der Torsopanzerung, die beiden mittelschweren Laser trugen ihren Teil zur Verwüstung bei. Eine Dampfexplosion kündete vom Verlust eines Wärmetauschers. Die LSR-Lafette war noch nicht wieder nachgeladen, aber die Kurzstreckenlafette war feuerbereit, und die 6er-Salve Blitz-Raketen fauchte röhrend in den Gegner. Die Einschläge warfen ihn zur Seite, und bevor er

den 60-Tonner abfangen konnte, rammte der Mech in die Felswand. Ein Aufblitzen an der Schulter, öliger Qualm und hervorzüngelnde Flammen zeigten an, dass der Schultermechanismus ernsthaft beschädigt war.

George erwartete die dunklen Wolken der automatischen Feuerlöscher, die mit Pulver oder Schaum interne Brände bekämpfen sollten, aber nichts geschah. Statt eines Umschaltens auf die Reservesysteme und einer Fortsetzung des Kampfes schien die *Glass Spider* zu erstarren. Die Flammen leckten höher aus den Breschen im Torso. Das reißende Knallen hörte sich ganz nach schmorenden und versagenden Myomermuskeln an. Plötzlich fiel der Gegner in Trab und stürmte auf den *Huntsman* zu.

Nur noch 200 Meter, zu nah für die Langstreckenbewaffnung. Und womit hätte er den heranstürmenden Gegner stoppen sollen? Bei einer Kollision mit dem schweren Ungetüm würde der 50-Tonner schwere Schäden davontragen. George entschied sich für die klügere Alternative und leitete ein vertikales Notsprungmanöver ein. Donnernd katapultierten ihn die Bein- und Rückendüsen in die Luft, und der 60-Tonner stampfte unter ihm vorbei. George landete den *Huntsman* mit angewinkelten Knien und wendete den Mech.

Die *Glass Spider* hatte abgebremst und wandte sich ebenfalls um. Dichter Qualm stieg aus der beschädigten Schulter, der Arm mit dem schweren Laser war erstarrt. Offenbar war der Mech nicht mehr kampftauglich, und der Kadett weigerte sich, aufzugeben. Trotzig nahm er erneut Anlauf. Auf nur 250 Meter feuerte George erschrocken alles ab, was er hatte. Die Laser schnitten in den Torso, rissen die Panzerung auf und schleuderten glühende Ferrofibritbrocken in alle Richtungen davon. Die schnelleren KSR hämmerten in die Breschen und explodierten im Innern. Ganze Panzerplatten barsten von der Stützstruktur, mehrere Wärmetauscher explodierten in Dampferuptionen, dann hämmerten die Langstreckenraketen in die schwer beschädigte Maschine, rissen Antennen, Wartungsluken, Gelenkschürzen und aufgebogene Panzerreste weg, und die Projektile, die ins Innere vordrangen, zerrissen die Kühlsysteme des Fusionsreaktors, hämmerten auf das Gehäuse des

Gyroskops und durchtrennten strängeweise Myomermuskeln. Die *Glass Spider* brach zusammen und stürzte. Der erstarrte Arm pflügte in den Kies der Schlucht und blieb keine dreißig Meter vor den schmalen Fußplatten des *Huntsman* liegen.

Ein scharfer Knall ertönte, und rund um den Kopf des 60-Tonners blitzte es auf. George zuckte zusammen, als ihm die Erkenntnis dämmerte, dass der Pilot den Schleudersitz ausgelöst hatte, ohne das Cockpitdach aufzusprengen – ein schneller Weg, um Selbstmord zu begehen.

Aber Selbstmord war chalcas, unclanmäßig. Selbst ein besiegter Kadett, dem eine Zukunft als Tech bevorstand, war normalerweise nicht so verzweifelt, dass er sich zu einem chalcas Selbstmord getrieben sah. Was war hier los?

Verunsichert ließ George den *Huntsman* ein paar Schritte näher treten. Das Verhalten dieses Kadetten war ungewöhnlich, sein Mech war ungewöhnlich, seine Bewaffnung war ... erstaunlich ... und wenn er im Nachhinein darüber nachdachte, war auch seine Art zu kämpfen sehr ... unclanmäßig gewesen.

Der Bereich des Torso neben dem Cockpit war noch verhältnismäßig intakt, und George richtete die Optiken auf das Einheitsemblem. Als er es auf dem Hilfsbildschirm heranholte, wurde seine Kehle trocken. Wie hatte er das spitznasige Emblem nur für ein Zeichen seines Clans halten können?

»Mungo!«, flüsterte er.

Seine Gedanken überschlugen sich. Als General Aleksandr Kerensky 2784 die Innere Sphäre mit achtzig Prozent der Sternenbundtruppen verließ, um zu verhindern, dass dieses gewaltige Heer in die Wirren der ausbrechenden Nachfolgekriege hineingezogen würden, was nur in der völligen Vernichtung der Menschheit enden konnte, erreichte er nach einem Jahr die Pentagonwelten und besiedelte sie. Unter der Führung von Kerenskys Sohn Nicholas gründeten die Soldaten eine neue Gesellschaftsform: die Clans. Zwanzig Clans entstanden aus dem Heer, und in jedem Clan gab es eine dominante Kriegerkaste, eine Techkaste, eine Wissenschaftlerkaste und eine Händlerkaste. Inoffiziell gab es in jedem Clan auch noch eine fünfte, die so genannte Banditenkaste, die all diejenigen aufnahm, die mit dem Leben in den anderen Kasten nicht zurechtkamen. Hier sammelten sich die Sonderlinge, die Einzelgänger, die Aussteiger – kurz, der Abschaum, auch wenn es sich keineswegs um eine homogene Gruppierung handelte wie bei den anderen Kasten. Innerhalb des Clans nannte man sie einfach ›die Banditenkaste‹, aber tatsächlich war es ein buntes Sammelsurium aus Banden, Cliquen, Gemeinschaften, Sippen und Horden der unterschiedlichsten Arten, von denen keine unter der Kontrolle der Kriegerkaste stand. Einige lebten einfach am Rand der Clangesellschaft, andere versuchten es mit einer mehr oder weniger unabhängigen Lebensweise. Einige verstießen klar gegen die Gesetze der Clans. Daher hatte die Kaste ihren Namen. Die Banditen warteten nicht auf die kargen Almosen, die der eine oder andere Clan für seine Ausgestoßenen gelegentlich übrig hatte, sie versuchten, sich zu nehmen, was sie brauchten.

Im Laufe der Jahrhunderte waren einige Clans vor dem Großen Konklave in Ungnade gefallen, darunter Clan Mungo, der absorbiert worden war und seitdem aufgehört hatte zu existieren – jedenfalls, was die vier offiziellen Kasten anging. Die militanteren Elemente der Mungo-Banditenkaste existierten noch immer und klammerten sich mit einem absurden Stolz an ihre Abstammung, von der sie sich einst losgesagt hatten. Hatten sie zu Zeiten der Existenz ihres Clans ihre Zugehörigkeit geleugnet, so trugen sie jetzt als Einzige noch seine Farben und Zeichen.

Das Wrack, das vor Georges *Huntsman* in der Schlucht lag, war kein KadettenMech der Novakatzen. Was hatte der Bandit vorgehabt? Mit Sicherheit war er nicht absichtlich in einen Positionstest geraten. Verlegten die Banditen nur ihr Lager? Oder bereiteten sie einen Überfall vor? Wie viele waren es? Welche Mechs führten sie? Ihm wurde klar, dass seine Begegnung mit dieser *Glass Spider* wichtig genug war, um den Funkstille-Befehl zu missachten, der während des Positionstests galt.

George presste die Zähne zusammen und öffnete die Breitbandkanäle, aber außer Zischen und Rauschen blieben die Frequenzen stumm. Im Keller von Minos wäre es ein großer Zufall gewesen, wenn er hier Funkkontakt bekommen hätte.

Der *Huntsman* nahm einen kurzen Anlauf und aktivierte die Sprungdüsen. Mit einem brüllenden Fauchen stieg der 50-Tonnen-Mech auf. Seine fünf Sprungdüsen konnten ihn unter Standardschwerkraft bis zu 150 Meter emportragen. Die Schluchten waren hier etwa vierzig bis fünfzig Meter tief. Das gab ihm ausreichend Reserven. Sobald er über den Schluchtrand stieg, suchte er nach einer ebenen Stelle für die Landung. Er entdeckte sie links voraus und regulierte mit Sidesticks und Pedalen die Leistung der Düsen, um seinen Sprung dorthin zu lenken. Mit stotternden Düsen setzte der *Huntsman* auf, und George ließ die Maschine tief in die Knie gehen, um die Wucht abzufedern.

Die Comm-Kanäle erwachten zum Leben. »Hier spricht Alpha Alpha Hotel Quebec! An alle verfügbaren Einheiten!« AAHQ war das Hauptquartier der Attika-Akademie. »Wir haben Mechs unten bei Nav gamma! Nach Meldung von Bravo Kadett handelt es sich um Feinde! Kontakte sind feindlich! Ich wiederhole: Kontakte sind feindlich!«

Wessen Nav gamma? George entdeckte auf der Kommunikationstafel eine Prioritätssignal und aktivierte es. Auf einem Hilfsbildschirm erschien die Mitteilung, dass per Satellitendownload neue Daten zur Verfügung gestellt wurden. Er nahm die entsprechenden Schaltungen vor und rief die Informationen auf. Es handelte sich um eine neue Route mit neuen Navpunkten. Er löschte die Programmierung für den Positionstest und ließ sich die neuen Daten in Hologramm und Kartenbildschirm darstellen. Dort also war Nav gamma. Also wusste das Akademie-HQ bereits von den Banditen.

Scheinbar aus noch größerer Entfernung drang das Donnern und Stampfen schwerer Maschinen über den Kanal, während ein anderer MechKrieger antwortete: »Hotel Quebec, hier spricht Alpha Assault! Ich bin unterwegs ...« Er rasselte für die Operatoren in der Zentrale der Akademie noch einige Zahlen herunter, die sich auf seine Position, seine Geschwindigkeit und seinen Kurs bezogen.

George beachtete diese Informationen nicht weiter. Er wusste, er war nicht allein, und das genügte. Die Kennung Assault deutete auf einen schweren oder überschweren BattleMech hin. George wollte ihm und seinen Kollegen nicht allein den Ruhm der Schlacht lassen. Der Positionstest war vorbei, aber George kam gar nicht auf die Idee, den *Huntsman* in die Akademie zurückzubringen, damit ihn einer der Ausbilder übernehmen konnte. Für ihn waren die Banditen eine willkommene Gelegenheit, sein Können als Krieger unter Beweis zu stellen. Er drehte den 50-Tonner nach Nordwesten und beschleunigte parallel zu der Schlucht, an deren Grund die Trümmer der *Glass Spider* noch immer schwelten.

Sämtliche MechKrieger und Ausbilder, die sich gerade auf dem Akademiegelände aufhielten, würden im Augenblick die verfügbaren BattleMechs besteigen und sich auf den Weg zum Nav gamma machen. Aber sie würden einige Zeit brauchen, um ins Minos-Labyrinth vorzudringen. Die ersten Schusswechsel gehörten also den Mechs, die schon am Schauplatz waren: der beneidenswerte Bravo Kadett und der in Kürze eingreifende Alpha Assault. Jetzt kam es nur darauf an, dass George dem Assault-Krieger, der irgendwo in der Nähe durch das Labyrinth stapfen musste, zuvorkam.

Auf dem Kartenmonitor hatte er sich bereits eine Route markiert, die ihn ans Ziel führte. Sie war kurvenreich und etwas verschlungen, aber sie stellte das Optimum hinsichtlich schnellen Vorankommens dar. Solange man sich im Keller von Minos aufhielt, musste man den Schluchtverläufen und Canyons folgen. Selbst sprungfähige Mechs konnten nicht ständig mit ihren Düsen vom Grund nach oben und wieder nach unten wechseln, ohne schnell zu überhitzen. War man jedoch auf dem Dach des Labyrinths, war das Gelände uneben, buckelig und von Rissen, Spalten und Schluchten durchzogen. Nach wenigen hundert Metern endete der Rücken, auf dem George den *Huntsman* entlanggesteuert hatte, und er musste eine steile Rampe hinabsteigen.

Am Grund angekommen wendete er den OmniMech und ließ den 50-Tonnen-Koloss wieder in einen vorsichtigen Trab fallen. Schneller wagte er nicht zu rennen, denn er musste manövrierfähig bleiben, die engen Winkel und Kurven mitmachen können und trotzdem noch immer ein waches Auge auf den trügerischen

Untergrund haben, der mal sandig, mal kiesig und manchmal fest war. Besondere Vorsicht galt, wenn das Geröll gröber wurde, sodass die MechFüße nicht mehr gerade aufsetzten und den Mech aus dem Gleichgewicht zu bringen drohten.

In voller Konzentration hetzte George durch die Schluchten und vergaß, seine Annäherung zu melden. Er war nur 1,3 Klicks von Nav gamma entfernt – auf ebener Strecke nicht mal 30 Sekunden, im Minos-Labyrinth allerdings ... Hoffentlich kam er noch rechtzeitig!

Wieder hörte er prasselnd und rauschend Stimmen im Gefechtsfunk, die mit unterschiedlicher Deutlichkeit über die Entfernung zu ihm drangen: »Alpha Assault, hier spricht Bravo Kadett! Schnell! Sie nehmen mich in die Zange!«

Die knurrige Antwort des Veteranen klang gelangweilt und angewidert. »Bleib ruhig, Bravo Kadett! GAZ 40 Sekunden, keine Ortung auf meinen Schirmen!« Offensichtlich hielt er die Besorgnis des Kadetten für blinden Alarm oder zumindest für eine gewaltige Übertreibung.

»Hierher zu mir! Sie kreisen mich ein! Ich bestätige mindestens vier Kontakte! Wahrscheinlich ein Stern Mechs! Sie sind bewaffnet und schießen auf mich!« Die Stimme des Kadetten klang hysterisch.

»Halt's Maul, Grünschnabel! Hier ist alles ruhig!«

George verzog das Gesicht. Nicht, dass Kadetten besonderen Zuspruch und beruhigende Worte benötigten oder erwarteten. Ihre rigorose Ausbildung war brutal und siebte schnell die zu Weichen und Ungeschickten aus, sodass nur die Härtesten und Stärksten in die Cockpits zur eigentlichen Ausbildung kamen. Trotzdem waren die Reaktionen auf die ersten tatsächlichen Gefechtserlebnisse nur allzu menschlich. Die Überheblichkeit des Veteranen war mehr als unangebracht, solange er nicht neben dem Akademie-Mech stand und tatsächlich nichts ortete.

»Ich werde beschossen! Ich werde beschossen! Ich bin getroffen! Schäden am rechten Bein ...«

Georges *Huntsman* bog um eine Ecke, und das Signal wurde zu schwach, um es noch zu verstehen. Da die Elektronik auf extrem schmalen Frequenzbändern senden musste, filterte sie automatisch die meisten persönlichen Anteile aus einer Stimme weg, sodass er nicht einmal wusste, ob Bravo Kadett zu seiner Geschko gehörte oder nicht. Auch die Emotionen waren nur anhand des schnellen Sprachrhythmus erkennbar gewesen.

Es kam ein gerades Stück. George erhöhte das Tempo und suchte seine Sensormonitore ab. Auf größere Entfernung waren die Ortungsgeräte, die auf Radar-, Infrarot- oder Magnetanomalie-Basis funktionierten genauso nutzlos wie die Funkgeräte, denn das Labyrinth schirmte alles ab. Zu Fuß in den Schluchten wäre er in der Lage, jeden BattleMech auf große Entfernung zu hören, und natürlich verfügte der *Huntsman* über Außenmikrofone, aber die hätten im Moment nur das Prasseln der Sandlawinen, das Rauschen der Wärmetauscher und das Stampfen der eigenen Schritte wahrgenommen, ein Konzert, das jedes entfernte Geräusch übertönte.

»... und Zahl der Banditen!«, brüllte der Veteran gerade, als die Antennen des 50-Tonners wieder ein paar Fetzen auffingen.

»Ich weiß nicht, Alpha Assault! Ein Stern schwere Mechs! Ich glaube, ich habe einen *Summoner* gesehen!«

»Du glaubst? Du hast deinen eigenen Schatten gesehen, Surat!«

George schüttelte missbilligend den Kopf. Der Satellitendownload hatte eine Liste der im Einsatzgebiet befindlichen BattleMechs mit Rufzeichen enthalten. Das waren vier KadettenMechs und ein paar Ausbilder. Demnach war Bravo Kadett in einem *Timber Wolf* unterwegs. 75 Tonnen wandelnder Stahl hatten nicht die Neigung, von einer bloßen Kollision mit einem Felsbrocken am Bein derart beschädigt zu werden, wie der Kadett es gemeldet hatte. Der eingeschränkte Ortungshorizont sorgte dafür, dass man schon fast übereinander stolperte, wenn man Kontakte auf dem Schirm hatte, und Bravo hatte vier Kontakte gemeldet. Selbst wenn er in der Aufregung seine Monitore falsch interpretiert hatte, war dort draußen irgendetwas, das den riesigen *Timber Wolf* beschädigt und den Kadetten ... beunruhigt hatte.

George rechnete sich kaum Chancen aus, mit einem Gegner fertig zu werden, gegen den sich ein *Timber Wolf* nicht verteidigen konnte, aber er zählte auf den Überraschungseffekt und seine Beweglichkeit. Außerdem konnte die Lage für den Angreifer äußerst unangenehm werden, wenn er von drei Seiten gleichzeitig angegriffen wurde. Die Rückenpanzerung war bei jedem Mech höchsten ein Drittel so stark wie der Brustpanzer. Natürlich trug ein *Timber Wolf* auf dem Rücken schon so viel wie ein *Huntsman* vorn, aber George spürte keine Angst, nur Aufregung. Der Eifer des Gefechts.

Aus dem Augenwinkel entdeckte er plötzlich eine flache Rampe, die es seinem OmniMech ermöglichen würde, wieder auf das Dach zu kommen. Ohne zu zögern bremste er ab, drehte den Mech um, erreichte mit schnellen Schritten die kleine Seitenschlucht und bewegte die Maschine vorsichtig die schmale Rinne hinauf.

Oben tauchten die letzten Strahlen der untergehenden Sonne den 50-Tonner in rotes Licht. Er presste die Zähne zusammen und öffnete einen Kanal. »Alpha Alpha Hotel Quebec, hier spricht Gamma Kadett. Ich bin wieder auf dem Dach von Minos, 400 Meter vor Nav gamma. Kein Kontakt, ich habe nicht einmal Bravo Kadett auf den Schirmen.«

»Verstanden, Gamma Kadett«, die Stimme des Operators klang trotz der Filter im Gefechtsfunk ein wenig überrascht. »Verstärkung ist unterwegs.«

George grinste. Der Operator wollte ihn daran erinnern, dass er nur einen 50-Tonnen-*Huntsman* führte, aber er konnte ihm natürlich nicht befehlen, deswegen das Weite zu suchen, also verwies er auf die kommenden Truppen.

»Roger, Alpha Alpha. Setze Rekognoszierung Richtung Nav gamma fort.«

»Verstanden, Gamma Kadett.«-

George hatte bereits wieder Tempo aufgenommen, soweit das buckelige Gelände dies zuließ. Der Mech lief über die kurzen Wellen, wiegte seinen Piloten im Rhythmus seiner Schritte und der Bodenwellen. Plötzlich richtete sich George auf. Vor ihm verbreiterte sich die linke Schlucht, und von den Seiten mündeten viele Täler und Schluchten in einem großen Becken, das in der Mitte von zahlreichen Türmen und Blöcken geteilt wurde, sodass nur aus der erhöhten Perspektive überhaupt der Eindruck eines Beckens entstand, weil die Monolithe nach innen immer niedriger wurden. Trotzdem war das Gelände unübersichtlich, denn ein Mech verschwand völlig hinter den Felsen.

George hatte von diesem Becken bisher nur gehört: das Herz des Minotaur. Dieses Becken eignete sich besonders gut für den Vormarsch feindlicher Truppen, denn ein großer Teil der Täler mündete hier oder stand hiermit in Verbindung. Außerdem konnten BattleMechs fast in Sichtweite aneinander vorbeimarschieren, ohne sich zu bemerken. Das Herz des Minotaur stand deshalb oft auf dem Manöverplan im Minos-Labyrinth.

Die Kontaktmeldung von Bravo musste unglaubliches Glück gewesen sein, denn George konnte noch immer nichts entdecken. Er wechselte auf IR-Optik, aber die noch immer Sonnenwärme speichernden Felsen überstrahlten alles, und die heißen Abgase aus den Wärmetauschern eines Mechs gingen völlig unter. Das Radar würde in diesem unübersichtlichen Gelände auch nichts sehen, denn es funktionierte quasivisuell. Stattdessen hätte George damit nur seine eigene Anwesenheit verraten.

Er schüttelte frustriert den Kopf und hielt den *Huntsman* an, als vor ihm der Kalkrücken endete und in einer steilen Flanke in das Herz des Minotaur hinunterführte. Er musste wieder hinunter, und noch immer verriet nichts die Anwesenheit von Mechs. Dabei mussten zumindest noch zwei weitere hier herumschleichen: Bravo Kadett und Alpha Assault, der inzwischen ganz in der Nähe sein musste.

Tatsächlich war der Funk fast störungsfrei, als sich der Veteran jetzt wieder bemerkbar machte: »Bravo Kadett, ich erreiche Nav gamma. Wo in Kerenskys Namen steckst du?«

»Alpha Assault, ich bin 100 Meter nördlich Nav gamma.«

George hatte auf MAD umgeschaltet und suchte das Gelände ab. Zwar enthielt der Kalk kaum Metall und war für die Sensoren deshalb wenig hinderlich, aber die dicken Wände verhinderten trotzdem zuverlässige Ortungen, und so schwankten und waberten Wolken von Magnetanomalien durch die Schluchten, ohne dass er auf hundert Meter genau hätte sagen können, wo sich etwas so Komplexes wie ein BattleMech aufhielt. Immerhin lieferte ihm das diffuse Hologramm wenigsten ein paar Anhaltspunkte, als er zurück auf Lichtoptik schaltete und das Gelände mit den Augen absuchte.

»Bleib, wo du bist! Ich komme. Wo sind denn diese Kontakte?« Die Stimme des Veteranen troff vor Hohn. »Ach, und Gamma Kadett, falls du hier irgendwo in der Nähe bist, bleibst du schön weg von meiner Position! Ich will nicht zwei von euch in dieser Enge am Hals haben.«

George verzichtete auf eine Antwort.

Im selben Augenblick schrie Bravo wieder auf: »Sie sind hinter mir! Hilfe!«

Die Antwort des Veteranen ging im Krachen der Statik unter, als ein Hochenergiestrahl über die Antennen des AttikaMechs fegte.

Partikelprojektorkanonen!, fuhr es George durch den Kopf, als er den Widerschein des künstlichen Blitzes in den Schluchten glühen sah. Er ließ den *Huntsman* einen Schritt nach vorn machen, um den steilen Hang hinunterzulaufen, als eine Bewegung zu seiner Linken ihn ablenkte. Im selben Augenblick schwankte ein BattleMech rechts voraus zwischen zwei Felsen in sein Blickfeld, und George wurde erneut abgelenkt.

Die Hand, die bereits die Primärkontrollen zurückziehen wollte, um den *Huntsman* wieder zum Stehen zu bringen, senkte sich stattdessen auf die Zoom-Knöpfe. Gehorsam holte der Computer den Attika-*Timber Wolf* von Bravo Kadett heran, der auf einem schwer malträtierten rechten Unterschenkel durch einen Schlucht humpelte, die von der Stelle des PPK-Schusses wegführte. In diesem Moment erreichte Georges BattleMech die Kante, und er hatte alle Hände voll zu tun, um gerade noch rechtzeitig anzuhalten und das Gleichgewicht zu wahren, als seine Ortung erneut piepste.

Eine Bedrohung links! George sah entsetzt das Mündungsfeuer einer schweren Autokanone aus dem tiefen Schatten einer Schlucht aufblitzen, kurz darauf erreichte ihn auch das Donnern des großen Geschützes. George hatte Glück. Die Geschosse waren zu tief gezielt, und die Hochexplosivgranaten pulverisierten die gesamte Felskuppe, auf der der *Huntsman* stand. Für George verschwand die Welt hinter einem Orkan aus Staub und Lärm, als die Dreckfontänen ihm die Sicht nahmen und die ersten Beintreffer die mittelschwere Maschine durchschüttelten. Er verlor die Orientierung, und der Mech geriet ins Wanken. Er versuchte noch, durch Steuerbewegungen den Torso nach hinten zu lehnen, aber der *Huntsman* kippte bereits schräg nach vorn, als der gesamte Schluchtrand nachgab. Das Schwindelgefühl überflutete ihn völlig. Dann krachte der Stahlriese in den Staub, überschlug sich, Georges Welt wurde um ihn herum zerrissen.

Als George wieder zu sich kam, waren alle Instrumente tot. Eine feine Staubschicht lag auf den Scheiben des Cockpits, das vom scharfen Geruch nach Erbrochenem geschwängert war. Er würgte schon wieder, aber der Magen gab nichts mehr her. In seinem Kopf pulsierte schmerzhaft sein Herzschlag. Am liebsten hätte er die Augen geschlossen, aber er kämpfte gegen das Elend an und schlug auf den Verschluss seiner Gurte.

Der *Huntsman* schien auf dem Rücken zu liegen oder an einer Felswand zu lehnen. Dadurch waren das Cockpit und die Pilotenliege in einer Art Schocklage nach hinten gekippt, die Georges Befinden nicht gerade verbesserten. Ohne Systeme konnte er den Mech nicht durchchecken, aber ohne Kontrolle wagte er auch nicht, den Reaktor wieder in Betrieb zu nehmen. Er hatte sich bei dem Sturz wahrscheinlich notabgeschaltet, und dafür gab es bestimmt einen guten Grund, zum Beispiel eine gebrochene Computerplatine. George hatte Glück, dass der 50-Tonner nicht explodiert war.

Er kroch gerade halb aus der Fluchtluke, als das schwere Donnern der Stahlriesen ihn erstarren ließ. Kaum zweihundert Meter entfernt zischte und stampfte ein *Timber Wolf* in sein Blickfeld. Er trug ein Novakatzen-Emblem am Torso und hatte keine Beinschäden. Vielleicht der Veteran Alpha Assault? Denn weiter entfernt humpelte hinkte der beschädigte Kadetten-*Timber Wolf*, doch über den langsamen und fast gelangweilten Schritten des Veteranen und dem rumpelnden Hinken des KadettenMechs drang das schnelle Donnern von MechSchritten von links durch die Schluchten.

George sah nur eine diffuse Bewegung im Schatten, als der Torso des Veteranen bereits herumschwenkte und das Feuer aus den Lasern eröffnete. Es schien dem Ausbilder nichts auszumachen, dass er dicht an Bravo vorbeischoss und die Streuwirkung seiner Laser bereits den Lack auf dem eiförmigen Rumpf des hinkenden *Timber Wolf* schwärzte. Rund um den feindlichen Mech glühte es plötzlich weißgrau auf, und auf funkelnden Flammensäulen schoss der große Mech in die Höhe. George erkannte einen 70-Tonnen-*Summoner,* einen der schwersten Maschinen unter den OmniMechs, die standardmäßig mit Sprungdüsen ausgestattet waren.

OmniMechs! Wie kamen diese Banditen zu OmniMechs? Nur die Frontklasse-Einheiten der Clans verfügten über diese Technologie. George blinzelte die Nachbilder der Schüsse weg und runzelte die Stirn, als die nächsten Herzschläge besonders hart an seine Stirn trommelten. *Frontklasse-Mechs!*

Die Reaktion des Veteranen war meisterhaft. Er blieb völlig unbeeindruckt, kippte den ganzen Torso seines *Timber Wolf* nach hinten und richtete sämtliche Waffen auf den *Summoner,* der jetzt ihn und den Kadetten zu überspringen drohte, um in den Rücken des AusbilderMechs zu kommen. Im letztmöglichen Augenblick feuerten beide PPKs des *Timber Wolf* auf kürzeste Distanz. Die fahlblauen Blitze durchschlugen die Hüftpanzerung, rissen die Beine weg, schlossen die gesamte Elektronik kurz und ließen den Reaktor des abstürzenden Wracks außer Kontrolle geraten. Über den Köpfen der beiden NovakatzenMechs wuchs ein sonnenheller Feuerball über dem Herz des Minotaur.

George hob das Gesicht gerade rechtzeitig aus der Armbeuge, um einen fauchenden PPK-Blitz von links in den KadettenMech schlagen zu sehen, der sofort das ohnehin beschädigte rechte Bein verlor und hilflos umkippte.

An der Stelle der Arme hingen am *Timber Wolf* die schweren Waffenmanschetten, die meistens PPKs enthielten. Ohne Hände konnte der Kadett den Sturz nicht aufhalten und krachte mit der Wucht von 75 Tonnen heftig ins grobe Geröll, das sich an mehreren

Stellen durch den bereits angeschlagenen Panzer bohrte. Die knisternden Entladungen des PPK-Schusses tanzten noch immer über Bravos Rumpf, als die Kurzschlüsse in der Elektronik die LSR-Lafetten auslösten, ohne die Schutzdeckel vorher aufzuklappen. Die Raketen sprengten sich den Weg aus den Lafetten frei, explodierten sofort und rissen den schweren Mech einige Male auf den spitzen Steinen herum, die sich weiter ins Innere bohrten wie in eine rostige Dose. Krachend geriet der Reaktor außer Kontrolle, und der zweite Feuerball badete den noch stehenden Veteranen in Flammen, während der sich schwerfällig umdrehte, um der neuen Bedrohung von links zu begegnen.

George sah, wie sich die schweren PPK-Manschetten hoben, aber die Geschütze wurden noch aufgeladen, und so eröffnete der Veteran mit den MGs und den Lasern das Feuer, bis er die Hauptwaffen wieder benutzen konnte, denn die Langstreckenraketen seines *Timber Wolf* waren in der Enge der Schluchten nutzlos. George konnte den Angreifer nicht sehen, aber das donnernde Stampfen kündete von einem hastigen Rückzug. Der Veteran stellte das Feuer ein, als der Angreifer offensichtlich aus seinem Schussfeld verschwand. Suchend schwenkte er den Rumpf nach links und rechts.

Plötzlich trat ein zweiter *Summoner* aus der Deckung, und nun konnte auch George den kampfgezeichneten Mech deutlich sehen. Er erkannte den Mech wieder, der zuvor seinen *Huntsman* attackiert hatte. Der Ausbilder fuhr herum und feuerte wild, hatte wohl aber den falschen Knopf erwischt, denn nur die MGs ratterten los und waren Augenblicke später munitionslos. Der Feuermechanismus hämmerte hilflos leer, als der Pilot die Feuerknöpfe krampfhaft gepresst hielt. In einer fließenden, fast lässigen Bewegung hob der *Summoner* seine PPK dicht vor das Cockpit des *Timber Wolf* und löste den blauen Blitz aus.

Die Druckwelle, die durch die Schlucht brandete, als der *Timber Wolf*-Reaktor explodierte, ließ George das Gleichgewicht auf der Schulter des halb verschütteten *Huntsman* verlieren. Er stürzte zwei Meter tief aufs Geröll und verlor sofort das Bewusstsein.

Eine Hand presste eine kalte Sauerstoffmaske auf sein Gesicht, seine Augen waren verklebt und brannten, aber er konnte sie nicht reiben, weil irgendetwas seine Arme festhielt. An den Erschütterungen und Schwankungen spürte er, dass er transportiert wurde. Auf einer harten Trage ohne Polsterung. Etwas Kaltes spießte in seinen rechten Oberarm, dann versank er wieder in der Dämmerung ...

Der schneidende Geruch nach Desinfektionsmitteln weckte ihn wieder. Sein Bett schwankte und schaukelte, donnernder Lärm toste um ihn herum, und der Fahrtwind peitschte seine Haarsträhnen.

»Wir setzen auf!«, rief jemand über das Knattern der Rotorblätter, wahrscheinlich der Copilot des Helicopters.

Die anschließende Erschütterung raubte George erneut das Bewusstsein ...

Ein leises klinisches Surren um ihn herum machte es unmöglich, in der Ohnmacht Vergessen zu finden. George kam zu sich und sah nur graue und gelbe Flächen um sich herum, als der Tomograph seinen Kopf scannte. Klickend kam die Mechanik zum Stillstand. Schnelle Schritte näherten sich, öffneten einen Vorhang und zogen mit einem Ruck das Bett aus der Maschine. Als das grelle Licht seine geschwollenen Augen traf, konnte er ein gepeinigtes Stöhnen nicht unterdrücken, bevor er wieder in Ohnmacht versank ...

»Er kommt zu sich.« Eine leise weibliche Stimme aus großer Ferne.

»Wie fühlt Ihr euch?« Ein dumpfer Bariton hinter ein paar Kubikmetern Watte.

Als eine Antwort ausblieb, erwog George den Gedanken, dass vielleicht er gemeint sein könnte, aber das Nachdenken darüber erschien ihm zu anstrengend. Er wollte nur schlafen.

»Ihr seid erwachet, Kadett George! Sprecht mit mir!«, befahl der Bariton hinter der Watte.

Befriedigt registrierte George, dass er die gewünschten Informationen auch bekam, ohne seinen müden Kopf anstrengen zu müssen. Er war also tatsächlich gemeint gewesen.

»Reißt euch zusammen! Ihr könnt nicht ewig schlafen!«, fiel jetzt die entfernte weibliche Stimme ein.

Hatte er denn schon geschlafen? Das musste ein Irrtum sein. Seiner Müdigkeit nach hatte er seinen Mech seit zwei Tagen nicht verlassen. Seinen Mech ...

»Du bist abgeschossen worden! Erinnerst du dich?« Das war eine dritte Stimme, die ihm bekannt vorkam, aber ihm wollte nicht einfallen, wer es war.

»Sollen wir noch ein paar Kubik spritzen?«, fragte die weibliche Stimme, die langsam näher zu kommen schien.

»Nein, Schwester, sein Puls beschleunigt sich. Er wird allmählich klar.«

Er hatte den BanditenMech besiegt. Zählte der Abschuss der *Glass Spider* gar nichts? Ein unregelmäßiges Dröhnen unterbrach seinen Gedanken. Jemand schlug mit nervtötender Beharrlichkeit eine schwere Tür in der Nähe immer wieder zu. Warum musste er dazu ausgerechnet einen Rhythmus wählen, der stark an seinen Puls erinnerte? Und warum tat es jedes Mal so mörderisch weh? Am liebsten hätte er sich die Decke über den Kopf gezogen.

»Er bewegt sich.«

»Komm endlich, Kadett George!«, forderte die bekannte Stimme neben ihm. »Du bist für den Verlust eines BattleMechs verantwortlich. Also lieg nicht auf der faulen Haut!«

Verlust eines Mechs, sein *Huntsman* ... Und über den Verlust zweier ... zweier ... Kerensky, wie hießen die 75-Tonner denn noch? Hatte er was am Kopf? Er berührte seine bandagierte Stirn und öffnete vorsichtig die Augen.

Das Zimmer war mit Jalousien abgedunkelt. Ein Krankenzimmer. Die Medostation der Attika-Akademie. Hatim stand neben seinem Bett. Das musste die bekannte Stimme gewesen sein. Am Fußende stand ein Mann im Kittel, der die Anzeigen seiner Diagnosegeräte studierte, und hinter ihm hantierte eine unglaublich dicke Frau, offenbar die Medastech.

Erschöpft schloss er wieder die Augen. Er gelang ihm nicht, irgendeinen Gegenstand oder ein Gesicht scharf ins Auge zu fassen. Die Kopfschmerzen waren zu schlimm.

»Was ... was ist passiert? Was ist mit mir?«, krächzte er.

»Na endlich«, knurrte der Katzmeister.

»Ihr habt eine schwere Gehirnerschütterung und mehrere schwere Prellungen, eine angedeutete Fraktur der linken Elle und etliche Schnittwunden. Darüber hinaus großflächige Verbrennungen ersten Grades von der Streustrahlung der Energiewaffen, der Ihr Euch schutzlos ausgeliefert habt. Nichts Ernstes. Ein paar Tage Ruhe, und Ihr könnet wieder normalen Dienst tun. Die Fraktur wird Euch allerdings noch ein paar Wochen einen Verband bescheren!«

»Großartig!«, murmelte George und schlief ein.

Medostation Attika-Akademie,
Pyanar, Tranquil, Kerensky-Sternhaufen

27. Mai 3053 TNZ

»Der Verlust des *Huntsman* ist meinige Verantwortung«, erklärte George dem Katzmeister, als dieser am nächsten Vormittag wieder in sein Zimmer kam.

»Es wird dir noch viel mehr Leid tun, wenn ich dir Kunde davon bringe, dass sich mit diesen Chalcas-Banditen eine regelrechte Schlacht entwickelt hat.«

George brauchte mehrere Sekunden, bis er die Nachrichten verdaut hatte. »Eine Schlacht ...?«

»Sie gaben uns der Gelegenheiten nur wenige für ehrenvolle Duelle. Die meiste Zeit war es ein Katz-und-Maus-Spiel im Minos-Labyrinth. Unsere Omnijäger kommen in den engen Schluchten nicht nah genug an die Mechs heran. Deshalb war es an den Elementaren und uns MechKriegern, sie auszuräuchern.

»Eine Schlacht im Labyrinth ...«, stöhnte George, »und ich bin gleich zu Beginn abgeschossen worden.«

»Aye, wir haben die Kampf-ROM aus deinem Mech geborgen. Du hast immerhin die Leistung vollbracht, einen der Banditen-Mechs abzuschießen, bevor du dich so unvorsichtig wie ein Kätzchen als Zielscheibe präsentieret hast.«

George horchte auf. »Der Abschuss zählt?« Immerhin war es ein Positionstest gewesen.

Hatim schüttelte den Kopf. »Das liegt bei Sterncolonel Dalibo Lenardon, nicht bei mir. Ginge es nach mir, zählte es nichts, denn es war ein alter und bereits zuvor schon beschädigter Banditen-Mech, geführt von einer Freigeburt – kaum das, was wir als unsereinem würdig bezeichneten.«

George sank in die Kissen zurück und unterdrückte ein Seufzen. »Wenn es nicht zählt, wann kann ich den Positionstest wiederholen, Katzmeister?«

Wieder schüttelte Hatim den Kopf. »Es ist nicht zulässig, den ersten Positionstest zu wiederholen. Aber auch das ist nicht meine Entscheidung. Wenn der Kommandeur entscheidet, dass die Banditen den Test gestört haben, bevor er überhaupt richtig begonnen hat, wäre es genau genommen keine Wiederholung, wenn du noch einmal antreten darfst.«

George betrachtete den Gips an seinem Arm.

Der Katzmeister musste seine Gedanken erraten haben: »Dein Gips wird für mehrere Wochen dafür sorgen, dass du keinen Mech steuerst.«

George stöhnte auf. Schließlich fragte er: »Wie haben die anderen Kadetten abgeschnitten?«

Hatim schüttelte den Kopf. »Mangelhaft, George. Es haben zwei Positionstests gleichzeitig stattgefunden. Die gesamte Lenardon-West-Geschko war im Minos-Labyrinth, als wir diesen Surats begegnet sind. Alle KadettenMechs sind im Laufe der Schlacht abgeschossen worden. Der einzige überlebende Kadett bist du.«

»Aber ... Katzmeister, du hattest doch gesagt, dass wir mit einer anderen Geschko zusammen ...«

»Sprich ordentlich, Kadett George! Deine Verletzungen haben dich nicht der Sprachfähigkeiten beraubt. Also brabbele nicht wie ein Freigeborener. Meine Worte vor dem Test waren eine gezielte

Fehlinformation, um euch möglichst unvoreingenommen ins Gefecht schicken zu können.«

»John, Pyda, Magali ... alle?«, murmelte George. Die Ausbildung zum Clankrieger bedeutete Entbehrungen, Abhärtung und ständige Prüfungen. Den Rückhalt, den ein freigeborener Mensch während seines Aufwachsens in seiner Familie hatte, brauchten auch wahrgeborene Kriegeranwärter. Sie bekamen ihn von ihren Kogeschwistern. Trotz aller Differenzen waren die sieben anderen so etwas wie Georges Familie gewesen. Und jetzt waren sie alle tot.

Attika-Akademie,
Pyanar, Tranquil, Kerensky-Sternhaufen

31. Mai 3053 TNZ

»Katzmeister Hatim meldet sich wie befohlen, Obkhan.«

»Setz dich, Hatim«, begrüßte Dalibo Lenardon ihn. »Ich hatte dich gebeten, noch einmal die Kampf-ROMs der KadettenMechs zu studieren und sie erneut zu beurteilen. Hat sich dadurch an deinen ursprünglichen Einschätzungen etwas geändert, frapos?«

»Neg, Obkhan. Meiner Meinung nach sind sie alle durchgefallen.« Er wusste, dass der Kommandant das nicht gern hörte, denn er hatte große Hoffnungen in diese Geschko gesetzt.

»Wiederhole noch einmal deine Beurteilung der Leistungen von Kadett George.«

»Aye, Obkhan. Kadett George ist eigensinnig und unvorsichtig. Seine Wahl des OmniMechModells unterstreicht das. Der Mech selbst war sehr gut konfiguriert und hatte das Potenzial, ihm den Sieg im Duell zu schenken. Er hat ihn geschickt und schnell an sein Ziel geführt. Routenwahl, Steuerung und Manövrierverhalten sind vorbildlich gewesen, wie wir es von unseren Kriegern erwarten. Als er den Kontakt mit dem feindlichen Mech hatte, hätte ich einen direkten Angriff von ihm erwartet, immerhin musste er davon ausgehen, dass es sich um einen KadettenMech handelte.

Stattdessen hat er sich verborgen und gewartet, bis der Banditen-Mech an seiner Position vorbeilief.«

»Unsere Erwartungen an die Krieger im Feld unterscheiden sich von unseren Anforderungen im Positionstest«, erinnerte Dalibo Lenardon. »Wir erwarten, dass sie ohne zu zögern in den Kampf ziehen und sich beweisen, sodass deine Kritik an Georges Verhalten ihre Berechtigung hat. Aber du weißt so gut wie ich, wie lange ein MechKrieger lebt, der sich später im Einsatz genauso verhält. Alle Lenardon-West-Kadetten haben sich nach deinen Maßstäben vorbildlich verhalten – und sie sind tot. Der Einzige, der abgewichen ist, hat seinen Gegner zur Strecke gebracht und lebt noch.«

»Aye, Obkhan. Aber das war nicht seine Aufgabe.«

»Du hast Recht, Katzmeister. Ich sehe jedoch einen Sinn in alledem. Die Pflichten eines Akademiekommandanten sind nicht dieselben wie die eines Galaxiskommandeurs. Ich muss unseren Clan mit frischen Kriegern versorgen. Die Novakatzen brauchen Krieger, die die Innere Sphäre erobern. Dazu gehören alle Arten von Kriegern: MechKrieger, Jägerpiloten, Elementare. Und jede Kategorie braucht nicht nur ihre Kämpfer, sondern auch ihre Kommandeure und ihre Erkunder.«

»Du willst damit sagen, dass Kadett George das Zeug zum Kommandeur hat, franeg?«, fragte Hatim verwirrt.

»Neg, ich meine, dass Georges Talente eher in der unabhängigen Erkundung liegen. Er ist ein typischer Aufklärer. In der Schlachtreihe und beim Sturmangriff sind seine Leistungen durchschnittlich und gerade so zufriedenstellend, aber mit leichten Mechs in unbekanntem Gelände entfaltet er seine Fähigkeiten, die uns bei anderen Kadetten so oft fehlen. Der Clan braucht auch solche Krieger wie George.«

»Du hattest eine Vision, Obkhan?«, fragte Hatim vorsichtig.

»Neg, keine Vision, Katzmeister. Ich hatte einen Traum, und du kennst diesen Traum, frapos?«

»Pos, Obkhan, du willst Erfolg für diese Geschko.«

»Ich will wenigstens einen Erfolg, Hatim aus dem Hause Lenardon.«

»Aye, Obkhan. Ich verstehe.«

Der Katzenkrieger

Novakatzen-Aufmarschzone,
Tranquil, Kerensky-Sternhaufen

22. Juni 3053 TNZ, Abenddämmerung

Der Dschungel in der Äquatorzone von Tranquil zog sich als breiter Doppelstreifen um alle Landmassen des Planeten. Georges Patrouillen hatten ihn viele Kilometer durch diese Landschaft geführt, und er hatte mittlerweile das Gefühl, dass der gesamte Kontinent nur noch aus Dschungel bestand. Besonders aus nassem, tropfendem, stickigem Dschungel, fand George, dessen Ranken und Lianen nur darauf zu warten schienen, sich an seinem *Jenner IIc* festzukrallen. Der 35-Tonnen-Mech hatte zwar keine Schwierigkeiten, ein paar Baumstämme zu biegen, bis sie brachen, ohne dabei nennenswert aus dem Tritt zu kommen, aber die Urwaldriesen erreichten Höhen von über hundert Metern und hatten meistens größere Durchmesser als der Torso seines Mechs. Bäumen von diesen Durchmessern hätte George höchstens mit Waffengewalt zuleibe rücken können – in diesem Fall waren das zwei 6er-KSR-Lafetten und eine 4er-Blitz-KSR-Lafette. Eine beeindruckende Schlagkraft zwar, dafür hatte der *Jenner* jedoch keine Arme und Hände, was George in diesem Dickicht für einen schweren Nachteil hielt, weil er nicht in der Lage war, sich vom dicksten Gestrüpp zu befreien, das sich an die Schultern und Ecken der Raketenlafetten gehängt hatte.

Die grüne Nässehölle war weder auf normaler Optik noch auf Restlichtverstärker noch auf Infrarot weiter als 50 Meter zu durchdringen. Meistens war die Sichtweite nicht einmal ausreichend, um aus der Höhe des Cockpits den Boden zu sehen. Das hochwertige Radar des *Jenner* war ebenfalls wertlos, weil die dichten Pflanzen schon nach wenigen hundert Metern die Impulse verschluckten und zerstreuten, sodass außer Schneegestöber nicht viel zu erkennen war. George orientierte sich nur mit dem MAD, der wenigstens ein einigermaßen passables Bild seiner Umgebung auf einen knappen Kilometer Umkreis nachzeichnete.

Als er endlich auf eine der Zubringerstraßen zur Basis seines Reserve-Sternhaufens, dem er als MechKrieger zugeteilt worden war, hinaustrat, zog er wie üblich eine gewaltige Schleppe Grünzeug hinter sich her. George verbrachte einige Minuten mit dem Versuch, den *Jenner* so vorwärts und rückwärts zu manövrieren, dass er selbst über die Lianen lief und sich dabei die störenden Pflanzen herunterriss. Das Ergebnis dieser Mühe war, dass höchstens ein Zehntel der Ranken herunterkam und sich stattdessen fest um die Beine der Kampfmaschine wickelte, sodass der *Jenner* mehrmals ins Stolpern geriet. Schließlich gab er es auf. Genauso, wie er es auch die anderen Male aufgegeben hatte.

Verdrossen stapfte er zurück zur Basis, um das Gestrüpp dem Cheftech seines Sterns zu überlassen, der die nächsten zwei Stunden damit zubringen würde, fluchend die Lianen von dem Mech zu zerren.

George hatte einen tragbaren Computer in der Hand. Mit dem akkubetriebenen Gerät wollte er einen der weniger schwülen Tage nutzen, um an einem ruhigen Ort im Freien nach dem Einsatz etwas zu entspannen und über Verbesserungen in der Konfiguration seines *Jenner* nachzudenken. Zwar war es ihm als einfachem MechKrieger nicht erlaubt, die Bestückung der Maschine festzulegen, aber er konnte Vorschläge machen, die sein Sterncommander weiterreichte, wenn sie ihm gefielen. Sollte der Sternhaufencommander der Ansicht sein, dass die Variante wirklich Vorteile bot, würde Georges Mech vielleicht endlich neu konfiguriert.

Vielleicht. Ein frisch gebackener Krieger ohne praktische Erfahrung konnte unmöglich innerhalb weniger Stunden auf die Lösung eines Problems kommen, an dem Wissenschaftler und Veteranen schon seit Jahren knobelten. Der *Jenner* hatte keine Arme und keine Hände. Basta.

Georges Schritte stockten. Er hatte Lidja entdeckt. Offenbar mit einer ähnlichen Absicht saß die junge rothaarige Kriegerin an einen

Baumstumpf gelehnt und tippte etwas in ihren Comp. Sie hatte innegehalten und sah sich um. Offensichtlich hatte sie seine Bewegung aus dem Augenwinkel bemerkt. Er trat heran.

»Was ist deine Beschäftigung?«

Sie verzog den Mundwinkel. »Ich erprobe meinen Geist mit Berechnungen.«

»Befehl?«, fragte George. Erledigte sie dienstlichen Schreibkram, oder wollte sie etwas aus eigenem Interesse nachprüfen? Lidja führte einen 40-Tonnen-*Phantom* im selben Stern wie George.

Die übrigen Sternmitglieder waren Tibor in einem 55-Tonnen-*Nova* und Salina in einem 65-Tonnen-*Hellbringer.* Der Sterncommander Vijo führte meistens einen 60-Tonnen-*Mad Dog*. Die Mischung aus schnellen, beweglichen und gleichzeitig schlagkräftigen Mechs machte Vijos Stern ideal für Aufklärungsmissionen in schwer bewachtem feindlichem Gebiet. Während einer Schlacht fiel ihnen eine Sekundärrolle als Flankendeckung oder Artillerieunterstützung zu, denn gerade *Mad Dog* und *Hellbringer* konnten mit ihren PPKs und LSRs auch gegen schwerere Mechs schlagkräftige Waffen zum Tragen bringen. Im Nahkampf war außerdem der *Nova* ein ernst zu nehmender Gegner, der mit seinen acht Lasern jeder Panzerung gewaltigen Schaden zufügen und trotzdem mit den Sprungdüsen sehr beweglich sein konnte.

Die eigentlichen Aufklärer aber waren der *Jenner* und der *Phantom,* wobei beide Mechs für ihre Tonnage überdurchschnittlich gut bewaffnet waren. Dafür hatte man an Panzerung und Ausrüstung gespart: Georges Mech fehlten Arme und Hände, Lidjas *Phantom* hatte eindeutig ein paar Wärmetauscher zu wenig, was seinen Waffeneinsatz im Gefecht stark einschränkte. Die wenigen Schüsse, die die Pilotin abgeben durfte, ohne ihren Mech zu überhitzen, mussten hundertprozentig treffen, sonst war sie erledigt.

Es hätte George nicht überrascht, wenn sie dieselben Gedanken hegte wie er: eine andere Konfiguration, die ihr mehr Spielraum verschaffte. Aber als er näher trat, klappte sie den Bildschirm zurück, sodass er nicht erkennen konnte, ob sie Konfigurationsdiagramme aufgerufen hatte oder nicht.

»Meine Berechnungen sind deines Interesses unwürdig.«

»Ich wollte dich nicht stören. Ich werde noch ein Stück weiter gehen und mir dort einen Baumstamm suchen.«

»Deine Gesellschaft ist willkommen, wenn du mich nicht störst.«

»Danke.« Insgeheim hatte George gehofft, dem Gespräch eine Wendung geben zu können, um genau danach zu fragen, denn er fühlte sich zu Lidja hingezogen, seit er vor einigen Tagen beim Sternhaufen angekommen war.

Aber als er sich niedergelassen und seinen Comp eingeschaltet hatte, ignorierte sie ihn völlig. Verstohlen warf er einen Blick über die Schulter, um ihren Monitor sehen zu können. Tatsächlich irgendwelche Berechnungen. Keine Konfigurationsdiagramme. Jedenfalls nicht die üblichen. Er zuckte die Schultern und begann sein Vorhaben.

»Du darfst doch deinen Mech noch gar nicht selbst konfigurieren, franeg?«

George zuckte zusammen. Der vorwurfsvolle Ton nach Minuten des Schweigens hatte ihn aus seinen Gedanken gerissen. »Das ist mir bekannt!«, schnappte er.

»Warum tust du es dann auf dem Comp?«

George überlegte einen Moment. Sollte Lidja aus irgendeinem unwahrscheinlichen Grund doch mit ihrem *Phantom* zufrieden sein, könnte sie Georges Ansichten mit seinem *Jenner* als Insubordination auffassen und ihn melden. »Ich möchte herausfinden, ob die momentane Konfiguration das Optimum darstellt«, sagte er vorsichtig.

»Findet dein *Jenner* nicht deinen Gefallen?«

George schürzte die Lippen. Das war eindeutig eine Fangfrage. Eine falsche Antwort, einen Frevel, einen Chalcas, würde sie melden müssen. »Ein Mech ist ein Mech, ein MechKrieger ohne Mech ist ein Nichts«, wiederholte er eine alte Phrase aus der gerade erst zurückliegenden Kadettenzeit. »Aber ein guter Krieger gibt sich nie zufrieden. Bist du etwa der Ansicht, dass dein *Phantom* keine Überprüfung wert ist, frapos?« Damit hatte er sich elegant aus der Affäre gezogen und gleichzeitig den Spieß umgedreht.

Lidja grinste und zeigte ihm den Compblock. Zuerst verstand er nicht, was er dort sah. Nur Zahlen und Diagramme, keine

Überschriften, keine Schlussfolgerungen und keine Zuordnungen. Dann erkannte er Temperaturen und Wärmeleitkoeffizienten in den Formeln. »Das sind Abwärmeberechnung, frapos?«, riet er.

»Pos. Mein *Phantom* ist in Ordnung, aber die Wärmetauscher bringen zu wenig Leistung. Ich habe deshalb ein bisschen in den alten Bibliotheken des Sternenbunds geblättert und ...«

George studierte die Diagramme und Erläuterungen. Er war beeindruckt. »Dreißig Kilogramm Zusatzgewicht sind bei 40 Tonnen weniger als ein Promille Gewichtszunahme. Demgegenüber stehen 50 Prozent mehr Kühlleistung«, fasste er zusammen. »Die Genehmigung, deinen Mech zu modifizieren, ist dir so gut wie sicher«, behauptete George.

»Das würde ich auch denken. Jedenfalls sind das die Werte nach den Formeln, die ich gefunden habe. Wenn alles stimmt ... Andererseits frage ich mich, warum ausgerechnet ich ganz allein darauf kommen sollte, wenn die Wissenschaftler schon sein Jahren darüber grübeln?«

»Du hegst Selbstzweifel, franeg?«

»Neg. Ich halte es einfach für unwahrscheinlich, dass die Lösung so einfach sein soll. Vielleicht sind die Quellen nicht in Ordnung, vielleicht stimmen die Formeln nicht, vielleicht habe ich einige Voraussetzungen vergessen? Es wird doch einen Grund geben, warum die Wissenschaftler seit dreihundert Jahren diese bekannte Technik nicht verwenden.«

»Schon möglich, aber vielleicht trifft dieser Grund auf deinen *Phantom* nicht zu.«

»Vielleicht ergibt sich die Innere Sphäre freiwillig? Vielleicht entschließt sich das Große Konklave, den schändlichen Waffenstillstand von Tukayyid zu ignorieren, damit wir endlich an die Front kommen? Vielleicht gefriert der Dschungel?«

»So schlimm empfinde ich das Patrouillengebiet hier nicht«, behauptete er, obwohl er kurz zuvor erst bitter über die Ranken auf seinem Mech geflucht hatte. »Und während des Waffenstillstands ist die Chance auf ein Gefecht hier in den Pentagonwelten am größten.«

Lidja schnaubte verächtlich: »Meine Qualifikation liegt nun ein halbes Standardjahr zurück. Seitdem habe ich nichts geleistet, denn die Patrouillen und Manöver hier sind ereignislos. Ich bin von einer Schlacht und der Erringung von Ehre oder einer Nominierung im Blutrecht noch immer so weit entfernt wie auf der Akademie. Tranquil ist bedeutungslos. Die Tatsache, dass es als Kornkammer unseres Clans dient, heißt nicht, dass er militärisch irgendwie von Bedeutung wäre. Hier gibt es nicht mal irgendwelche Forschungsprojekte. Die beste Chance wäre ein Banditenüberfall.«

»Du hast davon gehört, frapos?«

»Pos. Es gab wilde Gerüchte. Kaum einer von uns wünschte sich nicht, auf der Attika-Akademie zu sein. Leider wurden keine Verstärkungen angefordert.«

George lachte kurz. »Die wären auch wohl zu lange unterwegs gewesen.«

Sie nickte verdrossen. »Wahrscheinlich hast du Recht. Du bist relativ jung für einen Krieger. Hast du dich auch in den Gefechten mit den Mungobanditen qualifiziert, frapos?«

»Pos, aber ich wurde nach dem ersten Sieg abgeschossen.«

Lidja sah ihn überrascht an. Solche Eingeständnisse persönlichen Versagens waren unter Kriegern sehr unüblich. Andererseits schien an diesem George alles unublich zu sein. Und sein Ton implizierte, dass er es nicht als persönliches Versagen betrachtete. »Das klingt nicht sehr ruhmreich, frapos?«

»Pos. Das Gelände war schwierig, und als ich gerade manövrierte, um meinen *Huntsman* in Stellung zu bringen, startete ein *Summoner* einen Überraschungsangriff aus dem Hinterhalt.«

»Mehr ist von stravag Banditen nicht zu erwarten«, bemerkte sie mitfühlend. »Dann hast du dich also auf irregulärem Weg qualifiziert?«

»Das entspricht der Wahrheit. Die Banditen haben meinen Positionstest gestört, und so war mein erster echter Gegner kein Kobruder, sondern ein wirklicher Feind.«

Lidja lachte. Ein glockenhelles, inspirierendes Lachen, wie George fand. »Welch großartiges Lied für deinen Kodax!« Ihr Armbandcomp piepste. »Meine Patrouille fängt in einer Stunde an.«

»Sehen wir uns danach hier wieder?«

Sie starrte ihn stirnrunzelnd an. »Du bittest mich um eine Verabredung, frapos?«

»Pos«, lächelte er.

»Was bildest du dir ein, George! Wir kämpfen im selben Stern. Wenn du willst, dass ich mich mit dir paare, lass dich versetzen!«

»Ich ... ich ... fühle mich wohl in deiner ...«

»Lass mich mit den Schnulzen in Ruhe! Du bist mein Sternkamerad. Du warst mir bis eben sympathisch, aber wenn du nur nett warst, um mit mir ins Bett zu steigen, kannst du das vergessen.«

»Aber ich wollte nicht ...«

»Ach, vergiss es!«

»Warum bist du gegen eine Paarung unter Sternmitgliedern?«

»Meistens wird doch mehr daraus als bloß eine gegenseitige Befriedigung. Ich betrachte Geschlechtsverkehr als bloßen körperlichen Akt. Keine Emotionen – keine Bedeutung. Ich kann das kontrollieren, aber andere nicht. Und wenn du zum Beispiel dann glaubst, ich würde eine besondere Rolle spielen, dann leiden die anderen Sternmitglieder im Gefecht darunter.«

»Wenn du die Paarung so gefühllos betrachtest, was hast du dann dagegen?«

»Hörst du nicht zu? Es ist mein Prinzip. Ihr Männer seid alle so. Ihr könnt nichts dafür. Ich nehme hinterher eine Sonderrolle für dich ein, und im Kampf spielst du dich als mein Beschützer auf.«

»Wie denn?«, lachte George bitter und verwirrt. »Ich habe den leichtesten Mech des Sterns.«

Novakatzen-Aufmarschzone Aksan,
Planet Shadow, Kerenksy-Sternhaufen

15. Juli 3053, 04:22 Uhr TNZ, planetares Sommerhalbjahr

Nur zwei Tage nach seinem Gespräch mit Lidja war der Sternhaufen in Marsch Richtung Front gesetzt worden, um nach nur einem Sprung schon wieder auszuschiffen und hier auf Shadow Quartier zu beziehen. Die bisher hier stationierten Sternhaufen waren wegen ihres besseren Ausbildungsstandards näher in Richtung Front versetzt worden, und die relativ ruhige Basis Aksan sollte der neu zusammengestellten Einheit Gelegenheit bieten, sich in Form für die Gefechte an der Front zu bringen – die nach dem Waffenstillstand von Tukayyid doch erst in fünfzehn Jahren Wirklichkeit werden sollten.

Von Tranquil aus betrachtet lag Shadow näher an der Front – relativ gesehen. Die Innere Sphäre war so weit entfernt, dass die Sprungschiffe von den Clanheimatwelten aus beinahe ein Jahr lang unterwegs waren, um sie zu erreichen. Shadow lag am randwärtigen Rand, also dem Zentrum der Milchstraße abgewandt, des Kerensky-Sternhaufens und diente den Invasionsclans als Sprungbrett für die Nachschubtransits in die Besatzungszonen der Inneren Sphäre.

Astronomisch gesehen war Shadow kein Planet, sondern ein großer Mond, der die Vorzüge besaß, eine Atmosphäre halten zu können und eine Schwerkraft von nahezu 0,9g zu haben, womit er alle technischen Voraussetzungen erfüllte, um eine Basis darauf zu errichten. Shadow umkreiste einen Gasriesen, der eine so hohe Oberflächenschwerkraft besaß, dass sich der Liberationspunkt für den Verkehr von Sprungschiffen eignete. Die Zone der gegenseitigen Aufhebung der Anziehungskräfte lag nur wenige hunderttausend Kilometer außerhalb der Umlaufbahn von Shadow, sodass selbst Luft-/Raumjäger und Landefähren die Strecke zwischen Sprungpunkt und Planet zurücklegen konnten – wenn Shadow günstig stand, was etwa dreimal im Monat vorkam.

Ursprünglich gehörte Shadow den Nebelpardern, aber bei Beginn der Invasion traten sie große Gebiete an die anderen Invasionsclans ab. Eine der Bedingungen war, dass die auf Shadow stationierten Einheiten in groß angelegten Manövern mit scharfen Waffen gegeneinander antreten durften, was eigentlich einen Verstoß gegen den Waffenstillstand unter den Clans während der Invasion bedeutete. Die Nebelparder hatten jedoch die Ansicht vertreten, dass die in den Krieg ziehenden Truppen noch einmal gründlich auf ihre Aufgaben vorbereitet werden mussten, bevor sie nahezu ein Jahr lang untätig in den Schiffen verbrachten und höchstens in Simulatoren ihre Fähigkeiten erhalten konnten.

Für diesen Umlauf waren die Jadefalken, die Geisterbären und die Novakatzen miteinander im Manöver. Allerdings sorgten die Einsätze mit scharfer Munition nur unzureichend für eine bessere Stimmung in der Basis Aksan. Schlägereien unter den Kriegern und unter den Techs waren an der Tagesordnung. Vom Zusammenwachsen zu einer Einheit konnte noch immer keine Rede sein, und die wenig erfahrenen Sterncommander und Sterncaptains hatten Mühe, die Disziplin in den Reihen aufrechtzuerhalten, zählte ihr Dienstalter doch nur dann beträchtlich höher als das ihrer Untergebenen, wenn man in Monaten rechnete.

George empfand es als Erleichterung, wann immer er die Basis verlassen konnte. Allerdings konnte man für die Patrouillen in der Umgebung von Aksan nur die Attribute ungemütlich, unbehaglich und lebensfeindlich finden. Shadow bekam vom Zentralgestirn des Systems, das kaum mehr als ein großer Stern am schwarzen Himmel war, nur wenig Licht, dafür aber etwas Wärmestrahlung von dem Gasriesen. Entsprechend kalt war es auf Shadow. Die ewige Nacht wurde in unregelmäßigen Abständen von den Polarlichtern erhellt, die durch den ständigen starken Teilchenstrom, den der Gasriese auf die Magnetfelder seines Mondes schleuderte, erzeugt wurden.

George betrachtete missmutig die Feuchtigkeit, die die Scheiben seines *Jenner* von innen beschlagen ließ. Das Warmluftgebläse kam in der drückend schwülen Atmosphäre des MechCockpits kaum dagegen an. Erneut sah er auf die Uhr und sagte sich wieder einmal, wie passend der Name Shadow für diese Welt war. Noch über zwei Stunden Patrouille. Bis dahin waren die Scheiben wahrscheinlich komplett zu. Er murmelte ärgerlich vor sich hin, während er das RV-Hologramm studierte. Er konnte den 35-Tonnen-Mech mittlerweile mit fast derselben Eleganz durch die eisverkrustete Landschaft bewegen wie auf Tranquil einen *Fire Moth*. Der Umstieg war ihm nicht weiter schwer gefallen, aber die Tücken des Klimas, das auf diesem rauen Felsklumpen gerade noch warm genug war, um Sauerstoff nicht zu verflüssigen, verdarben ihm die Freude an seinem MechKriegerrang gewaltig. Mit Temperaturen zwischen –80° und –160° Celsius herrschte hier eine Kälte, die Gummidichtungen bei der kleinsten Berührung wie Glas zerspringen ließ. Kein Mech trug auf Shadow Handaktivatoren, und Elementare waren quasi zur Untätigkeit verdammt.

Die Sterne erzeugten ein eigenartig dunkelgraues Zwielicht, das eine grobe Orientierung mit bloßem Auge gerade eben ermöglichte, sodass man nicht blind gegen Hindernisse prallte. Die Hologramme arbeiteten fast immer im RV-Modus. Wenn jedoch die bunten Polarlichter am Himmel flackerten, waren die Restlichtverstärker überfordert, und auch MAD und Radar wurden stark beeinträchtigt. Die meiste Zeit musste man sich dann mit IR behelfen.

Ohne einen effektiv wahrnehmbaren Tag-und-Nachtwechsel musste ersatzweise die Terranormzeit mit ihren 24-Stunden-Tag herhalten, um eine Abstimmung zwischen den Einheiten und den Raumschiffen zu erreichen, was dazu führte, dass die Patrouillen zu unregelmäßigen Zeiten durch ein buntes Lichtgewitter, fahles Zwielicht oder völlige Schwärze stapften.

Zurzeit herrschte Zwielicht, aber ein aufkommender Sonnensturm hatte ein rotviolettes Polarlicht an den südlichen Himmel gemalt, dessen Ausläufer alle paar Minuten bis zum anderen Horizont wuchsen und wieder zurückgingen. Das langsame Züngeln wirkte besonders desorientierend, weil dabei ständig alle Schatten am Boden in Bewegung gerieten. Selbst wenn man nicht den Fehler beging, in die Schwindel erregende, bewegliche Farbenpracht aufzusehen, konnten die tanzenden Schatten die ganze Umgebung scheinbar langsam auf- und abwogen lassen. Eine optische Täuschung, der man nur schwerlich nicht erlag. Die erfahrenen Krieger des Sternhaufens hatten zwar versichert, mit der Zeit gewöhne man sich daran, aber George hatte auch sie ihre Mechs sehr vorsichtig und wie betrunken bewegen sehen, wenn die Polarlichter züngelten.

Es krachte im Lautsprecher des Gefechtsfunks: »Cat-Basis von Cat-Zwölf, erreiche Nav epsilon. Keine Kontakte.«

George warf einen Blick auf seinen Hilfsmonitor, wo er die Rufzeichen der gerade im Einsatz befindlichen Mechs aufgerufen hatte. Cat-Zwölf war Georges Sterncommander Vijo, der seinen Positionstest zum MechKrieger schon vor einem Jahr gewonnen hatte. Innerhalb des nur aus jungen unerfahrenen Kriegern bestehenden Sternhaufens war er damit so etwas wie ein Veteran. Er steuerte seinen 60-Tonnen-*Mad Dog* im Nachbarsektor von George. Wenn er sich nach Plan bewegt hatte, war er im Moment nicht mehr als zwei Kilometer entfernt.

»Cat-Zwölf von Cat-Basis. Wir haben immer noch Echos aus dem Gebiet. Patrouille fortsetzen!«

»Verstanden, Cat-Basis.«

George seufzte und rief den nächsten Nav-Punkt seiner Streife auf. Noch frustrierender als das ereignislose Stapfen durch die trostlose Landschaft war das Herumirren nach Anweisung der Basis, die – wahrscheinlich nur wegen der elektromagnetischen Störungen durch die Polarlichter – jede Menge Phantomechos auf den Ortungsschirmen hatte, die einer der unerfahrenen Techs für anrückende JadefalkenMechs hielt. Zwar war die Aussicht auf einen Kampf höchst erregend, wenn man aufgefordert wurde, mögliche Kontakte zu überprüfen, aber die Enttäuschung, wenn sich an den angegebenen Koordinaten vor den Sensoren nur eine riesige leere Eisfläche ausdehnte, hatte schon jeder Pilot auf Streife zu oft erlebt, als das George seinen Vorgesetzten hätte beneiden können.

Zum Glück operierten die Mechs auf Streife unabhängig voneinander. Ein übellauniger Sterncommander konnte einem Untergebenen den Dienst zur Hölle machen.

»Cat-Basis von Cat-Zwölf. Erreiche Nav-zeta. Noch kein Kontakt.«

Georges Blick fiel wieder auf die beschlagenen Cockpitfenster. Lautlos murmelte er einen Fluch. Es passte ihm überhaupt nicht, dass ihm auf Dauer dieser *Jenner IIc* zugeteilt worden war. Zwar bevorzugte er aufgrund seiner Ausbildung und bisherigen Leistungen die leichteren und beweglicheren Modelle, aber ausgerechnet ein *Jenner* ...

BattleMechs wurden je nach Gewicht und Bewaffnung einerseits eingeteilt in leichte, mittelschwere, schwere und überschwere Maschinen, und dann noch in ScoutMechs, GarnisonsMechs, AngriffsMechs und ArtillerieMechs. Natürlich bedingte die leichte Konstruktion der bis zu 40 Tonnen wiegenden Scouts, dass sie in der Regel keine schweren Waffen tragen konnten. Damit hatten sie in der ersten Schlachtreihe nichts zu suchen und fungierten eher zur Aufklärung oder zur Flankendeckung. Aufgaben, die den größeren Brocken auch deshalb schwer fielen, weil die dickere Panzerung hochwertige Sensoren unwirksam machte. Leichte Mechs hingegen mit ihrer nur schwachen Panzerung und Bewaffnung wurden deshalb als weniger gefährlich eingestuft und nicht mit derselben Wildheit beschossen wie schwerere Maschinen. Der Umstand der dünneren Panzerung und die Tatsache, dass sie einfach seltener unter Feuer genommen wurden machte leichte Mechs als Träger hochwertiger Sensorik geeignet.

Als 35-Tonner war der *Jenner* nach Gewicht und Beweglichkeit eigentlich ein Scout, aber seine Bewaffnung von zwei 6er-Kurzstreckenlafetten anstelle der Arme und einer selbstrichtenden 4er-Blitz-KSR-Lafette im Torso machte ihn zu einem Kurzstrecken-Artilleristen. Im Gefecht konnte George damit eine beeindruckende Schlagkraft entfesseln, aber das wussten die Gegner auch. Sie hatten es darum meist entweder auf die harten Schwergewichte oder die lästigen Leichtgewichte abgesehen – wobei der schwach gepanzerte *Jenner* deutliche Nachteile hatte. Zwar war er mit seiner Geschwindigkeit und Beweglichkeit durchaus in der Lage, größere Mechs auszumanövrieren, und die Sprungdüsen an den Beinen und am Rückentorso verschafften ihm zusätzliche Ausweichmöglichkeiten, aber ein Volltreffer aus einer schwereren MechWaffe, und Georges Mech würde buchstäblich verdampfen.

Hinzu kam, dass die KSRs erst auf weniger als 500 Meter effektiv treffen konnten – eine Nahkampfdistanz, bei der sich George eigentlich einen Mech mit Armen und Händen gewünscht hätte. Unter 100 Metern war er kaum noch in der Lage, die Lafetten korrekt auszurichten, und auch die Abwehr von Elementaren war ohne Arme und Hände oder ohne MGs und Laser unmöglich. Einer

KSR-Salve konnte schließlich jeder gepanzerte Infanterist durch einen kurzen Sprung entkommen. Seine Frage nach einem anderen Mech hatte sein Sterncommander mit einem säuerlichen Gesicht zur Kenntnis genommen. Er hatte ihn wortlos weggeschickt. Von einem MechKrieger wurde erwartet, dass er unter allen Umständen kämpfen konnte – ob ihm sein MechChassi nun passte oder nicht! Georges Frage war einfach unclanmäßig und höchst unorthodox gewesen – eigentlich am Rande der Unverschämtheit und Insubordination.

Hinzu kam, dass seine Sternkameraden distanziert und mürrisch waren. Kein Wunder, denn den größten Teil des Tages war auch George nicht gerade fröhlich gestimmt. Nur selten gelang es ihm, für ein paar Augenblicke mit Lidja wenigstens im Gespräch Entspannung zu finden. Aber ihr Grundsatz, keine körperlichen Gymnastikübungen innerhalb des Sterns zu praktizieren, ließ sie alle Gespräche abbrechen, sobald sie sich näher kamen. Selbst wenn George einmal nicht vorhatte, sie zu beeindrucken, schien sie ihn zurückzuweisen.

Während der *Jenner* seine Streife fortsetzte, wirkten seine Schritte genauso verärgert und frustriert wie sein Pilot.

»Cat-Basis von Cat-Zwölf. Erreiche Nav eta. Habe schwache Echos. Ich habe die Vermutung, dass es sich um Störungen durch die Polarlichter handelt.«

»Verstanden, Cat-Zwölf. Nav-Punkte zurücksetzen!«

»Roger, Cat-Basis. Setze Nav-Punkte ... Cat-Basis! Orte Wärmesignatur! Kein Kontakt! Lokalisierung unmöglich!«

George schüttelte amüsiert den Kopf, während er seine eigenen Instrumente studierte. Eine Wärmesignatur in dieser Eiswüste sollte auf allen Schirmen grell leuchtend zu sehen sein. Wenn die IR-Sensoren von Cat-Zwölf sich jetzt auch schon von dem züngelnden Himmel beeinträchtigen ließen, musste der *Mad Dog* dringend überholt werden.

George schaltete sein Radar auf höchste Reichweite – zwei Kilometer Radius – und suchte nach Vijos Mech. Er hatte ihn nicht direkt auf dem Schirm, am oberen Rand erschien ein Pfeil mit einer Anzeige, die darauf hinwies, dass sich etwas Massives und

Metallisches in dieser Richtung knapp außerhalb der Reichweite befand.

Über den Gefechtsfunk war nur Rauschen zu hören, als plötzlich ein Donnern und Krachen ertönte, das selbst die Filter überlastete, die normalerweise die störenden Hintergrundgeräusche ausblendeten. War der Sterncommander gestolpert und gestürzt? Wie ungeschickt. Dabei benahm sich Vijo im Aufenthaltsraum stets so großspurig wie ein Veteran.

»Cat-Basis! *Kodiak!* Alarm!« Das Scheppern einschlagender Geschosse übertönte Vijos keuchende Stimme kurz, »...terbären im Patrouillen... Cat-Basis! Ich bin ...troffen! Brauche dring... ...terstützung!«

»Cat Basis an Cat-Zwölf. Position unbedingt halten! Verstärkung ist unterwegs.«

»Cat-Ba..., ...ilt euch! Kann mich nicht ...nge halten!«

»Cat-Elf, neue Befehle«, wurde George angefunkt, »in höchstmöglicher Eile Kurs auf Cat-Zwölf nehmen und durch aktiven Waffeneinsatz unterstützen! Wegen des ungleichen Kräfteverhältnisses wird Zellbriggen außer Kraft gesetzt.«

»Roger, Cat-Basis«, antwortete George, der diesen Befehl erwartet hatte. »Ich eile mich.«

Er wendete seinen *Jenner* und ließ den Mech in einen unbeholfenen Trab fallen, der die Eisbrocken etliche Meter weit fliegen ließ, wenn die schweren Metallfüße durch die verharrschten Schneewehen brachen.

Die Basis rief weitere Patrouillen über Funk heran, während George auf einem anderen Kanal mithörte, wie die ersten alarmbereiten Mechs von den Basis-Hangars ausgeschleust und in Bewegung gesetzt wurden. Acht Kilometer, das waren in diesem Gelände knapp zehn Minuten, aber ein Gefecht – selbst, wenn es verhältnismäßig lange andauerte – war meist schon nach der halben Zeit vorbei.

Und der *Mad Dog,* dessen Pilot noch immer mit einer Stimme, die schon fast flehte, um Verstärkung bat, klang alles andere als gesund, während er jetzt mitten im Gefecht stand. Der 60-Tonner hatte wenig Aussicht, die schon von vorneherein feststehende

Entscheidung lange hinauszuzögern. Ein *Kodiak* war ein 100-Tonnen-Gigant mit je vier mittelschweren Lasern in den Unterarmen und einer der schwersten Autokanonen im Torso, die ein Mech tragen konnte. Wenn sich George richtig erinnerte, gab es außerdem einen schweren Laser und KSR-Lafetten im Torso, es sei denn, der Pilot hatte seinen Mech anders konfiguriert – doch das würde kaum weniger tödlich sein als die Primärkonfiguration!

Georges *Jenner* würde das Novakatzen-Kontingent um 35 Tonnen auf 95 Tonnen ergänzen. Immer noch leichter als ein einzelner *Kodiak,* dennoch konnte George trotz seiner wesentlich schwächeren Bewaffnung und Panzerung die Entscheidung zu Gunsten der Novakatzen bringen, denn der Geisterbären-Pilot würde gezwungen sein, seine Aufmerksamkeit zwischen zwei Zielen aufzuteilen. Wenn es George gelang, den *Kodiak* zwischen sich und Vijo zu manövrieren, könnten sie ihn in ein tödliches Kreuzfeuer nehmen, denn der Geisterbären-Pilot könnte immer nur einem der beiden seine fast undurchdringliche Brustpanzerung zuwenden – der jeweils andere würde ihn von hinten durch die schwächere Rückenpanzerung – eine Achillesferse bei fast allen Mechs – attackieren. Wenn sie tatsächlich zu zweit gegen den Eindringling operieren konnten, bestand eine gute Chance, das Scharmützel nicht nur zu überleben, sondern auch, siegreich daraus hervorzugehen.

Trotzdem ließ George den *Jenner* nicht unbedacht vorstürmen. Ein einzelner Mech, selbst ein *Kodiak,* war verwundbar und brauchte Rückendeckung. Unwahrscheinlich, dass der einzelne Geisterbär also wirklich allein war, obwohl Radar und MAD nur den *Mad Dog* und den *Kodiak* voraus anzeigten.

Was eignete sich besser als Rückendeckung für einen 100-Tonner als ein ebenfalls überschwerer Mech? Oder vielleicht ein oder zwei Strahlen Elementare? In beiden Fällen standen die Chancen, das kurz bevorstehende Gefecht zu überleben, äußerst schlecht, denn dann konnten die beiden Geisterbären ihrerseits die Novakatzen in die Zange nehmen. Und falls Elementare im Spiel waren, hätte George in seinem *Jenner* einen schweren Stand. Er schaltete in den Kampfmodus. Automatisch wurden die drei noch leeren

KSR-Lafetten geladen und meldeten Sekunden später Feuerbereitschaft.

Das Gelände wurde hügeliger und sogar leicht zerklüftet. Links hinter George lag die Basis, rechts voraus befand sich ein nur noch selten aktiver Vulkan, dessen noch flüssiger Lavapfropfen tief im Schlund des Kraters das thermische Kraftwerk der Basis versorgte. Der Vulkan als Energiequelle hatte den Standort der Basis festgelegt. Die Hänge des flachen Bergkegels waren allerdings nicht mehr glatte Lava- und Aschehänge, sondern durch Stürme, Eislawinen und gelegentliche Ausbrüche in eine unwegsame Buckellandschaft aus Rinnen und Furchen verwandelt worden, die in ihrer Vielfalt dem Minos-Labyrinth auf Attika um nichts nachstand. Allerdings waren die Furchen viel flacher, und ein Mech konnte die Erhebungen nur selten ganz als Deckung oder Versteck nutzen.

Die Tücke des Geländes lag eher in seiner Unübersichtlichkeit und beschränkten Sichtweite, sodass sich eventuelle Kontrahenten bis auf Nahkampfdistanz aneinander heranarbeiten mussten, um anschließend einen Schlagabtausch auf einem Untergrund zu führen, der selbst die beweglichsten Mechs vor eine echte Herausforderung stellte. Ebene Stellen zum Aufsetzen der breiten Fußplatten oder der beweglichen Flansche, die bei etlichen Modellen statt Füßen vorhanden waren, gab es kaum. Jeder Schritt war unsicher und wackelig, erforderte vom Piloten genaues Zielen und einen überdurchschnittlichen Gleichgewichtssinn, um das Gebiet ohne Sturz einfach zu durchqueren. Ein Gefecht hier war jenseits aller Vorstellung und würde in einen reinen Albtraum ausarten.

Die beiden Blips auf dem Radar bewegten sich immer wieder ruckartig hin und her, manövrierten umeinander herum, brachten sich in Schussposition, zielten, feuerten, wichen aus, suchten eine Lücke in der Deckung des Gegners.

Peinlich konnte es werden, wenn man plötzlich überrascht wurde, weil der Gegner hinter einer Deckung hervorkam, während man noch mühsam balancierend über den trügerischen Untergrund stakste. George glaubte nicht, dass der *Kodiak*-Pilot sein

Radar völlig ignorierte, auf dem der *Jenner* mittlerweile deutlich sichtbar sein musste. Der Geisterbär würde sich nicht überraschen lassen wollen und versuchen, den *Mad Dog* zwischen sich und dem zweiten Mech zu halten, damit Vijo in Georges Schussfeld stand und ihn behinderte.

Endlich kam der *Jenner* über den letzten Rücken. Als die Sensoren die Kontrahenten erfassten, zeichneten sie Fadenbilder der beiden Mechs auf einen Hilfsbildschirm. Der *Mad Dog* leuchtete komplett gelb mit einigen roten Bereichen am rechten Bein – überall hatte er Panzerung verloren, am Bein war sie mehrfach durchschlagen. Außerdem hatte der hinkende und schwankende 60-Tonner den rechten Arm und damit einen schweren und einen mittelschweren Laser sowie zwei Wärmetauscher verloren. Der exzessive Gebrauch der linken Laser hatte außerdem für eine Überhitzung gesorgt, die den *Mad Dog* auf dem IR-Bild wie eine Leuchtfackel flimmern ließ.

Der *Kodiak* dagegen war zwar genauso heiß gelaufen, aber seine Panzerung war bis auf wenige gelbe Stellen völlig intakt, und seine internen Systeme schienen unbeschädigt.

»Cat-Basis von Cat-Elf. Ich habe das Kampfgebiet erreicht.«

Wahrscheinlich hatte nur die größere Beweglichkeit des 60-Tonnen-Mechs ihn bisher vor der sofortigen Vernichtung bewahrt, denn einer AK- oder KSR-Salve konnte man selbst im Nahkampf mit einem schnellen Ausfallschritt entgehen, aber die acht mittelschweren Laser und der schwere im Torso nagten bereits deutlich an der über und über geschwärzten Panzerung des Novakatzen-Mechs. Auf die kurze Entfernung war ein Laser-Fehlschuss praktisch ausgeschlossen, und der *Mad Dog* war wegen der Nahkampfdistanz nicht in der Lage, seine Hauptartillerie – die beiden 20er-LSR-Lafetten auf den Schultern – einzusetzen.

»Verstanden, Cat-Elf. Die Verteidigung des Gebietes rechtfertigt jeden Preis!«

»Bestätige.« Als George seinen *Jenner* über den Hügel brachte und die Raketen ausrichtete, präsentierten sich ihm beide Maschinen als schwarze Silhouetten im Profil, der *Mad Dog* links, der *Kodiak* rechts. Der Geisterbär versuchte, den NovakatzenMech gegen den Uhrzeigersinn zu umgehen, um ihn zwischen sich und George zu bringen. Vijo versuchte, das zu verhindern, indem er seinerseits den *Kodiak* im Uhrzeigersinn umgehen wollte, was dazu führte, dass beide in gerader Linie parallel von George wegliefen.

»Cat-Zwölf von Cat-Elf, ich erlaube mir den Angriff! Jetzt!« Nachdem die Einsatzregeln ausdrücklich außer Kraft gesetzt waren, hatte er das Recht, in das Gefecht einzugreifen, obwohl Vijo noch nicht besiegt war.

Vijos Antwort blieb aus. Vielleicht war sein Comsystem schon beschädigt, oder die Hammerschläge des *Kodiak* hatten ihm bereits die Antennen weggerissen.

Die 4er-Lafette schaltete sich auf den 100-Tonner auf, piepste Bereitschaft und klingelte sofort eine Warnung: außer Reichweite. Stravag! Der *Mad Dog* erreichte wegen seines demolierten Beins keine volle Geschwindigkeit, und der *Kodiak* war als überschweres Modell konstruktiv langsamer, also waren beide im Moment gleich schnell und entfernten sich mit knapp 30 Stundenkilometern von George.

Fluchend löste er seine Sprungdüsen aus und stieg auf. Kaum hatte der *Jenner* sich vom Boden gelöst, als er die Pedale für die Vorwärts-Düsen trat. In einem uneleganten flachen Sprung kam der 35-Tonnen-Koloss den Kämpfern schnell näher. Die 4er-Lafette piepste wieder Bereitschaft, und George presste den Auslöser, schickte alle vier Raketen auf den überschweren Mech, dann konzentrierte er sich auf die Landung etwas rechts vom *Kodiak*, um nicht in Vijos Schussfeld zu geraten. »Cat-Basis, ich bekomme keine Sprechverbindung zu Cat-Zwölf.«

Aus dem Augenwinkel sah er die schnelle Drehung des 100-Tonners. Viermal blitzten die Laser rubinrot durch die dunkelgraue Dämmerung, vier Detonationen links voraus beendeten den Flug der Raketen noch in der Luft. George war so verblüfft, dass er fast die Landung verpatzte.

Der Boden bestand hier aus einem trügerischen flachen Eisfeld mit einigen Schneewehen, zwischen denen einige Felsbuckel hervorragten. Die tief einsinkenden MechBeine trafen immer wieder überraschend auf Steine unter dem Schnee, sodass die Stahlgiganten unbeholfen umeinander wankten. George hatte insofern Glück bei der Landung, als beide Füße denselben Stein kurz unter dem Harsch trafen und den *Jenner* so zwar abrupt bremsten, aber nicht völlig aus dem Gleichgewicht brachten.

»Cat-Elf, durchhalten! Verstärkung ist unterwegs.«

Der *Kodiak* hatte sich inzwischen weiter gedreht und sandte eine glücklicherweise nur hastig gezielte AK-Salve in die Schneewehen links von George, der die Sidesticks herumriss und den *Jenner* hastig mehrere Schritte nach rechts machen ließ. Die tödlichen Geschosse rissen ihre Krater immer dichter neben seinem Mech auf, das Eis prasselte wie Hagel gegen die Panzerung, die Explosionen schienen auf ihn zuzuspringen ... dann endete das Bombardement, als das Magazin der Autokanone leer war und gegen ein frisches ausgetauscht werden musste. Stattdessen hob der monströse Geisterbär die Arme, acht Krallen glühten blutrot auf ...

George schlug auf die Sprungdüsenkontrolle, um den 35-Tonnen-Mech zu stoppen und zurück nach links zu werfen. Die acht armdicken Impulse der Armlaser gingen knapp rechts an ihm vorbei, und der dickere violette Strahl des schweren Lasers spießte eine Schneewehe hinter dem *Jenner* auf und brachte das Eis übergangslos zum Sieden und zur Explosion.

Die Silhouette des *Kodiak* schüttelte sich und schwankte, der Geisterbären-Pilot zögerte. George musste seine Sekundärschirme befragen, um den Grund zu sehen. Vijo hatte auf weniger als 150 Meter seine LSR-Lafetten abgefeuert. Die Zünder der Raketen hatten keine Zeit, scharfgestellt zu werden, und so wirkte lediglich die Wucht der Einschläge dieser unterschallschnellen Geschosse, die zwar nicht detonierten, aber ausgerechnet auf die Rückenpanzerung des großen Mechs einhämmerten. Das Bombardement blieb im Dunkeln unsichtbar, aber der Hilfsmonitor zeichnete die Rückenpanzerung des *Kodiak* gelb.

Jetzt war genau die Situation eingetreten, die George erhofft hatte, der Angriff von zwei Seiten. Der Geisterbär musste sich entscheiden, ob er die Schäden in seinem Rücken noch ein wenig ignorieren konnte, um währenddessen den *Jenner* in Stücke zu schlagen, oder ob er dem *Mad Dog* den Garaus machte, wobei ihm der lästige 35-Tonner wertvolle Panzerung und vielleicht ein oder zwei Waffensysteme ernsthaft beschädigen würde.

Vijo setzte sofort mit dem mittelschweren Laser nach, feuerte trotz des Hitzestaus auch den schweren Laser und löste nochmals den mittelschweren aus. George richtete den *Jenner* auf und löste gleichzeitig beide 6er-KSR-Lafetten aus.

Der *Kodiak* fuhr zu George herum und hob den linken Arm. Rubinrote Lanzen zuckten nacheinander über das Eis, zeichneten für einen Augenblick eine rote Landschaft auf Kysyl, brachten die anfliegenden Kurzstreckenraketen im Lasergewitter zur Detonation. George schrie erschrocken auf, als die Impulse durch die Detonationen hindurch auch noch seinen Mech erreichten und schichtenweise Panzerung von Schultern und Rumpf fraßen.

»Kerensky, was für ein Schütze!« Soweit er wusste, gab es in keinem Mech Computerprogramme zum Abschuss von anfliegenden Raketen mit Lasern. Zwar gab es ein RAS genanntes Flak-MG, das auf Mechs montierbar war, aber das konnte nur gerichtete Raketen – also Blitz-KSR und LSR – abschießen. Die ungerichteten normalen KSR kamen beim RAS durch. Demnach hatte der *Kodiak*-Pilot die anfliegenden Raketen auf seinem Hologramm gesehen und sie manuell abgeschossen – eine unglaubliche Leistung, fand George, der seinen Mech hastig hinter den nächsten Hügel zu bringen versuchte, während die Autokanone wieder ihr mörderisches Gehämmer begann.

Endlich war er in Deckung. Nur zwei Granaten hatten ihn an der linken 6er-Lafette noch erwischt, die bereits rot auf dem Panzerdiagramm leuchtete: teilweise ungepanzert. Die Laser vorher hatten die rechte Lafette, große Teile des Torsos und beide Beine kräftig entblättert, aber diese Teile wurden noch gelb gezeichnet. Auf dem Diagramm gab es fast keine blauen Stellen mehr.

»Cat-Einsatz-Vier an Cat-Elf und Zwölf«, hörte George plötzlich Lidjas Stimme über Gefechtsfunk. »GAZ dreißig Sekunden.«

»Verstanden, Cat-Einsatz-Vier.«-

»George, ist es im Bereich deiner Möglichkeiten, den Sterncommander zu sehen?«

»Neg, ich musste einem direkten ...«

In diesem Moment schrillte die Ortung mit einer Warnung in Georges Rücken. Sein Blick fiel auf den Radarschirm, auf dem ein zweiter roter Blip aufgetaucht und näher gekommen war, nah genug, um ein Fadenbild auf das Hilfsdisplay zu zeichnen. In George stieg ein Wimmern der Verzweiflung auf.

»Lidja! Weg mit euch! *Stone Rhino!* Alarm!«

Der *Jenner* sprintete bereits zur Seite, als zwei Lanzen aus schweren Lasern an seinem bisherigen Standort einschlugen und den halben Eishügel in einer gewaltigen Explosion verdampfen ließen. Der Rest des Hügels erzitterte unter dem doppelten Einschlag zweier Gauß-Projektile. Zischend erreichte das Stakkato eines leichten Lasers den rennenden Mech und schälte weiter Panzerung von der bereits mehrfach getroffenen rechten Lafette.

Auf den ersten Blick hätte man einen *Stone Rhino* für einen zu groß geratenen *Marauder* oder *Mad Dog* halten können, aber die Arme waren deutlich anders geformt. Die Unterarm-Manschetten waren enorm schwer gepanzert und hatten einen Mechanismus, um die empfindlichen Läufe der beiden schweren Laser einzuziehen, wenn der *Stone Rhino* in den Nahkampf kam und seine Unterarme wie Rammböcke benutzen wollte – eine Manöver, das bei einem *Marauder* sofort die in den Manschetten untergebrachten mittelschweren Laser und PPKs zerstört hätte.

Mit nur fünf Waffensystemen, von denen nur drei Energiewaffen waren, bekam der *Stone Rhino* auch bei Schnellfeuer fast nie Hitzeprobleme. Seine enorm dicke Panzerung und die Sprungdüsen machten aus ihm einen Gegner, der die Feuerkraft eines Landungsschiffs, das Durchhaltevermögen eines überschweren Mechs und die Beweglichkeit eines mittelschweren Mechs miteinander kombinieren konnte. Der *Stone Rhino* war ein monströser Mech, er war enorm teuer und wurde nur selten eingesetzt. Dieser hier war der erste, den George außerhalb des Simulators zu sehen bekam.

»George ...ne Behinderung ... *Stone Rhino* wä... hochwillkom...!«, rief Vijo über Funk, dessen Systeme offenbar nur mit Aussetzern funktionierten. »Mi... ...m *Kodiak* werde ich schon ..., bis ... and... kommen!«

»Verstanden, Sterncommander.«

Wieder stachen die schweren Laser nach ihm, vereinigten sich auf der linken Schulter, rissen die nur noch papierdünne Panzerung vollends weg und brachten die in der Zuführung liegenden Raketen zur Detonation. Der 35-Tonnen-Mech strauchelte, als die linke 6er-Lafette explodierte. Das CASE verhinderte interne Schäden, aber George konnte den Mech nur mit Mühe aufrecht halten. Er sprang aus vollem Lauf.

Taumelnd kam der *Jenner* vom Boden hoch. Wieder krachten die Gaußgeschütze. Das linke Geschoss ging fehl, aber das andere zertrümmerte das linke Fußgelenk direkt unterhalb der Sprungdüse, brachte den Mech aus dem Gleichgewicht und änderte die Flugrichtung, sodass die nächsten Laserimpulse fehlgingen.

Der *Jenner* kam hart auf. Mit einem hässlichen Kreischen brach der rechte Fuß vollends weg. Obwohl George wild an den Kontrollen riss, kippte der Mech vornüber und rammte die vorragende 4er-Blitz-Lafette ins Eis. Das Bereitschaftslicht des Lademechanismus erlosch.

Tränen der hilflosen Wut standen George in den Augen, als er versuchte, das Wrack weit genug aufzurichten, um eine letzte Salve auf den Geisterbären abzufeuern.

Der Pilot des *Stone Rhino* schien Georges Hilflosigkeit zu erkennen, denn er feuerte nicht mehr, sondern stapfte mit schweren Tritten langsam heran.

»George, ich komme.«

»Lidja! Bleib weg!«

Fünf Detonationen blühten auf der linken Manschette des *Stone Rhino* auf, und die Impulse dreier mittelschwerer Laser stachen nach dem eiförmigen Torso des Stahlmonsters, ohne den Piloten zu beeindrucken, der den Torso des Kolosses herumschwingen ließ und beide Gaußgeschütze abfeuerte.

George hörte Lidjas Aufschrei über Gefechtsfunk, dann riss die Verbindung ab, und in seinem Hologramm kippte der *Phantom* nach hinten über den Hügel außer Sicht. Die Signatur erlosch in seinem Hologramm.

Mit einem Aufschrei hieb George auf die Sprungdüsenkontrolle. Die fauchenden Rückstoßstrahlen rissen den *Jenner* hoch und vorwärts auf den 100-Tonnen-Giganten zu, ohne ihn wegen seiner liegenden Position vom Boden zu heben. Nur der Torso richtete sich durch den Schwung etwas auf.

Kurz vor dem Zusammenprall bemerkte George noch, dass hinter dem Hügel keine Explosion zu sehen war. Der Reaktor des *Phantom* musste sich abgeschaltet haben. Kerensky sei Dank! Also war er nicht außer Kontrolle geraten, dann lebte sie vielleicht noch.

Mit einem ohrenbetäubenden Schlag rammte der *Jenner* den *Stone Rhino*. George heulte vor Enttäuschung auf. Er hatte den Mech auf der rechten Unterarmmanschette getroffen. Der 100-Tonner war davon nicht einmal aus dem Gleichgewicht geraten, und Schäden hatte er auch kaum welche davongetragen.

Jetzt blieb nur noch eine letzte Möglichkeit. George schloss die Augen und presste sämtliche Auslöser. Die vier Raketen der Blitz-Lafette detonierten noch in den Rohren, weil die Mündungen direkt auf der Panzerung der Manschette lagen, aber die sechs Raketen der rechten Schulterlafette zertrümmerten die zentimeterdicken Cockpitfenster und detonierten im Innern des GeisterbärenMechs, dessen gesamte Elektronik dadurch mit einem Schlag ausfiel.

Als der Reaktor des *Stone Rhinos* außer Kontrolle geriet, hatten auch die Brände im Innern des *Jenner* die Reaktorabschirmung erreicht. Die Rettungsautomatik des 35-Tonners löste aus und schleuderte Georges Liege in die 100 Grad kalte Atmosphäre.

Hundert Grad unter Null waren wie eine Verbrennung. George wollte schreien, aber er bekam keine Luft – ein lebensrettender Krampf seiner Brustmuskulatur. In einem stummen Schrei riss er die Arme um den Kopf. Der Sitz pendelte am Fallschirm, schlug auf den glasharten Boden, und dann betäubte die doppelte Detonation der beiden Reaktoren alles um ihn herum. Der Gluthauch sengte über die Landschaft, dann schlug die Kälte wieder über George zusammen, der bereits zu ausgekühlt war, um noch zu zittern.

Er bemerkte, wie sich die Liege bewegte, als sie hochgehoben und transportiert wurde. Schritte, leise Befehle.

Keine Mechs. Welcher Verrückte wagte sich bei diesen Bedingungen raus? Elementare?

George musste ohnmächtig gewesen sein. Jedenfalls kam er in der Luftschleuse eines Landungsschiffs zu sich, als sich ein Geisterbären-Elementar den Helm abnahm und grinsend über ihn beugte. »Na, Kätzchen? Ausgeschlafen?«

George fuhr hoch. Ohne nachzudenken stieß er den noch immer in seiner Panzerung steckenden Elementar gegen die Wand und sprang hinterher, bevor einer seiner Kameraden ihn daran hindern konnte. Noch im Sprung legte sich Georges Unterarm um das Kinn des Infanteristen, und im Vorbeiflug klammerte er sich an dessen Kopf. Der Infanterist versuchte, in einer schnellen Bewegung der Drehung zu folgen, aber die halb deaktivierte Rüstung erwies sich als zu unbeweglich. Mit trockenem Knirschen brach das Genick.

George prallte gegen die Wand, fiel auf Hände und Füße ... ein sengender Schmerz wühlte sich von den Zehen und Fingern durch Arme und Beine bis in sein Rückgrat. Die halb erfrorenen Glieder trugen ihn nicht. Er konnte nicht verhindern, dass ein gepeinigter Schrei aus seiner Kehle brach, bevor die dicke Faust eines Elementars seinen Kopf traf.

George zuckte zurück, und der linke Haken streifte nur sein erfrorenes Ohrläppchen, was weitere Schmerzwellen verursachte. In Agonie sank er an der Wand herunter, dann traf ihn der zweite Schlag, und der Schmerz endete in Bewusstlosigkeit.

Medostation Sprungschiff *Ursa Negra*,
Aufladeposition NC 883, Kerensky-Sternhaufen

16:03 TNZ, 72 Stunden nach dem Gefecht auf Shadow

Der durchdringende Geruch nach Desinfektionsmitteln und Medikamenten in Verbindung mit dem auf Raumschiffen allgegenwärtigen sauren Aroma nach Luftaufbereitern teilte George mit, wo er war, bevor er sich des Übelkeit erregenden Gefühls der Schwerelosigkeit bewusst wurde.

»Sein Bewusstsein kehrt zurück.« Eine nüchterne männliche Stimme.

»Ich sehe es, Doktor.« Eine blechern klirrende Stimme aus einem Lautsprecher.

George öffnete die Augen und sah unscharfe Schemen, Wolken, Konturen, aus denen etwas Graues mit einer dunkelrot und heiß glühenden Mündung auf sein Gesicht zielte. Er zuckte zusammen, als er die Waffe – einen leichten MechLaser – erkannte, und biss die Zähne zusammen, als brennende Schmerzen über Arme und Beine liefen, wo die Verbrennungen nur langsam heilten.

»Gnnnhhh!« Er konnte nicht verhindern, dass aus den geschlossenen Kiefern bei jedem Atemzug ein unterdrücktes Stöhnen losbrach. Aus dem Augenwinkel nahm er wahr, wie der Arzt eine Spritze aufzog und die Luft abdrückte, dann aber wartend zu dem Elementar hinübersah, der sich in voller Rüstung – geschlossen, verriegelt und voll einsatzbereit – über sein Bett beugte, während die Beine vermutlich an Magnetplatten auf dem schwerelosen Deck standen.

»Wählt die Kapitulation oder den Tod, Novakatze!«, schnarrte der Lautsprecher am Helm des Elementars. »Ihr seid ein Gefangener des Geisterbären und werdet als Leibeigener adoptiert.«

George starrte verblüfft zur dreieckigen Gesichtsplatte hoch. Dann fielen ihm langsam die Ereignisse wieder ein. Sein Kampf mit dem *Stone Rhino,* der Ausschuss mit dem Schleudersitz, die Kälte, die Rettung durch die Elementare ... und sein Verzweiflungsangriff auf den Elementar in der Luftschleuse.

Und jetzt wusste er auch, warum noch immer eine voll aufgeladene Waffe auf ihn gerichtet war. Er hatte sich während der Schlacht den Kriegern vom Clan Geisterbär als würdig erwiesen, nicht als Besiegter getötet, sondern als Leibeigener adoptiert zu werden. Allerdings hatte bisher nur noch niemand die Gelegenheit gehabt, seine formelle Kapitulation anzunehmen. Technisch war also die Schlacht noch immer nicht vorbei. Aber der Elementar setzte dem nun ein Ende: Entweder ergab sich George dem Clan, oder der Laser würde nicht genug von ihm übrig lassen, um es in einer Patronenhülse durch die Luftschleuse ins All zu stoßen.

»Ich ... ergebe mich dem Clan Geisterbär«, krächzte George.

»Ich nehme deine Kapitulation an.« Eine mittelgroße Frau mit den Abzeichen mehrerer Feldzüge – ihre Karriere als Kriegerin musste schon einige Zeit angedauert haben – schwebte in sein Blickfeld, als der Elementar sich zurückzog. »Ich bin MechKriegerin Natalja vom Bluthaus Hall von den Geisterbären und beanspruche dich als meinen Leibeigenen. Wie lautet dein Name?«

»Ich bin George vom Bluthaus Lenardon.«

Natalja fuhr fort, und er erkannte, dass das Gespräch auf Band aufgezeichnet wurde, um später als offizielles Dokument dienen zu können. »Ich erhebe Anspruch auf George von den Novakatzen, weil ich stellvertretender Sterncommander der ›Todesspringer‹ bin und den *Kodiak* gesteuert habe, der sich gegen den *Mad Dog* und den *Jenner* behaupten konnte, während der *Stone Rhino* unseres Sterncommanders Ribak diesem *Jenner*-Piloten unterlag. Ich bin amtierende Nachfolgerin von Sterncommander Ribak, der als Einziger die Verantwortung für die Gefangennahme dieser Novakatze übernehmen könnte, und werde das bis zu einer gegenteiligen Entscheidung aufgrund der beiden noch ausstehenden Widerspruchsstests auch bleiben. Somit kann ich Anspruch erheben auf sämtliche Errungenschaften im Felde von Ribak.«

»Seyla!«, antworteten der Arzt und der Elementar.

Die Spritze traf seinen brennenden Arm, aber diesmal stöhnte George nicht. Er blieb sogar klar genug, um zu bemerken, wie der Elementar den Raum verließ.

»Wie schlimm sind die Erfrierungen?«, fragte Natalja und betrachtete George wie einen Gebrauchsgegenstand, der einen störenden Defekt hatte.

»Nur oberflächlich, zum Glück. Er war den extremen Temperaturen ...«-

»Mich gelüstet nicht nach medizinischen Seminaren, Doktor. Wie lange wird er nicht arbeiten können?«

»Aye, Sterncommander. Die ersetzte Haut braucht knapp zwei Wochen, um so fest anzuwachsen, dass sie für leichte Arbeiten belastbar ist. Die übrigen Verletzungen – Schürfwunden und Prellungen – sind bis dahin verheilt.«

»Er steht ab sofort unter Bewachung.«

»Aye, Sterncommander.«

Der Leibeigene

MechHangar, Landungsschiff *Polarhöhle*, im Anflug auf Bearclaw, Kerensky-Sternhaufen

2. Oktober 3053 TNZ

George murmelte leise Flüche vor sich hin, während er in dem engen Wartungsschacht lag und sich wegen des Rüttelns des manövrierenden Landungsschiffs immer wieder die noch empfindliche Haut auf Armen und Beinen an vorspringenden Leitungen und Klampen stieß.

»Als Astech bist du nicht ungeschickt«, stellte Cheftech Ardath draußen auf der schwankenden Plattform des Wartungskokons fest. »Solltest du es eines Tages wieder zum Krieger schaffen, verliere ich dich nur ungern. Falls nicht, bin ich über jede Hilfe an diesem Riesenbaby dankbar.«

George erschauerte bei der Vorstellung, bis ans Ende seiner Tage in die Tech-Kaste abgestuft und dazu verurteilt zu sein, Nataljas *Kodiak* zu betreuen. »Ich bin ein Krieger, und ich werde bald wieder einer sein.«

Ardath lachte als Antwort.

»Solltest du dann noch Tech sein, werde ich über jede Hilfe an *meinem* Riesenbaby dankbar sein.«

Ardaths Lachen verstummte. George hatte ihn darauf aufmerksam gemacht, dass ein Krieger weit über einem Tech stand. Die Befehlsgewalt des Cheftechs über den Leibeigenen endete mit seinem erneuten Erreichen des Kriegerstatus. Ab dann würde es in Georges Ermessen liegen, wie er eventuell erlittene Demütigungen ahndete. Auch seine Stellung als Nataljas persönlicher Tech würde Ardath dann nichts helfen.

Die Möglichkeit war nicht allzu unwahrscheinlich. George hatte sich als äußerst würdig erwiesen, hatte er doch an einem Tag zwei Dinge vollbracht, die als wahre Wunder galten: mit einem 35-Tonnen-*Jenner* einen 100-Tonnen-*Stone Rhino* zu besiegen und mit bloßen Händen einen Elementar in seiner Rüstung zu töten.

Georges persönliche Ansicht, dass er in beiden Fällen weit mehr Glück als Verstand gehabt hatte, behielt er für sich.

Der Pilot des *Stone Rhino* war abgelenkt gewesen und hatte wahrscheinlich gerade erwogen, ob er George in seinem Wrack gefangen nehmen oder töten sollte, als dieser die Sprungdüsen gezündet und seine Raketen ins Cockpit des Giganten gefeuert hatte. Ein Kurzschluss in den Düsenkontrollen, eine Fehlkalkulation beim Feuern der KSRs, eine falsche Schätzung über die Entfernung zum Gegner ... die Möglichkeiten des Versagens waren unzählbar, und jede hätte zur Folge gehabt, dass Georges *Jenner* an der dicken Panzerung des *Stone Rhino* zerschellt wäre, dass George seinen eigenen Mech in die Luft gejagt oder sich selbst mit den Explosionen der Raketen umgebracht hätte.

Und der Elementar, der ihn vor dem sekundenschnellen Tod gerettet hatte, hatte sich hauptsächlich deshalb das Genick gebrochen, weil er seine Rüstung bereits deaktiviert hatte, sodass er Georges Schwung bei dessen Angriff nicht hatte folgen können. Diese Dummheit hatte er mit dem Leben bezahlt. Wäre die Rüstung noch aktiv gewesen oder hätte der Elementar ohne sie vor ihm gestanden, wäre die Begegnung für George tödlich verlaufen.

Aber all das zählte nicht. Für die Krieger der Geisterbären galt nur der Kampf bis zum Letzten, galt nur der verzweifelte Versuch, dem siegreichen Gegner doch noch möglichst viel Schaden zuzufügen. Die Aufopferung des *Jenners,* der Angriff auf den Elementar ohne nachzudenken, all das machte George in ihren Augen zu einem zwar unerfahrenen, aber wahren Krieger.

Soweit jedenfalls hatte Gemar, ebenfalls ein gefangener Mech-Krieger und Leibeigener, der von den Nebelpardern stammte, ihn aufgeklärt.

Und noch etwas anderes hatte er gehört: Der Sternhaufencommander der Geisterbären war abgelöst und in Dezgra zurück zur Heimatwelt in Marsch gesetzt worden, denn der Verlust des *Stone Rhino,* dieses enorm teueren und seltenen MechModells, wurde letztendlich ihm zur Last gelegt. Wäre nicht der Pilot schon tot gewesen, hätte er seinen Kommandeur mit Sicherheit begleitet, um sein Schicksal in irgendeiner Solahma-Einheit zu teilen, falls man ihnen dies überhaupt zugestand.

Die Gerüchteküche brodelte. Anfangs hatte es sogar geheißen, George werde direkt ohne Arbeitszeit zur Heimatwelt der Geisterbären gebracht, um sofort das Kriegertraining und die Indoktrinationskurse zu absolvieren. Aber dann hatte man den ach so großartigen Krieger doch als Tech behandelt und ihn an die Arbeit geschickt. Georges Status als Leibeigener und Besitz von Natalja hatte dafür gesorgt, dass er zur Wartung ihres *Kodiak* eingeteilt worden war, des Mechs, der seine Sternkameraden angegriffen und den Kampf mit dem *Mad Dog* ausgefochten hatte.

Nun lag er in einem Wartungsschacht in der Brust des Stahlriesen über dem Reaktor neben der riesigen Autokanone und tauschte fluchend eine geplatzte Kühlrohrdichtung aus. Die Wärme des Reaktors wurde vom hermetisch abgeschlossenen Primärkreislauf auf die Sekundärkreisläufe abgegeben, die über komplizierte Verbindungen und Ventile mit allen Systemen des Mechs in Verbindung standen und so für eine gleichmäßige Temperaturverteilung in der Maschine sorgten. Die Abführung der Hitze aus dem bis zu 300 Grad heißen Kühlmittel dieses Sekundärsystems übernahmen die Abluftgebläse, auch Wärmetauscher genannt, von denen jeder Mech mindestens zehn hatte. Je nach Anforderungen, Umweltbedingungen und Waffenkonfiguration kamen noch bis zu zwanzig zusätzliche Tauscher hinzu.

Nataljas *Kodiak* hatte üblicherweise zehn zusätzliche, also insgesamt zwanzig Wärmetauscher. Da dieses Modell normalerweise nicht sprungfähig war, Georges ehemaliger Novakatzen-Sterncommander Vijo aus seinem *Mad Dog* aber einen sprungfähigen *Kodiak* gemeldet hatte, musste Natalja irgendwo gespart haben, um die zusätzlichen Module und das zusätzliche Gewicht unterbringen zu können. Erst, als er den Mech näher in Augenschein hatte nehmen können, war er hinter das Geheimnis gekommen.

Er hatte erwartet, dass die Kriegerin in der Eiswüste Shadows auf einige Wärmetauscher verzichtet hätte, aber dem war nicht so. Vielmehr hatte Natalja je zwei der vier mittelschweren Armlaser durch leichte Extremreichweiten-Laser ersetzt, um trotz der Gewichtsersparnis noch immer vier Geschütze pro Arm zur Verfügung zu haben, sodass kein Gegner auf die Idee kam, dass diese fürchterlichen ›Krallen‹ weniger leistungsfähig als üblich waren. Dennoch hätte die Modifikation nicht ausgereicht; wenn sie nicht außerdem auf ihr RAS, das automatische Raketenabwehrsystem sowie je eine Tonne Munition bei den beiden 6er-KSR-Lafetten im Torso verzichtet hätte, wäre der *Kodiak* noch immer überladen gewesen.

Soweit George es beurteilen konnte, war aber nur die fehlende Munition wirklich ein Problem, das im Übrigen nur nach längeren Gefechten auftrat. Das RAS schien Natalja irgendwie mit den Lasern ersetzen zu können. Er fragte sich immer noch, ob sie tatsächlich eine so gute und schnelle Schützin war oder ob sie besondere Flak-Software in den Gefechtscomputern hatte. Er hätte seinen rechten Arm dafür gegeben, einmal ins Cockpit zu gelangen, aber er hatte strikten Befehl, weit von jeder Pilotenliege weg zu bleiben, und zweifellos hatte Ardath Anweisung, ihn von jedem Übertretungsversuch wirksam abzuhalten.

Die widerspenstige Halterung sprang endlich auf und gab die Dichtung frei – sowie einen ansehnlichen Schwall alten Kühlmittels, das sich über Georges Bauch und Schulter ergoss. Die normalerweise dunkelgrüne, zähe Flüssigkeit war milchig hellgrün und dünnflüssig mit Klümpchen. Ein Zeichen dafür, dass der Mech während des letzten Einsatzes heißgelaufen war. Die zulässigen 300 Grad wurden oft überschritten, wenn die Piloten in der Hitze des Gefechts entschieden, lieber den Mech zu verschleißen als umgebracht zu werden. Als Erstes litten immer die Kühlsysteme unter dieser Behandlung. Nach solchen Aktionen war ein kompletter Austausch der Kühlflüssigkeit sowie die Überprüfung aller Dichtungen fällig, denn dieser Tortur widerstanden die wenigsten Versiegelungen.

George langte tiefer in die Innereien des Mechs und schloss ein Ventil. Der Kühlmittelstrom versiegte. Er schätzte sich glücklich, dass das System des *Kodiak* bisher nur abgelassen und nicht wieder aufgefüllt worden war. Andernfalls wären mehrere hundert Liter Flüssigkeit durch den Schacht gesprüht worden.

»Ich habe die Dichtung. Reich mir das neue Teil an«, forderte er Ardath auf.

»Hier.« Eine schlanke Hand streckte ihm die neue Dichtung entgegen.

George erstarrte und blinzelte gegen die Helligkeit draußen auf der Plattform. Das war weder Ardath' Stimme noch Silhouette.

»Wer bist du?«

»Astech Moira.« Er konnte von ihr nur das schulterlange Haar und die zierlichen Schultern erkennen. »Ardath wurde in die Munitionskammer gerufen. Ich soll dir helfen, falls du etwas brauchst.«

George schwenkte die Dichtung in seiner Hand. »Ich habe, was ich brauche. Wenn ich hier fertig bin, brauche ich nur noch eine Dusche.«

»Vielleicht kann ich dir auch dabei behilflich sein.«

George rutschte der Schraubenschlüssel aus den öligen Fingern. Polternd verschwand er in einem Ablaufkanal und schlitterte hörbar bis an die Wartungsklappe vor dem Hüftgelenk unter dem Reaktor einige Meter tiefer. Er stieß einen Fluch durch die Zähne und blinzelte wieder in Moiras Richtung. Was bildete die sich ein? »Falls ich das Bedürfnis nach deiner Gesellschaft haben sollte, lasse ich es dich wissen!«, fauchte er aufgebracht. »Ansonsten kannst du den geziemenden Abstand zwischen den Kasten wahren!«

Sie lachte provozierend. »Wenn du ein Krieger wärst, hätte ich den geziemenden Abstand eingehalten, aber du bist Astech wie ich – jedenfalls im Augenblick.«

George schwieg verblüfft. Immerhin ließ sie sich nicht einschüchtern wie Ardath.

Computer-Archiv Landungsschiff *Polarhöhle*,
im Anflug auf Bearclaw, Kerensky-Sternhaufen

4. Oktober 3053 TNZ

Gemar war ein ehemaliger Nebelparder. Die Personalknappheit an Bord dieses von der Front zurückkehrenden Landungsschiffs hatte bedingt, dass der MechKrieger nicht als Arbeiter oder Astech, sondern als Computer-Operator in der Zentrale eingesetzt wurde. Als solcher hatte er Zugang zu den meisten weniger wichtigen Daten der Geisterbären an Bord dieses Schiffes. Zu Georges Enttäuschung genügte Gemars Code allein nicht, um ab den Personalakten aufwärts etwas einzusehen, aber das, wofür er hergekommen war, die Telemetriedaten und Aufzeichnungen der Mechs aus den letzten Gefechten, waren verfügbar.

Natürlich war es den Leibeigenen verboten, sich allein an den Computerkonsolen zu schaffen zu machen oder sogar anderen nicht autorisierten Personen Einsicht zu verschaffen, aber George hatte Gemar überreden können, trotzdem zu einer unbewachten Zeit in die Archive zu gehen.

Eine der Eliteeinheiten, der 371. Sturmsternhaufen der Geisterbären, der nach etlichen erfolgreichen Schlachten auch auf Tukayyid gestanden und zumindest ein Unentschieden erfochten hatte, wo alle anderen Clans bis auf Jadefalken und Wölfe versagt hatten, war so arg dezimiert, dass er zurück zur Heimatwelt Bearclaw geschickt wurde, um dort durch neue Krieger aufgefüllt und wieder zu einer Einheit geformt werden zu können.

George hatte in der kurzen Zeit an Bord noch nie erlebt, dass Natalja irgendetwas aufgegeben hatte. Die beiden Wiederspruchstests, die am Vortag im Hangar stattgefunden hatten, hatten ihm gezeigt, was für eine zähe und rauflustige Kriegerin sie war, als sie die Ansprüche ihrer Sternkameraden auf George mit wirbelnden Fäusten und wuchtigen Tritten zerstampfte. Er hatte nicht vor, ihr jemals zu begegnen, wenn sie schlecht gelaunt war.

George hatte entdeckt, dass Gemar an Fluchtplänen arbeitete. Er schien nicht im Geringsten vorzuhaben, sich dem Clan, der ihn besiegt hatte, zu ergeben. Normalerweise wäre diese Einstellung mehr als unehrenhaft und schändlich gewesen – Grund genug für George, ihn zu melden, damit er aus den Reihen der Geisterbären entfernt werden konnte –, aber George hatte diese Entdeckung für sich ausgenutzt. Gemar wäre auf einer Heimatwelt wahrscheinlich in irgendeine niedere Arbeiterkaste abgestuft worden. An Bord eines Schiffes war jedoch kein Platz für unwichtiges Personal; jeder Tech trug große Verantwortung. Die Möglichkeiten für einen Saboteur waren zu vielfältig, als dass der Sternhaufencommander Gemar am Leben hätte lassen können. Und genau damit konnte George den Nebelparder erpressen.

»Hier ist es.« Endlich hatte Gemar die entsprechende Datei gefunden und ließ sie ohne Ton ablaufen.

Auf dem Bildschirm erschien die vertraute Oberfläche von Shadow. Eine Außenkamera am *Kodiak* nahm Elementare auf, die gerade eine tiefe Grube vorbereiteten.

George studierte die eingeblendeten Cockpitanzeigen. »Sie steuert die Beine selbst!«, stieß er überrascht hervor.

»Diese Verrücktheit leisten sich fast alle in dieser verrückten Einheit!«, schnaubte Gemar abfällig. »Nach ihrer Auffassung muss ein Krieger schon mindestens halb bewusstlos sein, damit er die Computersteuerung oder sogar den Autopiloten seines Mechs benutzt.«

»Unnötige Verschwendung von Aufmerksamkeit!«, murmelte George beeindruckt, der außer im Minos-Labyrinth auf Tranquil fast nie die Pedalkontrollen benutzt hatte. »Andererseits eine enorm gute Fähigkeit, wenn es mal darauf ankommt ...«

»Verschwendung!«, versicherte Gemar nachdrücklich.

Auf den Bildern stieg der *Kodiak* in die Grube, die daraufhin von den Elementaren abgedeckt und getarnt wurde. Auf den eingeblendeten Anzeigen wurde der Reaktor abgeschaltet und alles so weit wie möglich zurückgefahren, sodass außer ein wenig Restwärme und der Notstromversorgung aus den Akkus nichts mehr auf den 100-Tonnen-Mech hindeuten konnte.

»So haben sie es oft gemacht«, kommentierte Gemar.

»Vorspulen!«, verlangte George.

Gemar tat es und hielt die Aufzeichnung an, als in einem gelben Kreis das Radarbild eingeblendet wurde. Das Radar selbst war weiter inaktiv, aber im gleichen Display wurden alle anderen Ortungsdaten ebenfalls dargestellt. Die Akustikortung war aktiv und zeigte an, dass sich ein schwerer Mech der versteckten Position des *Kodiak* näherte. George wusste, dass es sich dabei um Vijos *Mad Dog* gehandelt hatte.

Kurz darauf fuhr Natalja den Reaktor hoch und zündete die Sprungdüsen, bevor die Waffensysteme überhaupt voll aufgeladen waren. Der Ortungsreflex hatte ihr Versteck bis auf wenige Meter erreicht, und die mechanischen Waffen – Autokanone und KSR-Lafetten – brauchten nicht viel Energie, um abgefeuert zu werden.

In einer Explosion aus Dampf, Schnee und Eis stieg der *Kodiak* aus der Grube und feuerte die erste mächtige Salve ohne sichere Zielerfassung auf den zurückweichenden 60-Tonner. Trotzdem lag die Hälfte der Projektile im Ziel, schälte gewaltige Brocken der Panzerung ab und sprengte den rechten Arm des taumelnden *Mad Dog* weg.

»Ein beeindruckender Schuss«, murmelte George anerkennend.

Gemar knirschte mit den Zähnen, als der *Kodiak* bei der Landung genau auf den mittelschweren Mech zielte. Im letzten Augenblick gelang es Vijo, seinen *Mad Dog* mit einem unbeholfenen Ausfallschritt unter den herunterstampfenden Beinen des Kolosses hervor zu retten.

»Glück gehabt!«, presste Gemar hervor. »Mich hat das Manöver die PPK und fast die gesamte rechte Torsopanzerung gekostet.«

»Wie meinst du das?«

»Natalja hat mich in meinem *Summoner* auch mit diesem Todessprung-Manöver angegriffen.«

George rief sich ins Gedächtnis, dass ein *Summoner* 70 Tonnen wog, sprungfähig war und in der Primärkonfiguration mit nur drei Waffensystemen – einer PPK, einer mittelschweren Autokanone und einer 15er-LSR-Lafette – ausgerüstet war, während seine Aufmerksamkeit dem Hologramm galt. Vijo erzielte gerade seine einzigen Treffer des Gefechts, ein Verzweiflungsschuss aus beiden

LSR-Lafetten und ein doppelter Laserstoß aus dem linken Waffenarm. Der dicht vor ihm aufragende Mech schien aber kaum angekratzt. Auf dem nun wieder aktiven Radar erschien ein weiterer roter Punkt – Georges *Jenner* –, aber Natalja schenkte ihm keine Beachtung und manövrierte weiter um den geschickt ausweichenden *Mad Dog* herum, um immer wieder in Schussposition zu kommen. Die Autokanone und die vielen Laser schlugen wiederholt zu, aber Vijo brachte jedes Mal den 60-Tonner in einer hastigen Bewegung aus der Schusslinie, sodass er nie volle Treffer einstecken musste.

»Ein guter Krieger«, murmelte Gemar. »Hält länger durch, als ich erwartet habe. Hat er es überlebt?«

»Neg«, antwortete George geistesabwesend, während er versuchte, seine eigenen Fehler zu finden. *Was hätte ich besser machen können?*

Eine Warnmeldung blinkte im Display auf. Der *Kodiak* wurde herumgerissen, die Fadenkreuze zogen in die Mitte des Schirms und ließen die Laser ein schnelles Stakkato feuern. Eine orangeweiße Explosionswolke erhellte die düstere Landschaft, schälte den springenden *Jenner* aus der Nacht und beleuchtete die Trümmer des *Mad Dog*, die überall in den Schneewehen steckten.

»Bist du das, frapos?«

»Pos.«

»Du bist mutiger als du aussiehst.«

»Immerhin habe ich es überlebt«, knurrte George und deutete auf den Bildschirm, wo Natalja erneut ihren *Kodiak* herumriss, um eine volle KSR-Salve in den *Mad Dog* zu jagen. Wieder eine Drehung, der schwere Laser und die Armlaser feuerten wild in Richtung des *Jenner,* dann stimmte auch die gewaltige Autokanone ein, und der 35-Tonner brachte sich in Deckung. Einschlagende Langstreckenraketen schälten Panzerung von der linken Schulter, und Natalja drehte den Torso, um Vijo erneut unter Feuer zu nehmen.

George deutete auf einen weiteren Ortungsreflex. »Das ist der *Stone Rhino.* Haben wir von ihm auch Aufzeichnungen?«

»Neg. Der Mech ist nicht zurückgekommen.«

»Das ist schade.«

George verfolgte weiter, wie der *Kodiak* auf den *Mad Dog* einschlug. Plötzlich gab es Treffer von links. Blitzschnell warf sich der Gigant zur Seite und feuerte eine AK-Salve in die Richtung, doch der *Phantom,* der dort überraschend aufgetaucht war, verschwand bereits wieder hinter einem Hügel. »Lidja«, murmelte er.

»Deine Geschko?«, fragte Gemar.

»Nein, meine Sternkameradin.«

Gemar grinste anzüglich. »War sie gut im Bett?«

»Ich habe nicht ... Was geht dich das an?«

»Natürlich nichts«, lachte Gemar. »Ich dachte nur ... Schließlich hat es ja auch nicht lange gedauert, bis du mit unserer kleinen Nymphomanin in die Koje gesprungen bist.«

»Unsere kleine Nypmphomanin?«, fragte George überrascht errötend.

»Moira. Sie macht es mit jedem hier. Mehrmals am Tag.«

»Unmöglich!«, schnaubte George wütend.

»Nein. Ich habe gehört, sie ist eigentlich nicht als Astech dabei, sondern damit die Krieger angestaute Spannung ablassen können, falls es mal besonders hart wird. Angeblich hat sie auf Tukayyid eine Kollegin bitten müssen, ihren Terminkalender zu managen. Weil sie nicht mehr dazu kam ...«

»Ach, Stravag! Hör auf! Seit wann interessiert sich ein Krieger für so etwas?«

»Seit wann steigt ein Krieger mit einer Astech in die Koje?«

Das hatte gesessen. George konzentrierte sich auf das Bild, während er zu dem Schluss kam, dass er nicht viel von Gemar hielt. Auf dem Monitor schwenkte das Bild wieder, als der *Kodiak* herumfuhr.

Natalja stieg auf den Sprungdüsen hoch, zielte und rammte die Beine des 100-Tonners in den für Ausweichbewegungen mittlerweile zu langsamen *Mad Dog,* der daraufhin rund um den *Kodiak* explodierte. Der Mech überhitzte durch die Wärmestrahlung. Die große Autokanone nahm ohne Pause den anrückenden *Nova* unter Feuer und setzte mit einer gestaffelten KSR-Salve nach, wobei der

50-Tonner ein Bein verlor und sich auf den rechten Arm stützen musste, um weiter mit den Torsowaffen und dem linken Arm feuern zu können.

Eine gewaltige Explosion hinter dem *Kodiak* warf einen gleißenden Widerschein auf die Landschaft. Die Explosion des *Stone Rhino,* wie George sich erinnerte.

Auf dem Display von Nataljas Mech erlosch eine Statusanzeige. Die Innentemperatur des *Kodiak* sank schnell, und Natalja feuerte eine komplette Breitseite in eine plötzlich neben ihr aufragende *Stormcrow,* während sie auf den gefällten *Nova* zustapfte. Das Auftauchen eines *Executioner* und eines *Summoner* der Geisterbären glich die zahlenmäßige Überlegenheit der Novakatzen mehr als aus, als unter dem wütenden Feuer des *Kodiak* kurz nacheinander die *Nova* und die *Stormcrow* explodierten.

»Sie hat einen ganzen Stern in wenigen Sekunden vernichtet! Und das nur mit dem *Kodiak!*«, murmelte George. »So eine Kriegerin ...«

Die anrückenden Einheiten der Novakatzen hatten den nun in größeren Zahlen auftretenden Geisterbären nichts entgegenzusetzen. Selbst ein auftauchender *Warhawk* hielt sich nur zwei Minuten gegen den *Kodiak,* der schließlich wieder auf seinen Sprungdüsen hochstieg und den Todessprung perfekt ausführte, indem er auf dem Cockpit des 85-Tonners landete und ihn in Bruchteilen von Sekunden zum Wrack zerstampfte.

»Genug!« Die Stimme hinter ihnen war schneidend und ließ die beiden Leibeigenen erstarren.

George schloss entsetzt die Augen. Nataljas raue Stimme. Langsam drehte er sich um, aber die bereits auf ihn eindreschenden Fäuste raubten ihm sofort den Atem, dann die Besinnung.

»Sie verbringen eindeutig zu viel Zeit hier bei mir!«, verabschiedete sich der Arzt von George, nachdem er ihm die Platzwunden genäht und die übrigen Verletzungen behandelt und verbunden hatte.

»Ich weiß«, murmelte George undeutlich durch die geschwollenen Lippen und hinkte zur Tür.

»Ist die Arbeit im Hangar für einen Krieger so schwer zu ertragen, dass Sie so was provozieren müssen?«

George würdigte ihn keiner Antwort und hinkte hinaus in den Gang.

MechHangar Landungsschiff *Polarhöhle*,
Bearclaw, Kerensky-Sternhaufen

8. Oktober 3053 TNZ

Obwohl er sich noch immer innerlich gegen die erniedrigende Arbeit als Astech sträubte, konnte George nicht umhin, wenigstens diesen Teil der Arbeit zu genießen. Er saß in einigen Metern Höhe über dem Deck in einem Krangerüst, dass sich spinnenähnlich auf vier myomermuskelbepackten Beinen bewegte und ganze Panzerplatten heben konnte. An zahlreichen Werkzeugarmen gab es Schweißgeräte, Laserbrenner, Schleifscheiben, Pressluftleitungen, Bohrer, Fräsköpfe und Sägen. Fast alle schweren mechanischen Reparatur- und Wartungsarbeiten vom Aufstemmen verbeulter Wartungluken über das Anschweißen neuer Panzerplatten und das Montieren ganzer MechArme konnte dieser WerkstattMech ausführen.

George mit seinen zahlreichen Verbänden und Prellungen war wegen seiner Kriegerausbildung der ideale ›Pilot‹ für das Gerät, auch wenn es nicht über einen Neurohelm gesteuert wurde. George wäre genau aus diesem Grund auch nicht so weit gegangen, es einen Mech zu nennen, aber der Einfachheit halber sagten die meisten Techs und Astechs ReparaturMech oder kurz RepMech dazu.

Er war gerade dabei, nach den Handzeichen von Ardath eine neue Panzerplatte vor dem Knie eines *Nova* in Position zu heben, als donnernde Schläge durch den große Hangar hallten. Sirenen heulten auf. Unter der Gewalt einer Detonation mit Blitz, Funken und Rauch knickten die Schotthälften der *Polarhöhle* seitlich weg. George blinzelte geblendet durch die Rauchschwaden. Er konnte gepanzerte Gestalten durch die Bresche springen sehen. Sie eröffneten sofort das Feuer. *Elementare! Woher kommen sie?*

Das Fehlen eines Batchalls und seine eigenen Erlebnisse brachten George sofort auf den Gedanken, dass es sich hier um Banditen handeln musste, diesmal vielleicht eine Truppe aus dem Clan der Geisterbären.

Laserfeuer und MG-Garben schlugen rund um ihn herum ein. Techs und Astechs wurden regelrecht niedergemäht. Noch ein weiterer Hinweis darauf, dass sie es hier nicht mit echten Kriegern zu tun hatten. Kein wahrer Krieger hätte sich dazu hergegeben, auf Techs zu schießen. George sah einen MechKrieger auf seinen Mech zusprinten. Im nächsten Augenblick war er von den Lasern verkohlt.

George kauerte sich in seinem Sitz zusammen. Er war durch polarisiertes Plexiglas und Metall weitgehend vor den Spritzern von Schweißbrennern und Lasern oder den Funken von Schleif- und Bohrmaschinen geschützt – und vor Blicken –, aber gegen Laser und Gewehrfeuer hielt diese Abschirmung natürlich nicht stand. Die Elementare trugen keine Abzeichen und schnitten den flüchtenden Astechs den Rückzug durch die Innenschotten ab.

George freute sich insgeheim, dass nun Natalja in echte Schwierigkeiten kommen würde. Er hatte nicht eine Minute Zweifel, dass sie den Kampf überleben würde – sogar siegreich überleben würde, dennoch musste dieser Anschlag die ohnehin knappen Reserven des von der Front zurückkehrenden 371sten Sturmsternhaufens gefährlich aufzehren. George zuckte bei dem Gedanken zusammen, dass Natalja bei seinem Anblick nach diesem Desaster bestimmt in Rage geraten würde. Mit Sicherheit würde sie ihn wieder verprügeln, ohne dass er mit seinen Verletzungen eine echte Chance bekommen würde zurückzuschlagen. Vielleicht schlug sie ihn sogar tot, wenn sie erfuhr, dass George keinen Finger gerührt hatte – immerhin galt er doch jetzt als Geisterbär.

Andererseits war sein Tod sicher, wenn er mit einem Wartungskran gegen Elementare vorging. Nataljas Rache war jedoch noch weniger verlockend. George setzte den Mech – in Gedanken hatte er den Selbstfahrkran soeben befördert – in Bewegung.

Rumpelnd trat er vor und quetschte einen überraschten Elementar an die Wand, während er einen Werkzeugarm mit surrendem Bohrer durch die massive Visierplatte trieb. Der Vorschub der Werkzeuge würde automatisch erst stoppen, wenn der Bohrer brach – frühestens einen halben Meter weiter an der gehärteten Schottwand, nachdem er sich durch die Panzerschale und den Brustkorb des Elementars gebohrt hatte.

Mit flammendem Brenngas-Schneidbrenner blendete er zwei andere Elementare und zwang sie unwillkürlich zum vorläufigen Rückzug, während er einen vierten mit dem Fräser attackierte, dem er das grobe Werkzeug in den Oberschenkel stieß. Die Medofunktionen der Rüstung würden den Elementar schützen und die tiefe Fleischwunde nicht tödlich wirken lassen, aber die Befreiung von dem unerbittlich drehenden Fräskopf würde schwierig, kraftraubend und äußerst schmerzhaft sein. Der Elementar fiel für die nächsten Minuten aus.

Die beiden anderen nahmen ihn in die Zange. George ließ die Schleifhexe aufheulen und auf die Panzerung eines MechFußes fallen. Die harmlose Funkenfontäne badete den linken Banditen und blendete ihn für wertvolle Sekunden, während George die MechPanzerplatte, die der WerkstattMech noch immer trug, wie eine große Fliegenklatsche auf den rechten fallen ließ. Der Hieb schleuderte den Krieger zwanzig Meter weiter dröhnend gegen die Wand. Auch das war mit Sicherheit nicht letal gewesen, aber der Elementar würde sich erst wieder aufrappeln müssen, bis er ihn erneut angreifen konnte. George ließ den Schweißbrenner auf voller Leistung in weitem Bogen herumschwenken, während er wahllos den Laserbrenner betätigte. Die grundsätzlich harmlosen Werkzeuge zwangen die nun überall im Hangar aufmerksam werdenden Elementare zu Ausweichbewegungen, weil sie sich über die Gefährlichkeit der Flammen und Lichtbolzen noch nicht klar waren. Genau wie umsichtige MechKrieger schonten sie zunächst ihre Ausrüstung, bis ein gezielter Vorstoß jedes Opfer rechtfertigte.

George sah Gemar auf die Bresche im Außenschott zuhasten und hob bereits den Brennlaser, zögerte aber dann. Die Abmachung, die sie getroffen hatten, galt. Selbst im Kampf gegen Banditen im Status eines Leibeigenen fühlte sich George an seine Kriegerehre gebunden.

Maschinengewehrfeuer und Laser flackerten auf. Die Elementare ließen von den fliehenden Techs ab und konzentrierten sich auf ihn. George duckte sich in den Sitz und trennte mit der kreischenden Schleifhexe dem linken Banditen, der zu langsam auswich, einen Arm ab. Die schwarze Gelatine überzog die Wunde sofort und stillte die Blutung, doch für die nächste Minute war auch dieser Kämpfer außer Gefecht, bis die Wirkung der Schmerzmittel und Medikamente seine Kampffähigkeit vorübergehend wieder herstellte. Erneut pfiffen Kugeln an George vorbei und schlugen hinter ihm in die Hangarwand.

Die noch immer zwischen den Trümmern und Mechs herumhastenden Menschen schrien angstvoll auf.

Die Gasleitungen!, durchfuhr es ihn. *Sind die verrückt? Wenn die getroffen werden, explodiert hier alles! Savashri, wie viele Menschen sich vor dem Angriff hier im Hangar aufgehalten haben. Können die denn nicht schneller verschwinden?* Und dann kam ihm der rettende Gedanke, wie er trotz der Übermacht seine Stellung würde halten können. Kurz entschlossen riss er alle Werkzeuge herum und rammte sie gegen die Brenngas-, Sauerstoff- und Stromleitungen an der Wand. Dass er dabei auch eine Wasserleitung und mehrere Schutzgasleitungen traf, war ohne Bedeutung. Das ausströmende Gas vermischte sich sofort mit dem Sauerstoff, und George schwenkte den Laser.

Die Techs schrien noch entsetzter auf. Sie waren völlig ungeschützt gegen die Katastrophe. Die Elementare hatten wenigstens einen eigenen Luftvorrat, und auch der RepMech hatte eine eigene Frischluftzufuhr, um den Piloten vor schädlichen Schweißgasen zu schützen. Dann brach die Hölle los. Zwanzig Meter lange Stichflammen fauchten unregelmäßig mal hier, mal dort zwischen die Geräte, sengten an George vorbei, steckten Kisten in Brand, ließen die Werkezugarme aufglühen und schmilzen, badeten die anrückenden Elementare im Feuer. George keuchte vor Hitze und Anstrengung, während er die bordeigene Pressluftdüse dazu benutzte, die Richtung der Flammen mal in diese oder jene Richtung zu beeinflussen, um die Elementare regelmäßig zu bestreichen. Seine Haut schien in Flammen zu stehen, sich zu kräuseln, seine Lungen brannten, die Augen tränten vor Helligkeit und Hitze.

Dann wurde von der Brücke der *Polarhöhle* offensichtlich alles abgestellt, denn bis auf die geplatzten Wasserleitungen erstarb das Fauchen der ausströmenden Gase. Überall lagen verbrannte Teile herum, mehrere Elementare rührten sich nicht mehr, etliche Techs waren in den Flammen umgekommen. Auch die Frischluftzufuhr seiner Krankabine war aus. George sah die Feuer ersterben. Ihn schwindelte, und der Kopf wurde schwer. *Sauerstoffmangel!,* wurde ihm bewusst.

Der Chefingenieur des Landungsschiffes ließ weiter Kohlendioxid und nicht brennbares Schutzgas in den Hangar fluten, um die Brände – die größte Gefahr für ein Landungsschiff – zu ersticken. George sank aus dem Sitz, als sich der erste Elementar wieder erhob.

Er bekam nicht mehr mit, wie die Innenschotten sich öffneten und die Elementare der Geisterbären ausspuckten, die mit den wenigen Überlebenden der Banditen schnell fertig wurden. Da der Angriff ohne Batchall stattgefunden hatte, kannten sie keine Gnade. Und keiner von ihnen wäre auf die Idee gekommen, auch nur einen dieser Surats als Kriegeranwärter in den Geisterbärenclan aufzunehmen.

Medostation Raumhafen Bearclaw,
Kerensky-Sternhaufen

Zehn Stunden später

George wurde durch die Schmerzen geweckt, die ihn durchzuckten, als die Medtechs ihn von der Trage auf das Krankenbett hoben. Verschwommen sah er den Arzt über sich, der ihm sofort eine Injektionspistole an die Halsschlagader setzte. Und Natalja war da. Er sah, wie sie ausholte und ihm eine schallende Ohrfeige versetzte.

»Vierundzwanzig Techs!«, schrie sie ihn an.

Durch den Nebel der Betäubungsmittel spürte er die Ohrfeige nur als sanften Ruck, und ihr wütendes Geschrei ging in der wattigen Dunkelheit unter, die ihn wieder umfing.

Etwas stach ihm in den Arm. George schlug noch einmal die Augen auf.

»... achtzehn Tote durch die Banditen!«, hörte er ihre Stimme. »Und vierundzwanzig Brandopfer!«

»Wir konnten nicht mehr feststellen«, wandte eine andere Stimme ein, während Georges Augen sich schon wieder schlossen, »ob nicht einige verbrannte Leichen vorher durch Laserschüsse ...«

Sterncolonel Mayhar Gurdel war Galaxiscommander des 5. Bärenschweifs, einer Angriffsgalaxis, zu dem auch der 371ste Sturmsternhaufen gehörte. Er war gleichzeitig der Geschwaderchef, dem das Sprungkampfschiff *Ursa Negra* samt ihrer Luft-/Raumjägereskorte als Flaggschiff zur Verfügung stand. Doch das Sprungschiff und seine acht schwer bewaffneten Landungsschiffe – die *Polarhöhle* war eins davon – waren nur die Transportabteilung seiner Galaxis. Unter seinem direkten Befehl standen zurzeit die vier Sternhaufen 371 (Sturm), 48 (Angriff) und 109 (Aufklärung) sowie 524 (kombiniert). Jeder Sternhaufen stand unter dem Kommando eines Sternhaufencommanders, aber seit der Kommandeur des 371sten wegen seiner Dezgra zu einer Solahma-Einheit versetzt worden war, fungierte Mayhar auch noch als deren Kommandant.

Normalerweise hätte er einen seiner verdienten MechKrieger an die Spitze dieser Einheit stellen müssen, aber die wenigen Wochen, die sie von Shadow nach Bearclaw gebraucht hatten, machten eine Feldbeförderung überflüssig. Für den Heimflug war die Ernennung eines Interimskommandeurs nicht zwingend erforderlich, und alles, was überflüssig war, würde seinen Kodax nur negativ beeinflussen. Dagegen würde die zeitweilige Übernahme der zusätzlichen Pflichten nur positiv beurteilt werden können.

Mayhar Gurdel machte im Gang Halt, damit Natalja zu ihm aufschließen konnte. Er schüttelte sich innerlich vor Abscheu.

Normalerweise war er nicht so auf seine Beurteilung bedacht. Er kannte seine Leistungen und seinen Wert, und alles andere interessierte ihn nicht sonderlich. Nur zum Ende einer jeden Mission, wenn die lästige Buchhaltung mit ihren Abrechnungen kam und die letzten Berichte geordnet werden mussten, fragte er sich, wie die Keshik das alles aufnehmen würde, ob er wieder ein Kommando bekommen würde, ob die Rückkehr nach Bearclaw für ihn Beförderung oder Degradierung bedeutete.

Mayhar Gurdel war MechKrieger, hatte seine Laufbahn jedoch als Elementarträger in kombinierten Sternhaufen begonnen und später in Aufklärungseinheiten fortgesetzt. Die Leitung einer Einheit wie dem 371. Sternhaufen, der nur 25 Elementare – also einen Elementarstern – und sonst normalerweise sieben komplette MechSterne umfasste – 35 schwere und überschwere Kampfmaschinen – war eine völlig neue Erfahrung für ihn und würde daher schon so manchen Makel des letzten Feldzugs – besonders nach Tukayyid – vielleicht ausgleichen können.

»George ist dein Leibeigener, frapos, Sterncommander Natalja?«

»Pos, Galaxiscommander. Ich habe ihn ...«

Mayhar hob die Hand. »Ich bin über den Kodax dieses Mannes informiert. Er hat dein Landungsschiff gerettet, frapos?«

»Neg!«

Mayhar hob überrascht die Brauen. »Nach den Berichten hat er die Banditen lange genug aufgehalten, um deinen Elementaren das Aktivieren ihrer Rüstungen und die Vorbereitung des Gegenangriffs zu ermöglichen.«

»Pos«, gestand Natalja zögernd ein. »Das war unter anderem die Wirkung seiner Aktionen.«

»Erklärung, bitte!« Mayhar klang gereizt und ungeduldig.

»Er hat einem anderen Leibeigenen, einem ehemaligen Nebelparder, die Flucht ermöglicht, und er hat mehr Techs auf dem Gewissen als die Angreifer. Die absichtliche Beschädigung der Gasleitungen stellte eine enorme Gefahr für das Schiff und die gesamte Besatzung dar. Meiner Ansicht nach hat der Pilot das Schiff gerettet, als er den Hangar mit Kohlendioxid geflutet hat, um die Brände zu löschen.«

»Seit wann kümmern uns Techs? Der Feldzug ist zu Ende. Sie sind nicht mehr unbedingt von Nöten. Und zu dem Zeitpunkt waren die Banditen fast komplett außer Gefecht, sodass unsere Elementare sie nur noch einsammeln mussten?«

»Korrekt, Galaxiscommander. Aber ich bin nach wie vor der Meinung, dass sich dieser Mann mehr wie eine Novakatze und ein Feind des Geisterbärenclans verhält denn als ein Mitglied. Er ...«

»Genug, Sterncommander! Ich bin der Ansicht, seine Aktion hat weniger Opfer gefordert als jede andere spätere, die du hättest einleiten können, wenn die Banditen-Elementare bis in die Schiffskorridore vorgedrungen wären. Zudem ist die Mehrzahl der Opfer diesmal nicht unter den Kriegern zu suchen, ein weiterer Pluspunkt, wie ich finde. Der 371ste ist ohnedies schon ziemlich dezimiert, und Astechs lassen sich leichter ersetzen als erfahrene Krieger.«

Natalja kniff die Lippen zusammen. Was Mayhar Gurdel gesagt hatte, stimmte und entsprach der allgemeinen Ansicht unter Kriegern. Der 371ste Sturmsternhaufen hatte auf Tukayyid sechs Mechs und während der seitdem stattgefundenen Kämpfe weitere zwei verloren. Die Verluste der anderen Sternhaufen unter Mayhar Gurdels Kommando waren dagegen noch wesentlich schlimmer. Der 524ste Kombinierte bestand nur noch aus 11 Mechs und 60 Elementaren, etwa der Hälfte der ursprünglichen Stärke, und die beiden Sternhaufen aus leichteren Mechs hätten zusammengelegt kaum die Sollstärke eines regulären Sternhaufens erreicht. Würde man sogar in Tonnage rechnen, wäre der 371ste nach wie vor eine der kampfstärksten Einheiten des Clans gewesen.

Aber Natalja wusste auch, dass sich mit Mayhar nicht diskutieren ließ. Aus langer Erfahrung wusste sie, wie knapp bemessen Vorräte und Munition an Bord der beiden Landungsschiffe *Polarhöhle* und *Tatzenkralle*, die den 371sten beförderten, waren, weil das übermäßig hohe Gewicht der Mechs andernorts wieder eingespart werden musste, um die Kapazität der Schiffe nicht zu überlasten. Die Einsparungen betrafen üblicherweise die menschlichen Seiten des Bordlebens. Anders als auf anderen Truppentransportern waren die Landungsschiffe immer noch voll bewaffnet. Dafür mussten sich Offiziere und Mannschaften enge Quartiere teilen, nur Sterncommander und höhere Ränge hatten Doppelkabinen, Sternhaufencommander und Schiffskapitäne besaßen die einzigen Einzelkabinen. Lebensmittel und Munition waren an den unmöglichsten Orten verstaut, während die Schiffe und Mechs hauptsächlich mit Energiewaffen bestückt waren, um das Munitionsgewicht einsparen zu können. Ähnlich knapp sah es mit Ersatzteillagern und Panzerplatten aus. Normale Einheiten konnten ihre Schiffe als Reperaturwerkstätten und Ausbesserungswerke benutzen, *Polarhöhle* und *Tatzenkralle* waren dazu nur sehr bedingt in der Lage. Leichte Reparaturen waren möglich, größere Schäden mussten außerhalb der Schiffe oder an Bord des Sprungschiffes durchgeführt werden. Bis dahin war jeder MechKrieger auf die Findigkeit und die Improvisationsgabe der Techs angewiesen, wenn seine Maschine nicht als zwischenzeitliches Ersatzteillager für den Rest der Kämpfe im Wartungskokon stehen sollte. Und die Techs des 371sten waren jedes Kilo zurückgelassener Ersatzteile wert gewesen.

»Du hast die Absicht, ihn als Krieger anzuerkennen?« Nataljas Stimme klang so feindselig, dass Mayhar Gurdel seine Entscheidung noch einmal überdachte.

»Ich meine, er hat es verdient, aber ich bin zu einem Kompromiss bereit. Wenn du nicht bereit bist, ihm den Kriegerstatus zuzuerkennen, werde ich dich enteignen und ihn dem Akademiekommandanten von Far Range übergeben. Dort wird er als Anwärter zu einer Geschko stoßen, die kurz vor dem Positionstest steht. Wenn er die Prüfungen und den Test besteht, steht sein Wert als Krieger fest. Außerdem wird er während der Ausbildung noch einmal gründlich indoktriniert, sodass er nur als Geisterbär daraus hervorgehen kann. Als Geisterbär oder gebrochener Tech.«

Natalja nickte bedächtig. »Seyla!«

**Kaserne der Far-Range-Akademie,
Bearclaw, Kerensky-Sternhaufen**

11. Dezember 3053 TNZ, planetarer Frühling, nachts

Georges feine Sinne nahmen die Bewegung wahr. Er wachte auf und verspannte sich unwillkürlich. Hatte er geträumt oder schlich da wirklich jemand durch die Dunkelheit des Schlafraums? George versuchte angestrengt, richtig wach zu werden. Während seiner Kadettenzeit auf Tranquil war sein Hang zum Tiefschlaf schon immer eine ständige Sorge gewesen, wurde von einem Krieger doch erwartet, dass er immer und stets mit wachen Sinnen kampfbereit war. Bei allen Übungen, bei denen er auf Wache hatte sein müssen, hatte er sich mit allen guten Eigenschaften eines wachsamen Kriegers mit hellem Verstand und schnellen Gedanken ausgezeichnet. Aber immer dann, wenn er auf Freiwache oder nachts tief geschlafen hatte und von einer überraschenden Alarmübung aufgeschreckt wurde, war er einer der Letzten gewesen, die sich den Schlaf aus den Augen reiben und mit Sack und Pack ausrücken konnten, weil ihn noch nach dem Wecken minutenlang die Trägheit quälte, die dem Schlaf gefolgt war und einfach nicht weichen wollte.

Auch jetzt auf Bearclaw hatte er wieder mit seiner vermeintlichen Faulheit zu kämpfen. Er hatte schon davon gehört, dass die Petzmeister, wie bei den Geisterbären die Ausbilder genannt wurden, gelegentlich durch die Säle schlichen, um die Anwärter zu testen. Und nach dem, was er von ihnen inzwischen mitbekommen hatte, gehörte meistens ein blank gezogenes Messer zu den Gegenständen, mit denen sie vermeintlichen Schlafmützen ›unkriegerisches Verhalten‹ auszutreiben pflegten. Er horchte angestrengt und ärgerte sich über seinen trägen Pulsschlag, der sich trotz der beunruhigenden Gedanken einfach nicht beschleunigen wollte, um ihm die Kampfbereitschaft zu ermöglichen, die er in den nächsten Sekunden brauchen mochte.

Er konnte nichts sehen, und zu hören war auch nichts. Was hatte ihn geweckt? Eine unachtsame Bewegung? Ein Schlafgenosse, der sich zu heftig umdrehte? Vielleicht doch ein Traum?

Georges Nackenhaare sträubten sich, ohne dass er hätte sagen können, warum. Noch immer hatte er nichts gehört, aber ihn beschlich das unbestimmte Gefühl, dass er nicht allein war, und es wurde immer stärker. Kein leises Knirschen unter Stiefelsohlen, kein Rascheln von Kleidung, keine Atemzüge. Und doch war da etwas. Oder jemand.

Hatte er etwa doch einen sechsten Sinn? Sterncolonel Sharleen Bekker, die Akademiekommandantin, in deren Obhut der Leibeigene George übergeben worden war, hatte ihn eindringlich davor gewarnt, hier auf ihrer Akademie irgendwelche bewusstseinsaktiven Substanzen zu benutzen. Sie glaube nicht an Visionen und Mystizismus, hatte sie ihm erklärt, alles, was zähle, sei das, was einen Krieger ausmache: Mut, Geschick, Kraft und Erfolg. Mit diesen Worten hatte sie ihn zu dieser Tseng-Geschko hier gesteckt, die in wenigen Wochen für ihren Positionstest bereit sein würde. George wäre niemals auf die Idee gekommen, ein Visionsritual ohne Befehl und ohne Beratung durchzuführen, und er hatte sich mit voller Aufmerksamkeit der Ausbildung im Clan der Geisterbären gewidmet. Petzmeister Mias Hall, unter dessen Führung die Tseng-Geschko trainierte, verbrachte einen großen Teil seiner Freizeit damit, dem Leibeigenen nicht nur die wichtigsten Dinge beizubringen, die ein Krieger der Geisterbären würde wissen müssen, er brachte ihm auch viel über den Geisterbärenclan selbst bei, was er nicht nicht wissen konnte, weil er nicht hier aufgewachsen war.

Das Training der Geisterbären galt als ähnlich hart und rigoros wie das der Jadefalken. Der Clan hatte einen Ruf als ›Nicholas Kerenskys beste Krieger‹ zu verteidigen. Die Geisterbären beschrieben die eigene Heimatwelt als heimliches Zentrum der Clantradition. Obwohl fast alle Kerensky-Blutnamensträger dem Clan Wolf angehörten und die militärischen Erfolge der Jadefalken als spektakulärer angesehen wurden, schmälerte es das Selbstwertgefühl nicht. Clan Geisterbär hatte seit jeher Leistungen erbracht, die von den anderen Clans erst in den letzten Jahren erreicht wurden, wie die Entwicklung eigener OmniMechs und jahrzehntelange Erfolge in der Forschung nicht nur auf militärischem Sektor.

Trotz der augenblicklichen Rückschläge im Feldzug gegen die Innere Sphäre und trotz des Waffenstillstands von Tukayyid war die Keshik nach wie vor davon überzeugt, dass Clan Geisterbär letztendlich als Erster auf Terra stehen würde und dass der Clan der Geisterbären für alle Zeiten ilClan werden würde, wie es ihm zukam.

Daher fragte sich George, ob es nur alberne Wahnvorstellungen waren und woran er einen lautlos anschleichenden Gegner im Dunkeln erkennen würde. Vielleicht an einer unbewussten Registrierung seiner Wärmestrahlung auf seinen Wangen? Aber dazu hätte der Betreffende bereits sehr nahe sein müssen. War da nicht eine dunkle Masse innerhalb der Schwärze in den Gängen zwischen den Betten?

Noch während er daran zweifelte, dass er wirklich etwas gesehen hatte, richtete er sich aufgrund eines rein instinktiven Entschlusses auf und schlug nach der Person, die er dort vermutete. Natürlich war das Knirschen der Matratze unter der ruckartigen Gewichtsverlagerung zu hören, genauso wie das Rascheln des Bettzeugs und die Bewegung seines Arms. Und abgesehen von einer lächerlich schwachen Ohrfeige war eine sitzende Position auf einer weichen Unterlage alles andere als eine vorteilhaft stabile Kampfhaltung. Allein die Tatsache, dass seine überraschten Finger sich in Stoff krallten und die Person aus dem Gleichgewicht brachten, die nach einem erstickten Luftholen über seine Beine aufs Bett fiel, ließ George im nächsten Augenblick aufatmen. Seine Instinkte hatten ihn trotz der Schlaftrunkenheit nicht getrogen. Und wer immer das war, er legte es nicht auf einen Kampf an, denn die Bewegung hätte längst nicht gereicht, um einen entschlossenen Gegner aus dem Gleichgewicht zu bringen.

Einer der Kadetten? Wahrscheinlich. Auf dem Rückweg von der Toilette? Leise, um niemanden zu stören? Im Dunkeln im Gang geirrt und das falsche Bett angesteuert?

Der nächtliche Besucher richtete sich auf und brachte sein Gesicht nah an das von George heran.

»George?« In dem gehauchten Flüstern klang sowohl Frage als auch ein wenig Vorwurf mit.

George sagte sich, dass jeder, der nachts einem Kadetten zu nah kam, damit rechnen musste, überraschend angegriffen zu werden – besonders in einem Geisterbären-Ausbildungslager. Er versuchte, die Stimme zu erkennen. Welcher von den wenigen noch verbliebenen anderen Anwärtern war das?

»Ja?«, hauchte er ebenso leise und streckte die Hand aus. Er berührte eine glatte Wange, weiches kurzes Haar, einen glatten Hals und rauen Stoff, eine Kadettenuniform. Gut rasiert oder weiblich?

»Ich bin gekommen, dich zu warnen.«

Nach kurzem Zögern glitt seine Hand über die verhältnismäßig zierliche Schulter hinunter. George wusste, dass im Dunkeln ertastete Größen völlig anders waren als im Hellen. »Wovor?«

Die zierliche Schulter mit ihren festen Muskeln mochte noch kein Hinweis sein, aber die weiche Brust, die er durch den Overall berührte, war eindeutig. Von den durch das rigorose Training ausgesiebten Anwärtern waren nur noch sechs übrig, zwei davon weiblich. Tanja oder ...

»Die Petzmeister haben sich gestern Abend unterhalten, als ich zur Kommandantin gerufen worden war, um im Archiv zu helfen. Sie wussten nicht, dass ich in der Nähe war. Sie wollen dir eine Falle stellen.«

»Martha?«, riet George.

Ein unbestimmter Laut. »Neg, Tanja.«

Klang da so etwas wie Enttäuschung? Oder machte sie sich über ihn lustig? Wahrscheinlich Letzteres. Er hatte weder mit Tanja noch mit Martha viel Kontakt gehabt. Noch immer Leibeigener, war er offiziell noch kein Mitglied der Kriegerkaste. Er hatte hier eine Außenseiterrolle und wurde von Mias Hall noch rigoroser trainiert und getestet als seine neuen Kogeschwister. Er hatte daher noch nicht sehr aktiv den Wunsch verspürt, sich mit einer von ihnen zu paaren, wie es die anderen Kadetten gelegentlich taten, trotz der zielstrebigen Bemühungen der Ausbilder, die Bindungen in der Geschko im Endstadium der Ausbildung zu zerbrechen.

»Wann? Heute Nacht?« Seine abweisende Haltung und der Altersunterschied hatte auch jeglichen Versuch der anderen nach persönlichem Kontakt vereitelt. George hatte geglaubt, diesen Vorteil bis zum Ende nutzen zu wollen, bedeutete es doch, nebenbei nicht dauernd in die internen Rangkämpfe um die Vorrechte des Geschkoführers gezogen zu werden. Der jeweilige Geschkoanführer hatte anfangs ihm ein paar Schikanen zugedacht, die George klaglos über sich hatte ergehen lassen, und mit diesen Zeichen der Unterwerfung hatte sich bisher jeder abgefunden und ihn nicht weiter behelligt. Seine vermeintliche Schwäche und der mangelnde Durchsetzungswille war wohl registriert worden – wahrscheinlich hatten die Petzmeister erwartet, dass er als der Älteste, der schon Kampferfahrung hatte, die Führung übernahm – und jeder glaubte deshalb, dass George ohnehin nicht lange genug durchhielt, dass sich eine Auseinandersetzung lohnte.

»Neg, sie haben nicht von nächtlichen Überfällen gesprochen. Es soll morgen früh geschehen.«

»Was haben Sie vor?« Erst bei der stetigen Lichtung der Reihen, während der George jede Aufgabe und jede Prüfung bestand, zeigte sich, dass George länger dabei blieb als prognostiziert. Und nun, in den letzten Tagen, in denen die Ausbildung härter und härter wurde, zeichnete sich immer klarer ab, dass George wahrscheinlich mit den anderen zum Positionstest antreten würde. Jeder erinnerte sich der fast vergessenen Tatsache, dass er schon einmal ein Novakatzen-MechKrieger gewesen war.

»Das entzieht sich meinem Wissen. Vielleicht haben sie etwas während des geplanten Manövers vor.«

Inzwischen hatten die Petzmeister soweit Erfolg mit ihren Methoden, dass es de facto keinen Geschkoführer mehr gab, der George nochmals eine Unterwerfung abgenötigt hätte, und die übrigen Bindungen innerhalb der kleinen Gruppe von Anwärtern waren so weit zerbrochen, dass selbst die gelegentlichen gegenseitigen Bettbesuche untereinander immer seltener wurden.

»Das ist möglich. Warum warnst du mich?«

»Weil ...« Sie verstummte.

Er setzte den Gedanken für sie fort: Weil er schließlich zu ihrer Geschko gehörte, jedenfalls fast, und weil sie spürte, dass sie gegen die noch kommenden Härten zusammenhalten mussten, egal, was die Ausbilder versuchten.

Aber das alles konnte sie schlecht sagen. Immerhin war sie eine angehende Kriegerin und sollte über jeglicher Emotionalität stehen. Das Schicksal der ausgesiebten und noch ausscheidenden Kogeschwister sollte sie kalt lassen und sie nicht von ihrem Weg abbringen. Die fast gefallenen Worte wären ein unerhörter Sympathiebeweis gewesen, den man von einer Kriegerin nicht erwartete und gegen den sich jeder Krieger verwahrt hätte. George hätte mit Sicherheit entsprechend reagiert.

Tanjas Warnung war also eher ein ungewisser Sympathiebeweis, und ihre Motive mochten einer allgemeinen Loyalität zwischen den Anwärtern entspringen.

»Ich verstehe«, murmelte er. »Danke.«

Die Matraze knarrte wieder, als sie sich erhob. Lautlos verschwand sie.

MechÜbungsgelände Far-Range-Akademie,
Bearclaw, Kerensky-Sternhaufen

12. Dezember 3053 TNZ, vormittags

»Energiespeicher: check ... Aktivatoren: stand by ... Beingelenke: entsichert, aber noch verriegelt, check ... Reaktor: stand by ... Kühlsysteme: aus ... das muss auf stand by!«, murmelte George vor sich hin, während er den *Incubus* in Betrieb nahm.

Er drückte den großen Knopf, der den Bordcomputer veranlasste, das Kühlsystem auf volle Leistung zu bringen, bevor es selbsttätig den Reaktor hochfuhr. Das Anlaufen der Energiequelle war nicht mit dem Anspringen eines Verbrennungsmotors vergleichbar. Vielmehr begannen die Kühlpumpen ihre surrende Arbeit, und die Wärmetauscher nahmen mit einem Brausen ihre Tätigkeit auf, während ein schwaches tieffrequentes Summen lauter wurde, schwache Vibrationen den ganzen Mech erzittern ließen, sich verstärkten ... um dann wieder ganz zu verschwinden, als die energieliefernde Reaktion hundertprozentig in Phase kam. Das Summen des Reaktors wurde leiser, und die Kühlsysteme wurden in ihrer Leistung der erzeugten Abwärme des Reaktors angepasst, was in diesem Fall zur Folge hatte, dass der noch kalte *Incubus* wieder sehr ruhig wurde. Die Wärmetauscher an Armen und Beinen gingen in den Leerlauf, und nur die oberen Tauscher am Torso mussten mehr als die Grunddrehzahl bringen, um einen schwachen Luftstrom zur ausreichenden Kühlung zu erzeugen.

Die Nacht auf Bearclaw war kühl gewesen, und die Mechs hatten in dem halb offenen Hangar die Temperatur der Umgebung angenommen. George setzte seinen Voreinsatzcheck fort, während die übrigen Kadetten dasselbe taten.

»IR-Sensoren: aktiv, check ... Radar: stand by, check ... IFF-Transponder: aktiv, check ... Bewegungssensoren: aktiv, check ... Akustik-Ortung: stand by, check ... Com-Kanäle: programmiert, check ... Waffensysteme: ungeladen und gesichert, check ...«

Der 30-Tonnen-*Incubus* ähnelte in seiner Bestückung dem schwereren *Wolfhound* der Inneren Sphäre. Der *Incubus* trug im rechten Unterarm einen schweren Impulslaser. Zwei mittelschwere Extremreichweitenlaser im Torso vervollständigten die Bewaffnung. George hatte für diese Übung zum ersten Mal die Erlaubnis erhalten, seinen Mech – bis auf die drei Hauptwaffensysteme – selbst zu konfigurieren, und er hatte sich dafür entschieden, das Maschinengewehr und den leichten Laser auszubauen, um Kapazität für Sprungdüsen frei zu bekommen.

Gern hätte er auch die Hauptgeschütze noch variiert, aber das war ihm nicht gestattet worden. Nach Georges persönlicher Ansicht – die er durch seine bisherige Einsatzerfahrung bestätigt glaubte – waren alle ER-Waffen nur in Ausnahmefällen wirklich sinnvoll. Mittelschwere ER-Laser mit 600 Metern effektiver Reichweite verursachten im Nahkampf denselben Schaden wie mittelschwere Impulslaser, erzeugten aber mehr Abwärme. Und die meisten Mechkämpfe fanden nun einmal auf Mittelstrecken- bis Kurzstreckendistanzen statt: auf 700 bis 200 Metern zwischen den Gegnern. Auf diese Entfernung konnten auch Impulslaser verheerend sein. Demgegenüber war der schwere Impulslaser als Waffe für größere Reichweite geradezu ein Witz, denn seine Reichweite lag nur wenig über der der mittelschweren ER-Laser. Hier hätte sich George lieber einen schweren ER-Laser mit 1000 Metern Reichweite für Präzisionsschüsse über große Distanz gewünscht.

Wahrscheinlich hatten die Ausbilder erwartet, er würde den Mech noch mit einer kleinen Autokanone oder Raketenlafetten ausstatten, um die Bewaffnung abzurunden, aber George hatte sich dagegen entschieden. Die Energiewaffen würden im Gefecht eine enorme Menge Abwärme erzeugen, die ihn eventuell zu Feuerpausen zwangen. Während dieser Pausen verlegten sich andere MechKrieger gern auf das Schießen mit Projektilwaffen, die im Verhältnis kaum Abwärme erzeugten.

George hatte eine andere Strategie im Auge. Er hatte die Zahl der Waffen verringert, um den Hitzestau länger hinauszuzögern und schneller abbauen zu können. Während der Zwangspausen wollte er beweglich sein und nicht weiterschießen. Erstens waren Projektilwaffen sehr schwer, zweitens waren sie irgendwann leer, und drittens war der *Incubus* ohnehin nicht stark genug gepanzert, um mitten im Gefecht stehen zu bleiben und Schlag auf Schlag mit dem Gegner zu tauschen. Die Verteidigung dieses leichten Scouts lag hauptsächlich in seiner Geschwindigkeit und Beweglichkeit, die George mit den Sprungdüsen noch erhöht hatte.

Im Kopfhörer krachte es, und George drehte hastig den Lautstärkeregler zurück, als sich einer der Ausbilder aus der Zentrale, die die heutige Übung überwachte, meldete: »Die Kadetten der Tseng-Geschko mögen geruhen, sich einzeln zu melden, sobald sie ihre Checks abgeschlossen haben!«

»Kadett Ulern, *Owl*, Check abgeschlossen. Alle Systeme sind im grünen Bereich.« Ulern war der Anführer der Geschko. Er wirkte älter als die anderen, war größer und kräftiger gebaut. Er hatte sich seine Position redlich erkämpft und glänzte mit ausgezeichneten Noten in Führungstaktik und Logistik. Seine Noten im Pilotieren und Schießen waren etwas schwächer, aber er hielt überall einen hohen Durchschnitt, der von den anderen nur gelegentlich erreicht und nur selten übertroffen wurde.

Ulern hatte seinen 35-Tonner nicht modifiziert und sich mit der Standardkonfiguration zufrieden gegeben. Diese augenscheinliche Phantasielosigkeit mochte auch Berechnung sein, denn die sorgfältige Prüfung der Daten ergab, dass die Standardkonfiguration jedes MechTyps für die meisten Aufgaben optimiert war. Nur in wenigen Spezialfällen oder dann, wenn der Mech eine andere Rolle übernehmen sollte als konstruktiv erwartet, war eine Umkonfigurierung sinnvoll. Der standardmäßig sprungfähige *Owl* war daher gleichstark bewaffnet wie Georges *Incubus*: ein schwerer Laser im Torso und je ein mittelschwerer Laser in den Unterarmen.

»Kadettin Martha, *Jenner*, Check abgeschlossen. Alle Systeme sind im grünen Bereich.« Martha führte einen etwas modifizierten *Jenner*, dem sie statt der beiden 6er-KSR-Lafetten mittelschwere Laser montiert hatte, nachdem sie die 4er-Blitz-KSR-Lafette hatte behalten müssen.

»Kadett Sevenik, *Kit Fox*, Check abgeschlossen. Alle Systeme befinden sich im grünen Bereich.« Sevenik war von den Leistungen her der Schwächste in der Geschko, aber er schien sich in allen Prüfungen im letzten Moment immer aufzuraffen und noch Reserven mobilisieren zu können, die ihm niemand zugetraut hätte. Nur deshalb war Sevenik trotz seiner offensichtlich erscheinenden Mängel noch immer nicht in eine andere Kaste abgestuft worden.

Sein *Kit Fox* widersprach ganz seinem Naturell von groß und schwerfällig. Sevenik hatte die Bewaffnung des agilen, jedoch nicht sprungfähigen 30-Tonners dahingehend modifiziert, dass er den schweren Laser des rechten Arms gegen eine 5er-LSR getauscht hatte.

»Kadett Mick, *Fire Moth*, Check abgeschlossen. Alle Systeme sind im grünen Bereich.« Mick führte den leichtesten Mech dieser Übung mit unveränderter Bestückung: MGs in den Armen und zwei mittelschwere Laser im Torso. Wie George besaß auch Mick einen Hang zu den schnellen Leichtgewichten, was ihn in seinen Augen sehr sympathisch machte. Endlich hatte er hier einen Partner gefunden, der ähnliche Interessen hatte und mit dem er über Konfigurationen und Manöver fachsimpeln konnte, wie es die Anhänger der Fraktion ›stark und schwer‹ bei schweren OmniMechs taten.

»Kadettin Tanja, *Kit Fox*, Check abgeschlossen. Alle Systeme sind im grünen Bereich.« Tanja hatte ihrem Mech die 4er-Blitz-KSR-Lafette abmontiert und die Munition der Autokanone verringert, um Kapazität für zwei zusätzliche Wärmetauscher und Sprungdüsen frei zu bekommen. Sie hatten in der Vorbesprechung erfahren, dass das Gelände schwierig sein sollte. Sprungdüsen konnten da erheblich weiterhelfen, wo die eigenen Talente oder das Gewicht des BattleMechs Grenzen setzten.

»Kadett George, *Incubus*, Check abgeschlossen. Alle Systeme sind im grünen Bereich.« Wie immer, wenn nichts anderes befohlen war, reihte sich George als Letzter ein. Das gehörte sowohl zu seiner Strategie, nicht in der Geschko aufzufallen, als auch zu seiner Neigung, auf diese Weise in brenzligen Situationen von der Flanke her oder von hinten einen besseren Überblick zu gewinnen.

»Anwärter Ulern hat die Ehre der Führung!«, wurden sie von der Zentrale informiert. »Abrücken und Ausschwärmen, um die avisierten Ziele zu suchen und durch simulierte Schüsse zu vernichten!«

»Roger!«, bestätigte Ulern und wandte sich an seinen Kadettenstern: »In bisheriger Reihenfolge ausrücken!«

Während sich der *Owl* und der *Jenner* in Bewegung setzten, überprüfte George noch einmal die Waffenleistung. Alle Laser schossen reduziert. Check.

Die Gegner würden genauso bestückt sein, Autokanonen, Gaußgeschütze und MGs verfeuerten farbige Markierpatronen, die verwendeten Kurz- und Langstreckenraketen waren Abwandlungen von Infernoraketen, die kurz vor dem Aufschlag platzten und das Zielgebiet mit einem Farbnebel besprühten.

Die Mechs stampften hintereinander über das flache Gelände. Die Landschaft um die Far-Range-Akademie war von Laubwäldern auf flachen Hügeln geprägt, von denen die höchsten gerade zweihundert Meter über die Talsohlen aufragten. Es gab zahlreiche Bäche und Rinnsale, die sich im Zentrum des Gebiets zum Range Creek vereinigten, einem kleinen Fluss, dessen Windungen sich tief in die Landschaft gegraben hatten und sie mit ihren etwa dreißig Meter tiefen Canyons teilten. Die Gebäude der Akademie lagen mitten in diesem Manövergebiet an einer etwas flacheren Böschung des Range Creek. Das Wetter war kühl und sonnig, der Himmel tiefblau mit wenigen Wolken, und die Sicht war klar bis zum Horizont.

Inzwischen hatte George genug Übung, um mit kurzen aber aufmerksamen Blicken voraus nicht nur die Unebenheiten zu erkennen sondern auch die Bodenbeschaffenheit einzuschätzen. Sand, Erde und Kies waren unterschiedlich dicht und gaben unterschiedlich nach, wenn er mit den großen Fußplatten seiner Maschine auftrat und den Untergrund belastete. Fels und Beton fühlten sich hart und unnachgiebig an, dicht bewachsene Steppe federte weich und ließ die MechFüße je nach Chassigewicht bis zu zwanzig Zentimetern einsinken. Sand, lockere Erde und Äcker waren schlimmer. Die Füße konnten bis über einen halben Meter einsinken, was dem Piloten das Gefühl vermittelte, über dicken Schaumstoff zu laufen. Kies und Schlamm waren ernste Behinderungen, denn tiefer als bis kurz über die Fußgelenke durfte ein Mech nicht einsacken, sonst büßte er gefährlich an Bewegungsfreiheit ein, konnte stolpern oder stürzen und sich dabei kritische Schäden zuziehen.

Alle Mechs im Clan Geisterbär waren anders ausgerüstet als die, die George als Novakatze kennen gelernt hatte. Die Sprungdüsen waren grundsätzlich inaktiv, die direkte Beinsteuerung immer eingeschaltet, und nur schwer verletzte Piloten durften ohne Dezgra auf den Autopiloten zurückgreifen. Der Daumenschalter am Sidestick zündete die Sprungdüsen, und mit Beinbewegungen – George hatte sie amüsiert ›Schwimmbewegungen‹ genannt – richtete der Pilot die an den Waden befestigten Sprungdüsen so aus, dass der Mech auf seinen Düsenstrahlen manövrieren konnte, während die auf dem Rücken montierten Düsen hauptsächlich tragende Funktion hatten.

George steuerte seinen *Incubus* inzwischen gekonnt peduell, suchte sich die richtigen Punkte, um in den richtigen Schrittweiten für jede Geschwindigkeit die Füße seines Gehzeugs aufzupflanzen, möglichst gerade zu belasten und den Mech darüber wegzubalancieren, während er den nächsten Schritt machte. Bis zur Mitte der Oberschenkel reichende Exoskelett-Stützschienen am Ende der Liege erleichterten ihm die Arbeit, weil sie die Stellung seiner Beine an den Computer meldeten und er so in der Lage war, den Fuß auf unebenen Trittflächen schon von vornherein richtig anzuwinkeln. Im Standardmodus setzte der Mech nämlich den Fuß mit ungebremstem Fußgelenk auf, ließ den Fuß sich anpassen und blockierte dann die erreichte Stellung, was sehr unangenehm werden konnte, wenn die Trittfläche nur teilweise nachgab – wie im Minos-Labyrinth auf Tranquil – und der Mech den Halt verlor. Das von vornherein ausgerichtete und gebremste Fußgelenk ließ den Mech wesentlich sicherer ausschreiten, wenn der Pilot sein ›Fußwerk‹ verstand.

Die Pilotenliege sah ebenfalls ungewöhnlich aus, denn unter den Schulterblättern waren Flächen angebracht, die auf Druck reagierten. Durch angedeutete Oberkörperdrehungen – George brauchte sich im Grunde nur sanft abzustützen – setzte er die Motoren in Bewegung, um den Torso seines 30-Tonners zu drehen. Kopfdrehungen des Neurohelms wurden ebenfalls gemessen und an die Motorik unter den Nacken der Maschine weitergeleitet, sodass der Mech simultan den Kopf drehen konnte.

All diese unkonventionellen Steuersysteme sorgten dafür, dass George – wenn auch mit viel Anstrengung und Konzentration – in der Lage war, den Mech zu bewegen, ohne eine Hand zu rühren. So war er frei, die beiden Sidesticks unabhängig voneinander zu bewegen und die Bordwaffen grundsätzlich in Nahkampf- und Distanzkampfwaffen zu gruppieren und auf unterschiedliche Ziele zu richten. Die eigentliche Übung bestand für George darin, die Schritte des Mechs aufmerksam und trotzdem halb unbewusst zu steuern, während er zwei Fadenkreuze durch das Hologramm bewegte.

Inzwischen hatte er sich so daran gewöhnt, dass er die Vorteile dieser Technik anerkannte. Er musste nur dann umgreifen, wenn er Sonderfunktionen brauchte, seine Hilfsbildschirme justierte oder die mechanische Hand des linken Arms bewegen wollte. George hatte den schweren Laser im rechten Unterarm auf dem rechten

Sidestick, während der linke die mittelschweren Torsolaser ausrichtete, die er über zwei Auslöser unter Zeige- und Mittelfinger einzeln abfeuern konnte.

Er warf in seiner Holoprojektion einen Blick auf die kurze Schlachtreihe. Nur 30- und 35-Tonner, und dennoch eine beeindruckende Schlagkraft, wenn die Piloten die Beweglichkeit der leichten Mechs als Waffe zu nutzen verstanden. Ob sie dazu in der Lage waren, würde sich unter anderem in diesem Test erweisen müssen.

Die Geschko hatte mit über dreißig Mitgliedern die Kriegerausbildung begonnen. Nun waren nur noch fünf übrig, wenn man George nicht mitzählte, und nur die Hälfte davon lebte noch. Ein Drittel war beim Kampftraining umgekommen, der Rest hatte Selbstmord begangen, um die Rückstufung in einer niedere Kaste nicht ertragen zu müssen.

Das Gelände wurde steiler und war mit Felsbrocken übersät, die den Mechs oft bis zur Hüfte reichten. Automatisch begannen alle mit Ausweichmanövern, ohne das Tempo verringern zu müssen. Früher hätte George jetzt schon mit den Steuerhebeln gekämpft, um zwischen den engen Hindernissen zu manövrieren, jetzt konnte er ohne Zeitverlust winzige Richtungsänderungen vornehmen, seitliche Ausfallschritte machen oder die Schrittlänge passend variieren, um mit konstantem Tempo auf den Hügel zu kommen.

»Alle Kadetten in drei Gruppen aufteilen und ausschwärmen!«, befahl der Petzmeister über Funk.

»Verstanden«, antwortete Ulern. »Ich rücke weiter vor, Tanja beehrt mich mit ihrer Gesellschaft! Martha wird mit George zusammen die rechte Flanke decken! Sevenik und Mick übernehmen die linke Flanke!«

Sie gruppierten sich schnell um, und George folgte dem *Jenner* den Hang hinab ins hügelig-sumpfige Gelände. Die Senken hier waren tief genug, um Mechs zu verbergen; Büsche und Felsbrocken sorgten zusätzlich für Deckung. Er schaltete von Normaloptik auf MAD, um die Störungen feindlicher Mechs im planetaren Magnetfeld zu erkennen, aber noch war nichts auszumachen, und auf MAD ließ sich der Boden nicht so gut einschätzen. Er wechselte weiter zu IR. Jetzt würde er Mechs nur auf weniger als einen Kilometer anhand aufsteigender Hitzefahnen ausmachen können, aber wenigstens konnte er Geröll, Gras, Erde und Sumpf noch unterscheiden.

George betrachtete nachdenklich die Leibeigenenkordel am Handgelenk. Die blaugraue Kordel Nataljas war durchschnitten worden und durch eine schwarzgraue ersetzt worden, die ihn als Eigentum der Akademiekommandantin kennzeichnete. Diese Kordel, hatte sie ihm gesagt, würde erst dann entfernt werden, wenn er die Kriegerprüfung bestand – oder wenn er starb.

Wieder fragte er sich, ob er sich zum Geisterbär eignete. Es war weniger eine Frage der Mentalität, eher eine der Loyalität. Würde er in der Lage sein, notfalls auf Novakatzenkrieger zu schießen? Wahrscheinlich schon. Würde er aber mit derselben Härte gegen sie vorgehen wie beispielsweise gegen Nebelparder? Wohl nicht. Deshalb war er aber doch nicht weniger ein Krieger als andere. Oder doch? Gehörte eine derart raue Schale, Gefühllosigkeit und Brutalität dazu? Würde er so einfach die Seiten wechseln können, wie man es von ihm verlangte, indem man ihm die Kordel angebunden hatte?

Hinzu kam, dass Geisterbären Wert auf nichtmilitärische Fertigkeiten legten. Die meisten Krieger übten sich in irgendeiner Kunst, und viele Kadetten eiferten ihnen nach. Malerei war weit verbreitet, genauso wie das Musizieren. George hatte beides nur oberflächlich ausprobiert und wusste, dass er es zumindest während der ohnehin sehr aufreibenden Ausbildungszeit nicht noch einmal versuchen würde. Vielleicht würde er nach dem Positionstest Gelegenheit haben, zu entdecken, was an der Ausübung einer Kunst so reizvoll sein sollte. Vielleicht würde er Gedichte schreiben und sich wenigstens auf diese Weise in der *Erinnerung* verewigen können?

Einmal Krieger, immer Krieger, hieß es, und er war schon einmal Krieger gewesen. Also würde er weitermachen und Krieger vom Clan Geisterbär werden. Trotzdem hatte er Zweifel, denn es war eindeutig keine Entscheidung *für* die siegreichen Geisterbären, sondern eine Ablehnung aller anderen Alternativen. Rückstufung in die Tech- oder Arbeiterkaste? Tod?

George sah die anderen vier Mechs hinter den Kuppen anderer Hügel außer Sicht kommen. Ihre Positionen waren nur noch ungefähr durch die hinter ihnen aufsteigenden schräg verwehenden Heißluftsäulen markiert. Marthas *Jenner* vor ihm leuchtete grellgelb in der dunkel-blaugrünen Landschaft und war von hellgrünen Schlieren der Warmluft umgeben.

Als sie über den nächsten Rücken kamen, öffnete sich vor ihnen ein künstlich aus den Feuchtgebieten trocken gelegtes Becken, in dem eine Siedlung aufgebaut war. Sie hatten die Häuseransammlung schon vor einem Monat während einer IAW-Übung besucht. George erinnerte sich, dass es zwar keine Bewohner mehr gab, aber dass dennoch künstlich eine Bevölkerung mit Energieverbrauch in Elektroherden, Vid-Empfängern und Maschinen simuliert wurde. Außerdem bewegten sich einige computergesteuerte Fahrzeuge durch die Straßen, die als Nichtkombattanten nicht beschädigt werden durften.

Alle Mechs waren stehen geblieben, wie George an den entfernten Abwärme-Geysiren erkannte. Aus einer Entfernung von knapp zwei Kilometern tasteten sie das Dorf mit Radar ab, konnten aber weder so noch mit den anderen Sensoren irgendwelche feindlichen Mechs oder Emissionen von Fusionsreaktoren entdecken. Alle sechs kamen dennoch zu dem Schluss, dass ihre Gegner innerhalb der Ortsgrenzen auf sie lauerten und ihre Reaktoren abgeschaltet hatten, um eine Ortung auf große Distanz zu vermeiden.

Die Ortschaft war annähernd quadratisch angelegt mit drei Hauptstraßen, die sich in der Mitte auf dem Marktplatz T-förmig trafen. Die Kadetten kamen vom Querbalken auf das T zu. Gräbengesäumte Ausfallstraßen führten nach rechts, links und hinter dem Dorf von ihnen weg in die Hügel. Sie wussten noch, dass einige Gassen zu eng waren, um Mechs das ungehinderte Passieren zu ermöglichen. Außerdem waren die Felder vor der Stadt weitgehend sumpfig. Die beste Möglichkeit, in die Siedlung vorzudringen, bestand sicherlich auf den Straßen.

Der Befehl, die Anwärter ausschwärmen zu lassen, hatte bewirkt, dass Martha und George nun dem rechten Stadtrand und der dortigen Hauptstraße recht nahe waren, Sevenik und Mick dem gegenüberliegenden. George entdeckte ungefähr in der Mitte der Häuser eine Straße, die auf dem umzäunten Hof eines Industriekomplexes endete. Möglicherweise entschied sich Ulern, Tanja auf diesem Weg hineinzuführen. Allerdings musste er dabei ein ziemlich kalt und feucht aussehendes Gebiet überqueren und Minuspunkte in Kauf nehmen, sollte er an dem Komplex irgendetwas beschädigen, selbst wenn es nur der Drahtzaun war, den er mit seinem *Owl* niedertrampelte.

»Weiter«, bestimmte Martha und setzte ihre *Jenner* wieder in Bewegung.

George folgte ihr und konzentrierte sich nur mit halber Aufmerksamkeit auf die Häuser und das Geschehen dort. Noch immer bewegten sich auf den Ortungsmonitoren und in den Hologrammen nur die Scheinziele, die nicht beschossen werden durften. George verließ sich darauf, dass sich die Sensoren mit akustischen Signalen melden würden, sollte sich etwas ändern, und richtete sein Augenmerk auf die trügerischen Wiesen. Die Füße seines *Incubus* sanken bei jedem Schritt knapp einen Meter ein, und der torfig-schlammige Untergrund darunter fühlte sich keineswegs sicher an. Vielmehr hatte er den Eindruck, auf schwankenden Fußbällen zu balancieren, weil der komprimierte Torf direkt unter den Fußplatten härter wurde und an den Rändern ausweichen konnte. Zudem musste er die Füße höher als gewöhnlich heben, sodass aus dem elastischen Ausschreiten des 30-Tonners ein mühseligen Waten wurde. George spreizte die bisher zur besseren Schwerpunktlage hängenden Arme des Mechs leicht ab, um ein höheres Trägheitsmoment zu erzeugen und mehr Stabilität beim Gehen zu haben.

Marthas *Jenner* war nicht besser dran. Der gedrungene armlose Torso ließ derartige Erleichterungen nicht zu, und die verhältnismäßig dürren Stelzbeine der 35-Tonnen-Maschine sanken bis an die Sprungdüsen in den Morast. George sah sogar mehrmals, wie Wasser und Gras von unten in die Öffnungen gedrückt wurde, hatte aber keine Zeit, Martha darauf hinzuweisen. Er würde das gleich auf der Straße nachholen, falls sie nicht selbst auf die Idee kam, ihre Sprungdüsen zu checken.

Die Gyroskope heulten auf, als der linke Fuß keinen festen Halt bekam, nach rechts abglitt und sich vor dem rechten Schienbein verkeilte, sodass George nicht einmal zu einem Ausfallschritt in der Lage war. Instinktiv versuchte er, die Beine zu bewegen, aber die Feedbacksysteme blockierten die Stützschienen und Pedale und vermittelten dem Piloten genau das Gefühl, das er selbst in der gleichen Haltung wie der Mech empfunden hätte.

Der *Incubus* kippte vornüber. George stieß die Linke in die Handschuhkontrollen und riss den Arm nach vorn. Der Mech führte dieselbe Bewegung aus. Mit einem explosiven Klatschen schlug die flach ausgestreckte Hand des *Incubus* in die Schlingpflanzen und sackte bis über den Ellbogen weg. Endlich blieb der Mech still liegen.

»Savashri!«, hörte er Martha fluchen. Sie musste stehen geblieben sein, als er ins Stolpern geriet.

Hilfe war von ihr nicht zu erwarten, weil der *Jenner* keine Arme mit Handaktivatoren hatte, um zupacken zu können. George rief ein Strukturdiagramm auf, das die Haltung des *Incubus* und seinen Zustand darstellte. Die Panzerungs- und Waffendaten interessierten ihn wenig, aber die Daten über Sumpftiefe und Rumpfhaltung waren hilfreich. Er winkelte das linke Knie an und drückte das Bein zur Seite, als es nicht mehr verhakt war. Dann winkelte er auch das rechte Bein an. Der *Incubus* lag nun auf dem Arm und auf den Knien.

George schoss der Gedanke durch den Kopf, dass er gut daran getan hatte, den leichten Armlaser links zu entfernen. Spätestens jetzt wäre die Waffe völlig dejustiert und verstopft gewesen, unnützer Ballast. George brachte den 30-Tonner platschend wieder auf die Füße. An den vorspringenden Ecken und Kanten von Panzerplatten und Wärmetauschern der Gliedmaßen hingen Schlingpflanzen herab.

Marthas *Jenner* war nicht stehen geblieben. Sie hatte die Straße erreicht und wartete dort, Front zum Dorf. Vermutlich tastete sie es erneut ab. Der *Jenner* setzte sich langsam in Bewegung. »Eile dich, und folge mir!«

George hastete auf die Straße zu. Der *Incubus* schleuderte Schlinggewächse, Gras und Modder umher, klatschte durch den Graben und stand endlich auf dem festgestampften Kies der Straße, der fast die Konsistenz von Beton hatte. Jedenfalls war er wohltuend fest unter Georges Tritten.

Er checkte hastig die Sprungdüsen seines Mechs. Die an der rechten Wade des *Incubus* war verstopft. George trat einige Male etwas fester auf. Das mochte nachher im Wartungsbericht ungünstig sein, denn beschädigte Stoßdämpfer und Lager brachten auch Minuspunkte, aber der Dreck flog wenigstens aus der Sprungdüsenöffnung, und das System zeigte daraufhin wieder grünes Licht.

Martha betrat bereits die Ortschaft, ließ den *Jenner* seinen Torso abwechselnd nach rechts und links schwenken, um die Fassaden und Seitenstraßen besser mit den Sensoren abtasten und in alle Toröffnungen und Einfahrten blicken zu können.

George ließ den *Incubus* Staubwolken aufwirbeln, als er mit donnerndem Laufschritt hinterhereilte, während er seine eigene Ortung überprüfte. Auf MAD erschienen die Häuser leicht verzerrt und undurchdringlich. Eingeschaltete Elektronik, Stromleitungen, Metall, Vid-Empfänger, Geräte ... alles blendete die Sensoren und reduzierte die ›Sichtweite‹ auf wenige hundert Meter. Auf IR sah es kaum besser aus. Die Sonne Bearclaws hatte die Häuser bestrichen und ein verwirrendes Hell-Dunkel-Geflacker warmer Wände und kühler Schatten erzeugt, zwischen denen die Luft in trägen Turbulenzen wallte. Nur die Straßen ließen sich über größere Distanz überblicken, aber ausgerechnet auf der Hauptstraße vor ihm befand sich das heißeste Objekt weit und breit – Marthas *Jenner* – und blockierte auch hier die Sensoren. Das Bordradar war auch nicht in der Lage, durch die Häuser zu dringen, und so ließ sich George eine Satellitenkarte einblenden, um sich wenigstens orientieren zu können, während er hinter Martha herstapfte.

Es handelte sich weniger um eine Karte als vielmehr die Echtzeit-Bilder einer hochauflösenden Kamera, die in etwa 500 Kilometern über Bearclaw kreiste. Tatsächlich gab es 18 Satelliten über dem Planeten, die besonders interessante Teile der Oberfläche aufnahmen und an Bodenstationen sendeten.

Landungsschiffe hatten immer solche Kamerasatelliten an Bord und würden sie vor jeder Landung aussetzen, um den Truppen Aufklärungsdaten zu verschaffen. In jeder regulären LZ und jeder Kampfzone hatten die Mechs auf diese Weise Bilder von NO- oder IR-Kameras oder wenigstens Radardaten zur Verfügung, die von den Bordcomputern der Landungsschiffe oder vorgeschobenen HQs aufbereitet und an alle Mechs gesendet werden konnten. Jede Clan-Heimatwelt hatte bereits seit Jahrhunderten ein solches Netzwerk. Die indirekte Datenübermittlung störte zwar viele MechKrieger, die eine direkte Kontrolle über die Satelliten bevorzugt hätten, aber es war der einzige praktikable Weg, mit der begrenzten Zahl an Satelliten ein Optimum an Informationen zu erhalten. Die Benutzung dieser Systeme war ebenfalls Bestandteil der Ausbildung, auch wenn sie im direkten Gefecht kaum benutzt wurden. Zum Ausrichten der Waffen benutzte ein Mech hauptsächlich die Bordsysteme oder – in speziellen Fällen – die Ortungsdaten eines anderen Mechs. Für die Suche nach Gegnern und die Gefechtsvorbereitung jedoch war die Echtzeit-Satellitenkarte so gut wie unerlässlich.

George sah nicht viel mehr als vorher. Die Kamera im Orbit benutzte Normaloptik und bot keine Interpretation an. Der primitive Bordrechner seines *Incubus* war nicht einmal in der Lage, zivile Fahrzeuge von den manövrierenden Mechs zu unterscheiden und bot ebenfalls keine Hilfe. George musste den Bildschirm wie ein Foto betrachten, sich orientieren, seine eigene Position feststellen – hier wenigstens half eine computergenerierte PPS-Markierung – und die Konturen seiner Umgebung interpretieren. Dächer, Schornsteine, Antennen, Straßen, Hinterhöfe, Fahrzeuge ... Er zählte sechs Mechs und keine Feindmaschinen.

Der *Jenner* erreichte den Marktplatz und blieb unschlüssig stehen, um sich über das weitere Vorgehen klar zu werden. George, der den Laufabstand zu Martha nur aus dem Augenwinkel kontrolliert hatte, während er sich auf den Kartenbildschirm konzentrierte, brachte den *Incubus* gerade noch rechtzeitig zum Stehen, um eine Kollision zu vermeiden. Nebenbei fällte er ein ziemlich vernichtendes Urteil über Marthes Fähigkeiten, einen Stern zu führen. Korrekter wäre es gewesen, wenn sie zuerst die Laufrichtung ein wenig änderte oder nur verlangsamte, um George auf das nächste Manöver vorzubereiten. Das abrupte Stehenbleiben war ein deutliches Zeichen dafür, dass sie mit sich selbst und der Suche mehr als ausgelastet war. Vermutlich hatte sie bis jetzt noch nicht einmal darüber nachgedacht, ob ihr die Anwesenheit eines zweiten Mechs irgendwie nützlich sein könnte.

George fand es mehr als ungeschickt, zu zweit im Gänsemarsch eine breite Straße entlangzuwandern. Er hätte den zweiten Mech auf Parallelkurs durch eine Nebenstraße oder über die Hinterhöfe und Grundstücke geschickt. Er hatte es nicht vorgeschlagen, weil er erstens Martha damit aufgereizt und sich zweitens damit Minuspunkte für die Beschädigung ziviler Einrichtungen eingehandelt hätte. Andererseits war Martha jetzt vielleicht gezwungen, genau das ohnehin zu versuchen, da auf den Hauptstraßen nichts zu sehen war.

Ulern und Tanja waren noch nicht eingetroffen, tauchten erst in der Ferne gelegentlich zwischen den Häusern auf. Martha blieb stumm und suchte weiter die Umgebung ab, also kontrollierte auch George wieder seine Sensoren. Zivilisten waren zu Fuß nicht unterwegs. Vielleicht verbargen sich irgendwo Mechs. Dann brauchte man dazu eine Deckung, die groß genug für Mechs war. Oder – wenn Elementare beteiligt waren – ein Gelände, dessen Möglichkeiten für einen Hinterhalt genug Platz für Mechs bot. Die einzige Antwort auf diese Parameter boten seiner Ansicht nach die Industrieanlagen im Norden, wo bisher noch niemand von ihnen gewesen war. Weit und breit sah er sonst nichts Bedrohliches, und die Petzmeister würden sie kaum stundenlang durch die Landschaft stapfen lassen. Zeit- und Materialverschwendung dieser Art waren nicht in ihrem Sinne. Also hier im Ort. Wahrscheinlich im Norden, wo die Gebäude höher als BattleMechs waren.

Sollte er Martha den Vorschlag machen? Er hatte sich schon mehrmals durch Einmischungen in die Sternführung bei Ulern und Sevenik unbeliebt gemacht. Mit Martha war er bisher nicht aneinander geraten, aber wenn sie ohnehin schon verunsichert und ratlos war, würden seine Vorschläge sie nur gereizt werden lassen. Der *Jenner* blickte jetzt in die Richtung, aus der Ulerns *Owl* anrückte. Sie schien tatsächlich keine Initiative entwickeln und die nächsten Entscheidungen ihm überlassen zu wollen.

George beschloss, den Mund zu halten und abzuwarten, während er die Primärsensoren auf den Industriekomplex richtete. Keine Hinweise. Natürlich. Schließlich mussten sie damit rechnen, dass zumindest Ulern oder vielleicht auch Mick – George traute den beiden genug Verstand zu – auf die Satellitenkarten blicken würden. Der Hinterhalt würde dagegen getarnt sein, so leicht entdeckt zu werden. Andererseits würde er massiv genug sein müssen, um einem Mech, der die Unterstützung von weiteren fünf Mechs hatte, gefährlich zu werden. Was konnte das sein?

Ihm fiel Tanjas nächtliche Warnung ein. Ein PPK-Schuss aus nächster Nähe, ein auf das Cockpit zielender schwerer oder zwei mittelschwere Impulslaser, eine Autokanone auf stabiler Lafette, die die Kopfpanzerung durchschlug, eine gut gezielte KSR- oder LSR-Salve ... Nein, gegen Raketen würde er sich so weit wehren können, dass die Treffer nicht sofort kritisch waren, aber alle anderen Möglichkeiten wären geeignet, ihn sofort umzubringen. Außerdem gab es noch weitere Möglichkeiten: Ein großes Gebäude, das über dem *Incubus* einstürzte, ein unglücklicher Sturz des Mechs, wenn George nicht schnell genug reagierte und die Kühlsysteme aufbrachen, um kochende Kühlflüssigkeit ins Cockpit zu spritzen ...

Andererseits war er ein hoffnungsvoller Kandidat auf eine Kriegerlaufbahn. Zu wertvoll, als dass die Ausbilder ihn einfach umgebracht hätten. Ein Anwärter starb nur dann gerechtfertigt, wenn er im Rahmen der Tests versagte. Nach Ansicht eines Kriegers war das Weiterleben oder der Tod eines Kandidaten nicht von großer Bedeutung. Natürlich war es immer ärgerlich, wenn dem Clan Arbeitskräfte verloren gingen, aber die Kriegerkaste zielte mit der Größe ihrer Geschkos genau auf solche Einbußen ab und konnte sich die hohen Verluste in der Kriegerausbildung leisten.

»Martha, begib dich mit George nach Nordosten!«, meldete sich Ulern über Funk. »Unterziehe besonders undurchdringliche Häuseransammlungen einer genauen Inspektion!«

»Verstanden.« Sie drehte ihren *Jenner* um und marschierte durch die Straßen. »George, folge mir!«

George schüttelte den Kopf und setzte den *Incubus* in Bewegung. »Bestätige!«

Bisher hatten die Arme im Laufmodus neben dem Torso heruntergehangen, um den Schwerpunkt des Mechs möglichst tief zu halten. Das gab mehr Stabilität beim Laufen. Der Steuercomputer war in dieser Stellung außerdem automatisch in der Lage, durch leichte Bewegungen die asymmetrischen Torsionen der Beine auszugleichen. Insgesamt sah es nicht ganz so aus wie bei einem Menschen, der zur besseren Balance beim Gehen ebenfalls die Arme vor und zurück schwingen ließ, war dem aber nachempfunden.

George hob den rechten Waffenarm und überzeugte sich noch einmal davon, dass die Laser und die Sprungdüsen voll geladen waren. Es konnte jetzt nicht mehr lange dauern.

Einen knappen Kilometer weiter in einer engen Seitenstraße zwischen zwei Fabrikkomplexen wurde der *Jenner* langsamer. »George, eine Inspektion dieser Gebäude ist nach meiner Beurteilung erforderlich. Übernimm das linke, ich kümmere mich um das rechte!«

»Verstanden.« Er drehte den *Incubus* und stieg vorsichtig über den Zaun. Schäden bei Inspektionen ließen sich kaum vermeiden, besonders wenn BattleMechs diese Inspektionen durchführten, und es würde Minuspunkte fürs Pilotieren hageln, aber es bestand kein Anlass, unvorsichtig zu werden. George hatte bereits die Befürchtung, dass Sieger dieser Übung derjenige mit den wenigsten Minuspunkten werden würde. George ließ den 30-Tonner einmal die Produktionshalle umrunden. Ein kleineres Verwaltungsgebäude grenzte daran.

»*Jenner* befindet sich in Planquadrat 47«, hörte er Marthas Meldung über Funk. »Kein Kontakt, keine Auffälligkeiten. Ich suche mir einen Weg nach innen.«

Er scannte die Innenräume, so weit das trotz der vielen Störungen in der Nähe möglich war. Vier Stockwerke in der Verwaltung, eingeschaltete Geräte, aber keine Lebenszeichen. Die Produktionshalle lief simuliert auf Hochtouren. Schwerindustrie. Nirgendwo war ein Tor offen, aber er musste irgendwie hinein, denn die Sensoren kamen nicht weit genug in die Halle. Nach Georges Eindruck schien das Gebäude ein einziges Stockwerk zu haben – mit einer für BattleMechs ausreichenden Deckenhöhe, denn das Dach war dreißig Meter hoch.

»*Incubus* befindet sich in Planquadrat 46!«, meldete er über Funk. »Außen nichts Verdächtiges erkennbar. Ich dringe ein.«

Die Tore waren aus Blech oder Kunststoff. Lamellen, die nach oben aufgewickelt werden konnten wie Jalousien. Der *Incubus* war in der Lage, glatt hindurchzugehen, ohne einen nennenswerten Widerstand zu spüren, aber George überlegte noch einen Moment, ob er irgendwie Schäden vermeiden konnte. Wohl nicht. Innen konnten abgeschaltete BattleMechs oder Elementare lauern. Wenn er ausstieg, um ein Fenster einzuschlagen und den Öffnungsmechanismus eines Tores zu betätigen, würden sie ihn außerhalb seines BattleMechs hilflos gefangen nehmen und seinen Mech erobern können. Damit wäre seine Kriegerlaufbahn zu Ende. George entschloss sich zu einem Kompromiss. Ein Tor würde ohnehin zerstört werden.

Er streckte die mechanische Hand des *Incubus* aus, rammte die Finger durch den Kunststoff, der nachgab, ohne dass George Widerstand im Handschuh spürte, griff nach oben und riss die ganze Verankerung ab. Die Welle samt Motor krachte scheppernd herunter. George ließ den Mech sich bücken und zog die Teile aus dem Weg, sodass sie nicht von den Füßen der Maschine umhergeschleudert werden konnten und womöglich weitere unnötige Schäden anrichteten.

»*Jenner* befindet sich in Planquadrat 47. Observation negativ«, meldete Martha inzwischen.

Der *Incubus* betrat das Zwielicht der Halle. Eine Falle? Minen? Annäherungszünder? Granaten? Eine Zeitbombe? MAD war nach wie vor sinnlos, und die AO wurde vom Produktionslärm übertönt, aber auf IR sah er deutlich bis in jeden kalten Winkel zwischen den warmen Maschinen. George regelte den Kontrast neu ein und entdeckte nun auch die abkühlenden Fußspuren von Menschen. Normales Schuhwerk, also keine Elementare. Er rückte vor. Sein Blick fiel auf eine Aluminiumleiter an der Wand. Sie war etwas wärmer und hatte helle Flecken auf den Sprossen, besonders auf den obersten. Offensichtlich hatte jemand vor kurzer Zeit auf der Leiter gestanden. Die normale Arbeit zur Überwachung und Wartung der Maschinen konnte das nicht gewesen sein. Und das konnte nur bedeuten ...

George suchte hastig die Winkel unter der Decke ab. Wer schleppte schon eine Leiter weiter als unbedingt nötig? Er drehte sich um und sah, wie die Silhouette des *Jenner* im hellen Tor auftauchte.

»Martha, Rückzug! Hier ...«

In diesem Moment betrat der *Jenner* die Halle, stampfte mit den breiten Flanschen seines Klauenfußes auf die eiserne Schwelle des Tors und löste einen darunter versteckten Kontakt aus. Es war reiner Zufall, dass der *Incubus* einen großen Schritt ins Halbdunkel gemacht und dabei die Schwelle verfehlt hatte.

Eine Serie kurzer Knalle, gefolgt von Blitzen und einer Reihe weiterer Explosionen. Die tragenden Elemente des Daches wurden fachmännisch weggesprengt wie ein Reißverschluss, und alles kam auf einmal herab. George richtete den schweren Laser senkrecht nach oben und zündete die Sprungdüsen. Sein letzter Eindruck, bevor die aufgewirbelten Staubwolken ihm die Sicht nahmen, war die explodierende verstopfte Sprungdüse am linken Bein des *Jenner*, das plötzlich unterhalb des Knies abknickte. Der Mech neigte sich schräg nach vorn, während die anderen Sprungdüsen auf volle Leistung kamen und ihn mit dem vorstehenden Cockpit gegen einen massiven Pfeiler schmetterten.

Als der *Incubus* aus der Sprengung aufstieg und George den gierenden Koloss stabilisierte, schoss knapp neben ihm die gewaltige Stichflamme einer Fusionsexplosion auf und riss den auf hocherhitzten Flammensäulen reitenden Mech aus dem Gleichgewicht. Die Steuercomputer des *Jenner* mussten versagt haben. Der Reaktor war explodiert. Selbst wenn Marthas Rettungssystem sie hinaus in die herabfallenden Trümmer geschleudert hatte, wäre sie wohl nicht weit genug weggekommen, um der Fusionsexplosion zu entgehen.

George kämpfte kurz mit der Steuerung, musste aber erkennen, dass der *Incubus* in Rückenlage fiel und horizontal von den Düsen beschleunigt wurde. Er war nur noch 50 Meter hoch und zu tief, um den Mech wieder aufzurichten. Er zog den Griff für den Schleudersitz ... und schrie verzweifelt auf, als das Rettungssystem aus unerklärlichen Gründen versagte. »Kerensky verflucht noch mal!«

Zehntelsekunden dehnten sich zu Ewigkeiten, während er wieder an den Kontrollen riss und versuchte, die Beine unter den Rumpf zu bringen, während der *Incubus* weiter absackte. Noch immer fast in Rückenlage schmetterte irgendetwas von hinten unten in den Rücken des Mechs, schüttelte ihn durch, drehte ihn, rollte ihn herum. Die Cockpitpanzerung wurde durchschlagen, die Druckhülle wurde durchbrochen, durch Risse im Metall wirbelten Staub und Mörtel herein, bis der *Incubus* schließlich liegen blieb.

Stille. George hing kopfüber in den Gurten und stöhnte, als er versuchte, sich loszuschnallen. Unheilvolles Zischen kam von dem über ihm liegenden Rumpf. Einige Statusanzeigen funktionierten noch. Kurzschlüsse in der Hauptstromversorgung. Mehr brauchte George nicht zu wissen, um sich in verzweifelter Hast aus den Gurten zu winden und zur Fluchtluke zu kriechen.

Stromausfall. Kein Wärmetauscher arbeitete mehr. Der strapazierte Reaktor überhitzte. Noch hielten die Magnetschilde die Reaktion mit den Notenergiereserven aus den Akkus unter Kontrolle. George versuchte, sich zu erinnern, wie lange sie reichten. Waren noch alle intakt? Wie viel Zeit blieb ihm? Minuten? Sekunden? Die Fluchtluke hatte sich verklemmt. Der ganze Mech-Kopf war völlig verzogen. Der *Incubus* musste mit dem hinteren Cockpit voraus in ein Gebäude gekracht sein, das seinen Sturz aufgefangen hatte. Das würde Minuspunkte hageln!

George lachte beinahe hysterisch bei dem Gedanken an die Manöverbeurteilung und griff unter den Sitz zu den Kontrollen des Rettungssystems. Er riss die Schutzabdeckung weg, zog die Sicherungsstifte, die die Techs – vermutlich auf Befehl der Ausbilder – nicht entfernt hatten, und betätigte den Hebel für die Fluchtluke. Donnernd zündeten die Sprengsätze und ließen die Luke aufklappen – aber nur halb. Die verzogenen Scharniere blockierten die Bewegung. George murmelte leise Flüche, während er probierte, ob er Kopf und Schultern durch die halb offene Luke bekam.

Das Zischen im Torso wurde lauter. *Was ist das? Was geht da kaputt?* In der Ferne hörte er das donnernde Stampfen von Mech-Tritten. *Nähern sie sich oder fliehen sie?* Der Kopf passte durch die Luke, mit Mühe auch die Schulter. Er war bereits halb draußen und kämpfte, um einen Ellbogen frei zu bekommen, als etwas auf sein Bein tropfte, das sich Sekunden später sehr heiß anfühlte. Er blickte zurück und sah, wie dunkelgrüne Flüssigkeit aus dem aufgerissenen Cockpitboden tropfte.

Kühlflüssigkeit! Der ungekühlte Reaktor lief heiß, obwohl die Notsysteme ihn längst abgeschaltet haben sollten. Die überlasteten Systeme öffneten eins nach dem anderen die Notventile und bliesen den Überdruck ab, der sofort kondensierte und im Torso nach unten, also Richtung Cockpit, lief. Das Zischen war mittlerweile ein schwaches Sprudeln. Irgendwo plätscherte es regelrecht. Gleich musste ein Schwall kochender Flüssigkeit herunterspritzen.

George schrie vor Schmerz auf, als er endlich einen Ellbogen durch die Lücke riss und sich mit einem Arm außen, mit einem innen durch die Lücke zwängte. Mit einem Ruck kam er bis zum Gürtel frei, hing dann aber mit der Wade fest. »Kerensky!« Er zog mit höchster Anstrengung.

Etwas bohrte sich in sein Bein, er konnte nicht sehen, was. Plätschernd drang die kochende Flüssigkeit ein, spritzte im Cockpit umher, sammelte sich an der tiefsten Stelle, die zum Glück ein Stück von der Fluchtluke entfernt war. George bekam einen jähen Schreck, als ihm einfiel, dass er vergessen hatte, den Schleudersitz wieder zu sichern. Offensichtlich funktionierte das Rettungssystem noch, und nur der Primärgriff war defekt gewesen. Er hatte alle Sicherungen entfernt, um die Fluchtluke sprengen zu können, und hing nun wenige Meter direkt vor einem raketengetriebenen Schleudersitz, den eine kurze elektrische Ladung schlagartig mit mehreren hundert Stundenkilometern aus dem Cockpit jagen würde.

Kühlflüssigkeit spritzte über seine Beine, und mit einem Schrei riss George sich los. Etwas fetzte durch den Stoff seiner Hose und durch den Wadenmuskel, aber endlich fiel er aus der Luke und rollte sich auf den groben Trümmern des Hauses ab.

Überrascht starrte er auf den *Kit Fox*, der direkt vor ihm aufragte, sich ein wenig bückte und ihm die dicke Unterarmmanschette mit der darin befindlichen KSR-Lafette vor die Nase hielt.

»Aufsteigen!«, dröhnte Tanjas Stimme aus den Lautsprechern zu ihm.

George zog sich an den auf die Panzerung geschweißten Handgriffen hinauf und suchte sich einen erträglich bequemen Halt möglichst weit von den Entlüftungsschlitzen der Raketenlafette und der Abgasöffnung des nächsten Wärmetauschers entfernt. Er winkte zum Cockpit hoch. »Weg hier! Der Reaktor!«

Das brauchte er Tanja nicht zweimal zu sagen. Sie drehte den Mech um und lief in gemächlichem Tempo durch die Straßen. Trotzdem wurde George heftig durchgeschüttelt. Er biss die Zähne zusammen, als seine Beinwunde zu schmerzen begann.

Ein Krachen ließ ihn einen Blick über die Schulter werfen. Die Trümmer des Schleudersitzes flogen aus der Luke, dann explodierte der Mech, dessen Reaktor völlig überlastet war. Inzwischen trafen Hubschrauber und Rettungsfahrzeuge ein, hielten aber respektvollen Abstand zu den tosenden Bränden.

Sterncolonel Sharleen Bekker stand vor ihnen und traf ihre Entscheidungen. Der Tod einer Kadettin war tragisch, aber nicht immer zu vermeiden. Gelegentlich war auch der Verlust eines Mechs einkalkuliert, aber dieser Vorfall, der ein ganzes Trainingsgelände demoliert und zwei fast fabrikneue Mechs gekostet hatte, war eine Katastrophe gewesen. Die Kadetten standen betroffen um sie und ihren Stab herum, nur George kauerte auf einer Kiste und ließ sich von einem Medtech die aufgerissene Wade nähen.

»Die Gefechtsaufzeichnungen und Telemetriedaten sind ausgewertet. Am Tod der Kadettin hat niemand Schuld«, stellte sie fest. »Sie hätte die Funktion der Sprungdüsen überprüfen müssen. Die Explosion des Gebäudes wäre nach den Regeln der Übung vermeidbar gewesen, aber Kadett George hat alle Vorsicht walten lassen und war – wenn auch durch Glück – nicht der Auslöser. Die Turbulenz, durch die der *Incubus* außer Kontrolle geriet, kam eindeutig zu schnell, um dem Piloten im Sprung das Ausweichen zu ermöglichen. Demnach ist auch er für den Verlust dieses Mechs nicht direkt verantwortlich zu machen.« Sie wandte sich ab und ging, um ihre Berichte zu schreiben.

Die Kadetten sahen sich an und grinsten erleichtert.

Tanja schlug George auf den Rücken. »Als ich gewahrte, wie du schreiend in der Luke hingest, hegte ich schon die Befürchtung, dass unser aller Zukunft in der Techkaste läge.«

Ist das alles?, dachte George. *Ihre Koschwester Martha ist tot, und keiner verschwendet einen Gedanken an sie. Muss ein Mensch ein Krieger sein, um ein Mensch zu sein?* George verscheuchte diese chalcas Gedanken und gab sich ganz der Erleichterung hin, dass er trotz des Missgeschicks, wieder einen Mech verloren zu haben, weiterhin an der Ausbildung teilnehmen durfte.

Große Konklavehöhle der Geisterbären,
Bearclaw, Kerensky-Sternhaufen

14. Dezember 3053 TNZ

»Dann ist es beschlossen«, stellte Galaxiscommander Dimona Hall fest, die in diesem Konklave als Eidmeister fungierte, und schlug mit der Faust kräftig auf die Armstütze ihres Diwan. Die Mikrofone nahmen das Geräusch auf und ließen es als leises Donnern durch die steinerne Höhle dröhnen.

»Seyla!«, bestätigten die versammelten Krieger den Beschluss des Konklaves, und der raue Chor der Stimmen hallte von den nur von Fackeln erhellten Wänden wider.

Die Sitze der Versammlung waren in ansteigenden Halbkreisen um das unten liegende Podium angeordnet, an dessen Rückwand die Plätze des Eidmeisters und der beiden Khane waren. Jeder Sitzplatz war ein spiegelblank polierter Granitdiwan mit einem bequemen Lederpolster, das sich auf Statur und Größe des Kriegers einstellen ließ. Jeder Diwan hatte rechts und links eine massive Armlehne. Auf der einen Armstütze thronten die Bärenmasken, die die Krieger abgenommen hatten, als die Versammlung eröffnet worden war. Die andere Armstütze enthielt Knöpfe und Schalter sowie einen kleinen Monitor, um die Krieger in die Lage zu versetzen, sich Stichworte zu notieren, auf Datenbanken und Bibliotheken zuzugreifen und auf elektronischem Wege an den Abstimmungen teil zu nehmen.

»Als nächstes spricht Sterncolonel Sharleen Bekker«, verkündete Dimona Hall.

Die MechKriegerin erhob sich von ihrem Diwan auf halber Höhe der Versammlung. »Ich bin Sharleen Bekker, Sterncolonel und Kommandantin der Far-Range-Akademie. Es geht um meinen Leibeigenen George vom Clan der Novakatzen, stammend aus dem Bluthaus Lenardon. George ist jung an Jahren, und die Liste seiner Siege ist kurz. Dennoch wurde er für würdig erachtet, als Leibeigener in den Clan der Geisterbären aufgenommen zu werden.« Sie drehte sich nach links und nickte einem blonden MechKrieger zu. »Es war deine neue Einheit, Sternhaufencommander Marsen Mitshan, die George gefangen nahm, nachdem er einen *Stone Rhino* mit einem *Jenner IIc* besiegte. Es war Sterncommander Natalja aus dem Bluthaus Hall, die ihn als ihren Leibeigenen beanspruchte. Es war Galaxiscommander Mayhar Gurdel, der George in meine Obhut übergab, nachdem der 5te Bärenschweif hier auf Bearclaw gelandet war. Kurz nach der Landung hatte die Galaxis einen Überfall auf ihre Landungsschiffe durch Banditen erfolgreich hatte abwehren können, vor allem durch Georges Eingreifen in einem ReparaturMech. In den letzten Monaten hat sich George allen Prüfungen meiner Petzmeister unterzogen und sich als fähiger Kadett erwiesen. Es ist nun an der Zeit, die Geschko, mit der er trainiert wird, auf ihren Positionstest vorzubereiten, und so ist nun die Stunde gekommen, da wir entscheiden müssen, ob wir George aus dem Bluthaus Lenardon von den Novakatzen in die Kriegerkaste aufnehmen wollen oder nicht.«

Es blieb still in der Höhle. Schließlich sagte die Eidmeisterin Dimona Hall: »Ich selbst habe Stimmen für und Stimmen wider deinen Leibeigenen gehört, Sharleen Bekker. Stimmst Du für ihn oder gegen ihn?«

Hinter ihr räusperte sich die saKhanin der Geisterbären, Aletha Kabrinski.

»Sie haben das Wort, saKhanin.«

»Es ist nicht nur zu entscheiden, ob wir ihn aufnehmen wollen, es ist gleichsam zu entscheiden, welchem Bluthaus er angehören soll.«

»Haben Sie Dank für die Erinnerung«, sagte Dimona Hall. »So rufe ich also die Hausmeister auf, ihre Stimmen abzugeben. Sterncolonel Aigon Bekker.«

Zwei Plätze neben der Akademiekommandantin erhob sich ein narbengesichtiger MechKrieger mit ersten grauen Strähnen in den roten Haaren. »Als George von den Novakatzen in die Obhut von Sharleen kam, habe ich den Kodax dieses Leibeigenen studiert. Er mag die Qualitäten eines MechKriegers der Novakatzen haben, aber er hat seine Fähigkeiten auf Bereiche spezialisiert, die wir bei unseren Kriegern schätzen, aber nicht ausdrücklich fördern. Deshalb frage ich zunächst die Akademiekommandantin, bevor ich mein Votum abgebe: Ist es dir gelungen, Sterncolonel Sharleen Bekker, diesen Kadetten in den klassischen Disziplinen zu verbessern, sodass er in unseren Reihen ein Gewinn wäre?«

»Aye, Hausmeister, ich war erfolgreich. George von den Novakatzen hat viel gelernt und gewaltige Fortschritte gemacht. Gerade seine speziellen Fähigkeiten haben es ihm ermöglicht, sich uns anzupassen.«

»So votiere ich also dafür, George von den Novakatzen in die Kriegerkaste der Geisterbären aufzunehmen«, verkündete Aigon

Bekker, »aber ich werde nicht dafür kämpfen, dass George aus dem Hause Lenardon sein Giftake in mein Bluthaus einbringen wird.«

»Sterncolonel Sasha Mitshan«, rief Dimona Hall die nächste auf.

Im unteren Rang erhob sich eine noch jugendlich wirkende sandblonde Luft-/Raumpilotin. »George von den Novakatzen ist ein MechKrieger, und er wird nicht anders denn als MechKrieger in unsere Kaste aufgenommen werden können. Daher vertrete ich die Ansicht, dass nur die Hausmeister sich äußern sollten, die MechKrieger in ihren Reihen haben. Das wären neben den reinen MechKriegern Tseng, Hall, Bekker, Isha und Lombardi auch die gemischten Häuser Gurdel, Snuka, Waters und Mitshan.«

Ein Raunen der Zustimmung lief durch die Höhle.

»Das Haus Mitshan war schon immer für die Vielfalt«, fuhr sie fort, »und so votiere ich dafür, dass wir dem jungen George von den Novakatzen Gelegenheit geben, sich bei uns einen ehrenvollen Kodax zu verdienen, auf dass er einen Blutnamen erringen möge. Es soll jedoch nicht der Name Mitshan sein.«

»Sterncolonel Henri Tseng.«

Auch das Oberhaupt des Hauses Tseng sprach sich für eine Aufnahme in die Kriegerkaste, jedoch nicht in sein Bluthaus aus. Die anderen Hausmeister taten es ebenso.

Als Letzte war Eidmeisterin selbst als Oberhaupt des Hauses Hall an der Reihe, ihre Stimme abzugeben. Sie sprach sich gegen Georges Aufnahme in die Kriegerkaste aus, denn in ihren Augen war er für annähernd 210 Tonnen Schrott verantwortlich, 100 Tonnen davon jedoch unnötig und überflüssig. Für sie war sein Kodax schon jetzt voller Finsternis und Verderben, sodass sie ihm das Recht absprach, an Blutrechtskämpfen teilzunehmen und damit seine Gene in die Zukunft des Clans einzubringen. Niemals würde sie oder ein Namensträger des Hauses Hall auf die Idee kommen, George von den Novakatzen zu nominieren.

Aletha Kabrinksi erhob sich. »Krieger, wir haben nun die Stimmen gehört, die George von den Novakatzen in unseren Reihen zu sehen wünschen, und gleichzeitig haben diese Stimmen verkündet, dass kein Haus bereit ist, George vom Hause Lenardon bei uns aufzunehmen. Soll er ein Namenloser sein? Soll er dazu verdammt werden, sein Schicksal im Gestampfe zu finden, wenn er sich uns als Krieger erwiesen hat? Wo ist der Mut des Geisterbären? Krieger! Eine mutige Entscheidung! Seit wann vergräbt sich der Bär im Schnee und fürchtet seine Kälte? Seit wann stürzt er sich in die Fluten, ohne nass zu werden? Wie wollt Ihr einen Krieger bekommen, wenn ihr ihn ablehnt? Ihr alle, die ihr für ihn votiertet, sollt ihn aufnehmen in eure Häuser!«

»Ich habe nicht für George von den Novakatzen votiert, saKhanin, und so es ist selbst nach deinem Wort nicht gerechtfertigt, ihn aufzunehmen«, entgegnete die Eidmeisterin. »Und als stellvertretende Khanin der Geisterbären verfügst du über viel Macht, und wir beugen uns deinem Wort, aber in Angelegenheiten der Bluthäuser kannst du den Meistern nicht befehlen, Aletha Kabrinski.«

Die walkürenhafte Elementarin drehte sich halb zu Dimona Hall um und funkelte sie an. »Aye, ich habe nicht die Macht, euch zu befehlen, ihn aufzunehmen, und selbst unser Khan Bjorn Jorgensson, der sich auf Alshain in der Inneren Sphäre aufhält, hätte es nicht. Aber ich habe die Macht, einen jeden von euch in den Kreis der Gleichen zu fordern, der sich unwürdig verhält. Und was, frage ich euch, ist würdig an euren Worten gewesen? Du, Dimona Hall, bist als Einzige konsequent gewesen, aber alle anderen waren es nicht. Ich fordere euch also auf, eure Worte zu überdenken, auf dass wir endlich besprechen können, welchem Hause George von den Novakatzen Zuwachs bringen soll.«

Widerwillig nickte die Eidmeisterin. »Wohl gesprochen, saKhanin. Also, Hausmeister?«

Nach diesem Wortwechsel blieb es einige Augenblicke still in der Halle. Quälend langsam verstrichen die Sekunden. Die Hausmeister warfen sich gegenseitig Blicke aus den Augenwinkeln zu, wandten jedoch nicht die Köpfe, gestanden keine Schwäche ein, zeigten allen, dass sie selbst die Aussicht, mit der stärksten Elementarin des Clans in den Kreis der Gleichen gefordert zu werden, nicht fürchteten, wenn es um die Belange ihres Hauses ging.

Endlich raschelte Stoff. »Ich bin Sternhaufencommander Marsen Mitshan, und erkenne Weisheit in den Worten meiner Khanin. Ich erkenne außerdem Weisheit in den Worten meiner Hausmeisterin Sasha Mitshan, denn sie sprach, dass die Vielfalt schon immer eine unserer Stärken war. Darum bin ich der Ansicht, dass George von den Novakatzen ein Krieger sein soll, der mein Haus bereichern könnte. Wenn er seinen Positionstest besteht, bin ich bereit, ihm in meiner neuen Einheit, dem 371. Sturmsternhaufen, Gelegenheit zu geben, das zu beweisen.«

Sasha Mitshan funkelte den neben ihr stehenden Krieger an. »So sei es, und ich werde gespannt auf deine nächste Nominierung sein.«

Der neue Kommandeur des 371. Sturmsternhaufens deutete ein Schulterzucken an, bevor er ihr gleichmütig eine Antwort gab. »Die Ehre, einen Blutnamen zu erringen und das Generbe künftiger Geschkos mit zu gestalten, muss sich ein jeder Krieger erst verdienen.«

Polarregion,
Bearclaw, Kerensky-Sternhaufen

17. Dezember 3053 TNZ

Die Sommerstürme hatten begonnen und endlich nach langer Wartezeit die ersehnten Witterungsverhältnisse geschaffen, um die Kadetten zu wahren Mitgliedern der Kriegerkaste zu machen. Der Hubschrauber setzte zur Landung an. Draußen herrschte Tageslicht, aber der bedeckte Himmel und der wirbelnde Schnee vor den kleinen Fenstern ließen alles in einem grauen Zwielicht erscheinen, in dem der Schnee nicht von den Nebelbänken zu unterscheiden war, in denen der Pilot jetzt aufsetzte.

»Kadett Ulern!«, rief ein Ausbilder.

Ulern erhob sich, folgte dem Ausbilder hinaus. George reckte wie die übrigen den Hals, konnte aber nichts sehen, weil die beiden hinter der Maschine standen, und hörte von den Kommandos nur den Ton, nicht die einzelnen Worte, die der heulende Wind verwehte. Kurz darauf sprang der Ausbilder wieder herein, eine Kadettenuniform und Stiefel im Arm. Er warf alles achtlos ins Frachtabteil und gab dem Piloten ein Zeichen. Der Hubschrauber hob ab und flog ein Stück, dann senkte er sich erneut.

»Kadett Sevenik!«

Dieselbe Prozedur wiederholte sich mit Sevenik, Tanja und Mick. Jedes Mal hatte der Ausbilder Kleider und Stiefel in den Händen, bevor er wieder an Bord kam. George schauderte bei dem Gedanken an die arktische Kälte draußen. Er war mit seinem Overall nur unzureichend dagegen geschützt, und nun sollte er sogar ohne diesen da draußen etwas tun? In der Akademie kursierten die wildesten Gerüchte über die Flüge zum Pol, die dortigen Tests und Kadetten, die in Eisblöcken eingefroren wieder zurückkamen. Ein fünftes Mal landete der Hubschrauber.

»Kadett George!«

Er sprang fast gleichzeitig mit dem Ausbilder hinaus.

»Stillgestanden! Salutieren!«

George gehorchte und schauderte. Der kalte Wind fuhr bereits mit eisigen Fingern durch die Nähte seines Overalls, und die Schneeflocken waren nicht weich und kühl, wie er immer geglaubt hatte, sondern eisig und hart wie Hagel, wenn sie sein Gesicht trafen. Er blinzelte. *Und dabei stehen wir noch im Windschutz des Hubschraubers!*

»Rühren, ausziehen!«

George zog gehorsam die Reißverschlüsse der Stiefel und des Overalls auf und legte die Kleider ab. Er konnte nicht verhindern, dass seine Zähne zu klappern anfingen, als er sich bückte, um dem Ausbilder die Sachen zu reichen. In Socken und Unterwäsche stand er wieder still und starrte überrascht den Petzmeister an.

Wo hat er die Maske her?, fragte sich George verblüfft.

Mias Hall stand mit einer grauweißen Maske vor ihm, die das ganze Gesicht bedeckte. Ein Fellumhang lag über seinen Schultern. Die unterarmlangen Handschuhe waren mit Krallen auf der Oberseite der Finger besetzt und wirkten äußerst bedrohlich.

»Der Geisterbär«, begann der Petzmeister mit sonorer Stimme und rituellem Tonfall, »ist ein Wesen der Kälte und der Einsamkeit ...«

Kerensky, hoffentlich wird das keine lange Rede!, durchfuhr es George, dem es nicht gelingen wollte, gleichzeitig das Zähneklappern und das Zittern zu unterdrücken. Als ihm einfiel, dass die vorigen Landungen auch nicht lange gedauert hatten, war er immerhin in der Lage, sich auf die Worte zu konzentrieren, während er haltlos bibberte und sich dafür schämte. Mias Hall zitterte kein bisschen, aber er war ja auch durch einen dickes Fell geschützt.

»... jagt er die Arktislöwen, mit Kraft besiegt er das Eisross, mit Schnelligkeit erlegt er den Schneewolf.«

In dieser Kühltruhe lebt tatsächlich etwas? George versuchte sich vorzustellen, wie ein biologisches Wesen aussehen musste, das sich unter diesen Bedingungen fortpflanzen, wachsen und gedeihen konnte.

»Er ist der unbestrittene Herrscher in seinem Revier«, fuhr der Petzmeister fort, »und braucht nur eins zu fürchten: Den Mut, der im Herzen eines Kriegers schlägt, im Herzen des Geisterbären-Kriegers.« Mias Hall machte eine erwartungsvolle Pause.

Etwas verspätet besann sich George auf die rituelle Antwort. »Seyla!«, brachte er mühsam über die blauen Lippen.

»Ein Geisterbären-Krieger kann kein wahrer Krieger vom Clan Geisterbär sein, wenn er nicht die Heimat des Geisterbären kennen gelernt hat. Hier sind wir nun, Kadett George, damit du Gelegenheit hast, ein Geisterbär zu werden. Stelle dich den Bewohnern dieser Landschaft und bringe sie unter deine Herrschaft, wie es einem vom Clan des Geisterbären zukommt. Benutze die Tarnung des Nebels, kühle die Hitze deiner Kampfeslust in den frostigen Gewässern, besiege die Angst und ergreife den Mut in deinem Herzen! Geh!«

Fassungslos sah George auf die Hand des Ausbilders, die vage in eine unbestimmte Richtung gedeutet hatte. *Ich soll was?*

Der Petzmeister nahm bereits Maske und Umhang wieder ab und sprang an Bord. Bevor George reagieren konnte, schlug die Tür zu, und die Rotoren wurden schneller. Sekunden später war der Hubschrauber über dem Nebel verschwunden, das Motorengeräusch verklang.

Das darf doch nicht wahr sein! Er hatte alles erwartet, aber nicht so etwas. *Hier komme ich um! Ich erfriere! Erwarten sie, dass ich mit bloßen Händen losziehe und einen Bären mit meiner Unterhose erdrossele, um mir ein Fell zu erbeuten? Oder mit meinen Socken bewerfe, in der Hoffnung, dass seine feine Nase das nicht aushält und er in Ohnmacht fällt, um mir sein Fleisch zu überlassen?*

George blieb stehen wie er war und sah sich in alle Richtungen um. Überall das gleiche Bild: weiß in weiß. Weißer Nebel, weißer Schnee. Nur der schräg von rechts vorn kommende Wind bot einen gewissen Anhaltspunkt zur Orientierung. *Wenn der Wind dreht, bin ich tot!* Er drehte sich nach links und stapfte in die Richtung, in die der Petzmeister gedeutet hatte. Bloß mit Socken im Schnee wurden seine Füße sofort gefühllos. *Sei nicht so wehleidig! Ulern ist schon viel länger hier draußen! Wahrscheinlich ist er schon tot.*

Er rollte die Zunge im Mund auf und versuchte, daran vorbei zu atmen, damit die Kälte nicht ganz so schmerzhaft in die Kehle biss. *Wenn ich das hier überstehe, habe ich mindestens eine Lungenentzündung! Was für ein Irrsinn!*

Aber er war Clanner genug, um seine Befehle nicht in Frage zu stellen. Das brachte ihn irgendwann sogar auf die Idee, dass seine Anwesenheit hier einen bestimmten Zweck hatte. *Was für merkwürdige Gedanken sind in meinem Kopf? Friert mein Gehirn ein? Kann ich nicht mehr klar denken?* Irgendetwas würde hier mit ihm geschehen, und es würde bald geschehen, denn sonst wäre er erfroren und nicht mehr in der Lage, auf die Prüfung zu reagieren. Als er sich soweit klar geworden war, spähte er angestrengt umher, sah in wirbelnden Flocken Schemen, in Nebelfetzen Gestalten. *Phantome, Geister, Hirngespinste! Holt mich mein Novakatzenerbe ein? Fange ich an zu phantasieren?* Er lächelte, aber seine kalten Lippen verzogen sich nur zu einer gequälten Grimasse.

Ihm fiel ein, dass die Namen des Clans auf Tiere zurückzuführen waren, die es auf der Zentralwelt aller Clans Strana Metschty gab. Dort lebten wahrscheinlich echte Geisterbären. Das musste nicht heißen, dass es auch auf Bearclaw welche gab. Ausschließen konnte man es aber auch nicht, dass der Clan nicht sein Wappentier mitgebracht hatte, als er diesen Planeten besiedelte.

Ein knurrender Laut ließ ihn aufhorchen. Ein winselndes Heulen schien antwortend durch den Wind zu schallen, zu weit weg, um es eindeutig zu identifizieren. George meinte, vor sich im Schnee einen Schemen zu sehen und änderte die Marschrichtung ein wenig. Eine Sturmböe fegte über den Harsch, verklebte seine Augen mit Eisnadeln, riss aber auch kurz den Nebel auf, bevor wieder alles hinter der Unwirklichkeit der weißen Schwaden versank. Aber George war sicher, dass sich links voraus etwas bewegt hatte. Sein erster Impuls war eine Richtungsänderung davon weg.

Wie unkriegerisch! Er ging darauf zu, stolperte über eine Schneewehe. Seine Füße waren so eisig, dass sie ihn nicht mehr zu tragen vermochten. Er gab sich einen Ruck und kroch weiter. Vielleicht war das ein Petzmeister, der mit einem Fell auf ihn wartete.

Als George auf wenige Meter herangekommen war, zuckte das halb mit Schnee bedeckte Wesen zusammen und grollte ihn wild an. Er fuhr entsetzt zurück. *Kerensky, ist das groß! Das Vieh ist fast so groß wie ich!* Er zog sich erschrocken einige Schritte zurück und versuchte, sich an die Namen der Arktisbewohner zu erinnern, die Mias Hall vorhin aufgezählt hatte.

Das Wesen verfolgte ihn nicht. *Vielleicht ist es verletzt?* George blieb unschlüssig hocken. Wenn er zu viel Zeit vertrödelte, erreichte er vielleicht das Ziel dieses Tests nicht. Wenn er dagegen einfach vorbeiging, fiel er durch, weil er die Prüfung gar nicht als solche erkannt hatte.

Zum ersten Mal erkannte George die Wichtigkeit der Aufklärungsdaten vor jedem Gefecht. Wissen, womit man es zu tun bekam, wie der Gegner kämpfte, wo er stand, mit wie vielen Einheiten er rechnen musste. Da er keine Aufklärer hatte, musste George selbst seinen ›Kontakt‹ identifizieren. *Vielleicht ein großer alter Wolf? Ob ich es schaffe, ihn mit bloßen Händen zu erdrosseln?*

George sprang vor und packte das erschrocken ausweichende Wesen an einer menschlichen Schulter. George fiel neben ihm keuchend auf die Knie. *Ein Mann!* Er entdeckte die Unterwäsche und erkannte seinen Irrtum.

»Mick!«, krächzte er.

»Kerensky, George! Hast du mir einen Schrecken in die kalten Glieder gejagt! Ich dachte, du wärst ... Ich habe versucht, dir aufzulauern.«

»Das ist dir auch fast gelungen.« Das war übertrieben, aber Mick konnte ein bisschen Aufmunterung gebrauchen. Arme und Beine waren fast so weiß wie der Schnee, der übrige Körper war blau.

»Hier schleichen ganz komische ... Dinge herum. Ich glaube, ich werde verfolgt ...«

George erkannte, dass Mick schon halb im Delirium war. *Wie hilft man einem Erfrierenden?* George umfing ihn mit eiskalten Armen und versuchte, ihn hochzuziehen. Mick half mehr schlecht als recht, und zusammen krochen sie weiter in die Richtung, in der George vorher gegangen war.

George hatte plötzlich einen Verdacht, was Micks ›Dinge‹ betraf, und das allein hielt ihn aufrecht, während ihm bleierne Müdigkeit durch die gefühllosen Glieder kroch und jedes Blinzeln erschwerte. Immer mühsamer war es, nach jedem Zufallen die brennenden Lider wieder zu heben, um in das nebelige Schneegestöber zu starren.

»Da ...«, hauchte Mick schwach.

George war überrascht, dass der Kobruder dazu überhaupt noch Energie aufbrachte. Eine undeutliche Erhebung neben einer Schneewehe erregte seine Aufmerksamkeit. *Wer war vor Mick ausgestiegen? Tanja oder Sevenik?* Gerade, als er den Schnee zur Seite wischen wollte, explodierte der Schnee. Knurrend sprang ihn etwas an. Zu wenig Schwung, um ihn umzuwerfen. Mit einem unfreundlichen Schulterstoß warf er die Gestalt wieder in den Schnee.

»Tanja«, hauchte er mühsam durch seine von der Kälte raue Kehle.

Sie fuhr herum und schien erneut angreifen zu wollen.

»Tanja!« George kämpfte mit seinem Zwerchfell und seinen Lippen, um den Namen mit den erstarrten Muskeln zu artikulieren. »Tanja!«

»Tanja!«, quietschte auch Mick nun bettelnd. »Tanja, wir sind es!«

Langsam schien Verstehen durch ihre glasigen Augen zu dämmern. George kroch dicht an sie heran, versuchte, sie zu umarmen, doch sie wich zurück. Mick versuchte es, und vor ihm zog sie sich nicht zurück. *Geschko bleibt Geschko. Außerdem haben sie bestimmt schon einmal miteinander geschlafen.*

George fragte sich, wie es weitergehen sollte. Offensichtlich waren alle in einer Reihe abgesetzt worden, um sich gegenseitig unter diesen Bedingungen wiederzufinden. *Bis zu Ulern halte ich unmöglich durch!* Er stöhnte innerlich auf. Tanja und Mick lagen im Schutz der Schneewehe, bereits halb mit Schnee bedeckt. *Etwas Windschutz ist vielleicht ganz gut. Über kurz oder lang werden sie uns hier herausholen.* Er legte sich dazu. Tanja lag ganz hinten, Mick vor ihr und am exponiertesten George. Er stellte überrascht fest, dass der Schnee, auf dem er lag, nur während der ersten Augenblicke unangenehm kalt war. Danach wurde die Haut taub und schien die angenehme Empfindung von Wärme auszusenden, solange er sich nicht bewegte. *Sie werden kommen! Oder doch nicht? Gescheiterte Anwärter sterben oft! Vielleicht haben wir den Test noch gar nicht bestanden? Vielleicht zählt es nur, wenn man hier herauskommt und einen bestimmten Ort findet? Den Landeplatz des Hubschraubers?* George musste sich sagen, dass er nach den wirren Informationen nur mit Zufall und viel Glück vielleicht versehentlich über den Hubschrauber stolpern könnte. Irgendwelche besonderen Fähigkeiten, hier etwas zu finden, konnte er sich jedenfalls nicht zuschreiben. *Aber Liegen und Abwarten ist auch eines Kriegers unwürdig!*

»Wir müssen weiter. Wir müssen zu Sevenik«, flüsterte Mick in diesem Moment.

»Ja«, antwortete George, machte aber keine Anstalten, aufzustehen.

»Also los!«, bestimmte Tanja und erhob sich.

Der kalte Luftzug, der ihnen daraufhin von hinten in die Glieder fuhr, jagte auch sie wieder auf. Eng umschlungen und gebeugt aufeinander gestützt, humpelten sie weiter in die Richtung, in der George meinte, es müsste weitergehen. Die Minuten wurden endlos, jeder Schritt wurde zur Qual, Augen tränten Eis, fielen immer wieder zu, öffneten sich nach immer längeren Abständen. George bekam allmählich Zweifel, ob sie noch in die richtige Richtung wankten. Er stolperte und sank auf die Knie. Tanja zerrte ihn an schmerzenden kalten Armen wieder hoch. Vier Schritte weiter strauchelte Mick. Mühsam brachten sie ihn wieder auf die Beine, dann fielen Tanja und George gleichzeitig in den Schnee. Sie rafften sich mühsam auf und krochen noch zwei Atemzüge. Mick war resigniert stehen geblieben.

»Hierher! Ich habe sie! Hierher!«

George war zu müde, um auf die Stimmen zu reagieren. Tanja stöhnte etwas, Mick fiel erleichtert in den Schnee. Sie wurden auf Tragbahren gehoben und mit Isofolie zugedeckt. Jemand trug sie ein Stück, dann waren sie wieder im Hubschrauber. Ein Medtech untersuchte sie nacheinander. George bemerkte, dass Ulern und Sevenik bereits im Laderaum auf ihren Bahren lagen. Hände und Gesicht mit einer dicken Salbe beschmiert. Dann kam der Medtech zu ihm, zog die Folie weg und tastete ihn schnell ab, berührte, Nase, Ohren, Zehen, Finger, gab seinem Assistenten Anweisungen für die Salbe.

»Nur oberflächliche Erfrierungen ersten Grades. Gefühle von Pelzigkeit und Taubheit in den Fingerspitzen oder Kribbeln in Nasen und Ohren für die nächsten ein bis zwei Wochen. Keine bleibenden Schäden.«

Mias Hall nickte zufrieden. George drehte den Kopf, als eine weitere Gestalt zwischen sie trat. Er hatte vorher nicht bemerkt, dass Sharleen Bekker anwesend war.

»Kadetten, ihr habt die Heimat des Geisterbären kennen gelernt«, verkündete die Kommandantin der Geisterbären-Akademie. »Ihr habt die Schatten des Nebels und die Phantome des Schnees gesehen, und ihr habt euch als würdig erwiesen, denn niemand hat vor ihnen kapituliert. In euren Herzen rauscht der Mut, den der Geisterbär fürchtet. Ihr werdet nach der letzten Prüfung Krieger sein, die keine Gefahr zu fürchten brauchen – außer sich selbst und die Gefahren, die in jedem von uns lauern. Denn nur Zweifel, Zaghaftigkeit und Zaudern hemmen den Mut des Geisterbären und sind allein in der Lage, uns Krieger zu besiegen!

In zwei Wochen werdet ihr euren letzten Test angehen!
Clan Geisterbär kann in keinem einen Krieger sehen,
bevor nicht Blut trocknet in des Windes Wehen!
Ihr werdet die wahren Schrecken des Krieges sehen,
und ihr werdet sie bestehen
oder darin untergehen!«

Sharleen Bekker zog den Kriegerdolch aus dem Gürtel und zerschnitt die Leibeigenenkordel an Georges Handgelenk.

MechÜbungsgelände Far-Range-Akademie,
Bearclaw, Kerensky-Sternhaufen

20. Dezember 3053 TNZ, frühmorgens

»Die KDMT für heute liegt bei 90 Tonnen«, wiederholte die Akademiekommandantin, was zuvor schon bekannt gewesen war. »Ihr habt eure Mechs entsprechend ausgewählt und ausgerüstet. So beginne nun euer Positionstest. Einen Sieg gilt es zu erringen, um ein Krieger zu werden. Für einen jeden von euch stehen drei Gegner bereit.

Die ersten treten euch in schweren Mechs gegenüber, leichter als eure Mechs und darum unterlegen. Allerdings werden sie gesteuert von alten Kriegern, denen die Versetzung in eine Solahmaeinheit droht, wenn sie gegen euch versagen. Sie werden mit Verzweiflung und Wildheit kämpfen und haben der Vorteil der größeren Erfahrung auf ihrer Seite. Besiegt sie, um Krieger zu werden.

Die zweiten treten euch in gleichwertigen Mechs gegenüber. Es sind junge MechKrieger, die ihren eigenen Positionstest erst wenige Wochen zuvor bestanden haben. Besiegt sie, um euch zum Sterncommander zu qualifizieren.

Die dritten Gegner treten in überschweren Mechs gegen euch an, die euren Mechs überlegen sind. Allerdings werden sie von Kadetten pilotiert, die selbst noch einige Wochen benötigen, um zu ihrem eigenen Positionstest anzutreten. Besiegt sie, um euch zum Novacommander zu qualifizieren.

Eure Gegner erwarten euch an den programmierten Navpunkten oder auf dem Weg dorthin. Während des Tests gelten die Regeln von Zellbriggen, aber ihr habt immer den ersten Schuss. Eröffnet das Gefecht mit einem guten Treffer, und eure Feuertaufe wird eine leichte Prüfung sein. Eröffnet das Feuer nur dann auf eure Gegner, wenn ihr sicher seid, siegen zu können. Eine Niederlage gegen den zweiten oder dritten Gegner bedeutet, dass ihr den Test nicht bestanden habt. Greift sie also nur dann an, wenn ihr sicher seid.«

»Aye, Sterncolonel!«

Warum müssen meine entscheidenden Gefechte immer irgendwie mit Schwierigkeiten anfangen?, dachte George, während er den NavComp verfluchte und seinen *Warhawk* krachend durch dicht stehende Bäume einen Hang hinauftrieb.

Heute war der große Tag. Sevenik, Tanja und er waren zu dritt eingeteilt worden, den ersten Positionstest des Tages zu bestreiten. Ulern und Mick würden später antreten. Alle drei hatten die Augen verbunden bekommen und waren an einem anderen Platz auf dem Akademiegelände abgesetzt worden. So sollte verhindert werden, dass die Kadetten zusammenarbeiteten. Die Bewertung des Tests wurde erheblich erleichtert, wenn er traditionell nach Zellbriggen durchgeführt und bewertet werden konnte. Tatsächlich war Zusammenarbeit nicht verboten, taktische Teamarbeit und gemeinsame Strategien waren ein wesentlicher Bestandteil der Ausbildung gewesen – aber das galt nicht für den Positionstest.

George hatte sich in einem unbekannten Gebäude wiedergefunden, in dem er mehr als fünf Minuten gebraucht hatte, um den Ausgang zu finden – ein mehr als deprimierend schlechter Anfang. Endlich kurz vor dem Hangar, hatte er dann auch noch blitzschnell zur Seite sprinten müssen, als Seveniks *Gargoyle* aus dem Tor gestampft kam und Kurs auf das Haupttor der Akademie nahm, um sich seine Gegner in dem ihm zugewiesenen Planquadrat zu suchen.

Natürlich hatte jeder Kadett den Ehrgeiz gehabt, als Erster sein Cockpit zu erreichen, und George hatte sich wegen seiner Ungeschicklichkeit schon innerlich darauf vorbereitet, diesen ersten moralischen Punkt nicht zu erreichen, trotzdem war die Tatsache niederschmetternd, dass er jetzt, als er den dunklen Hangar betrat, das Räuspern eines hochfahrenden Reaktors hörte. Tanja musste auch bereits eingetroffen sein.

Er hatte noch einige Sekunden blinzeln müssen, bis sich seine Augen an die Dunkelheit gewöhnt hatten, dann hatte er die Umrisse ihres bereits aktivierten *Warhawk* und daneben im Wartungsgerüst die Gestalt des ihm zugeteilten *Warhawk* erkannt. George hatte sich deutlich am Rand der Laufflächen gehalten in der Hoffnung, dass Tanja den Hangar mit IR überblickte und ihn nicht versehentlich zertrat, und war auf die Strickleiter zwischen den Beinen seines Mechs zugestrebt, als ihr *Warhawk* bereits einen Schritt nach vorn gemacht und sich auf das Tor zugedreht hatte.

Die Außenlautsprecher hatten geknackt und gerauscht. Tanjas verzerrte Stimme hallte durch den Hangar: »Viel Vergnügen, George!«

»Viel Vergnügen!«, hatte er halb verärgert und halb belustigt geschnaubt und die Leiter erklommen.

Als er das Cockpit seines *Warhawk* ereicht hatte, war Tanjas Mech schon außer Sicht gewesen. George musste sich beeilen. Er hatte den Mech kurz, aber gründlich durchgecheckt, die Energiereserven aktiviert und den Reaktor hochgefahren. Er hatte erst in den letzten Wochen mit so schweren Maschinen gekämpft, aber mittlerweile hatte er sich an die Schwerfälligkeit dieses Giganten gewöhnt.

Jeder Kadett bekam eine KDMT, eine keshik-definierte Maximaltonnage. Bis zu diesem Gewicht durfte sich jeder einen Mech aussuchen und für den Test konfigurieren. Da es oberhalb von 90 Tonnen nur noch die 95- bis 100-Tonner gab, wusste natürlich jeder, dass er als dritten Gegner einen dieser Giganten bekommen würde. Demzufolge musste der eigene Mech möglichst auch mit ihm fertig werden können, nachdem er die Gefechte mit dem beiden vorigen leichteren Gegnern durchgestanden hatte.

Die meisten Kadetten gingen auf Nummer Sicher wie Tanja und er. Sie wählten einen 85-Tonner, der relativ spielend den ersten

Gegner niederkämpfen konnte. Seveniks mutiger Schritt, einen 80-Tonner zu wählen, hatte George zuerst bewogen, es ihm gleichzutun. Ohnehin fand er die überschweren Mechs eigentlich zu schwerfällig für seinen Geschmack, aber der Positionstest würde eine wüste Nahkampf-Schlägerei werden, in der er mit den Ausweichtaktiken leichterer Mechs nichts gewinnen konnte.

George hatte seinem *Warhawk* mit je einer Extremreichweiten-Partikelprojektorkanone und einem mittelschweren Impulslaser im Unterarm konfiguriert. Ergänzt wurde die Bestückung mit zwei 6er-Blitz-KSR-Lafetten an den Schultern und eine 2er-Blitz-KSR-Lafette unter dem Kinn des Kolosses, wobei die Zweierlafette mit 50 Inferno-KSR geladen war.

Er hatte sein 85-Tonnen-Gehzeug in Bewegung gesetzt und war durch das Tor gestampft. Die Schritte des Giganten hatten dumpf durch das schallisolierte Cockpit gehallt, etwa so wie die eigenen Schritte, wenn man sich die Ohren zuhielt. Draußen im Sonnenlicht hatte er noch einmal angehalten und verwirrt auf die hin und her pendelnden Kursanzeigen gestarrt, die ihm ins Hologramm eingeblendet wurden. Jeder Kadett hatte seine drei Gegner an einem anderen Treffpunkt zu stellen. Dieser Treffpunkt war nicht bekannt, wohl aber das Planquadrat, in dem sich die drei Gegner aufhielten. George hatte sich gesagt, dass er ohnehin spät dran war und deshalb ruhig noch etwas mehr Verspätung haben konnte. Er hatte den Navigationscomputer durchgecheckt, keine Fehlermeldung erhalten – endlich hatten die Zeiger stabil gestanden – und war losmarschiert.

Der *Warhawk* hatte das Akademiegelände verlassen und sich den bewaldeten Hügel zugewandt wie schon die beiden anderen KadettenMechs. George hatte versucht, sich dadurch zu beruhigen, dass er sich immer wieder sagte, er habe ja viel mehr Kampferfahrung als jeder andere Kadett hier. Der Positionstest war insofern bedeutungsvoll, weil hier zum ersten Mal nicht mit leistungsreduzierter Munition auf die Kriegerkadetten geschossen wurde. George hatte seine Feuertaufe auf Tranquil hinter sich, und das Gefecht auf Shadow war ihm ebenfalls in lebhafter Erinnerung. Trotzdem hatte ihm nun das Herz bis zum Hals geschlagen.

Er hatte leise Flüche gemurmelt, als die Kursgeber wieder instabil wurden und abenteuerlich von einer Seite auf die andere zu schwingen begannen. George hatte versucht, den *Warhawk* so zu lenken, dass die Ausschläge in beide Richtungen etwa gleich groß waren. Dann musste er sich zwangsläufig auf dem richtigen Kurs zu seinen Gegnern befinden. Wegen eines defekten Nav-Comps durfte er den Test nicht abbrechen. Das hätte ihm jeder als Feigheit oder Verzagtheit ausgelegt. George war bereits ein Krieger gewesen, und jetzt würde er dafür sorgen, dass das wieder so sein würde.

Als er den *Warhawk* einen steilen Hang hochbrachte und endlich direkte Sicht auf die MAD-Echos hatte, sah er seinen ersten Gegner auf einer Lichtung stehen, einen 60-Tonnen-*Glass Spider*, etwa 600 Meter entfernt.

Der Mech hatte seine Primärsensoren unverwandt nach links und ein wenig von George weg gerichtet. *Was macht der denn?* Nach den Kampfregeln hatte George den ersten Schuss. Also richtete er die beiden PPKs sorgfältig aus, ohne das Zielsystem zu benutzen – das Anvisieren hätte der *Glass Spider*-Pilot sofort mit einer schrillen Warnung gemeldet bekommen – und feuerte einen schnellen Rechts-Links-Stoß aus den wuchtigen Unterarmen seines *Warhawk*.

Wie er erwartet hatte, trafen die blau gleißenden Blitze nicht genau, aber die hochgeschleuderten Dreckfontänen schüttelten den leichteren Mech durch, und die Streustrahlung der Hitze kochte den Lack vom Rumpf, während George bereits auf die KSR-Lafetten wechselte und nach dem Piepsen der Zielerfassung eine volle Salve von 14 Kurzstreckenraketen abgab.

Der *Glass Spider*, der gerade im Begriff war, sich zu seinem Gegner umzudrehen, wurde von den Treffern schwer eingedeckt und durchgeschüttelt. Schließlich kippte er um. Der erste Abschuss war ihm so gut wie sicher – bisher ohne Gegenwehr.

Aus den ziehenden Rauchschwaden der flackernden Infernomunition erhob sich die schlanke Gestalt des arg demolierten *Glass Spider*, dem der linke Arm verbogen an der Schulter hing, während an vielen Stellen die internen Systeme bar jeder Panzerung waren. George war einen Moment lang verblüfft, dass der 60-Tonner nach einem derartigen Beschuss wieder auf den Beinen war, dass er ein wenig zu spät auf das Anheben des rechten Arms und das Auslösen des Gaußgeschützes reagierte. Hastig feuerte er eine Salve aus den vier mittelschweren Lasern, die auf den unteren Torso des *Glass Spider* zielten.

Was ist denn das? Ist das Zielsystem defekt? Zuerst war die Erfassung bestätigt worden, und normalerweise hätte der feindliche Mech beide Beine verloren, aber nur einer der Laser schien getroffen zu haben, während der *Glass Spider* in einen langsamen Trott fiel, um dichter an den *Warhawk* heranzukommen. Innerhalb von 100 Metern konnte George die PPKs nicht mehr benutzen, und die hoch angebrachten KSR-Lafetten würden Schwierigkeiten haben, den kleineren Mech zu erfassen, sodass er gezwungen war, den Kampf mit den Lasern und dem Infernowerfer fortzusetzen.

George legte den Rückwärtsgang ein und hielt den *Glass Spider* auf Abstand, indem er ungezielt die PPKs auslöste und tiefe Furchen in den Waldboden riss, die den Gegner wenigstens etwas verlangsamten, sodass die Laser-Zielerfassung endlich wieder aufblinkte und George erneut feuern konnte. Treffer! Der rechte Arm und das rechte Bein wurden glatt abgetrennt, der *Glass Spider* schlug schwer auf. Der Kopf des Mechs faltete sich auf, und der Pilot rettete sich mit dem Schleudersitz, als die internen Brände außer Kontrolle gerieten.

»Nummer eins!«, rief George, während er einen neuen Check der Waffensysteme befahl. Da stand die niederschmetternde Nachricht: Störung in der Zielerfassung. Damit konnte er auf größere Distanz nicht mehr hoffen, seine Waffen zum Tragen zu bringen, und die PPKs waren manuell kaum richtig zu zielen. Sie würden ihm nur zu Show-Effekten und taktischen Schüssen herhalten können wie eben schon bei dem *Glass Spider*.

George dachte einen Moment lang schon an den Abbruch des Tests und die Rückkehr in den MechHangar. Er hatte sich seinen Rang als MechKrieger verdient, und jedes Risiko würde nur dazu führen, das aufs Spiel zu setzen – zumal mit nicht voll einsatzbereitem Mech.

Andererseits würde ihm vielleicht auch dann der Rang aberkannt, wenn er jetzt einfach aufhörte. Immerhin wies sein *Warhawk* äußerlich nicht einmal Lackschäden auf, denn der *Glass Spider* hatte ihn nicht ein einziges Mal getroffen. Zumindest einen Gegner sollte er noch niederkämpfen können. George studierte seine Hologrammanzeigen.

Überrascht gewahrte er Tanjas *Warhawk* zwischen dicken Bäumen und ging langsam rückwärts, während sie abwechselnd Salven mit einem *Executioner* und einem *Summoner* tauschte. Beunruhigt kontrollierte er seine Position und die programmierten Navpunkte. »Savashri!« Er war mindestens zwei Klicks von seinem Nav alpha entfernt. Also war der *Glass Spider* nicht sein Gegner gewesen, sondern offensichtlich der von Tanja.

Das erklärte auch, warum sie gleichzeitig gegen zwei Gegner kämpfte. Zellbriggen war durch seinen versehentlichen Flankenangriff außer Kraft gesetzt worden, sodass nun alle feindlichen Mechs in den Kampf eingreifen durften.

George war sich nicht ganz sicher, ob nicht sogar sämtliche GegnerMechs von Tanja und ihm als bereits im Kampf befindlich galten, seit er Zellbriggen verletzt hatte. In diesem Fall zählte sein Sieg über der *Glass Spider* nur insofern, als dass er einen Gegner weniger gegen sich hatte. Besiegen musste er allerdings alle, wenn er Krieger werden wollte.

Und dasselbe galt für Tanja. Da sie bereits mit beiden Mechs im Gefecht stand, hatte sie keine Wahl mehr, als zu kämpfen. Jegliche Initiative war für sie verloren, und in weniger als einer Minute würde George ebenso auf verlorenem Posten stehen. Er beschloss, ihr zu helfen. Er ließ seinen *Warhawk* in einen schwerfälligen Trab fallen und hastete den Hang über die Lichtung auf die drei Kontrahenten zu, die damit beschäftigt waren, die Lichtung dadurch zu erweitern, dass sie sie Bäume rund um Tanjas *Warhawk* zu Zahnstochern verarbeiteten.

George ließ das Com-System die Frequenzen absuchen, bis er einen offenen Kanal gefunden hatte. Die Zusammenarbeit zwischen Kadetten wurde zwar nicht gern gesehen, aber sie war auch nicht verboten, und jetzt musste er wenigstens versuchen, die Lage für Tanja zu retten, die sonst gegen einen überschweren Gegner, der von einem äußerst agilen 70-Tonner unterstützt wurde, keine Chancen hatte.

»Tanja, hörst du mich?«

»Freigeburt!«, fauchte sie nur, während der Com sirrte und krachte, als wieder Hochenergiestrahlen dicht an den Antennen des *Warhawk* vorbeifegten.

»Surkai! Meine Computer scheinen nur fehlerhaft zu arbeiten«, machte er einen Erklärungsversuch. »Meine Koordinaten waren falsch, und mein Zielsystem ...«

»Kerensky! Halte keine Vorträge!« Ihr *Warhawk* duckte sich unter einem PPK-Schuss des *Summoner* weg und wich hastig zur Seite aus, als der *Executioner* seiner Geschütze hob. Dabei trampelte der 85-Tonner gegen einen noch schwelenden Baumstumpf und stolperte. Tanja war zu mehreren Ausfallschritten gezwungen, um ihre Kampfmaschine aufrecht zu halten. Glücklicherweise ging dadurch die LSR-Salve des *Summoner* daneben. »Was willst du?«, keuchte sie, als sie wieder Luft übrig hatte.

»Ich biete Hilfe. Welchen soll ich ablenken?« Er sah auf dem IR-Schirm, dass ihr Mech langsam heißlief.

»Keinen, du Stravag-Katze! Verschwinde!«

George war inzwischen nah genug gekommen, um den *Summoner*-Piloten nervös zu machen. Jedenfalls teilte der seine Aufmerksamkeit schon deutlich zwischen den Bewegungen der beiden *Warhawks*. George hielt seinen Mech an.

Natürlich war es Tanjas gutes Recht, sich jede weitere Einmischung zu verbitten. Schließlich waren es ihre Gegner, und sie hatte als Kriegerin auch ihren Stolz. Andererseits krachte gerade eine AK-Salve des *Summoner* in ihre Seite und schälte ihr gefährlich viel Panzerung vom rechten Waffenarm. George hob die PPKs, um wenigstens als Ablenkungsmanöver zu nutzen. Er feuerte beide Blitze gleichzeitig über 400 Meter. Im selben Moment hatte Tanja die AK-Salve aus Lasern und PPKs beantwortet, und der *Summoner* sah sich im Kreuzfeuer zum Rückzug gezwungen. Er sprang, war aber nicht schnell genug, um nicht von Georges Lasern die große 15er-LSR-Lafette von der Schulter rasiert zu bekommen.

Im selben Moment sprang auch der *Executioner*. Tanjas nicht sprungfähiger Koloss war deutlich im Nachteil, weil sie jetzt von den beiden Veteranen in die Zange genommen wurde. »Halt mir den *Summoner* einen Moment vom Hals!«, keuchte sie, während sie schwerfällig Torso und Mech hinter der Flugbahn des *Executioner* hinterherdrehte, um ihn bei der Landung sofort wieder beschießen zu können.

»Bestätige!«

Warhawk und *Summoner* waren extrem schwer gepanzert, aber der *Warhawk* hatte einen kleineren Reaktor, mehr Wärmetauscher und mehr Waffen, während man beim *Summoner* mehr Wert auf Beweglichkeit gelegt hatte. Der leistungsfähigere Reaktor bedingte weniger freie Kapazität für Waffen und Wärmetauscher.

George warf seinen Mech schnell herum und rannte in einem donnernden Galopp auf die Stelle zu, an der der *Summoner* gerade zur Landung ansetzte. Ohne lange zu zielen, löste George erst die PPKs, dann die Laser, dann die KSR-Lafetten aus und deckte so das gesamte Zielgebiet wie mit Schrotschüssen ein. Ein Großteil der Schüsse ging an dem landenden *Summoner* vorbei, aber gerade im letzten Moment der Landung unter Feuer zu liegen, brachte selbst einen Veteranen aus dem Gleichgewicht. Panzerung flog von den Beinen der überschweren Kampfmaschine, die Raketen rissen tiefe Furchen in den eben noch flachen Boden, Infernos und hochgeschleuderter Dreck verursachten einen dichten Vorhang, der die Sicht versperrte.

Der *Summoner* kam sanft zwischen den Unebenheiten auf, der Pilot war also alles andere als nervenschwach oder ungeschickt, aber die plötzlich fabrizierten Bodenwellen ließen die aufprallenden Füße des Giganten kippen, und der 70-Tonner taumelte zur Seite, brach mit mehreren unbeholfenen Ausfallschritten aus dem Vorhang aus Feuer, Qualm und Staub, brachte sein heulendes Gyroskop wieder unter Kontrolle.

Endlich richtete sich der *Summoner* wieder auf und drehte sich seinem neuen Widersacher zu. Dabei blieb er einen Moment beinahe stehen, und Georges defekte Zielerfassung piepste endlich. Erleichtert jagte George die nächsten 14 Kurzstreckenraketen los und setzte sofort mit den Lasern und einem doppelten PPK-Stoß nach.

Zwischen ihm und dem feindlichen Koloss explodierte die Welt, als die blauen Blitze einen Teil der Raketen noch im Flug zur Detonation brachten, aber George konnte die Treffer auf dem Rumpf des *Summoner* aufblühen sehen, bevor ihm die Sicht genommen wurde. Hastig warf er seinen *Warhawk* zur Seite, und eine schwere AK-Salve fegte dort aus den wirbelnden Qualmwolken, wo er eben noch gestanden hatte, als der 70-Tonner seine tödliche Antwort ausspie. George bewegte sich eine Vierteldrehung um die Wolke herum, drehte den Torso und feuerte mit den Lasern auf gut Glück wiederholt hinein, ohne den *Summoner* sehen oder orten zu können.

Plötzlich kam der Gegner von vorn. George versuchte noch, hastig den Rumpf wieder in die Mittelstellung zu drehen, bevor die beiden großen Maschinen kollidierten. Der Veteran hatte nicht gewartet, bis sich die Sicht klärte. Er war seinerseits ausgewichen und hatte dann das im Staub fahlrote Mündungsfeuer von Georges Lasern als Orientierungshilfe benutzt, um ihn wiederzufinden. George war auf den Rammstoß schlechter vorbereitet als der *Summoner*, der wegen seines geringeren Gewichts ansonsten im Nachteil gewesen wäre.

Der Torso des *Warhawk* dröhnte wie eine Glocke. Mit kreischenden Aktivatoren und heulendem Gyroskop kippte er nach hinten um. George hieb verzweifelt auf die Feuerkontrollen, um den über ihm aufragenden *Summoner* wenigstens im Schussfeld der Zweierlafette und der Rumpflaser zu halten. Ohne Hände war der *Warhawk* im Nahkampf schwer im Nachteil, und die gewaltigen Manschetten eigneten sich nur bedingt zum Abstützen, während er jetzt panisch versuchte, eins der Beine so weit anzuwinkeln, dass er es unter den Rumpf bekam.

Endlich, das linke ließ sich weit genug zurückziehen. Der *Summoner* richtete die Waffen seiner Arme auf das Cockpit, während er mit dem linken Bein auskeilte und Georges Bemühungen so vereitelte. Der *Warhawk* kippte wieder hilflos in die Rückenlage und musste nun erst einen neuen Versuch starten. Dazu würde ihm der Gegner aber keine Zeit lassen. George riss an den Kontrollen und trat seinerseits heftig aus. Dröhnend zertrümmerten die klauenartigen Flansche seines rechten Fußes die Panzerplatten unter dem linken Knie des *Summoner*, der leider nur fast ins Stolpern geriet und leicht nach vorn kippte.

Geistesgegenwärtig packte der Mech mit seinen Händen zu und umfasste die dicke rechte Manschette, um sie aus den Armgelenken zu reißen. George feuerte die beiden rechten Rumpflaser so schnell ab, wie sie nachgeladen werden konnten. Er hörte es bereits bedenklich knirschen, als er nach den Kontrollen des linken Waffenarms griff und ihn mit ruckartigen Bewegungen so weit herumbrachte, dass er wie eine Keule donnernd gegen die Schulter des *Summoner* schlug. Der Metallriese wurde davon jedoch nur einen Moment lang abgelenkt und setzte seine Bemühungen fort, als ihn von der Seite plötzlich ein Stakkato von Lasern traf.

»Tanja!«, schrie George erleichtert auf.

Panzerscherben flogen in Wolken davon, glühende Spritzer regneten klingelnd auf die Panzerung des *Warhawk*. Der *Summoner* hielt inne. Im gleichen Augenblick meldete die Zweierlafette wieder Feuerbereitschaft, und George jagte die Infernos auf Minimaldistanz in die Breschen des unteren Torsos, der hell aufloderte. Hastig zog sich der brennende Mech ein paar Schritte zurück. George verschwendete keine Zeit und brachte seinen 85-Tonner wieder auf die Beine.

Der *Summoner* drehte sich rückwärts gehend der neuen Bedrohung zu, als ihn auch schon drei blaue Blitze dicht nacheinander trafen, beide Beine und einen Arm abrasierten, und das im Schritt erstarrende Wrack in knisternde statische Entladungen hüllten, während der Pilot sich mit dem Schleudersitz rettete.

George starrte überrascht auf die rauchenden Trümmer und checkte seinen Mech durch, während er auf einem zweiten Monitor Tanjas *Warhawk* betrachtete, dessen rechter Arm tiefe Löcher aufwies. Offensichtlich war auch einer der Läufe ihrer Unterarm-Doppel-PPKs bereits außer Gefecht.

»Gratuliere«, schnaufte er und beobachtete, wie die Wärmeskala des Mechs schnell zurück in den blauen Bereich wanderte.

»Danke, Trottel!«, antwortete sie freundlich. »Wie ist dein Status?«

George las die Statusmeldungen ab. »Panzerung an Armen und Beinen etwas reduziert, alle Waffen einsatzfähig, ich habe noch die Hälfte meiner Raketenmunition, aber mein Zielsystem arbeitet nur fehlerhaft, und mein Nav-Comp hat einen Defekt. Was ist mit dir?«

»Alle Systeme klar bis auf PPK Nummer vier.«

»Wollen wir uns auf die Suche nach den mir zugedachten Mechs machen?«

Nach einer kurzen Pause kam die Antwort. »Pos, es besteht wohl keine Möglichkeit mehr, uns jetzt noch zurückzuziehen.«

»Machen wir weiter wie eben?«

»Zusammenarbeit?«, kam es zögernd von ihr. »Pos, aber ich habe den ersten Schuss!«

»Natürlich.« Es war nur gerecht, wenn Tanja sich zuerst ihren Gegner aussuchte. Er nannte ihr die Koordinaten, die ihn eigentlich zu seinem Kampfplatz hätten bringen sollen, und unter ihrer Führung stapften die beiden Mechs durch das Gehölz.

»Ortung voraus!«, meldete Tanja kurz darauf. »Wir sind gerade auf einer Lichtung. Hier sollten wir bleiben!«, schlug sie vor.

George war anderer Ansicht. »Wie du willst. Ich ziehe den Wald vor.«

Die Bäume waren hoch genug, um die Sicht deutlich zu behindern. Er drehte den *Warhawk* und schlug sich seitlich in die Büsche.

Die vorläufige Ortung meldete einen *Grizzly*, einen *Warhammer IIc* und einen *Dire Wolf*. George seufzte. In einem regulären Duell hätte er die beiden ersten Abschüsse mit Mühe aber doch sehr wohl geschafft. Der 100-Tonner war allerdings eine böse Überraschung. Wie erwartet kamen die Mechs nach Gewicht gestaffelt durch den Wald. Der *Grizzly* trat als Erster auf die Lichtung und eröffnete sofort das Feuer aus seinen drei KSR-Lafetten. *Von wegen erster Schuss, Tanja!* Aber George hatte mittlerweile eigene Sorgen.

Die Ortung zeigte ihm den 80-Tonnen-*Warhammer IIc* und den *Dire Wolf* mit direktem Kurs auf seine Position. Beide waren genauso wenig sprungfähig wie der *Warhawk*, aber beide hatten ihn bemerkt und begannen, in seine Richtung zu feuern. Dann entstand eine kurze Feuerpause – George vermutete, dass sie sich abstimmten –, dann ging es wieder los. Sein Zielsystem meldete zwar die beiden Gegner, wollte sie aber nicht korrekt anvisieren, und George verzichtete auf eine Antwort mit seinen Waffen. Von den PPKs und KSR des *Warhammer* war kaum etwas bis zu ihm gekommen. Obwohl die Mechs nun mit den Köpfen und dem oberen Torso über die Bäume ragten, waren fast alle Schüsse irgendwie in Ästen und Baumstämmen hängen geblieben. Die schweren Laser des *Dire Wolf* hatten die ersten Bäume explodieren lassen und etliche Baumkronen in Brand gesteckt.

George bewegte sich auf einem diagonalen Kurs an den beiden vorbei, drehte den Rumpf und versuchte seinerseits einen ungerichteten Probeschuss mit einer 6er Salve Kurzstreckenraketen. Wie erwartet, blieben auch sie hauptsächlich in den Bäumen. *Ich muss näher ran, ob ich will oder nicht! Hoffentlich wird Tanja bald mit dem* Grizzly *fertig!*

Doch Tanjas *Warhawk* hatte mit einem alten taktischen Problem zu kämpfen, das selbst älteren MechKriegern noch hin und wieder begegnete: Mit einem schwerfälligen 85-Tonner war es nicht leicht, einen schnellen 70-Tonner zu treffen, der seine enorme Geschwindigkeit und seine Sprungdüsen einsetzte, um mit schmerzhaften Schlägen seiner Raketen Panzerung wegzuschälen, bevor der Gigant seine gewaltigen Waffen ausrichten konnte. Tanja murmelte Flüche wie ein Freigeborener, während sie den *Warhawk* drehte und manövrierte, um den *Grizzly* vor die Rohre zu kriegen.

George hatte sich bis auf 300 Meter an den *Warhammer* herangearbeitet und streckte die großen Manschetten weit nach vorn aus, sodass die PPK-Läufe gerade über das inzwischen gelichtete Blätterdach ragten. Die Blitze fauchten los, verloren mindestens die Hälfte ihrer Ladung in den Ästen, die sie streiften und anzündeten, aber die verbliebene Energie des einen Blitzes, der die linke Schulter traf, genügte, um massenhaft Panzerung wegzukochen und den Scheinwerfer implodieren zu lassen.

Gleichzeitig feuerte der *Dire Wolf* seine vier Laser ab und setzte mit den KSR nach. George ließ den *Warhawk* weit nach hinten auf die rückwärts gewinkelten Knie sinken, sodass der Rumpf unter die Blätter tauchte. Scheppernd riss die rechte 6er-KSR-Lafette ab. Die Statusmeldung wechselte auf rot. Mindestens einer der Laser hatte getroffen. George öffnete eine Klappe und betätigte den Notabwurf der verbliebenen Munition für diese Lafette – es gab keine Möglichkeit, sie in die linke Lafette umzuleiten – und richtete sich wieder auf.

In diesem Moment jaulten die sechs KSR des *Warhammer* heran, gefolgt von den Nadelstichen der leichten Laser oben im Torso, die einzigen Waffen, die der Pilot des 80-Tonners einsetzen konnte, weil er seine PPKs nicht ganz so hoch heben konnte wie der *Warhawk*. George verlor Panzerung auf dem Dach, und der linke Rumpflaser fiel aus. Er drehte den Torso nach links und antwortete mit einem erneuten PPK-Stoß, gefolgt von sechs KSR, dann warf er den Mech herum und sprintete ohne Rücksicht auf die splitternden Stämme auf den *Dire Wolf* zu, der ihn mit einer neuen Breitseite seiner schweren Laser eindeckte.

Der *Warhawk* verlor Panzerung am linken Arm. Summend warnten die Systeme vor durchschlagenen Panzerplatten. *Zeit, die PPK einzusetzen, bevor ich sie verliere!* George feuerte mit den verliebenen drei mittelschweren Lasern zurück und schaltete die KSR-Lafette auf dem Kopf des *Dire Wolf* aus, bevor er endlich freies Schussfeld für die Infernolafette hatte. Er jagte zwei Raketen und eine 6er-Salve KSR los. Das Ausweichmanöver des von den Infernos überraschten 100-Tonners kam zu spät. Der Pilot musste den *Dire Wolf* der Länge nach auf den Boden werfen und herumwälzen, um das Feuer zu löschen, wenn er nicht ernsthafte Hitzeschäden an den Waffensystemen, Wärmetauschern oder am Reaktor in Kauf nehmen wollte. George feuerte trotz der Gefahr eines Rückschlags aus nächster Nähe die PPKs auf den rechten Arm ab.

Ungläubig sah er die eigene Panzerung aufreißen, als seine linke PPK den Dienst einstellte. Dennoch war der rechte Arm des *Dire Wolf* noch immer nicht völlig außer Gefecht! George drehte sich hastig zu dem anrückenden *Warhammer* um, dessen PPKs gerade aufblitzten. George feuerte mit den drei Lasern, dann rissen blaue Blitze den *Warhawk* von den Beinen.

Tanja hatte endlich den *Grizzly* langsam auf den brennenden Waldrand zugedrängt und dessen Beweglichkeit dadurch gerade so weit eingeschränkt, dass sie mit ihren leichten Lasern im Torso zuschlagen konnte. Der Glückstreffer im rechten Knie des 70-Tonners verringerte das Tempo, und die Sprungdüsen waren endlich so weit entladen, dass er nur noch laufend ausweichen konnte. *Wird auch Zeit!* Der *Warhawk* fuhr herum, wühlte den Boden weiter auf. Der *Grizzly* wich hastig zur Seite aus, war aber nicht schnell genug. Auf 250 Metern erfasste das PPK-Visier den schweren ArtillerieMech, und Tanja schrie triumphierend auf, als sie die gewaltigen Blitze auslöste. Es gab einen grellen Blitz, eine gewaltige Detonation, und dann regneten Trümmer vom Himmel. Der *Grizzly*, dessen Panzerung glatt verdampft sein musste, war explodiert, bevor der Pilot Zeit gehabt hatte, sich zu retten.

George wurde hart in die Gurte geworfen. Sofort begann er mit den Bemühungen, den Mech wieder aufzurichten, wobei er die ständig auf ihn einhämmernden mittelschweren Laser des *Warhammer* ignorierte. Er konnte sie im Moment ohnehin nicht beantworten. Er brauchte lange, um zu erkennen, dass ihm der linke Arm fehlte, auf den er sich hatte stützen wollen. Endlich warf er doch einen Blick auf die Systemstatusanzeige.

Vier Wärmetauscher, zwei Laser, eine PPK, jede Menge Panzerung, etliche Antennen, das Radar und der Restlichtverstärker sind ausgefallen! Es könnte schlimmer sein! Wenn ich nur endlich wieder hochkäme! Er spürte das Stampfen der gewaltigen MechTritte ganz in der Nähe. Der *Warhammer* musste praktisch neben ihm stehen, und der *Dire Wolf* würde nun auch langsam wieder hochkommen. *Tanja! Beeil dich!*

Er strampelte mit den Beinen, und der auf der Seite liegende *Warhawk* wälzte sich krachend auf den Rücken. Das Panzerungsdiagramm wechselte am Torso von gelb auf rot. Das Wälzen hatte weiter wertvollen Schutz gekostet, aber er musste unbedingt wieder hoch! Er bekam endlich die Beine angewinkelt. Das unverwechselbare Krachen von einschlagenden Langstreckenraketen hallte durch sein Cockpit. An mehreren Stellen war die Panzerung durchschlagen, aber der Beschuss hatte offensichtlich nicht ihm gegolten, und die Lasereinschläge brachen endlich für einen Moment ab. Der angeschlagene *Warhawk* kam gleichzeitig mit dem *Dire Wolf* hoch.

George sah, wie sich Tanja auf den *Warhammer* konzentrierte, drehte sich dem *Dire Wolf* zu und jagte sofort die nächsten Infernos auf den 100-Tonner, stieß auf kurze Distanz mit Lasern und PPK nach. Er schrie auf, als die starke UV-Strahlung seiner PPK durch die Breschen der Panzerung blitzte und ihm die Haut versengte. Trotzdem feuerte er sofort mit Lasern und PPK erneut. Der *Dire Wolf* wankte, hob die Arme und feuerte.

Im selben Moment rissen die einschlagenden KSR den rechten Unterarm des überschweren Giganten mit den fürchterlichen schweren Lasern ab, die Erschütterung konnte vom Gyroskop nicht kompensiert werden, und die beiden schweren Laser im linken Arm zogen nur eine schräge Doppelspur auf das noch dick gepanzerte rechte Bein des *Warhawk*. In diesem Moment feuerten zum ersten Mal die Autokanonen im Rumpf des gewaltigen Riesen, fetzten die verbliebene 6er-KSR-Lafette vom Dach des *Warhawk*, sprengten die Panzerung vom linken Bein und ließen die rechte PPK explodieren.

Der *Warhawk* stolperte, als direkt neben ihm die 80 Tonnen des stürzenden *Warhammer* aufschlugen. Der Mech hatte unter dem wütenden Feuer Tanjas eine PPK und beide Beine verloren. Mit dem verbliebenen PPK-Arm war er kaum in der Lage, das Gefecht fortzusetzen. Der *Dire Wolf* drehte sich, feuerte mit schweren und mittelschweren Lasern auf Tanja, riss ihr die zweite 10er-LSR weg und brachte den 85-Tonner ins Wanken.

George brachte endlich seinen *Warhawk* wieder unter Kontrolle und schlug erneut mit Infernos und Lasern zu, schälte Panzerung von der Abdeckung der linken AK im Torso, setzte den linken Arm des großen Mechs in Brand. Der *Dire Wolf* fuhr elegant herum, ignorierte die Flammen und stach mit den Lasern und den Autokanonen zu. Der *Warhawk* wurde hart herumgerissen, verlor sämtliche Panzerung am linken Bein, knickte um und schlug auf, während der zweite Torsolaser explodierte.

George war durch Splitter im Cockpit blutüberströmt, bevor der Mech zum dritten Mal fiel. Die Splitter waren durchs Cockpit gefetzt. Donnernd klingelten die Treffer in seinen Ohren. Ihm wurde schwindlig. Kurz darauf wurde es still bis auf die knisternden Brände, dann kreischte Metall in der Nähe, und dann sprang der Boden unter dem gestürzten *Warhawk*. Ein stürzender Mech? War das Tanjas *Warhawk* gewesen? Das Hologramm war komplett ausgefallen.

»George?«, hörte er ihre erschöpfte Stimme durch Außenlautsprecher verstärkt. »George, wenn du mich hören kannst, dann komm auf die Beine! Dein *Warhawk* schafft das noch! Wenn du liegen bleibst, hast du verloren!«

Das war genug, um ihn aus der Lethargie zu reißen. Der *Dire Wolf* war gefallen! Da George vor ihm gestürzt war, konnte er als besiegt gewertet werden, wenn er nicht mehr in der Lage war, den Kampf fortzusetzen. Nach minutenlangen schweißtreibenden Bemühungen gelang es ihm endlich, den fürchterlich zusammengeschlagenen Mech auf den Stumpf des linken Beins und dem zusammengezogenen rechten aufzurichten. Er saß nun in untypischen vier Metern über dem Boden, diagonal links vor sich das brennende Wrack des *Dire Wolf*, dessen Pilot gerade aus der Fluchtluke kletterte und in sichere Entfernung lief. George hörte das Knattern eines Hubschraubers. Symbolisch musste er den Kampf noch fortsetzen. Er richtete den Laser und die Infernos aus und feuerte noch einmal auf die Trümmer des 100-Tonners.

Büro der Akademie-Kommandantin,
Bearclaw, Kerensky-Sternhaufen

Am selben Abend

Sie alle waren ein wenig bandagiert, George hatte auf Armen und Gesicht dicke Salbe gegen die Verbrennungen, Mick trug einen

Kopfverband. Ulern und Sevenik waren noch am besten weggekommen. Einige übrige glückliche Kadetten, die heute ihren Test bestanden hatten, standen außerdem im Raum.

»Ab heute seid ihr Krieger des Clans Geisterbär«, eröffnete ihnen der Sharleen Bekker und schlug die Mappen mit den Bewertungen auf.

»MechKrieger Loth!«

Ein junger Mann aus einer anderen Geschko trat vor. Die Kommandantin verkündete einzeln die Ergebnisse. Die Beurteilung war hart. Nur zwei der neun Krieger hatten sich aufgrund zweier Abschüsse zum Sterncommander qualifiziert. Drei Abschüsse für den Rang eines Novacommanders hatte niemand erzielt.

»MechKrieger Ulern!«

Ulern trat vor.

»Dein zweiter Abschuss wird nicht voll gewertet, weil dein Gegner stolperte. Die Telemetriedaten weisen auf ein Durchschlagen der Reaktorabschirmung durch Fremdobjekte hin – Sekunden nachdem deine letzte Raketensalve traf. Wir müssen davon ausgehen, dass die Schäden durch den Sturz des Mechs verursacht wurden, nicht direkt durch deinen Beschuss. Aus diesem Grund wirst du nicht als Sterncommander, sondern als MechKrieger in den Touman aufgenommen!«

Ulern knirschte leise mit den Zähnen, als er zurücktrat. »Danke, Sterncolonel!«

»MechKrieger Mick!«

Mick trat vor.

»Dein zweiter Abschuss kann nicht gewertet werden, weil die Explosion deines Mechs die endgültige Zerstörung deines Gegners bewirkt hat. Er stand zu dicht, um der Druckwelle auszuweichen, und wurde getötet. Dein Überleben ist der einzige Grund, warum du als MechKrieger überhaupt in den Touman aufgenommen wirst, denn dein Mech fiel früher als der deines Gegners!«

Mick lächelte erleichtert, als er sich wieder einreihte. »Danke, Sterncolonel!«

Sevenik hatte seinen ersten Abschuss sicher gehabt, als die Nachricht von Georges Zellbriggen-Bruch über Funk eintraf. Seine beiden verbliebenen schweren Gegner hatten ihn hart bedrängt, und er hatte in einem vorsichtigen Rückzugsgefecht über lange Zeit seine Haut gerettet, bis Sharleen Bekker nach zwei Stunden selbst eingegriffen hatte, um dem erfolgreichen Anwärter Hegira zu gestatten, damit endlich die nächsten Positionstest vorbereitet werden konnten. Das hatte zur Folge, dass der eine Abschuss voll gewertet werden konnte, und die begonnenen und nicht gewonnenen Gefechte mit den beiden Gegnern nicht zum Rangverlust führten. »Danke, Sterncolonel!«

»MechKriegerin Tanja!«

Tanja trat lächelnd vor.

»Deine ersten zwei Abschüsse werden nicht gewertet, weil sie in Zusammenarbeit mit MechKriegeranwärter George erreicht wurden. Der Abschuss des *Grizzly* ist gültig, die beiden folgenden Abschüsse wiederum nicht, weil auch sie nicht allein von dir erreicht worden sind. Du wirst als MechKriegerin in den Touman der Geisterbären aufgenommen.«

Tanja verbarg ihre Enttäuschung gut, als sie zurücktrat. »Danke, Sterncolonel!«

»MechKrieger George!«

George war vorbereitet und trat vor. *Wenigstens der Glass Spider!*

»Dein erster Abschuss ist gültig, wenn auch mit miserabler Wertung, weil du einen nicht dir zugewiesenen Gegner angegriffen hast. Allein die darauf erfolgten Leistungen haben verhindert, dass du wieder degradiert und aus der Kriegerkaste ausgeschlossen wirst. Deine weiteren vier Beihilfen zu den Abschüssen von MechKriegerin Tanja waren vorbildlich geführte Gefechte mit guter Taktik und in bester Tradition der Clans, nicht die eigenen Ziele an vorderste Stelle im Kampf zu stellen. Du hast den Geist des Positionstests nicht beachtet und Zellbriggen missachtet, aber du hast wie ein Clanner gekämpft und Erfolge gehabt, die die Petzmeister und mich bewogen haben, deinen Test anzuerkennen. Du wirst als MechKrieger im Touman der Geisterbären dienen.«

George atmete langsam aus und unterdrückte das erleichterte Grinsen. »Danke, Sterncolonel!«

Wieder Krieger

Far-Range-Akademie,
Bearclaw, Kerensky-Sternhaufen

21. Dezember 3053 TNZ

Als George langsam zu Bewusstsein kam, waren seine Empfindungen alles andere als angenehm. Das langsame Stampfen der MechTritte entpuppte sich nach endlosen Sekunden als das Pulsieren des Blutes in seinen Schläfen. Doch die Erkenntnis, woher die Schmerzen und das hallende Donnern stammten, half nicht über sie hinweg. Stattdessen machte sich George Gedanken über seinen Magen, und prompt wurde ihm gefährlich schlecht. Er atmete flach und schnell, um ihn zu beruhigen, dafür kam jetzt erst richtig der Kreislauf in Schwung, und das Tosen in seinem Kopf strahlte über Ohren und Nacken aus, während das Hyperventilieren dazu führte, dass sich sein in einer verkampften Haltung liegender Körper nun mit allen schmerzenden Muskeln zu Wort meldete.

Wenn er dazu die Kraft gehabt hätte, hätte George den Kopf geschüttelt. Clankrieger verabscheuten berauschende Genussmittel, und jetzt wusste er auch genau, warum. Er wurde sich der Anwesenheit eines viel zu warmen Gegenstands an seiner Seite bewusst, der sich nach trägem Abtasten als weiblicher Körper entpuppte. George kramte in seinem Gedächtnis, während er behutsam von ihr abrückte. Behutsam wegen seiner Kopfschmerzen, weniger aus Rücksicht. Zu solchen Höflichkeiten war er noch nicht wieder fähig. Als er sein Bein unter ihr wegzog, schlug ihre Hüfte hart auf den Boden, was ihr ein derart gepeinigtes Stöhnen entrang, dass George schadenfroh grinste. Da ging es jemandem mindestens genauso schlecht wie ihm.

Allein das Aufsetzen verursachte Schweißausbrüche. George blinzelte, aber es blieb stockdunkel. Die Luft roch abgestanden und irgendwie nach Maschinen. Als wären sie in einem Kellerraum oder einem Lager. Hatte er nach der Triumphfeier hier mit ... mit wem eigentlich? Er war zu müde, um zu fragen, und vielleicht wäre sie auch zu keiner Antwort in der Lage gewesen. George bemerkte, dass er auf kaltem Beton saß und fühlte nach der Unterlage. Sein Bärenfell-Umhang! Immerhin schien er so galant gewesen zu sein, ihn ihr als Unterlage anzubieten, bevor sie hier ...

Er tastete weiter. Als er sie dabei streifte, regte sie sich nicht. Noch völlig fertig. Auch eine frischgebackene Kriegerin? Vielleicht Tanja? Noch immer wollte sich keine Erinnerung einstellen. Auf ihrem Bein lag ein zweiter Bärenfell-Umhang. Also eine Kriegerin, mit Sicherheit Tanja. Wo waren seine Kleider? Er kroch umher und stieß dabei mit der Schulter schmerzhaft gegen heiße und kalte Rohrleitungen. Im Vergleich zu seinen Kopfschmerzen und dem schon wieder bedenklich hart werdenden Magen waren diese Stöße geradezu eine Wohltat.

Endlich fand er eine Hose und schlüpfte hinein. Sie saß an den Waden zu eng und im Gürtel viel zu breit. Tanjas Hose. Er wollte sie in die Richtung schleudern, aus der er ihren Atem hörte, aber es wurde nur ein träges Schubsen daraus. Er fand ein Hemd und versuchte, sich darüber klar zu werden, wo oben und unten war. Minutenlang fühlte er, bis ihm klar wurde, dass das Stück Stoff derart zerfetzt war, dass es sich kaum lohnen würde, es anzuziehen. Über sich selbst verwundert schüttelte er den Kopf – ein fataler Fehler. Er rang stöhnend nach Atem, während die Schmerzwellen abebbten.

Resigniert hoffte er, dass es sich um Tanjas Bluse handelte und schubste sie in ihre Richtung, während er weitersuchte. Ein Stiefel. Ein linker. Seiner. Er zog ihn an. Schwitzend, keuchend und stöhnend mühte er sich hinein und fuhr mit der Hand über den Boden nach dem zweiten. Eine Hose. Das musste seine sein! Er schlüpfte mit dem rechten Bein hinein und stellte dann fest, dass sich die Hose nicht über den Stiefel ziehen ließ. Ächzend und mit den Zähnen knirschend kämpfte er sich aus dem Leder und schnappte erst einmal flach auf dem Rücken liegend nach Luft, bevor er begann, die Hose fertig anzuziehen.

Dann schlüpfte er wieder mit viel Mühe in den Stiefel und setzte seine Suche fort. Endlich fand er wieder Stiefel, aber das waren Tanjas. Er schubste sie zu ihr hinüber und fragte sich, ob er wirklich in einem Heizungskeller war. Dann musste es hier nämlich irgendwo einen Wasserhahn geben, und Wasser war etwas, das er noch viel dringender brauchte als Kleidung.

Endlich kam er auf die Idee, aufzustehen und an den Wänden nach einer Tür zu suchen. Neben jeder Tür gab es schließlich einen Lichtschalter ... er fand und betätigte ihn. Flammende Speere bohrten sich durch sein Gehirn, lösten in ihrem hellen Gleißen jede Empfindung bis auf den Schmerz auf ... Geistesgegenwärtig schnippte er das Licht wieder aus.

Im nächsten Augenblick lag er auf Händen und Knien und erbrach sich auf den Boden. Schwach vor Schüttelfrost und kaltem Schweiß richtete er sich zitternd wieder auf. Ein Auge kniff er zu, das andere öffnete er nur halb, als er noch einmal für fünf Sekunden das Licht einschaltete, um sich die Lage der übrigen Kleidungsstücke einzuprägen, bevor er im Dunkeln nach dem zweiten Stiefel tastete. Als er ihn anhatte, suchte er wieder die Tür. Sein Hemd schien dasselbe Schicksal erlitten zu haben wie das von Tanja, und so trat er blinzelnd auf den Kellergang hinaus, mit einer zerknitterten Hose, zerschrammten Stiefeln, freiem Oberkörper und dem rauen Bärenfellumhang auf den Schultern.

Wo war er? Irgendein Hangar? Oder ein Depot? Jedenfalls war es nicht die Kadettenkaserne. Und wo war der Ausgang? George marschierte durch die Gänge. Jedenfalls schien es ihm so. In Wirklichkeit tappte er langsam an der Wand entlang von einer Ecke zur nächsten. Schließlich fand er das Treppenhaus und gelangte ins Erdgeschoss, wobei sich der Aufstieg dadurch in die Länge zog, dass mit jeder Stufe, die George erklomm, die Helligkeit derart zunahm, dass er alle zwei bis drei Stufen ein paar Minuten stehen blieb, um das Abklingen der Kopfschmerzen hinter den Augenhöhlen abzuwarten. Er sagte sich, dass er ohnehin nicht schneller hätte steigen können, ohne seinen Kreislauf allzu sehr in Schwung zu bringen, wodurch das Wummern seines Herzens nur unnötig laut zwischen seinen Ohren geklungen hätte.

Schweißgebadet kam er endlich an die Haustür, durch das die Vormittagssonne freundlich hereinschien. Abgeschlossen. George suchte nach dem Fluchttür-Mechanismus, der im Brandfall das Öffnen der Tür auch im abgeschlossenen Zustand ermöglichte. Nicht vorhanden. Er war so benommen, dass er nochmals suchte und sogar noch ein drittes Mal, bis die Erkenntnis bis in sein schwammiges Bewusstsein gelangte. Es dauerte dann noch bis zum Ende der vierten Suche, bis sich sein benebeltes Gehirn mit der dazugehörigen Schlussfolgerung abquälte: Sperrbezirk.

Geheime Waffenentwicklungen, die Munitionsdepots und die Lagerhallen, in denen die MechErsatzteile und MechComputer lagerten, waren absolutes Verschlussgelände. Niemand war in der Lage, an scharfe AK-Granaten, Computer zur Programmierung der Bordsysteme oder Reserveaktivatoren zu kommen, ohne sorgfältig auf Identität und Berechtigung geprüft zu werden. Offenbar hatte die Akademieführung schlechte Erfahrung mit Banditen, Dieben oder zu derben Streichen aufgelegten Kadetten gemacht.

In den Gebäuden im Sperrbezirk des Akademiegeländes fehlten die üblichen Fluchtmöglichkeiten. Georges Verstand kam endlich dahinter, dass das Fehlen jedes Notmechanismus' zwingend darauf hindeutete, dass er sich im Sperrbezirk aufhielt. Und Tanja auch. Und dass sie hier besser nicht erwischt wurden. Wie waren sie hier überhaupt hereingekommen? Hatte Tanja was gedreht? Hatte sie vielleicht einen Schlüssel?

George brauchte noch ein paar Sekunden, um sich zu dem Entschluss durchzuringen, die lange Wanderung zurück zum Heizungskeller auf sich zu nehmen. Inzwischen kam eine Streife in Sicht, und George wich behänd bis zum Treppenhaus zurück, wo er sich an die Wand drückte und erstickt stöhnte, als sich in Folge der heftigen Bewegung sein Puls beschleunigte. Er presste beide Hände an den Kopf und sank auf die kalten Stufen.

Irgendwann erreichte er den Heizungskeller und öffnete die Tür. Als das Licht vom Flur – George hatte es eingeschaltet, als er den Gang betrat – in den Raum fiel, war ein gepeinigtes Aufstöhnen zu hören, dann das Klatschen von Händen und Knien auf dem Boden und das verzweifelte Würgen, als sich Tanja übergab. Erbarmungslos schaltete George das Licht ein und betrat den Kellerraum.

»Mach das Licht aus!«, krächzte Tanja zwischen zwei Anfällen.

»Nein ...« George war überrascht, wie rau seine schmerzende Kehle war. Er brachte kaum einen vernünftigen Laut, geschweige denn ein artikuliertes Wort, über die Lippen. Er musste sich mehrmals räuspern und einige Versuche zur Übung wiederholen, bis er es laut genug herausbrachte: »Nein, das Licht bleibt an!«

»Du bist wohl scharf auf eine Abreibung!« Tanjas Stimme klang eher jämmerlich als rauflustig.

Dennoch musste sich George eingestehen, dass sie offensichtlich in einer besseren Verfassung war als er, wenn sie schon wieder sprechen konnte und sich sichtlich so schnell erholte, dass sie immerhin ein kurzes Blinzeln wagte.

»Wo sind wir?«

»Wir befinden uns in einem Heizungskeller.«

»Das sehe ich.« Sie konnte tatsächlich schon die Augen halb geöffnet halten und gebückt an der Wand lehnen. »In welchem Heizungskeller sind wir? Das ist nicht unsere Kaserne, franeg?« Sie sah sich suchend um. Sie trug ebenfalls den Umhang und ihre Hose, aber nur einen Stiefel.

»Neg. Dein zweiter Stiefel steht hinter dir.«

Während sie sich hineinquälte, wurde er sich darüber klar, dass sie sich offensichtlich ebenso wenig absichtlich Zugang zu diesem bewachten Gebäude verschafft hatte wie er.

Sie erhob sich und schwenkte die Fetzen ihrer Bluse an spitzen Fingern. »Warst du das, frapos?«

»Möglicherweise?«, murmelte er unsicher. Offensichtlich hatte sie auch keine klare Erinnerung. »Erinnerst du dich nicht daran?«

»Woran sollte ich mich erinnern?«

»Äh ... keine Ahnung«, murmelte George und starrte ihre straffen, wohlgeformten Brüste an. Leider konnte er sich wirklich an rein gar nichts erinnern.

Sie räusperte sich betont, und er hob den Blick immerhin bis in Kinnhöhe.

»Wir sind irgendwo im Sperrbezirk«, informierte er sie.

»Hm ... aha.« Sie trat bedächtig auf, fand es dann aber wohl klüger, mindestens eine Hand an der Wand zu lassen, während sie zur Tür kam. Sie zog sie ächzend auf und trat in den Gang hinaus. Unschlüssig blieb sie stehen, als George ihr folgte. Sie räusperte sich ratlos, und George konnte fast hören, wie sie versuchte, die einzelnen Bruchstücke ihrer Gedanken zu einem sinnvollen Puzzle zu ergänzen.

»Der Haupteingang ist links«, bemerkte er.

Ohne weiter darüber nachzudenken, setzte sie sich in dieser Richtung in Bewegung. »Sind wir beide heute Nacht hier ... ?«

»Ich weiß es nicht, aber ich *glaube* es zumindest.«

Wenn sie fit gewesen wäre, hätte sie ihm jetzt ein überlegenes Lächeln über die Schulter zugeworfen, aber so wurde aus dem Lächeln eine entgleiste Grimasse, und den Kopf drehte sie höchstens um zehn Grad zur Seite, bevor die Kopfschmerzen und die protestierenden Muskeln die Bewegung bremsten.

George interpretierte diese Geste als Zeichen des Unwillens und gestand sich ein, dass Tanja wahrscheinlich viel lieber mit einem Geschko-Mitglied aufgewacht wäre als ausgerechnet mit ihm. Er prallte mit ihr zusammen.

Sie war nicht eigentlich stehen geblieben, sie hatte nur aufgehört, einen Fuß vor den anderen zu setzen. »Hast du Sperrbezirk gesagt?«

»Pos, die Haustür ist abgeschlossen und hat keinen Fluchtmechanismus. Vor dem Gebäude sind Streifen unterwegs.«

Nach ein paar Sekunden, die die Informationen gebraucht hatten, um sich verarbeiten zu lassen, sagte Tanja: »Oh.«

»Um offen zu sprechen, hatte ich mich der Hoffnung hingegeben, dass das hier deine Idee gewesen ist, sodass du einen Schlüssel oder vielleicht einen geheimen Weg gewusst hättest, um hier ungestört aus- und eingehen zu können.«

»Ich?«

»Pos, ich habe keinen Schlüssel.«

Sie musterte ihn unter halb gesenkten Lidern. »Wenn du im Besitz eines Schlüssels gewesen wärest, wärest du vermutlich nicht zurückgekommen, frapos?«

»Neg«, seufzte er. »Als ich gemerkt habe, wo wir sind, wollte ich dich warnen. Nur für den Fall ...« Es klang auch in seinen Ohren nicht glaubhaft, obwohl er es wirklich freiwillig getan hätte, wenn sein Herz nicht so laut geschlagen hätte, wenn seine Beine nicht so weh getan hätten, wenn seine Ohren nicht bei jedem Atemzug geknackt hätten und sein Kopf endlich wieder in einen Neurohelm gepasst hätte.

In ihrem Blick las er, dass er ihre Erwartungen nicht erfüllt hatte – oder vielmehr ihre Befürchtungen erwartungsgemäß erfüllt hatte.

»Meine Rückkehr ist eine Tatsache, frapos?«, insistierte er mit aller Heftigkeit, zu der er fähig war. »Ich habe mich nicht allein auf die Suche nach einem Ausgang gemacht, frapos?«

»Pos.« Das schien sie immerhin gelten zu lassen. »Wo also finden wir einen Ausweg aus diesem Gebäude?«

»Meine Ahnung, was für ein Gebäude das überhaupt ist, ist eine nichtige. Hast du eine Vorstellung?«

»Nein, schließlich habe ich noch weniger davon gesehen als du!«, knurrte sie. »Ist das von Interesse, franeg?«

»Pos, ist es doch. Wenn wir wissen, wozu das Haus dient, können wir besser raten, was für Türen und Luken es hat und wo sie liegen.«

Sie dachte einen Moment darüber nach. Und noch einen. »Das klingt logisch.«

»Also, wo erscheint die Suche den größten Erfolg zu versprechen?« Eigentlich war das keine Frage an sie, sondern ein lauter Gedanke, um seinem Gehirn einen Denkanstoß in die richtige Richtung zu geben.

»Da, wo die Türen sind«, spann sie seinen Gedanken weiter.

»Und wo sind die?«

»Keine Ahnung. Wo betritt man ein Gebäude?«

»Meistens durch die Türen im Erdgeschoss, durch Kellertüren, Tiefgaragen und Dächer.«

»Dächer?« Er starrte sie an, als wäre sie noch immer nicht ganz da. Oder hatte sie sich schon so weit erholt, dass sie viel schneller denken konnte als er?

»Wenn das Haus einen Hubschrauberlandeplatz hat ...«, erklärte sie geduldig.

Er winkte ab. »Schon verstanden.« Sie dachte wirklich erheblich schneller als er. Im ersten Moment wollte er sich seine Jämmerlichkeit nicht eingestehen und aufbegehren, die Führung übernehmen und sie beide hier herausbringen, aber im nächsten Augenblick sagte er sich, dass es wesentlich vernünftiger war, sich jetzt die Schwäche einzugestehen und sich von ihr hier heraushelfen zu lassen, bevor er in seinem Schwammkopf noch eine Fehlleistung erbrachte und kläglich aufgeben musste, während sie jeden seiner unbeholfenen Schritte mit kritischen Bemerkungen pflasterte.

Er sagte sich, dass auch eine gewisse Stärke darin liegen konnte, sich eine Schwäche einzugestehen und Hilfe anzunehmen. »Sollten wir nach einer Tiefgarage oder einen unterirdischen Hangar suchen?«, schlug er schließlich vor, als es ihm gelang, seine Gedanken zurück auf ihr Problem zu richten.

»Ich rate davon ab. Die Grundriss der Flure lässt die Vermutung, dass das hier ein Institut oder ein Labor ist, plausibler erscheinen. Vielleicht gibt es eine Kellertür, aber dann müssten wir jeden Raum inspizieren. Dabei wäre es wahrscheinlich, dass wir Alarm auslösen.«

Er dachte einen Moment darüber nach. »Vielleicht lösen wir auch Alarm aus, wenn wir oben herumlaufen und einen Überblick zu gewinnen suchen. Vielleicht bekommen wir keinen und müssen systematisch suchen. Dann müssen wir wieder hier herunter und wirklich alle Räume inspizieren.«

Sie nickte vorsichtig. »Du hast Recht. Wir sparen uns den Aufstieg. Wir beginnen hier.«

Erleichtert wandte er sich der nächsten Tür zu und zog sie auf. Irgendein Lagerraum ohne zweiten Ausgang. Die nächste Tür führte in ein Labor. Die nächsten drei Türen waren abgeschlossen, dann folgte eine Besenkammer, der Heizöllagerraum, der Heizungskeller, der inzwischen einen ziemlichen Gestank nach Erbrochenem verströmte ...

»Wir können uns genauso gut auch gleich stellen«, murmelte er. »Anhand der genetischen Fingerabdrücke in unseren Magensäften werden sie uns identifizieren. Wir hinterlassen unsere Uniformen und jede Menge Fingerabdrücke.«

»Aufgegeben wird nicht!«, knurrte sie heftig und rieb sich die Stirn. Sie ging zurück und kehrte mit den zerfetzten Hemden zurück. »Du könntest mir meinen Umhang zurückgeben«, bemerkte sie.

Er sah an sich herab. Tatsächlich. Der Umhang, den er trug, reichte ihm nur bis zum Gesäß, und ihrer reichte ihr bis zu den Waden. Also hatten sie ihren als Unterlage benutzt und seinen als Bettdecke. Er murmelte irgendetwas, als er seinen von ihr bekam. Es mochte eine Entschuldigung oder ein Dank sein, er wusste es selbst nicht genau. Irgendwie wünschte er sich einen Eimer voll Wasser gegen den Durst, ein Bett und genug Fitness, um die herrlichen Rundungen ihrer Brüste noch einmal bei vollem Bewusstsein zu genießen. Sie räusperte sich betont, und er blickte schnell woanders hin, nur nicht in ihre missbilligenden Augen.

Sie stiegen ins Erdgeschoss und setzten hier die Suche fort. Die Fenster in den unverschlossenen Räumen waren entweder vergittert, mit einer Alarmanlage gesichert oder ließen sich nicht öffnen. Als sie eine ungewöhnlich schwere und breite Tür öffneten, war dahinter eine Art Umkleidekabine und eine zweite Tür, die in eine Halle führte, in der MechKräne und Wartungsanlagen waren. Das Summen von Maschinen erfüllte die Luft.

Ziemlich in der Mitte der Halle lag das Endoskelett eines großen humanoiden Mechs, das komplett mit Myomermuskeln versehen war. George schätzte die endgültige Tonnage dieser Maschine auf ungefähr 40 Tonnen, aber wie ein *Phantom* sah dieser Mech nicht aus, obwohl man das bei einem demontierten OmniMech nicht genau sagen konnte.

Sie waren schon ein gutes Stück neugierig auf den liegenden Koloss zugegangen – denn dahinter gab es ein großes geschlossenes Tor, durch das zwei Mechs nebeneinander aufrecht hätten hindurchgehen können, als sie die Gestalten in Kitteln und Overalls bemerkten, die um den linken Fuß des Stahlgiganten herumkrochen und irgendein technisches Problem diskutierten.

»Sie haben uns gesehen«, stellte Tanja fest.

Der heftige Wortwechsel verstummte, die sechs Männer schauten sie verdutzt an.

Aus der Traum, die Flucht durch eine der zahlreichen Türen neben dem Haupttor zu versuchen. »Was machen wir jetzt?«, flüsterte George.

Die Ingenieure und Techs sahen sich unsicher an und schauten wieder erwartungsvoll herüber.

»Wir tun so, als müssten wir hier sein«, entschied Tanja.

»Das ist verrückt.«

»Neg, wir sind MechKrieger. Erinnerst du dich? Wir haben einen höheren Rang als die da. Es ist einen Versuch wert.«

»Na schön, verfahre, wie dir beliebt.«

»Du wirst dich gefälligst beteiligen!«, knurrte sie durch die Zähne, als sie auf die Techs zuging.

»Friede! Selbstverständlich mache ich mit«, raunte er zurück und folgte ihr. Pflichtschuldigst musterte er die einzelnen Komponenten des Mechs. Alle internen Systeme schienen betriebsbereit. Alles, was der Maschine fehlte, waren Panzerung, Waffen und Munition. Selbst der Reaktor summte leise und versorgte die Maschine mit Bordenergie.

»Wie geht die Arbeit voran?«, begann Tanja die Unterhaltung grußlos und energisch, wobei sie es vermied, irgendjemanden anzusehen, da sie nicht wissen konnte, ob der Chefingenieur unter ihnen war und wer es hätte sein können.

Ein Mann im Kittel antwortete, während die Techs nach einem andeutungsvollen Grinsen ob Tanjas Blöße schnell undurchdringliche Gesichter machten und sich angelegentlich für die Fußaktivatoren des Mechs interessierten: »Erwartungsgemäß, MechKriegerin. Wir liegen gut im Zeitplan. Die Veränderungen des letzten Entwurfs sind zufriedenstellend, und wir können schon jetzt annehmen, dass dieses Chassi in bezug auf Balance und Beweglichkeit unseren bisherigen 50-Tonnern überlegen sein wird ...«

Der Ingenieur erging sich in technischen Einzelheiten, während George überlegte, ob er Tanja seinen Umhang anbieten sollte, um das kaum unterdrückte Grinsen der Techs abzustellen, aber er sagte sich, dass diese Geste erst recht ihre Autorität untergraben hätte. Da war es schon besser, wenn sämtliche Anwesende so taten, als wären Tanja und er in voller Uniform erschienen.

Als das Chassi-Gewicht erwähnt wurde, sah sich George die Beine der Maschine noch einmal genauer an. Für einen OmniMech waren sie ungewöhnlich. Sie hatten die nur in der Inneren Sphäre üblichen hydraulischen Stoßdämpfer von sprungfähigen Mechs. OmniMechs verzichteten normalerweise darauf, denn verstärkte Endostahlskelette und die Fähigkeit des Piloten, den Mech nach einem Sprung sanft aufzusetzen, mussten stattdessen dafür sorgen, die gewaltigen Impulse der Landung abzufedern. Die Übernahme einer Konstruktion aus der Inneren Sphäre bedeutete eine Umstellung der Logistik – und einen gewissen Prestigeverlust. Immerhin waren die Clans mit ihrer Hochtechnologie den dekadenten Barbaren angeblich weit überlegen.

»Ist die Ersatzteilfrage schon komplett gelöst?«, entfuhr es George, bevor ihm ihre augenblickliche Situation wieder einfiel. Er konnte gerade noch rechtzeitig seinen eigenen Schreck über das Bekenntnis seiner Ahnungslosigkeit verbergen, und er musste Tanja zugute halten, dass auch sie die Zeichen ihres Entsetzens gut überspielte.

Die Antwort des Ingenieurs kam erst nach einigen unsicheren Seitenblicken nur zögernd: »Nur unbefriedigend ... Wir haben inzwischen sämtliche Endostahlkomponenten durch klassische Stahlkomponenten ersetzen können, um die Herstellbarkeit auf Alshain zu gewährleisten, aber die Knie- und Fußgelenke sind komplett neue Entwürfe, um die Stützvorrichtungen der hydraulischen Stoßdämpfer aufnehmen zu können ...«-

»Also muss nach wie vor jede Einheit, die mit diesem Chassi ausgerüstet wird, auch ihre Logistik erweitern«, stellte George mit einem leichten Ton der Missbilligung fest.

»Pos, MechKrieger«, beeilte sich der Ingenieur zu versichern, »aber nur wenig. Es stellt im Augenblick den besten Kompromiss dar, die Beweglichkeit des *Ursus* und seine Kampfaufgaben zu vereinigen. Ganz ohne neue Bauteile geht es einfach nicht. Wenn es ohne das ginge, hätten wir die bestehenden Omnis ja schon längst umrüsten können.«

George war als MechKrieger auch Tech genug – obwohl er das nie offen zugegeben hätte – um die Richtigkeit der Worte zu erkennen. Kerensky sei dank war auch endlich der Name des Mechs gefallen, sodass Tanja und er etwas gezielter Fragen stellen konnten, um ihre morgendliche ›Inspektion‹ glaubwürdiger zu gestalten.

»Sind die Sensoren inzwischen alle in arbeitsfähigem Zustand?«, fragte Tanja auf bloßen Verdacht.

Die Techs sahen überrascht auf, bevor sie sich wieder verdächtig beschäftigt gaben. Auch der Ingenieur antwortete verwundert. »Die Sensoren, MechKriegerin? Aber mit denen ist doch schon lange alles in Ordnung. Wir haben die Langstreckenortung des *Phantom* mit der Zielerfassung gekoppelt, und sämtliche Kinderkrankheiten sind seit Monaten behoben. Das System arbeitet zuverlässig und ist bereit für die Tests unter simulierten Kampfbedingungen ...«

»In meinen Unterlagen stand etwas von Störungen!«, beharrte Tanja.

»Das ... muss ein Irrtum gewesen sein ...« Der Ingenieur hatte alle Mühe, einer MechKriegerin zu sagen, dass der Fehler nicht bei ihm lag, ohne anzudeuten, dass er vielleicht bei ihr liegen konnte. Eine Beleidigung, die ihn sehr schnell degradieren oder in die Arbeiterkaste abstufen konnte, wenn Tanja zu den ungeduldigeren Kriegern zählte.

»Wie lange dauert es noch mit der Panzerung?«, fragte George, um vom Thema abzulenken.

Der Ingenieur schien erleichtert, wieder auf sicheres Gebiet zurückzukommen: »Die Montage der letzten Hüftgelenk-Abschirmung hat gezeigt, dass die Segmente noch zu unbeweglich waren und an den Wärmetauschern und Aktivatoren-Gehäusen gescheuert haben. Sie werden zurzeit erneut umgebaut. Immerhin konnten wir beim letzten Mal genaue Vermessungen vornehmen, und ich denke, die nächste Version wird serienreif sein ...«

Segmente? George fasste das Hüftgelenk und die vorstehenden Panzerungshalter ins Auge. »Zeigen Sie mir die Stellen!«, verlangte er, als er bemerkte, dass der Ingenieur mit seinen Erklärungen zum Ende kam. Sie gingen an dem liegenden Riesen entlang zur Hüfte.

»Werden diese ... Frackschöße? ... den Abgasflammen der Sprungdüsen nicht im Weg sein, franeg?«

»Neg. In der Standardversion soll dieser Mech keine Sprungdüsen erhalten. Aber wenn er mit entsprechenden Modulen nachgerüstet wird, liegen die Panzerschürzen seitlich an der Hüfte. Der Rückentornister wird weit genug nach unten ragen, um die Hüftgelenke von hinten zu verdecken, und von vorn sind die Oberschenkelpanzer als Schutz vorgesehen ...«

»Wie sieht die Standardbewaffnung aus?«

Nachdem der Ingenieur auch hierzu seine Vorstellungen erläutert hatte, die von Georges persönlicher Meinung zu mittelschweren Mechs ganz erheblich abwichen, nickte er in Richtung der Rückwand. »Welche von den Türen ist gerade offen?«

»Die zweite von links. Aber ...«

»Was ist denn noch?«, fragte Tanja mit gerunzelter Stirn.

»Verzeihung, MechKriegerin ... ich hatte angenommen, dass ihr gekommen seid, um mir den Testpiloten für den *Ursus* vorzustellen. Hat man denn noch immer keinen Freiwilligen gefunden?«

Tanja starrte ihn nur ärgerlich an.

George ließ sich zu einem »Offensichtlich ist das nicht der Fall!« herab und stapfte mit ihr zusammen zum Ausgang.

Unauffällig kamen sie an den Streifen vorbei zurück zur Kaserne. Die Wachen waren offenbar nur darauf aus, diejenigen aufzuhalten, die in den Sperrbezirk hineinwollten. Hinaus kam man ohne Schwierigkeiten.

Als George sich ausgeschlafen hatte, machte er sich auf den Weg in die Kantine. Hoffentlich kam er noch rechtzeitig zum Abendessen. Auf dem Weg dorthin kam er am Schwarzen Brett vorbei und las dort eine Aufforderung, sich freiwillig als Testpilot bei einem Wissenschaftler zu melden. George konnte sich vorstellen, dass daran niemand Interesse hatte. Die Kadetten durften noch keine Mechs allein führen und darum auch keine Testpiloten werden. Die fertigen MechKrieger waren viel zu sehr auf eine Abkommandierung an die Front erpicht, um sich ihre Laufbahn mit so einer schändlichen Arbeit zu verbauen. Andererseits ...

George hatte eine Idee. Er wusste, dass der Waffenstillstand von Tukayyid dafür sorgen würde, dass eine Menge frischgebackene MechKrieger noch lange in den Quartieren der Akademien bleiben würde, bis Unfälle und krankheits- oder altersbedingte Ausfälle die Reihen der Frontsternhaufen so weit ausgedünnt hatten, dass Verstärkungen angefordert wurden. Wenn er es in dieser Zeit schaffte, sich ein Cockpit – wenn auch nur zeitweise und unter dem ›Befehl‹ eines Wissenschaftlers – zu sichern, konnte er bei seiner bisherigen Laufbahn davon ausgehen, dass er nicht mit eingerosteten Fähigkeiten in den Kampf ging, wenn es denn doch einmal so weit war. Zudem würde er noch einen weiteren unschätzbaren Vorteil haben: Er hatte seine Feuerprobe als Novakatze bereits hinter sich, und auch der Positionstest zum Geisterbärenkrieger zählte als Kampferfahrung. Er hatte davon also mehr als jeder andere junge Krieger hier und konnte sich wahrscheinlich den Prestigeverlust am ehesten leisten.

Und noch eine andere Hoffnung keimte in ihm auf. Wenn er sich gut auf den *Ursus* einstellte, konnte es sein, dass er diese Maschine in den Kampf führte. Üblicherweise mussten MechKrieger es sich gefallen lassen, dass ihnen ein Chassi zugeteilt wurde, sobald sie ihre neue Truppe erreichten. Nur diejenigen, die schon im Positionstest Offiziersrang erreicht hatten, durften Wünsche hinsichtlich ihres Mechs äußern. Dieses Recht hatte George natürlich nicht, aber vielleicht konnte er trotzdem mit dieser Meldung die Entscheidung ein wenig beeinflussen. Ein 50-Tonner war nicht zu verachten, und nach dem, was der Ingenieur gesagt hatte, würde dieser deutlich beweglicher und schneller sein als die anderen OmniMechs. Natürlich auf Kosten der Bewaffnung und Panzerung, aber genau dieses Konzept passte ausgezeichnet zu Georges bisheriger bevorzugter Kampfstrategie.

Er beschloss, am nächsten Morgen den Wissenschaftler anzusprechen.

Hauptquartier der 15. Tatzengarde,
Bearclaw, Kerensky-Sternhaufen

12. Februar 3054 TNZ

Marsen Mitshan stand stramm, bis saKhanin Aletha Kabrinski aufsah. »Wie steht es um die Einsatzfähigkeit deines 371sten, Sternhaufencommander?«, fragte sie ohne Einleitung.

»Die Krieger haben sich während der letzten Wochen gut erholt, die Ausrüstung ist in gutem Zustand, und die ersten Manöver zur Wiederherstellung des vollen Kampfwertes des 371sten Sturmsternhaufens sind vor drei Tagen abgeschlossen worden. Die Leistungen aller Krieger sind gut, und ihre operative Zusammenarbeit in Sternen und Binärsternen ist bereits jetzt befriedigend.«

»Das beantwortet meine Frage nicht, franeg? Ist der 371ste einsatzfähig?«

»Neg. Uns fehlen immer noch eine Menge Ersatzteile und ein ganzer Stern Mechs. Ich habe bereits Umorganisationen vorgenommen, sodass die mir zur Verfügung stehenden viereinhalb Binärsterne vollzählige operative Einheiten bilden und zusammen trainінern können, aber zur Vervollständigung des Sternhaufens brauche ich noch ...«

»Noch fünf Mechs«, fiel Aletha Kabrinski ihm ins Wort. »Möglichst alles Veteranen, frapos?«

Marsen Mitshan versteifte sich etwas, sofern das überhaupt noch möglich war. »Pos. Das ... wäre so üblich, saKhanin. Bisher hatten nur Veteranen mit ausgezeichnetem Kodax die Ehre, in den 371sten versetzt zu werden.«

Aletha Kabrinski runzelte die Stirn. Marsen war der neue Kommandant der Einheit, nachdem sein Vorgänger Dezgra über sich gebracht hatte. Marsen war selbst schon ein langjähriger Veteran mit ausgezeichneten Beurteilungen. Offensichtlich stellte sein jetziges Kommando die Spitze seiner Karriere dar, und er wollte dies nicht durch die Tatsache geschmälert sehen, minderwertigen Ersatz zu bekommen. Oder war da mehr? Stellte seine Bemerkung eine Spitze in ihre Richtung dar? Oder hob er nur noch einmal seinen eigenen Kodax hervor, um ihr bewusst zu machen, dass sie sich im Ton vergriffen hatte?

Aletha wusste, dass sie dazu neigte, Kommandeure wie einfache MechKrieger antreten zu lassen. Sollte sie vielleicht als Einleitung erst ein bisschen plaudern, bevor sie zur Sache kam? Sie war zu müde, um bei diesem unproduktiven Gedankengang weiter Zeit zu verschwenden, und winkte ab. »Friede, das ist mir bekannt. Steh bequem, Sternhaufencommander! Zurzeit sind hier auf Bearclaw leider keine Veteranen verfügbar, und ich brauche dringend eine gute und kampfstarke Einheit, um ... Komplikationen zu begegnen.«

»Von welchen Komplikationen sprechen Sie, saKhanin?«

»Es häufen sich die Meldungen über Verletzungen der Waffenstillstandszone in der Inneren Sphäre. Teilweise sind die Frontplaneten betroffen, teils tauchen die feindlichen Kräfte auf Welten auf, die mehrere Sprünge von der Front entfernt liegen, ohne dass sie zuvor entdeckt werden konnten. Die Situation entwickelt sich bedrohlich, und die positiven Berichte aus deinem Sternhaufen haben mich auf den 371sten aufmerksam gemacht.«

»Der 5te Bärenschweif ist noch nicht sehr lange auf Bearclaw«, bemerkte Marsen Mitshan, »und obwohl uns das Wissen, dass wir uns schließlich wieder auf den Weg in die Besatzungszone machen werden, glücklich stimmt, möchte ich dennoch zu bedenken geben, dass eine Rückkehr zum jetzigen Zeitpunkt nur von Nachteil sein kann, beinhaltet sie doch eine lange Monate währende Reise, die unsere kaum gestärkten Kräfte wieder schwächen wird.«

»Meine Rede geht nicht vom 5ten Bärenschweif«, korrigierte sie, »sondern nur vom 371sten. Die gesamte Galaxis wird euch folgen, sobald sie dazu bereit ist, aber weder der 48ste Angriffssternhaufen noch der 524ste Kombinierte Sternhaufen oder der 109te Aufklärungssternhaufen haben bisher eine neue Einheitsstruktur aufbauen oder gar Manöver abhalten können.«

»Du willst den 371sten aus der Galaxis lösen und als unabhängiges Kommando einsetzen, frapos?«

»Korrekt, Sternhaufencommander. Das Draconis-Kombinat hat mit Manövern an der Waffenstillstandslinie die Keshik auf Alshain nervös gemacht und sie trotz des Waffenstillstands von Tukayyid zu Truppenverlagerungen veranlasst. Ich werde dir gegenüber diese Strategie nicht kommentieren, aber der Khan hat mich in einer dringenden HPG-Botschaft dazu aufgefordert, ihm Truppennachschub von den Heimatwelten zu schicken. Im Augenblick muss er Garnisonen der Nachschublinien in die gefährdeten Zonen verlegen, weil er die Frontlinie nicht entblößen kann. Das reißt an anderer Stelle Lücken, wie du dir vorstellen kannst. Der 371ste ist vorgesehen, diese Lücken zu schließen ...«

»Der 371ste soll also als *Garnisons*-Entsatz in die Besatzungszone, franeg?« Marsen Mitshan spuckte das Wort förmlich aus.

»Pos. Ich habe entsprechende Befehle ausgegeben. Du schiffst dich also sofort ein, um die Innere Sphäre möglichst bald zu erreichen. Ich kann dir die *Claw Ranger* nicht geben. Der Kreuzer gehört zum 5ten Bärenschweif und muss der Angriffsgalaxis zur Verfügung stehen, sobald sie in den nächsten Monaten wieder einsatzbereit ist. Ich habe einen schnellen Frachter der Comitatusklasse für dich. Die *Polar Breeze* wird in zehn Tagen ab heute voll aufgeladen sein und springen. Jedoch sind deine Schiffe noch nicht beladen, dein Sternhaufen ist noch nicht marschfertig ... Vermeide Verspätung! Ich muss dir nicht sagen, was passiert, wenn den Banditen eine Eroberung gelingt und zum Beispiel eine unserer HPG-Stationen intakt in die Hände fällt, franeg? Nebenbei haben wir auch einige... nichtmilitärische Einrichtungen auf einigen Grenzwelten, die für den Clan ebenfalls von größter Wichtigkeit sind.«

»Nichtmilitärische Einrichtungen?«, wiederholte Marsen Mitshan. »Das klingt wie ein Euphemismus für wissenschaftliche ...«

»Genug, Sternhaufencommander! Mehr brauchst du im Moment nicht zu wissen! Tu deine Pflicht und sei beruhigt, wenn ich dir versichere, dass dein 371ster in erster Linie als Kampfeinheit entsandt wird und die Garnison in ihren Aufgaben nur so lange unterstützen soll, bis wir die reguläre Garnison wieder komplett aufgebaut haben. Weitere Befehle von mir oder Khan Bjorn Jorgensson werden auf dich warten, sobald du die Besatzungszone erreichst. Fang sofort an, Marsen Mitshan. Wenn du irgendwelche

Möglichkeiten hast, die Reise zu beschleunigen, dann nutze sie rücksichtslos!«

»Was ist mit den fehlenden Kriegern, saKhanin?«

»Ich habe keine Veteranen für dich, Sternhaufencommander. Um den 371sten wieder auf Sollstärke zu bringen, werde ich dir einen Stern frischgebackener MechKrieger aus unserer Akademie zuteilen.«

»Sie haben nur den Positionstest als Kampferfahrung!«, protestierte er verächtlich. »Die willst du in meinen 371sten versetzen?«

»Sternhaufencommander, der gesamte Touman der Geisterbären untersteht mir, frapos? Es ist also nicht *dein* Sternhaufen. Tue deine Pflicht, wie es dein Kodax dir gebietet!« Ihre grimmige Miene verzog sich zu einem Lächeln. »Außerdem erinnere ich mich an deine Worte, einen gewissen George aus dem Hause Lenardon betreffend, der inzwischen ins Bluthaus Mitshan aufgenommen worden ist. Du wolltest ihm eine Chance in deiner Einheit geben.«

»Jawohl, saKhanin Aletha Kabrinski!«, lenkte er ein.

»Es steht dir frei, diese ›Verstärkung‹ in die Reihen deiner Krieger zu integrieren oder sie separat als Stern bestehen zu lassen, um sie wie eine Solahma-Einheit einsetzen zu können. Auf diese Weise sollten selbst unerfahrene Jungkrieger in der Lage sein, deinen Anforderungen zu genügen und dem 371sten zur Fortsetzung seiner glorreichen Tradition zu verhelfen.«

»Aye, saKhanin.«

Sie musterte ihn mit einem amüsierten Lächeln. »Du willst noch etwas, Marsen Mitshan? Du bist hartnäckig.«

»Es liegt mir fern, respektlos zu sein, saKhanin, dennoch muss ich anmerken, dass von allen denkbaren Einheiten des 5. Bärenschweifs der 371ste Sturmsternhaufen keine ideale Einheit für unabhängige Operationen ist. Uns fehlen noch Aufklärungs- und Artillerieelemente, denn wir haben für unsere Sturmangriffe nur BattleMechs in unserer Aufstellung und Elementare, um unsere Flanken zu decken. Um meine Krieger während der langen Reise optimal vorbereiten zu können, muss ich also nicht nur wissen, mit welchem Gegner ich es zu tun bekomme, sondern auch, mit welchen Kontingenten zu unserer Unterstützung ich rechnen kann.«

»Wohl gesprochen, Marsen Mitshan. Leider muss ich dir die Antwort schuldig bleiben. Deine Gegner werden zweifellos stravag Söldner sein, die an keine Nationalität gebunden sind und daher auch nicht – jedenfalls nach den verdrehten Vorstellungen dieser Freigeburten der Inneren Sphäre – dem Waffenstillstand unterliegen.«

»Savashri!«, knurrte Marsen Mitshan.

»Unter dem Deckmantel der fehlenden Zugehörigkeit versuchen sie, unsere Technologie zu erbeuten, um Wissen und Waffen für ihre erbärmlichen Regimenter zu sammeln. Welche Unterstützung der Khan für dich bereit halten wird, könnte ich nur spekulieren. Ich bin mir jedoch sicher, dass nicht einmal er dies zur Stunde sagen könnte. Es wird sich erweisen, wenn du Kontakt mit ihm aufnimmst.«

»Aye, Aletha Kabrinski.«

Far-Range-Akademie,
Bearclaw, Kerensky-Sternhaufen

13. Februar 3054 TNZ, morgens

»Ihr alle habt unglaubliches Glück«, verkündete Sharleen Bekker, als sie ihnen die Chips mit den Marschbefehlen überreichte. »Ihr werdet geschlossen einer Elite-Fronteinheit zugeteilt, die kurz vor einem Kampfeinsatz steht und die vorher noch nie unerfahrene Krieger aufgenommen hat.«

Leises Klicken ertönte im Büro, als die MechKrieger die Chips in die Schlitze an den Armbandcomps schoben.

»Soweit ich die Befehle kenne, werdet ihr als Stern zusammen eingesetzt und nicht über die anderen Sterne des Sternhaufens verteilt. Auch das ist eine hohe Ehre. SaKhanin Aletha Kabrinski hat euch persönlich ausgewählt, und der Kommandeur des Sternhaufens hat beschlossen, euch wegen eurer überragenden Leistungen als selbständigen Stern in seinen vierten Binärstern aufzunehmen. Ihr werdet dort eine besondere Rolle einnehmen, denn ihr werdet als taktischer Artilleriestern fungieren.«

Als George den Einheitsnamen las, zog sich sein Magen schmerzhaft zusammen. Der 371ste Sturmsternhaufen, vom riesigen Touman der Geisterbären ausgerechnet die Einheit, die ihn gefangen genommen hatte und in der Natalja diente. Er konnte sich nicht vorstellen, dass die MechKriegerin ihn freundlich empfangen würde, hatte sie ihm doch schon während seiner Zeit als Leibeigener das Leben zur Hölle gemacht. Und jetzt würde er womöglich unter ihr dienen und kämpfen müssen. Er hörte die nächsten Worte der Kommandantin nicht und wurde erst wieder hellhörig, als es um Mechs ging.

»... alle habt in den letzten Wochen einen bestimmten Mech während der Manöver geführt, aber ihr werdet neue Maschinen zugeteilt bekommen, die euch am Raumhafen erwarten werden. Das bedeutet, dass ihr euch erst an die Mechs werdet gewöhnen müssen, die ihr bekommen werdet. Denkt an meinen Rat und nutzt jede freie Minute, um in den Simulatoren das Steuern der neuen Maschinen zu üben. Und ergreift jede sich bietende Gelegenheit, eure Mechs aus den Landungsschiffen herauszubringen, damit ihr nicht über eure eigenen Füße stolpert, sobald es in die ersten Kampfeinsätze geht.«

Raumhafen Far Range,
Bearclaw, Kerensky-Sternhaufen

Wenige Stunden später

Die MechKrieger der Tseng-Geschko und George stiegen aus dem Luftkissentransporter, der sie von der Akademie herübergebracht hatte, und schulterten ihr Gepäck.

In einer stolzen Reihe standen sie auf dem Verladeplatz neben den Lagerhäusern am Raumhafen: fünf BattleMechs, die den neuen Stern Bravo des fünften Binärsterns im 371sten Sturmsternhaufen bilden sollten. Wuchtige zehn Meter ragte der 80-Tonnen-*Naga* auf, den Sterncommander Ulern führen würde. Der Mech trug noch die dunkelblau-graue Grundlackierung, mit der er aus der Produktionsstraße gekommen war. In gleicher Weise waren die drei leichten Mechs lackiert, die hinter dem *Naga* standen: Seveniks siebeneinhalb Meter großer *Kit Fox*, Tanjas gleichgroßer *Owl* und Micks sieben Meter großer *Fire Moth*. Einzig der letzte Mech in dieser Linie fiel mit seiner hellgrauen Lackierung und den dunkelblauen und gelben Markierungsstreifen auf. Georges *Ursus* trug noch immer die Kennfarben, die er als Mech zu Testzwecken auf dem Akademiegelände gehabt hatte. Zweifellos würden die Mechs noch vor dem Start das einheitliche Grau der Kampfeinheiten erhalten und damit in die Reihen des 371sten Sturmsternhaufens eingegliedert.

Unwillkürlich traten sie näher an die Kampfmaschinen heran, die sie in den kommenden Monaten im Gefecht steuern würden. Mit diesen Stahlgiganten mussten sie sich vertraut machen, diese gewaltigen Gehzeuge galt es zu beherrschen und durch feindlichen Beschuss zu steuern, um ruhmreich und ehrenvoll zurückkehren zu können, damit der Clan der Geisterbären sie eines Tages für würdig erachtete ihr Giftake, ihr Erbgut, in den Genpool einzubringen.

George wurde auf einige Gestalten aufmerksam, die auf den breiten Fußflanschen des *Naga* gesessen hatten und sich nun erhoben, um näher zu treten.

Eine mittelblonde MechKriegerin mit blassgrauen Augen baute sich mit mürrischem Gesichtsausdruck vor Ulern auf: »So, so, da sind unsere Leichtgewichte also endlich eingetroffen?«

»Was meinst du mit Leichtgewichten, MechKriegerin?«, fragte Ulern und reckte seine Schultern, auf denen seine neuen Sterncommanderabzeichen blitzten.

Sie ignorierte die Geste. »Euer Stern Fünf-Bravo hat die einzigen leichten Mechs im ganzen 371sten. Es ist nicht persönlich gemeint, wenn wir euch in den kommenden Gefechten nicht ernst nehmen.«

»Kerensky, wer bist du?«, knurrte George gereizt.

»Ich bin Marsha aus dem Bluthaus Mitshan. Ich gehöre zum Stern Eins-Bravo, den ›Sturmjägern‹, und steuere den *Timber Wolf* Gamma. Kommt mir nicht in die Quere.« Sie hob gebieterisch die Hand, als Ulern zu einer Antwort ansetzte. »Ihr braucht euch nicht vorzustellen, eure Namen und *Kodaxe* sind uns bekannt. Und es *ist persönlich* gemeint, wenn ich sage, dass es für euch keinen Platz im glorreichen 371sten gibt.«

Sie trat an Ulern vorbei und starrte George in die Augen. »Besonders du, Novakatze, du wirst mir mein Recht auf eine Nominierung beim nächsten Blutrecht nicht streitig machen. Hast du mich verstanden, Petzling?«

George verneigte sich mit unbewegter Miene. »Wie könnte ich so erfahrenen Worten nicht mit aller Aufmerksamkeit lauschen, auf dass sich mir ihr Sinn eines Tages eröffnen möge.«

Marsha musterte ihn stirnrunzelnd und gab sich schließlich zufrieden. Ohne ein weiteres Wort wandte sie sich ab.

»Du bist noch nicht lange hier, aber du hast schon eine Freundin«, bemerkte Mick grinsend.

Raumhafen Far Range,
Bearclaw, Kerensky-Sternhaufen

Am späten Nachmittag

Der Raumhafen lag einige Kilometer flussabwärts der Akademie am Range Creek Canyon. Vom Boden aus waren die Dächer der größeren Gebäude am Horizont sichtbar. Aus den acht Metern Höhe seines Cockpits konnte George auch die Gebäude selbst sehen. Die Ortungssysteme des *Ursus* gestatteten es ihm, auf diese Distanz nicht nur einen BattleMech zu entdecken, sondern auch, ihn zu identifizieren.

Die Sensoren waren ein Pluspunkt für den 50-Tonner. Einer der wenigen Pluspunkte, wie George fand. Im Gegensatz zu den vielversprechenden Ansätzen hatte sich der mittelschwere Mech als Enttäuschung herausgestellt. Der erste Minuspunkt war, dass es sich nicht um einen vollwertigen OmniMech handelte. Zwar besaß auch der *Ursus* Waffenmodule, doch sie waren nicht so universell austauschbar wie bei einem richtigen OmniMech. So war der rechte Unterarm in keiner Variante mit einem modellierten Handaktivator versehen, sondern er war standardmäßig mit einem schweren Extremreichweitenlaser und zwei mittelschweren Impulslasern sowie zwei Doppel-Wärmetauschern ausgerüstet. Das waren zehn Tonnen Modulkapazität auf einer Seite, die nur unzureichend von der 10er-LSR-Lafette auf der linken Schulter ausbalanciert werden konnten, die zusammen mit der zugehörigen Munition nur dreieinhalb Tonnen wog.

Die schlechte Balance ließ sich etwas verbessern, wenn man statt der Laser eine Extremreichweiten-Partikelprojektorkanone montierte und am linken Arm noch einen mittelschweren Impulslaser ergänzte, aber der linke Arm mit seiner voll modellierten Hand diente der Infanterieabwehr und der Verteidigung gegen Elementare. Jedes Waffensystem, das man dort montierte, würde die Bewegungsfähigkeit des Arms einschränken und dadurch die Effektivität dieses Abwehrsystems senken.

Die Bewaffnung der Standardkonfiguration wurde durch eine 6er-KSR-Lafette im Torso ergänzt, die unter zwei mittelschweren Extremreichweitenlasern saß, von denen George nach wie vor nicht viel hielt. Die Kurzstreckenraketen wurden aus einer in seinen Augen veralteten Lafette ohne Richtmechanik verschossen, sodass die Treffsicherheit der KSR-Salven nur unterdurchschnittlich sein konnte. Die Torsowaffen ließen sich jedoch nicht modifizieren, und ein weiterer Nachteil war, dass sich die Wissenschaftler und Techs dafür entschieden hatten, einen schweren Standardreaktor in den Torso einzubauen, denn die Technologie, einen hochwertigen und leichten XL-Reaktor herzustellen, war auf Alshain noch nicht vorhanden.

Dort nämlich, auf der Zentralwelt der Geisterbären-Besatzungszone in der Inneren Sphäre, würde die Serienproduktion dieses Modells anlaufen. Nicht nur, dass der Reaktor schwer war, er lieferte auch nur gerade genug Energie, um dem Mech eine Höchstgeschwindigkeit von ungefähr sechzig Stundenkilometern zu verleihen. Darüber hinaus bedingte die schlecht ausbalancierte Schwerpunktlage, dass sich praktisch keine Sprungdüsenmodule nachrüsten ließen.

Insgesamt war der *Ursus* also schlagkräftig und mittelmäßig gut gepanzert, aber das ging nur auf Kosten der Manövrierfähigkeit und Beweglichkeit, sodass der 50-Tonner wie ein zu leichter SturmangriffsMech konzipiert war. George hatte alle seine Überlegungen und Argumente vorgebracht, aber er war nicht der einzige Krieger, der an der Entwicklung des neuen Mechs beteiligt war, und die Rahmenbedingungen waren von weit ranghöheren Kriegern festgelegt worden, sodass er daran nichts ändern konnte. Abgesehen davon war das Projekt zu weit fortgeschritten, als dass er jetzt noch gravierende Umstrukturierungen hätte durchsetzen können, selbst wenn er das Recht dazu gehabt hätte.

Als Sonderausrüstung trug der Mech zwei vorstehende Wülste auf dem Torso kurz unter dem Halsansatz, die die Langstrecken-Ortungsgeräte und mit den Zielsystemen gekoppelte Scheinwerfer für nächtliche Gefechte enthielten. Eine letzte Eigenheit in der Ausstattung war der verstärkte Unterarmpanzer links, um Schläge abblocken zu können, und der starke Handaktivator würde reichen, um einem *Summoner* die LSR-Lafette von der Schulter zu reißen, obwohl George bisher noch nie von einer Situation gehört hatte, in der ein Mech durch ein solches Manöver nennenswerten Kampferfolg gehabt hätte. Im Übrigen waren physische Attacken nach Zellbriggen verpönt, sodass diese Eigenschaften kaum einen Nutzen zu bringen versprachen.

George fragte sich nicht zum ersten Mal, ob nicht die Summe der Kompromisse einen wertlosen Mech erschuf, den keine Frontklasse-Einheit mehr würde einsetzen können.

Wenigstens waren die Füße des Mechs eine völlig Neukonstruktion, die äußerlich zwar ungeschlacht wirkte, sich jedoch in jedem Gelände sehr angenehm steuern ließ. Aus eher kleinen tellerförmigen Fußplatten ragten nach vorn, seitlich und nach hinten Spreizklauen heraus, die sich an die meisten Bodenunebenheiten gut anpassten und das Gewicht des 50-Tonners gut verteilten. Die kleinen Auflageflächen ließen den *Ursus* auf harten Oberflächen noch schneller und beweglicher werden, während die Spreizklauen in unsicherem Gelände zusätzlichen Halt gaben.

In diesem Augenblick saß er hoch oben in seiner Pilotenliege und sah durch das Hologramm hindurch auf die Szene, die er auch mit bloßen Augen durch die kleine Frontscheibe, das ›Gesicht‹ seines Mechs, sehen konnte. Er hatte Streife auf dem Vorfeld des Raumhafens und überwachte die Ladearbeiten an den beiden Landungsschiffen des 371sten.

George erreichte mit der gemächlichen Marschgeschwindigkeit von knapp vierzig Stundenkilometern die südliche Grenze des Raumhafenfeldes und drehe den *Ursus* nach Norden. Als er sich den beiden Landungsschiffen des 371. Sturmsternhaufens näherte, entdeckte er zwei Krieger neben Rampe zwei der *Tatzenkralle*, die miteinander diskutierten. Er bremste den 50-Tonner etwas ab und richtete die Mikrofone auf sie.

Die eine Person war die Kommandeurin des anderen Binärsterns, der wie Georges eigene Einheit an Bord der *Tatzenkralle* untergebracht war. Als Sterncaptain hatte sie nicht nur die Befehlsgewalt über den Binärstern vier, sondern auch über den Binärstern fünf, dessen Kommandeur Atak Snuka erst im Rang eines Novacommanders stand, der wiederum nicht nur seinen eigenen Stern Fünf-Alpha befehligte, sondern auch Ulerns Stern Fünf-Bravo. Bemerkenswert an dieser Konstellation war, dass es sich bei der Sterncaptain um Natalja handelte, die während der Erholungs- und Ausrüstungszeit auf Bearclaw offensichtlich in einem Positionstest vom Sterncommander zum Sterncaptain aufgestiegen war, obwohl sie noch keinen Blutnamen errungen hatte. Zweifellos würde sich das jedoch bald ändern. Mit Sicherheit hatten bereits mehrere Blutnamensträger aus dem Hause Hall ihre Leistungen und Erfolge bemerkt und sich mit ihrem Kodax beschäftigt. Beim nächsten Hall-Blutrecht konnte sie erwarten, nominiert zu werden.

George beglückwünschte sich dazu, dass sie wenigstens nicht seine unmittelbare Vorgesetzte war, denn sie hatte ihm gegenüber ihre Aggressivität eher noch gesteigert als verringert, seit sie ihn als Krieger des Geisterbärenclans wiedergesehen hatte. Da sie auf demselben Landungsschiff in die Innere Sphäre reisen würde wie er, war manch unliebsame Begegnung nicht zu vermeiden, aber er würde ihr so gut es ging aus dem Weg gehen. Im Moment war er hier draußen sicher vor ihr, und seine Patrouille würde noch mindestens drei Stunden dauern. Er war sicher, dass selbst Nataljas Wut bis dahin an genug unglücklichen Techs und MechKriegern abreagiert war.

»MechKrieger George!«

Er schreckte aus seinen Überlegungen auf, als Marsen zu ihm hochsah.

Er schaltete die Außenlautsprecher ein. »Ja, Obkhan?« Der Titel für einen ranghohen Krieger unterhalb des Khans war die angemessene Anrede für seinen Kommandeur.

»Wenn du dich lange genug ausgeruht hast, darfst du deine Patrouille fortsetzen.«

»Aye, Obkhan«, antwortete er beschämt und drehte seinen *Ursus* um.

Kriegerquartiere O-1-Deck, Landungsschiff *Tatzenkralle*, Raumhafen Far Range, Bearclaw, Kerensky-Sternhaufen

Abends

Als George aus dem MechHangar des Landungsschiffes in die gemeinsame Kabine zurückkehrte, warf er seine Kühlweste auf die Koje und hielt inne. Er bemerkte, wie Tanja, Sevenik und Mick ihn ansahen und spürte die geradezu knisternde Erwartung.

»Nun sind wir vollzählig«, bemerkte Mick mit einem lauernden Unterton, den George bisher nicht an ihm kannte.

Bevor er fragen konnte, erhob sich Sevenik und kam auf ihn zu. »Wir haben den Beschluss gefasst, dass jetzt der Augenblick gekommen ist, den stellvertretenden Sterncommander zu bestimmen.«

George fiel auf, dass Sevenik bereits die Muskeln spannte, den Oberkörper andeutungsweise nach vorn beugte und die Schultern senkte. Beinahe hätte er gelacht, denn Sevenik ahmte unbewusst in seinem Auftreten und Gebaren das Wappentier des Clans treffend nach. Sein Ärger über diese Aufforderung zum Kampf war jedoch stärker als seine Belustigung. Unwirsch stellte er fest: »Ich führe den zweitschwersten Mech in unseren Stern und habe mehr Kampferfahrung als ihr. Also bin ich Nummer zwei.«

Sevenik lächelte grimmig. »Das stelle ich in Frage.«

Aus dem Augenwinkel bekam George mit, wie Mick sich zu Tanja umwandte und ausholte, er war jedoch ein Augenzwinkern zu langsam, denn sie hatte bereits zu einem schwungvollen Drehtritt angesetzt, der ihn unvorbereitet vor der Brust traf und an die Wand rammte. Einen Augenblick wirkte er benommen, offenbar war er auch mit dem Kopf angeschlagen. Tanja war eine Kriegerin und kannte keine Gnade. Ihr Kinnhaken traf ihn nur Sekundenbruchteile später sauber an der Kinnspitze, und Mick sackte an der Wand zusammen.

Der Kampf war also unausweichlich. Die kleine Kabine, nur drei mal fünf Meter groß, bildete ein sehr beengtes Gefechtsfeld. George stand noch zwischen den Kojen, die gleich vorn an der Luke waren. Dahinter weitete sich der Raum und bot etwas Platz vor den Spinden an der linken Wand, rechts ging ein Schott in den kleinen Waschraum und zur Toilette. An der Rückwand, an der Mick zusammengebrochen war, befand sich ein an die Wand geschraubter Tisch mit zwei schmalen Bänken, auf denen alle vier Bewohner der Kabine gerade so Platz finden konnten, wenn sie eng zusammenrückten. George hätte lieber vor den Spinden gekämpft oder draußen auf dem Korridor, überall, wo mehr Platz war, aber Sevenik war schon zu dicht herangekommen.

Er stützte sich links und rechts an den oberen Kojen auf und sprang ab. Die Beine mit den schweren Kampfstiefeln, die er im Gegensatz zu den anderen noch trug, kamen mit Wucht nach vorn. Sevenik sah den Stoß kommen, konnte aber wenig dagegen tun. Mit gekreuzten Unterarmen versuchte er, den Schlag abzublocken und seine Rippen zu schützen, aber der kräftige Tritt schleuderte ihn trotzdem nach hinten und ließ ihn sich überschlagen.

George hatte gerade Zeit, in den Anziehbereich vor den Spinden vorzutreten, als Sevenik bereits wieder auf die Füße kam. Er duckte sich und holte aus, um noch einmal vorzustürmen. Tanja wurde von der Bewegung überrascht, versuchte noch, sich zu ducken, und bekam die Faust an die Schläfe, sodass sie taumelte. Sevenik fuhr zusammen und wandte sich halb zu ihr um, die gerade über die Bank kippte und hart mit der Stirn auf den Tisch prallte.

George hatte nicht gewartet. Seine Kriegerinstinkte hatten ihn vorspringen lassen, als sein Gegner abgelenkt wurde. Sevenik erkannte seinen Fehler in dem Augenblick, in dem er ihn beging, aber es war schon zu spät. Als er sich wieder George zuwenden wollte, war dieser bereits da, rutschte in eine klassische Beinschere und trat zu. Haltlos fiel Sevenik nach vorn. Seine guten Reflexe verhinderten, dass ihm der Sturz etwas zufügte. In Liegestützhaltung fing er sich grinsend ab und federte augenblicklich wieder hoch – aber George stand bereits neben ihm und schmetterte ihm die Handkante ins Genick. Grunzend fiel er auf das Deck und rührte sich nicht mehr.

Den linken Unterarm quer vor dem Bauch, die rechte Hand zum Schlag erhoben drehte George sich zu den anderen um, aber niemand rührte sich. Er ließ die Hände sinken und ging hinüber in den Waschraum. Mit einem feuchten Handtuch kehrte er zurück, beugte sich über Sevenik und untersuchte ihn. Bewusstlos lag er auf dem Bauch und atmete gleichmäßig, der Puls war kräftig. Bei Mick, der noch immer an der Wand lehnte, war es ebenso, kräftiger Puls, gleichmäßige Atmung. Er zog an seinen Beinen, damit er flach liegen und sich besser erholen konnte.

Tanja musste er an den Schultern packen und aufrichten. Die Tischkante hatte einen roten Abdruck auf der Stirn hinterlassen. Sie blinzelte, war aber nur teilweise bei Bewusstsein. Er tupfte Stirn, Wangen und Hals mit dem Handtuch ab.

Grunzend kam sie zu sich und kniff die Augen zusammen. »Savashri!«, stieß sie ärgerlich aus. »Hast du etwa gewonnen, frapos?«

»Pos.« Er ließ sie los.

»Kerensky!«, fluchte sie, ihre Stimme wurde mit jedem Wort kräftiger, und auch die Augen bekam sie nun wieder auf. »Es wird mir wohl nie vergönnt sein, einmal die Geschko anzuführen!«

Er zuckte die Schulter. »Dein Pech. Dass Sevenik dich unabsichtlich traf, mag als mildernder Umstand gewertet sein, aber Pech ist etwas, das einem Krieger nicht passiert. Es war ein Fehler, nicht rechtzeitig zurückzuweichen, als er vor deine Füße fiel.«

»Das weiß ich selbst«, knurrte sie unwirsch.

»Du könntest die Ansicht vertreten, dass meine Führerschaft der Berechtigung entbehrt, weil der Zufall dich besiegte. Du möchtest noch einmal mit mir kämpfen, frapos?«

Sie atmete tief ein und lächelte schließlich. »Mein Fehler ist passiert. Meiner Verantwortung bin ich mir bewusst, und ich werde nicht chalcas sein und jammern und eine zweite Chance fordern, wo keine gefordert werden darf. Ich vermag, auf die nächste Gelegenheit zu warten.«

Er nickte ihr anerkennend zu. »Deine Haltung macht dir Ehre, MechKriegerin Tanja.«

Sie trat näher an ihn heran. »Die Ehre ist die deine, denn dein Angebot zum erneuten Kampf war sehr großzügig, stellvertretender Sterncommander George.«

Verunsichert trat er einen Schritt zurück. »Ich danke dir. Was hast du vor?«

»Meine Haltung macht mir Ehre, aber meine Emotionen stören die kriegerische Einstellung«, erklärte sie lächelnd. »Hilfst du mir, Frustration abzubauen, auf dass auch meine Emotionen mir Ehre machen und dich als Sternführer anerkennen können?« Ihr Zeigefinger strich ihm über die Brust und näherte sich dem Reißverschluss seines Overalls.

Ihm fiel der Morgen nach dem Positionstest ein, und er grinste erfreut. »Gern nehme ich die Gelegenheit wahr, eine Erinnerung aufzufrischen, die mein Gedächtnis ob des schändlichen Alkoholkonsums verlassen hat.«

Sie lachte leise, als sie seinen Overall öffnete. »Einen Vorteil habt ihr männlichen Krieger doch. Ihr braucht keine zusätzlichen Kleidungsstücke.« Sie streichelte die nackte Haut über seinen Rippen.

Er öffnete ihren Overall und betrachtete den Bustier, der ihre für eine Kriegerin großen Brüste umhüllte. »Es ist mir bisher nicht aufgefallen, dass du zusätzlicher Kleidung bedarfst. Warum trägst du das?«

»Weil ich einen so chalcas dicken Busen habe wie eine Freigeborene, die *ein gezeugtes Kind austragen* wird.«

Er verzog das Gesicht, als sie die schmutzigen Worte benutzte, die an natürliche Fortpflanzung erinnerten.

Sie sah ihn fragend an, während sie die Ärmel des Overalls abstreifte. »Dir gefällt es nicht, wenn ich unanständig spreche, franeg?«

Er bückte sich, um die Stiefel aufzuschnüren und schüttelte den Kopf. »Neg. Ich bin auf gegenseitigen Genuss aus, nicht auf Obszönitäten.«

»Bist du imstande, mich zu genießen, ohne deine Sinne durch den unclanmäßigen Konsum von Alkohol benebelt zu haben?«, fragte sie mit einem zitternden Ton in der Stimme, der überhaupt nicht zu der Kriegerin passen wollte, die er bisher kennen gelernt hatte.

Lächelnd zog er sie an sich. »Lass es uns versuchen«, schlug er vor. »Was ist der Grund für diese seltsame Frage?«

Sie ließ ihren Overall auf die Knöchel herunterrutschen. »Wenn du die Wahl zwischen einer Kriegerin mit großen *Milchdrüsen* und einer mit normalen Brüsten hättest, mit welcher würdest du dich bevorzugt paaren?«

Er streifte die Socken ab. »Solch eine Entscheidung musste ich bisher noch nicht treffen.« Inzwischen hatte er jedoch eine Ahnung, wovon sie sprach. »Gaben deine Kobrüder Martha den Vorzug, frapos?«

»Pos.« Sie lächelte schwach. »Die Brüder kamen immer nur in mein Bett, wenn alle anderen Schwestern besetzt waren. Und wenn es *dunkel* war. Aber gefühlt haben sie es schließlich dennoch. Nachdem Martha verunglückt war, war es nicht besser als vorher, denn ich war die Einzige, mit der sie sich paaren konnten. Außerdem hatten wir zu viel Druck von den Petzmeistern ... Das ist das erste Mal für mich, dass *ich mir* einen Partner für die Paarung aussuche.«

Er trat an sie heran und streifte ihr den elastischen Bustier über den Kopf. Als er sanft mit den Daumen über ihre Brustwarzen strich, erschauerte sie. »Groß oder normal, Tanja, du reagierst genauso darauf wie jede Kriegerin. Kannst du es genießen, so vermag ich es auch.«

Sie lächelte mit geschlossenen Augen und ließ ihre Hände an seinen Seiten hinabgleiten, um seine Unterhose abzustreifen. Sie blieb hängen, weil er bereits erregt war. Grinsend, doch ohne die Augen zu öffnen, befreite sie ihn von dem Kleidungsstück. »Dann ist dies heute ein Sieg für mich genauso wie für dich.«

Er drückte sie auf ihre Koje und zog den Slip über ihre wohlgeformten Beine. Er küsste ihre Schenkel dicht über den Knien. »Dann lass uns unsere Siege feiern.«

Sie öffnete ihre Schenkel und setzte sich auf, um ihn zu küssen. Ihre Lippen waren heiß und leidenschaftlich, während sie mit ihren starken und doch so sanften Händen sein Glied ergriff und streichelte, bis er vor Erregung zitterte. Seine Lippen spielten mit ihren, ihre Zungenspitzen berührten sich, schmeckten einander. Er spürte ein leichtes Befremden, da ihre Brüste noch größer zu werden schienen, als er sie streichelte, aber er konnte es ignorieren und sich dem Genuss ihrer Berührungen hingeben. Sie begann tief und kehlig zu atmen und steigerte dadurch die Spannung in seinen Schenkeln, ohne es zu ahnen. Sie löste ihre Lippen von seinen und lächelte ihn an. Ihr rechter Fuß strich über seine Wade und elektrisierte ihn. Feuchtigkeit glänzte an den roten Stellen zwischen ihren Beinen, aber noch drückten ihre Hände ihn hoch. Ihre Lippen glitten über seinen Hals. Er atmete rau. Ihre Zunge spielte auf seiner Haut. Ihre linke Hand hielt ihn eisern aufrecht, gegen seinen Druck, gegen seinen Drang. Mit der rechten liebkoste sie ihn, mal streichelte sie seine Pobacken, mal ergriff sie sein dick angeschwollenes Glied und massierte es. Sein Zittern wurde stärker.

George glaubte, es nicht mehr aushalten zu können. Er nahm ihre weit aufgerichteten Brustwarzen zwischen die Finger und drückte leicht zu, sodass sie zusammenzuckte. Die kurze Ablenkung genügte ihm, um sich gegen den Druck ihres linken Arms zu stemmen. Der Winkel wurde ihr zu ungünstig, er gewann. Er krümmte sich jäh, sie keuchte auf, als sein steifes Glied sie traf.

Ein ekstatisches Gefühl durchflutete ihn, als ihre harten Nippel die seinen berührten. Er blickte ihr in die Augen, wollte sich entschuldigen, aber er erkannte nur die Schleier der Erregung und das Glühen der Aufforderung darin.

Sanft wollte er weiter eindringen, aber das prickelnde Eis, das nach nur wenigen Millimetern sein Rückgrat hinauffuhr, ließ ihn die Beherrschung verlieren. Ruckartig rammte er in sie hinein. Sie keuchte auf, bewegte die Schenkel, um besser zu liegen, bog sich ihm entgegen. Sie zuckte ruckartig zurück, rammte ebenso heftig wieder vor, rieb sich an seinem Glied in ihr, spürte, wie er sie ausfüllte. Er zuckte bei jeder ihrer Bewegungen zusammen, krümmte sich, streckte sich, presste sich an sie, rammte erneut in sie hinein. Sie schien genauso wenig zu langsamen Bewegungen fähig wie er. Es war ein heftiges Aneinander und Zusammen, ein zyklischer Schwung gegenseitiger Erregung, immer schnellerer Bewegungen, immer heftigerer Zusammenstöße. Ihre Brüste wippten im Rhythmus ihrer gemeinsamen Zuckungen, ihre Hände krallten und kneteten seine Pobacken, rissen ihn immer wieder in ihren Schoß.

Sein Glied rieb sich in ihrer feuchten Hitze, zuckte in ihrer Scheide. Er verlor jeden bewussten Gedanken, zuckte, rammte und stieß sie ... Er schrie auf, als er kam, nagelte sie auf die Matratze, zuckte in ihr, seine Hüften zuckten, seine Schultern bebten. Sie bog das Kreuz durch, hob ihn beinahe an, dann schrie auch Tanja auf, jeder Atemzug eine tranceartige Erlösung von der Spannung, jedes Luftholen ein nachlassendes Zittern in ihr und auf ihr.

Seufzend kam Mick zu sich. Er rollte sich herum und stemmte sich hoch.

George lag erschöpft und entspannt neben ihrem warmen Körper auf der Koje und blinzelte träge.

Mick entdeckte Sevenik und ging neben dem Kobruder auf die Knie. Mit sanftem Schütteln holte er ihn ins Bewusstsein zurück. Stöhnend richtete Sevenik sich auf und rieb sich den Nacken, wo ihn Georges Schlag getroffen hatte, und grinste Mick an. Der rieb sich das Kinn, grinste zurück und zuckte die Schultern. Mit gegenseitiger Unterstützung kamen sie auf die Beine, noch etwas unsicher auf den Knien, aber mit jedem Atemzug klärten sich Kopf und Blick.

George hatte das vage Gefühl, seinen nackten Po bedecken zu wollen, der von ihren Griffen noch immer kribbelte, aber Tanja machte keine Anstalten, sich zu bewegen, und er hätte aufstehen müssen, um die Decke zu erreichen und über sie beide zu breiten. Vielleicht machte es ihr nichts aus, so von ihren Kobrüdern gesehen zu werden. Nein, natürlich nicht. Zweifellos hatten beide schon ihre sexuellen Erfahrungen mit ihr geteilt.

Sevenik räusperte sich. »Habt ihr zwei es *ausgekämpft*, wer der Anführer unserer Kabine wird, oder habt ihr das *anders* geklärt?«

»Wer hat gewonnen?«, wollte Mick wissen.

George seufzte und warf ihr einen bedauernden Blick zu, als er sich erhob. Sie schenkte ihm ein verstehendes Lächeln und schwang unter ihm die Beine aus der Koje.

»George hat gewonnen«, erklärte sie. »Er hat Sevenik besiegt, nachdem ich mich von einem ... Querschläger habe ausschalten lassen.«

Mick warf Sevenik einen fragenden Blick zu.

»Das ... könnte der Wahrheit entsprechen«, meinte er zögernd und atmete tief ein. »Nun denn, MechKrieger George, ich erkenne deine Führerschaft an, nachdem du mich besiegt hast.«

Mick nickte ihm zu. »Seyla.«

Tanja stieg bereits wieder in ihren Overall, als sie dem nackt neben der Koje stehenden George ihr »Seyla« entgegenbrachte.

George grinste schwach. »Nun, da das geklärt ist, kann ich endlich duschen gehen, frapos?«

Er kehrte nackt aus dem Waschraum zurück und trat vor seinen Spind, um sich einen frischen Overall anzuziehen. Tanja kümmerte sich um eine Schramme an Micks Augenbraue, die inzwischen angeschwollen war, während Sevenik mit den beiden diskutierte.

»Das ist einfach ungerecht!«, machte sich Sevenik seinem Ärger gerade Luft. »Sie behandeln uns, als wären wir dezgra!«

»Das ist nicht ungewöhnlich in einer neuen Einheit ...«, bemerkte George und zog sich eine Unterhose an.

»Aber das ist doch stark übertrieben! Jedes Mal, wenn irgendwo auch nur die geringste Kleinigkeit schief geht, sind wir angeblich daran Schuld«, ereiferte er sich.

»Ich gebe zu«, warf Tanja ein, nachdem sie ein Pflaster auf Micks Augenbraue geklebt hatte, »dass ich ebenfalls einige Vorwürfe für ungerecht ansehe. Bei zwei Ereignissen waren wir nicht einmal in der Nähe. Die anderen Krieger scheinen uns für die Prügelknaben dieses Sturmsternhaufens zu halten, frapos?«

»Pos«, stimmte Mick zu. »Und außer Dienst werden wir geschnitten wie ... wie ... Freigeburten, als würde allein unsere Anwesenheit hier dezgra bedeuten.«

»Dezgra!«, schnaubte George. »Deine Worte enthalten Lächerlichkeit! In eine Eliteeinheit wie den 371sten Sturmsternhaufen werden keine Dezgra-Krieger versetzt.«

»Natürlich sind wir nicht dezgra!«, schnappte Sevenik. »Aber sie behandeln uns so.«

In diesem Augenblick riss Ulern die Luke auf und stapfte in die Kabine. »Eine glückliche Fügung, dass ich euch alle hier finde«, verkündete er. »Sterncaptain Natalja hat die Dienstpläne bis zum Start der *Tatzenkralle* geändert. Sie hat Manöver für beide Binärsterne angeordnet, um den mangelhaften Ausbildungsstand – so hat sie sich wortwörtlich ausgedrückt – zu verbessern.«

Die vier starrten ihn verblüfft an. »Und welches sind die Schlussfolgerungen aus diesen Planänderungen?«, fragte Mick schließlich.

»Stern Fünf-Bravo wird während der gesamten Manöver als feindliche Einheit fungieren. Wir haben Befehl, sofort unsere Mechs klar zu machen und in einer halben Stunde auf dem Vorfeld anzutreten.«

»Savashri!«, stöhnte George, der noch immer in Unterhose gerade einen frischen Overall in der Hand hielt. Er stopfte ihn eilig wieder in den Spind und zog die verschwitzten Sachen vom Schrankboden an, in denen er während der Patrouille gesteckt hatte. »Mein *Ursus* hat tonnenweise scharfe Munition geladen. Das Ausladen und Aufmunitionieren mit Übungsraketen wird eine

Weile dauern. Hoffentlich kriege ich im Hangar ein paar zusätzliche Techs, sonst schaffe ich es nicht in dreißig Minuten.«

»Siebenundzwanzig Minuten«, korrigierte Ulern. »Ich habe zwei Minuten gebraucht, um aus der Hölle der Kabine, die ich mit Sterncommander Kris teile, hierher zu gelangen, und eine, euch die neuen Befehle mitzuteilen. Mein *Naga* wird bereits mit Übungsraketen beladen.«

Ohne ein weiteres Wort stürmte George aus der Kabine.

»Gut, dass mein *Owl* keine Projektilwaffen hat«, meinte Tanja und zog sich bereits im Laufen noch die Kühlweste über. »Aber ich muss noch alle Waffen mit Inhibitoren programmieren.«

»Wir sollen *die ganze Zeit* die Feindeinheit stellen?«, regte sich Sevenik verspätet auf. »Ohne Pausen? Ohne Schlaf? Will sie uns umbringen, frapos?«

»Sonst hätte sie uns wohl kaum als Gegner eingeteilt!«, schnaubte Mick und drängte sich an ihm vorbei.

»Vielleicht ist das ein Härtetest?«, vermutete Ulern. »Eine Prüfung unter härtesten Bedingungen. Vielleicht will sie wissen, wie wir ein tagelanges Gefecht überstehen.«

»Du bist zu gutmütig!« behauptete Sevenik. »Viel zu unkriegerisch!«

Manövergelände Süd, Far-Range-Akademie, Bearclaw, Kerensky-Sternhaufen

14. Februar 3054 TNZ, kurz vor Sonnenaufgang

Für einen ungeschützten Beobachter wäre der Gefechtslärm ohrenbetäubend gewesen, im Schallschutz von Cockpit und Neurohelm war der Lärm des Gefechts erträglich. Das aggressive Brummen der Extremreichweitenlaser und das scharfe Wimmern der Impulslaser mischte sich mit dem trockenen Knacken, mit dem die Luft in den Schusskanal der Energiewaffen strömte, nachdem das zuvor dort befindliche Volumen ionisiert worden war. Das tiefe Donnern der Ionenblitze aus den Partikelprojektorkanonen wurde nur von den krachenden Einschlägen übertönt, mit dem die Hochexplosivgranaten aus den kreischend ihre Salven schleudernden Autokanonen in die Panzerung hämmerten. Das hohe Pfeifen der Langstreckenraketen übertönte den Lärm, und die Kurzstreckenraketen setzten mit ihrem tiefen Fauchen eine eigene Note. Die Detonationen der Raketen waren in dieser Kakophonie nicht von den Einschlägen der Granaten zu unterscheiden, und das gelegentliche Rattern von Maschinengewehren ging völlig unbemerkt unter, nicht jedoch der gelegentliche Überschallknall eines Gaußgeschützes.

Dichte Rauchschwaden und Staubschleier lagen über dem Kampfgebiet und reduzierten die NO-Sichtweite auf wenige Meter, als in den meisten Cockpits die Sensoren wegen Überlastung kurz ausfielen. Der Start der *Polarhöhle* und der *Bärenpirsch*, deren Triebwerke alles in gleißend flackerndes Licht tauchte, sorgte für eine kurze Unterbrechung der Gefechte. George hatte kaum einen Augenblick Atempause für den tröstlichen Gedanken, dass mit den Landungsschiffen MechKriegerin Marsha abreiste, die in ihm einen unversöhnlichen Feind gefunden zu haben glaubte.

George drehte seinen *Ursus* um ein paar Grad nach rechts und feuerte mit dem leistungsreduzierten ER-Laser auf den anrückenden *Kodiak*, bevor er sich hinter Ulerns *Naga* her über den Hügel zurückzog. Die KSR-Lafette im Torso lud noch nach, und George vermisste die Nahkampfwaffe, musste er doch ständig auf genug Abstand zum Gegner achten, um mit den LSR optimal feuern zu können. Er öffnete einen Kanal und hoffte, dass Tanja ihn trotz der durch das Geschützfeuer verursachten atmosphärischen Störungen verstehen konnte. »Fünf-Bravo-Gamma von Fünf-Bravo-Beta, wir brauchen Unterstützung! *Kodiak*!«

Ulerns *Naga* hatte das Aussehen eines aufgeschlagenen Buches mit Beinen und einem lächerlich kleinen Kopf. In dem riesig breiten Torso waren zwei Arrow-IV-Raketenlafetten untergebracht, die eine Reichweite von bis zu zwei Kilometern hatten und im Zielgebiet enormen Schaden anrichten konnten. Sie wurden selten direkt auf einen einzelnen Mech gefeuert, sondern erzielten ihre optimale Wirkung, wenn sie in Stellungen oder MechVersammlungen detonierten. Die Arrow-IV-Systeme waren enorm schwer und ließen dem 80-Tonnen-*Naga* nur noch zwei mittelschwere ER-Laser, um sich zu verteidigen, wenn Gegner näher als 100 Meter kamen. Innerhalb dieses Radius' lief der *Naga* Gefahr, dass die detonierenden Arrow-Raketen auch ihn beschädigten.

Außerdem war der Mech nicht sprungfähig und brauchte daher auf dem Schlachtfeld die Unterstützung und Deckung durch einen weiteren Mech. Hierzu war Georges *Ursus* abgeteilt worden, weil auch ihm die Sprungdüsen fehlten und er die größte konventionelle Feuerkraft im Stern Fünf-Bravo hatte. Die Hauptfeuerkraft des Sterns stellten natürlich die Arrow-IV-Raketen des *Naga* dar, die ihre Zielkoordinaten von den drei ZE-Systemen der leichten Mechs erhielten. Der *Naga* blieb außer Sicht hinter Hügeln verborgen, während die drei Aufklärer vorwärts sprinteten oder sprangen, Ziele lokalisierten und sie mit den ZES anpeilten, damit Ulern sie mit seinen Raketen unter Beschuss nehmen konnte, während sie sich schon wieder hastig zurückzogen.

Leider hielten sich die MechKrieger des Binärsterns Fünf lieber an Zellbriggen als an diese unclanmäßige Taktik. Sie stürmten vor, unterliefen die Mindestreichweiten und machten Jagd auf die ScoutMechs, die wenig Gelegenheit bekamen, ihre Gegner zu signieren. Auf ihrer schnellen Flucht wurden sie von den langsameren Mechs getrennt, sodass sich George und Ulern allein durchkämpfen mussten, während *Owl*, *Kit Fox* und *Fire Moth* unter Tanjas Führung durchs Gelände hetzten.

»Bravo von Gamma, *Eisvogel, Gargoyle, Hellbringer*!«, antwortete Tanja und zählte dabei die MechTypen auf, mit denen sie gerade im Gefecht stand, »Unterstützung ist zurzeit nicht möglich!«

George nickte grimmig. Durch die taktische Situation waren Ulern und er, Sterncommander und Stellvertreter, von ihrem Stern getrennt. Tanja hatte sich ersatzweise zur Anführerin des Trios aufgeschwungen, was sie im Augenblick eher zu einem stellvertretenden Sterncommander machte als George, der sich diesen Rang gerade erkämpft hatte.

Stern Fünf-Bravo hatte es diesmal mit Nataljas eigenem Stern Drei-Alpha, den ›Todesspringern‹, zu tun. George zählte im Kopf den *Kodiak* zu Tanjas Meldung dazu. Das ergab vier Mechs. Aber wo war der fünfte?

Die Todesspringer hatten noch einen *Dire Wolf*, und bisher war noch kein Abschuss gemeldet worden. Die Gefechte waren nichts anderes als geordnete Rückzüge, denn obwohl in jeder Schicht die Ausgangssituation neutral begann, konnten die angreifenden Sterne des 371sten die Kämpfe ausgeruht, ohne Hitzestau, bestens gewartet und mit voller Munition beginnen, während Ulern seine Krieger von Anfang an zur Zurückhaltung und George zum Munitionsparen angehalten hatte.

Die Richtigkeit dieser Maßnahme stellte sich jetzt nach zwölf Stunden heraus. Noch hatten der *Naga* und der *Ursus* ein paar Salven Munition. Simuliert ›weggeschossene‹ Waffen wurden am Ende jeder Schlacht wieder aktiviert. Leer geschossene Waffen wurden dagegen nicht nachgeladen, was nun – zum Ende des dritten Vier-Stunden-Gefechts – dazu führte, dass gerade der *Naga* gefährlich schwach wurde, weil er den letzten Satz Arrow-IV-Raketen geladen hatte. Wenn er die verschossen hatte, war Ulerns Mech zwar sechs Tonnen leichter und daher auch etwas beweglicher, aber nur zwei ER-Laser gegen ausgeruhte Feinde würden ihn schnell ausfallen lassen.

Der *Kodiak* kam über den Hügel, und George begrüßte ihn mit einer vollen 10er-LSR-Salve, der er sofort eine Lasersalve aus dem rechten Arm nachschickte. Zuletzt feuerte er noch den schweren ER-Laser und die mittelschweren ER-Laser im Torso.

Seine Kenntnis von Nataljas Kampftaktik kam ihm im Augenblick zugute. Wie erwartet hielt der *Kodiak* an und benutzte seine Armlaser als Flak, um die anfliegenden Raketen im Anflug zur Detonation zu bringen. Nur zwei LSR kamen durch und sprengten unbedeutend wenig Panzerung von der Schulter des überschweren Kolosses. Ihr Stehenbleiben war ihr Fehler, denn die geballte Kraft der Hochenergiestrahlen ließ zwei Tonnen Panzerung vom Torso platzen und als glühendes Schrappnell umherschwirren. Der Mech wankte.

»Du stravag Katze!« Natalja hatte offenbar den Gefechtskanal von Fünf-Bravo gefunden.

George lächelte grimmig wegen ihres Ausbruchs. Endlich war er in der Lage, so auszuteilen, wie er einstecken musste, und ließ es sie spüren.

Die KSR-Lafetten des *Kodiak* flackerten. Natalja schlug mit einer doppelten Salve aus ihren beiden 6er-Werfern zurück. George bewegte den *Ursus* rückwärts etwas zur Seite, während er den rechten Arm hob und auf die anfliegenden Raketenwolken feuerte, doch die Laser waren einerseits zu präzise und andererseits zu unterschiedlich für diesen Trick. Drei der zwölf anfliegenden KSR detonierten, drei gingen fehl, und die restlichen sechs sprengten simuliert fast eine halbe Tonne Panzerung vom Torso und den hochragenden Schulterschilden, während der 50-Tonner rückwärts taumelte. Zwar war sein Mech bedeutend schwächer bewaffnet und gepanzert, aber bis jetzt hielt er den gewaltigen Stahlriesen auf Distanz. Das Manöver mit den Raketen hatte Ulern die Zeit verschafft, seinen *Naga* wieder 400 Meter zurückzuziehen.

»George, Arrow!«, rief Ulern. Er feuerte eine weitere Arrow-IV, während George hastig umdrehte und in einen ungelenken Trab fiel, um nicht ebenfalls von der Rakete beschädigt zu werden. Kurz darauf schrillte die Zielerfassungs-Warnung, und im nächsten Augenblick schlug schon die Hitze über ihm zusammen, als der schwere Laser des *Kodiak* im Ziel lag und sich durch die schwache Rückenpanzerung des *Ursus* fraß.

George drehte sich wieder um und hob die Waffen. Klingelnd wurden Ausfälle angezeigt. Zwei Wärmetauscher im Tornister. Das war ärgerlich. Der *Kodiak* hatte durch die letzte Arrow fast überall Panzerung verloren, aber noch war es nirgendwo kritisch geworden.

Die Aktionen der Artillerieabteilung von Fünf-Bravo hatten Natalja offenbar so weit geärgert, dass sie sich entschlossen hatte, lieber gegen diese Gegner vorzugehen. Allein war sie natürlich im Nachteil, auch wenn sie mit ihren Waffen etwas rücksichtsloser zuschlagen konnte, aber allein war sie bestimmt nicht ausgerückt. Wo war der *Dire Wolf*?

»George, ich werde angegriffen!«, schrie Ulern auf.

Stravag! George entdeckte die MAD-Symbole im Rücken der Maschine und ließ den *Ursus* sich zu der neuen Bedrohung umdrehen. Der *Naga* kam gerade weit genug herum, um den überraschend in seinem Rücken aufgetauchten *Dire Wolf* mit den Lasern zu bestreichen. Der Feind war bereits so dicht herangekommen, dass er für das Arrow-System zu dicht stand. Er riss mit den schweren Armlasern die Panzerung des *Naga* auf.

George ignorierte die Hitzewarnung, feuerte hastig alle LSR-Rohre auf kürzeste Entfernung ab und ließ den *Ursus* in einen schweren Trab fallen. Nach einer Salve aus den Lasern hob er die Unterarme und rammte den großen 100-Tonner, sodass der von seinem Opfer ablassen musste. Der *Dire Wolf* stolperte und fiel auf die Knie und Waffenarme. Simuliertes Gefecht oder nicht, die Schläge, die die Laser nun abkriegten, würden sie völlig dejustieren.

Ulerns Mech wankte, richtete sich wieder auf und schickte weiter Schuss um Schuss in den nur mühsam aufstehenden Gegner.

George riss den *Ursus* herum, um nach Natalja zu sehen. Sie kam von oben und war in der Landungsphase ihres Weitsprunges begriffen. George feuerte hastig, erwischte aber versehentlich den Knopf für die noch nachladende LSR-Lafette, die auf die kurze Entfernung den *Kodiak* ohnehin nicht erfassen konnte.

Der Computer piepste eine Fehlermeldung, als Natalja unbehelligt landete und das Feuer mit ihrer Autokanone eröffnete, deren Granaten sich simuliert durch beide Beine des *Naga* fraßen. Der Mech wurde steif und kippte um. Die Erschütterung des Aufpralls schüttelte auch George in seiner Liege heftig durch.

»Abbruch! Abbruch! Abbruch!«, kam plötzlich Ulerns Stimme über den offenen Notkanal. »Kühlsysteme geplatzt! Aaahh!«

Der *Naga* war kopfüber den Hang hinuntergestürzt. Das Cockpit war der tiefste Punkt, und die kochende Flüssigkeit kam durch geborstene Metallplatten im Boden zu Ulern. Der Kopf faltete sich auf, und der Schleudersitz stieg auf einer Rauchsäule auf, bevor sich der Fallschirm öffnete. Kerensky sei dank, der Sterncommander hatte sich retten können.

Auf das Abbruch-Signal hin waren alle Kämpfe eingestellt worden. George hörte, wie Natalja von der *Tatzenkralle* Sanitäter anforderte, dann sagte sie: »An alle, der Kampf geht weiter! Feuer!«

George wurde von dem Befehl völlig überrascht. Nataljas Todesspringer schienen jedoch so etwas erwartet zu haben, denn der *Dire Wolf* griff ohne zu zögern an, und George konnte nur mit einem verzweifelten seitlichen Ausweichmanöver zwischen die beiden 100-Tonnen-Giganten gelangen, sodass sie sich gegenseitig ihre Schussfelder blockierten. Eine volle Salve aus allen Rohren auf den *Dire Wolf*, dann sprintete George 400 Meter weiter, drehte den *Ursus* willkürlich um 30 Grad nach rechts und rannte den nächsten Hügel hinauf. Kurz vor dem Gipfel schwenkte er 60 Grad nach links und sprintete die Hügelkuppe entlang, während hinter ihm das Feuer aus Nataljas Lasern den Hügel in Glasschlacke verwandelten. Er änderte erneut die Richtung und ließ sich über den Hügel in Deckung tragen. Kaum außer Sicht, änderte er erneut den Kurs und lief mit großen 6-Meter-Schritten durch eine Senke.

»Gamma von Beta, bitte melden!« George betrachtete besorgt das Panzerungsdiagramm, auf dem der rechte Arm und die Laser rot gezeichnet wurden. *Noch ein oder zwei Treffer, und ich verliere meine Hauptwaffen!*

»Epsilon hört!«, kam Micks Stimme durch krachende Statik. »Gamma ist vor einer Minute ausgefallen!«

Also hatte Natalja endlich Erfolg gehabt, wo die anderen Sterne bisher versagt hatten. Sie hatte entscheidende Abschüsse erzielt.

»Alpha ist auch ausgefallen! Definiere Koordinaten für Treffpunkt!«

»Roger, Koordinaten ...« Mick wurde unterbrochen, als ein allgemeines Hupen das Ende der Schlacht ankündigten.

George hielt den *Ursus* an und ließ sich die Satellitenkarte einblenden. Dann schaltete er den Autopiloten ein, um zum Landungsschiff zurückzukehren, wo sich alle noch gehfähigen Mechs sammelten, während die nächste Schicht bereits Aufstellung für die folgende Schlacht nahm.

Nach zwölf Stunden fast ununterbrochener Kämpfe hatte Ulerns Stern Fünf-Bravo drei Abschüsse – einen *Pouncer,* eine *Nova* und einen *Mad Dog* – verbucht. Dafür war fast jeder von ihnen schon mehrfach simuliert zu Schrott geschossen worden. Inzwischen waren bei allen Mechs erste Verschleißerscheinungen und Auswirkungen der ständigen Erhitzung aufgetreten. Die Munition der Raketenlafetten war praktisch verbraucht, und die Nerven der Krieger abgestumpft. Ihre Gegner dagegen, jetzt Stern Fünf-Alpha, trat nach einer achtstündigen Pause zum zweiten Mal gegen sie an, nachdem die Mechs wieder frisch munitioniert worden waren.

Fünf-Alpha waren die so genannten ›Schneestürmer‹. Novacommander Atak Snukas Stern umfasste neben dessen *Grizzly* einen *Mad Dog*, einen *Conjurer*, einen *Pouncer* und einen Strahl aus fünf Elementaren, die jedoch an der Übung nicht teilnahmen. Die vier Mechs brachten zusammen die gleiche Tonnage, 220 Tonnen, wie Ulerns kompletter Stern, aber die Krieger hatten gegessen und geschlafen, sodass Atak Snuka gute Aussichten auf Abschüsse hatte. Ulerns Vorgesetzter hatte sich anfangs einigermaßen an das Drehbuch gehalten, wodurch erst die Abschüsse von zweien seiner vier Mechs möglich gewesen waren. Nachdem keiner der folgenden Sternführer auf die Taktik des Artilleriesterns eingegangen war und so hatte vermeiden können, dass weitere Mechs abgeschossen wurden – abgesehen von einem Glückstreffer –, stand der Novacommander nun unter dem Druck, seinen Kameraden zu beweisen, dass auch er einen X-zu-Null-Sieg gegen Fünf-Bravo erkämpfen konnte.

George schüttelte diese Gedanken erleichtert ab, als er Tanjas *Owl* an der Spitze des Scout-Trios in Sicht kommen sah. »Hallo, Gamma! Du bist wieder kampftauglich, frapos?«

»Pos, Beta. Eine Notabschaltung wegen Überhitzung hat mich außer Gefecht gesetzt. Alle Systeme grün, aber mein Kühlmittel wird nicht mehr lange mitmachen. Der *Owl* braucht nach diesem Gefecht dringend eine Spülung.«

»Verstanden, Gamma. Delta und Epsilon, Status melden!« Nach Ulerns Ausfall war es seine Sache, sich um die Sternkameraden zu kümmern. Ulern würde nicht ersetzt werden, ab jetzt waren sie zu viert.

»Gamma, alle Systeme sind grün«, antwortete Sevenik. »Für das Kühlmittel meines *Kit Fox*' gilt dasselbe wie für Gamma.«

»Epsilon, alle Systeme sind grün«, meldete Mick und fügte hinzu: »Ohne Einschränkung«, weil sein *Fire Moth* nicht bis an die Grenzen seiner Leistungsfähigkeit hatte gehen müssen, um mit den anderen Mechs Schritt zu halten. »Beta, hast du schon etwas von Ulern gehört, franeg?«

»Neg!«

MechHangar Landungsschiff *Tatzenkralle*, Raumhafen Far Range, Bearclaw, Kerensky-Sternhaufen

16. Februar 3054 TNZ, Mittags

Steifbeinig kletterte George am Wartungsgerüst herab und erreichte das Deck. Er hatte das Gefühl, die massiven Stahlplatten, auf denen er ging, schienen aus Gummi zu sein. Er hatte aufgehört, darüber nachzudenken, wie lange Stern Fünf-Bravo im Manöver gewesen war. Praktisch waren es zwei Tage annähernd ununterbrochener Kämpfe gewesen, in denen sich für ihn persönlich immer deutlicher gezeigt hatte, wie sehr er als Sterncommander dadurch beeinträchtigt war, dass der *Ursus* der langsamste Mech des Sterns war.

Zwar wurmte es ihn ein wenig, dass er den schnellen Aufklärern die erste Schlachtreihe überlassen musste, aber mit diesen Gefühlen konnte er umgehen. Immerhin war er ihre zuverlässige Rückendeckung, in deren Schutz sie sich flüchten konnten, wenn sie überlegenen Feindeinheiten begegneten – was praktisch stets der Fall war.

Schlimmer war, dass er als Führer eines leichten Sterns keinen Geschwindigkeitsvorteil gegenüber den feindlichen Mechs des Manövers hatte, sodass er seinen Stern bremste und seinen größten Vorteil, nämlich Beweglichkeit und Geschwindigkeit, nahezu vollständig unwirksam machte. Mick, Tanja und Sevenik hatten ihn mit ihrer überlegenen Manövrierfähigkeit aus mindestens so vielen unangenehmen Situation gerettet wie er sie mit seiner Feuerkraft.

Sie hatten viel gelernt in diesen Manövern und ihre Grenzen erkannt. George hatte inzwischen mehr Erfahrung als Sterncommander als Ulern, und Tanja war eine hervorragende Coregn mit taktischem Gespür, strategischem Verständnis und einer beinahe visionär anmutenden Intuition, wann die Sternkameraden eine harsche Kritik oder ein paar aufmunternde Worte gebrauchen konnten.

Einige Male war George verfrüht abgeschossen worden, sodass ein anderer seine Aufgaben übernehmen musste. Dabei hatte sich herausgestellt, dass Tanja als Anführerin gut war, solange sie nicht mehr als zwei Kameraden befehligen musste, den vierten – wenn vorhanden – jedoch regelmäßig vergaß. Ihre taktischen Fähigkeiten litten darunter, und für strategische Einschätzungen nahm sie sich nicht die Zeit, wenn sie selbst führte. Mit mehr Übung würde sie vermutlich deutliche Fortschritte auf diesen Gebieten machen.

Mick hatte ein gewisses Talent dafür gezeigt, unkonventionelle Pläne und Manöver zu improvisieren, wenn er den Stern übernehmen musste. Allerdings beschränkten sich seine operativen und taktischen Fähigkeiten allein auf die Führung eines schnellen und leichten Sterns. Wie Tanja war es ihm nur mangelhaft gelungen, die schwereren Mechs wirkungsvoll einzusetzen, wenn er sie zur Verfügung hatte.

Die größte Enttäuschung war jedoch Sevenik gewesen, der als Kommandeur so miserable Leistungen gezeigt hatte, dass schon nach wenigen Minuten ein anderer einfach die Führung übernommen hatte – mit entsprechender Verwirrung bei den Kameraden und sprunghaften Abschusserfolgen bei den feindlichen Einheiten in diesen Gefechtsphasen.

Allerdings hatten sie auch Erfolge. Die drei leichten Mechs waren inzwischen ein gut eingespieltes Team, das aus den unterschiedlichsten Positionen heraus in der Lage war, einen einzelnen schweren oder überschweren Mech anzugreifen, ihn zu einem Ausfall zu reizen, sodass er sich von seinen Kameraden löste, und ihn dann einzukreisen und abzuschießen. Solange Zellbriggen nicht galt, hatten die drei ScoutMechs durchaus Chancen, einige Abschüsse zu verbuchen. Außerdem hatten sie gelernt, einen Gegner, der sich als zu stark für sie erwies, weiter zu reizen und in eine bestimmte Richtung zu treiben, bis er in einer Position war, in der Georges langsamerer *Ursus* auf den Plan treten und den bereits angeschlagenen Gegner zusammenschießen konnte.

Umgekehrt hatten auch die anderen MechKrieger etwas gelernt. Die Veteranen des 371sten Sturmsternhaufens, bisher nur an Gefecht nach Zellbriggen gewöhnt und seit Tukayyid schwer in ihrem Glauben an ihre Fähigkeiten erschüttert, hatten anfangs mit Hass und Faszination auf diese chalcas Taktiken reagiert, aber sie wären nicht in einer Eliteeinheit gewesen, wenn sie sich als zu stur zum Lernen gezeigt hätten. Der Hass war dem Unbehagen gewichen und die Faszination der Bereitschaft, sich auf diese neue Art des Kampfes einzulassen. Einige Sterne hatten sogar ihrerseits versucht, Hinterhalte zu legen, Fünf-Bravo einzukreisen oder zu dritt einen Mech anzugreifen. Das waren dann die Situation, in denen die drei Scouts sehr schnell ohne die Unterstützung von George oder dem anderen Kameraden auskommen mussten.

Sogar Natalja hatte sich ob dieser Entwicklung anerkennend geäußert, als die Manöver schließlich beendet worden waren, weil die *Tatzenkralle* repariert war und in wenigen Stunden würde abheben können. Und mochten sie auch bei fast jedem Manöver zu Tode gehetzt worden sein, in den letzten vierundzwanzig Stunden war kein Stern siegreich über Fünf-Bravo gewesen, der nicht selbst mindestens einen oder zwei Mechs verloren hatte. Das mochte für die Veteranen des 371sten nicht gerade eine Leistung sein, die sie persönlich zu einem Ruhmesvers für die Erinnerung inspiriert hätte, aber für Ulerns Stern war es etwas, was einem Erfolg am nächsten kam, und deshalb klammerten sie sich daran. Sie hatten tagelang Stunde für Stunde gekämpft, kaum Schlaf gekriegt und nur notdürftig gegessen und getrunken. Sie hatten gegen das Äquivalent einer ganzen Angriffsgalaxis gefochten und dabei weder den Mut verloren noch die Einsatzbereitschaft. Die ständige simulierte Feindschaft hatte sie zusammengeschweißt, sie waren wirklich zu einem Stern geworden, und trotz der ständigen und stets unvermeidlichen Niederlagen waren sie noch immer ungebrochen und dadurch Teil des 371sten Sturmsternhaufens.

Nun wussten sie, dass sie hierher gehörten. Mochten die Veteranen ihnen weiterhin die kalte Schulter zeigen oder sie sogar anfeinden, Fünf-Bravo konnte das aushalten, und sie würden ihre Pflicht tun. Später in der Inneren Sphäre, wenn die ersten feindlichen Mechs auf das Konto von Fünf-Bravo gingen, würden sie sich vielleicht sogar zugänglich zeigen.

George lehnte sich an den Fuß von Ulerns *Naga* und wartete, bis Tanja, Sevenik und Mick sich zu Ardath und den anderen Techs gesellt hatten, die gerade bei der Bestandsaufnahme waren. »Nun, Cheftech Ardath, was haben die Checks und Telemetriedaten dir gesagt, die du inzwischen von uns allen erhalten hast?«

Der Tech zeigte sich respektvoll und ein wenig steif. Immerhin hatte er genauso wenig wie George erwartet, seinen einstigen Astech als Vorgesetzten wiederzusehen. »Der *Naga* des Sterncommanders wird bereits wenige Stunden nach dem Transitflug zur *Polar Breeze* einsatzbereit sein, MechKrieger. Die anderen Mechs werden etwas mehr Zeit benötigen. Für den *Fire Moth* und den *Owl* müssen wir zwei Tage veranschlagen, bis sämtliche verschlissenen Teile, Schmierstoffe und Kühlflüssigkeiten ausgetauscht sind, der *Kit Fox* benötigt sogar vier Tage.«

George sah die Erleichterung auf den Gesichtern der Krieger, während er besorgt die Stirn runzelte.

»Der *Ursus* benötigt mit Sicherheit länger, weil das Kniegelenk auseinander genommen und wieder zusammengesetzt werden muss. Außerdem enthält der Telemetriebericht einige Punkte, die ich ohne nähere Untersuchung noch nicht abschließend beurteilen kann. Deshalb wage ich noch keine genaue Prognose, wie lange eine vollständige Instandsetzung dauern wird, MechKrieger George. Ich rechne im Augenblick mit mindestens einer Woche. Eine genauere Prognose kann ich voraussichtlich in vierundzwanzig Stunden machen.«

»Dann begeben wir uns in die Kojen.« Mit einem Nicken entließ er Techs und Krieger. Er hielt Tanja zurück. »Wartest du mit dem Duschen auf mich?«

Sie lächelte ihn müde an. »Du hast noch Energie dafür, frapos?«

»Ein Versuch kann nicht schaden, franeg?«

»Dann eile dich! Und lass dich warnen: Wenn du mich noch einmal in die Brustwarzen kneifst, schlage ich dich bewusstlos!«

»Ich beherzige deinen Rat und komme gleich nach.« Er folgte Ardath zum Wartungsgerüst des *Ursus*. »Erkläre mir die unklaren Punkte des Wartungsberichts!«, forderte er.

Nach einem nur unmerklichen Zögern antwortete Ardath. »Während im Cockpit für die vielen Systeme des Mechs meistens nur binäre Anzeigen vorhanden sind, enthält der Wartungsbericht für jedes einzelne System kein simples ›funktioniert‹ oder ›funktioniert nicht‹, sondern eine Leistungsziffer, mit wie vielen Prozentpunkten der Nominalleistung das System noch arbeitet.«

»Ich verstehe. Im Gefecht interessiert mich eine Leistungsminderung an einem Wärmetauscher um ein paar Prozentpunkte nicht, deshalb bekomme ich diese Information nur dann, wenn ich den Wartungscheck aufrufe.«

»Korrekt, MechKrieger. Für jedes System und Aggregat gibt es andere Kennzahlen, die mir eine Entscheidung, ob Reparatur oder Austausch erforderlich sind, erleichtern.« Er deutete auf den *Ursus*. »Bei dem Prototyp hier ist das bei den meisten Themen des Wartungsberichts nicht anders als bei den bekannten SerienMechs, denn die Systeme sind identisch oder wenigstens ähnlich genug. Für einige Systeme gibt es jedoch noch keine festgelegten Grenzwerte – unter anderem soll ich während der Wartungszyklen des *Ursus* hierzu Untersuchungen machen und den Wissenschaftlern Daten für ihre Analysen liefern, damit diese Grenzen festgelegt werden können. Im Augenblick sind es vor allem die Aktivatoren, die einen Verschleiß anzeigen, der bei anderen Maschinen einen Austausch nahe legt, aber das kann ich noch nicht genau sagen.«

»Falls der schlimmste Fall eintritt und tatsächlich alle Aktivatoren ausgetauscht werden müssten, haben wir dann genug Ersatzteile an Bord?«

Ardath sah ihn überrascht an. »Ich habe keinen Überblick über die Lagerbestände. Von der Akademie sind mehrere Tonnen Ersatzteile angeliefert und verstaut worden. Ich würde davon ausgehen, dass da auch Aktivatoren dabei waren.«

»Prüfe das!«

»Aye, MechKrieger. Ich werde dir morgen einen abschließenden Bericht geben können.«

»Sehr gut.« George wurde auf eine Gestalt aufmerksam, die am Wartungsgerüst lehnte und ihn aufreizend anlächelte. »Seit wann bist du wieder an Bord, Moira?«

»Ich bin vor zwei Stunden wieder angekommen, MechKrieger George.« Sie spielte an dem Reißverschluss ihres Overalls herum und ließ die Ansätze ihrer Brüste sehen. »Hast du Interesse daran, nach all diesen Manövern vielleicht etwas *körperliche* Energie zu verschwenden? Mich darfst du sogar in die Brustwarzen kneifen!«

»Du hast eine Unterhaltung zwischen Kriegern belauscht, *Tech*?« George funkelte sie ärgerlich an. »Ich schreibe es deiner Unwissenheit als Freigeborener zu, dass du so wenig von uns wahrgeborenen Kriegern weißt. Diesmal werde ich von einer Bestrafung deinerseits absehen, aber biete mir nie wieder an, mich mit dir zu paaren!« Er sah mühsam unterdrückte Wut in ihren Augen funkeln und stolzierte zu den Aufzügen davon.

Lange Reise

Andockschleuse 3, Frachtsprungschiff *Polar Breeze*, Nadirsprungpunkt Bearclaw-System, Kerensky-Sternhaufen

22. Februar 3054 TNZ

Sprungpunkt war ein ungenauer Begriff für eine sehr ausgedehnte Zone oberhalb des Pols einer Sonne, die so weit von dem Gestirn entfernt lag, dass die Schwerkrafteinwirkung nahezu nicht mehr spürbar war und somit die exakten Parameter des Hyperraumtransits, des Sprungs, nicht mehr verzerren konnte. Sprungpunkte lagen außerhalb der Ekliptik, der Ebene, in der die Planetenumlaufbahnen lagen, weil die empfindlichen Sprungsegel, mit denen die Sprungschiffe ihre Energie für den nächsten Transit sammelten, von Staub und Meteoriten leicht beschädigt werden konnten. Hier draußen war die Gefahr, einem Steinbrocken zu begegnen, praktisch nicht existent.

Bearclaw lag 1,2 Astronomische Einheiten von seiner Sonne entfernt, und der Nadirsprungpunkt über dem Südpol, an dem die *Polar Breeze* auf die *Tatzenkralle* wartete, lag 12,5 Astronomische Einheiten über der Sonne. Für die Flugstrecke von rund 1,7 Milliarden Kilometern benötigte das Landungsschiff acht Terranormtage, in denen es von Bearclaw abhob, sich mit einer halben Umlaufbahn ausrichtete und auf Kurs zum Sprungpunkt ging, auf den es mit Standargbeschleunigung zuhielt.

Etwa in der Mitte der Distanz wurden die Triebwerke abgeschaltet und das Schiff mit den Manövrierdüsen umgedreht. Der viertägigen Beschleunigungsphase folgte nun die ebenso lange Bremsphase, bis plötzlich die ersten Omnijäger neben der *Tatzenkralle* auftauchten.

Als George mit seinen Sternkameraden durch die Schleusenluke in das Sprungschiff schwebte, hingen einige Menschen dort in der Schwerelosigkeit und betrachteten die Neuankömmlinge. Krieger, erkannte George an den Overallabzeichen.

Einer von ihnen mit den Insignien eines Luft-/Raumpiloten stieß sich ab und kam auf sie zu. »Du bist MechKrieger George, von den Novakatzen adoptiert, frapos?«

Er versteifte sich unwillkürlich an dem Haltegriff, an dem er gerade hing. Was hatte das zu bedeuten? Folgte nun noch eine weitere unfreundliche Begrüßung? War dieser Pilot ein Freund von Marsha? »Pos«, bestätigte er vorsichtig.

»Ich bin Sterncommander Urtan Mitshan und führe den schweren Omnijägerstern der *Polar Breeze*. Willkomman an Bord.« Er grinste ob Georges Überraschung. »Ich gewährte deinem Kommandeur die Bitte, mich ein wenig um dich zu kümmern, auf dass du dich noch besser bei den Geisterbären zurechtfindest. Die Petzmeister der Akademie sind fähig, jedoch ist ihre Ausbildung strikt auf das Militärische ausgerichtet. Marsen Mitshan hat mich gebeten, gewisse Lücken, die du noch haben magst, schließen zu helfen.«

»Vielen Dank«, freute sich George. »Ich hatte bereits Gelegenheit, einige Lücken zumindest zu erahnen. Ich nehme mit Freuden die Gelegenheit wahr, sie zu schließen. Wann beginnen wir?«

Urtan winkte ab. »Das hat Zeit, denn die Reise ist lang. Selbst an Bord der *Polar Breeze* werden wir hinreichend Zeit haben, über alles zu sprechen. In diesem Augenblick gelüstet euch vor allem, das Schiff kennen zu lernen, frapos?«

»Pos.« George und die Sternkameraden nickten.

»Ich biete mich euch als Führer an. Folget mir.«

Die *Polar Breeze* war ein Frachter der Comitatusklasse mit einer Rumpflänge von 680 Metern und einem Rumpfdurchmesser von 90 Metern in der Mitte. Zum Bug und zum Heck hin wurde der Rumpf schlanker. Neunzig Prozent des umbauten Volumens wurden von den Antriebssystemen des Frachters eingenommen, nur ein winziger Bruchteil des Rumpfes war zugänglich: Kommandobrücke, Computerzentrale und Reaktorkontrollraum waren die wichtigsten Orte auf jedem Schiff, und die ›Passagiere‹ des 371sten Sturmsternhaufens durften sie nur nach ausdrücklicher Erlaubnis des Wachoffiziers betreten. Dasselbe galt für die Jägerhangars, in denen die zwanzig OmniJäger, die die Schutzeskorte der *Polar Breeze* bildeten, untergebracht waren, aber Sterncommander Urtan Mitshans Beisein genügte, um Fünf-Bravo den Zutritt zu ermöglichen.

Quartiere, Messedeck, Medostation, Gravdeck und ungenutzte Frachträume waren dagegen allen an Bord zugänglich, und Urtan zeigte ihnen die große Mannschaftsmesse, die jeweils zum Abendessen auch die Krieger des 371sten sowie die Offiziere ihrer drei Landungsschiffe erwarten würde.

Trotz der für die beengten Verhältnisse eines Schiffes großzügigen Dimensionen des Raums konnte er unmöglich fünf Sprungschiffoffiziere, fünfzehn Landungsschiffoffiziere und fünfundzwanzig OmniJägerpiloten zusammen mit den 82 MechKriegern und Elementaren des 371sten aufnehmen, sodass sie schichtweise würden essen müssen.

O-12-Deck Stabsquartiere *Polar Breeze*

Zur selben Zeit

Sterncaptain Karina Hall klopfte an den Schottrahmen der offen stehenden Luke, bevor sie in das kleine Büro schwebte, das die Kommandantin des Sprungschiffes dem Sternhaufencommander überlassen hatte. »Bearclaw hat diese Nachricht soeben per Richtfunkstrahl übermittelt, Obkhan.«

Marsen Mitshan griff nach dem Memopad und las es. »SaKhanin Aletha Kabrinksi informiert uns darüber, dass die neuesten Daten der Clanwache die Schlussfolgerung nahe legen, dass die Banditen des Draconiskombinats versuchen werden, Kandis oder Ferleiterl als Ausgangsbasis zu benutzen. Wahrscheinlich werden wir also dort eingesetzt.«

»Kandis liegt in der Besatzungszone der Wölfe, aber Ferleiterl liegt an der Grenze zwischen ihrer und unserer, sodass wir uns darum kümmern werden.«

Er nickte nachdenklich. »Es wird sehr lange dauern, bis wir die Besatzungszone erreichen und neue Nachrichten erhalten werden. Möglicherweise hat sich bis dahin die Situation völlig verändert.«

»Aye, Obkhan, das ist nicht auszuschließen. Nebenbei möchte ich deine Aufmerksamkeit auf die Tatsache lenken, dass nach den Informationen der Clanwache noch immer keine bestätigten Kontaktmeldungen vorliegen, nach denen diese Surats unsere Besatzungszone über die regulären Sprungpunkte durchquert haben. Die Frage ist also, wie sie es geschafft haben, ihre weit hinter der Front liegenden Planeten zu erreichen, ohne von unseren Aufladestationen und Überwachungssatelliten geortet zu werden.«

»Hältst du diese Thematik für relevant, franeg?«

»Pos«, widersprach sie. »Bei diesen feigen Freigeburten ist es ehernes Gesetz, nur bewohnte Sonnensysteme anzuspringen, um für den Fall einer Havarie nicht hilflos zu stranden. Es passt nicht zu dem Bild von Dezgra-Banditen, nunmehr zu unserer Strategie zu wechseln und *jedes* zum Aufladen geeignete Sonnensystem anzuspringen.«

»Was meinst du damit, Coregn? Erkläre!«

»Unerheblich, ob wir auf den Ferleiterl am nächsten liegenden Planeten Goito oder Preditz eingesetzt oder woanders hinbefohlen werden, wir werden uns wahrscheinlich auf eine neue Art Gegner einstellen müssen. Sie mögen so ehrlos und regellos kämpfen wie alle Freigeburten, denen wir bis jetzt begegnet sind, aber wir sollten mit der Verschlagenheit der Wölfe und dem Mut des Bären bei ihnen rechnen, um sie nicht zu unterschätzen.«

Marsen Mitshan nickte wieder. »Das ist ein guter Hinweis, Karina Hall. Beobachte die Daten, die uns zugehen, weiterhin unter diesem Aspekt.«

»Aye, Obkhan, das werde ich tun.«

MechHangar *Tatzenkralle*, angedockt am Sprungschiff *Polar Breeze*, Zenit-Aufladepunkt 803.2, Exodus Road, Caliban-Nebel

4. März 3054 TNZ, 7:30 Uhr Bordzeit

»Heute Morgen hat Sevenik die Ehre, den Stern zu führen«, bestimmte Ulern, als sie sich auf der Hangargalerie versammelt hatten. »Du hast die Übung bitter nötig«, fügte er erklärend hinzu. Wie jeden Morgen kehrte Ulern nach dem Frühstück mit seinem Stern hierher zurück, um in die Cockpits zu steigen und simulierte Manöver zu üben.

Sevenik nickte missmutig. Er kannte seine Schwächen.

Der MechHangar der *Tatzenkralle* war in vier Sektionen unterteilt, die sich ringförmig um den gewaltigen Antriebskern des Fusionsreaktors gruppierten. Jede Sektion konnte bis zu fünf BattleMechs aufnehmen, sodass jeder Stern einen eigenen Hangarabschnitt für sich hatte.

Nach dem Wecken und dem Frühsport im Hangar, der dem Frühstück vorausging, begann hiermit der erste zweistündige Ausbildungsabschnitt des Bordalltags. Nach einer einstündigen Pause am Vormittag folgte eine weitere zweistündige Trainingseinheit in der großen Turnhalle des Gravdecks an Bord des Sprungschiffs. Nach dem Mittagessen füllten dann eine dritte und eine vierte Ausbildungseinheit die Zeit bis zum Abendessen. Sternhaufencommander Marsen Mitshan hatte Vorkehrungen getroffen, um die lange Reisezeit so produktiv wie möglich zu nutzen. Dennoch boten die Pausen zwischen den Trainingszeiten und die Abende reichlich Freizeit und Langeweile, die nur geringfügig durch die unregelmäßig im großen Kinosaal stattfindenden Darbietungen aufgelockert wurden. Gelegentlich fanden sich einige Krieger bereit, Passagen aus der *Erinnerung* zu rezitieren und vorzutragen, um die Kameraden zu unterhalten.

»Die Simulationsumgebung ist euch bekannt«, übernahm George die Einweisung, »wir werden in offenem Gelände kämpfen, Grassteppe ohne Hindernisse. Das Ziel der Mission ist die Eroberung eines kleinen Nachschublagers, das von einem einzelnen

Mech verteidigt wird. Ulerns *Naga* wird durch gepanzerte Infanterie unterstützt, die euch mit tragbarem ZES markieren wird, auf dass er seine Arrow-IV-Raketen über volle Reichweite einsetzen kann. Sevenik wird Tanja und Mick nach eigenem Ermessen einsetzen, um das Nachschubdepot anzugreifen, die automatischen Geschütztürme auszuschalten und den *Naga* zu besiegen.«

»Welche Rolle spielst du in dieser Simulation?«, fragte Mick.

George schüttelte den Kopf. »Ich werde im Jägerhangar erwartet, um an einer Raumkampfsimulation teilzunehmen. Sterncommander Urtan Mitshan ist der Ansicht, dass meine fehlenden Kenntnisse auf diesem Gebiet mir zum Nachteil gereichen werden. Er bildet mich in den Grundlagen des Luft-/Raumkampfes aus.«

Weil George das Kind einer Geschko eines reinen MechKrieger-Bluthauses war, hatten die Novakatzen wenig Wert darauf gelegt, ihrem Kadetten auch das Pilotieren von Luft-/Raumjägern beizubringen. Gleichsam hatte waffenloser Nahkampf zwar auf dem Unterrichtsplan gestanden, aber ein Duell mit einem Elementar war dennoch nicht ratsam für einen Krieger, der sein Können mehr auf dem Gebiet der Waffen*bedienung* hatte.

Die Ausbildung der Tseng-Geschko auf Bearclaw war unter ähnlichen Gesichtspunkten gestaltet gewesen, weil auch die Krieger des Bluthauses Tseng ausnahmslos MechKrieger waren. Die meisten Bluthäuser der Clans waren ausschließlich auf eine einzelne Waffengattung spezialisiert, aber es gab in jedem Clan einige wenige Häuser, die Blutnamensträger aus allen Waffengattungen hatten. Bei den Geisterbären waren das Snuka, Gurdel, Waters und Mitshan, deren Geschkos eine Variante der Kriegererziehung durchliefen, bei denen die Anwärter gemäß ihren Neigungen Schwerpunkte gesetzt bekamen. Erst im Laufe der Ausbildung zeichnete sich ab, ob die Kadetten als Elementare, Luft-/Raumpiloten oder MechKrieger erfolgreicher waren, und dementsprechend wurden sie in ihre Positionstests geschickt.

Sie betrachteten es als nachteilig, die Ausbildung so zu gestalten, belastete sie die Kadetten doch mit einer erheblichen Last von Fähigkeiten und Kenntnissen, die sie später nie brauchen würden, während die Zeit nicht reichte, ihnen alle Feinheiten ihrer späteren Spezialisierung im gleichen Umfang beizubringen wie bei den Geschkos, die gleich von Anfang an auf eine Waffengattung festgelegt waren. Die gemischten Bluthäuser dagegen waren zwar bereit, zuzugeben, dass der Entscheidungsprozeß Zeit und Mühe kostete, dass jedoch die mehr als gründlichen Kenntnisse der Techniken und Taktiken der anderen Waffengattungen in so mancher Situation später nur von Vorteil sein konnten.

Urtan Mitshan war ein glühender Anhänger der zweiten Meinung, und er hatte es arrangiert, dass George jeden zweiten Tag von seiner Pflicht, an der morgendlichen Sternsimzeit teilzunehmen, befreit wurde, um zusammen mit seinem OmniJägerstern in die Simulatoren zu gehen. Die *Polar Breeze* hatte zwei Sterne Luft-/Raumjäger an Bord. Urtans Stern flog die 75 Tonnen schweren *Sabutais*, die konstruktiv aus den Sternenbund-*Hammerheads* hervorgegangen waren, und sämtliche Piloten schienen sich mit Feuereifer auf die Aufgabe zu stürzen, dem neuen Rekruten alle ihre speziellen Tricks und Manöver beizubringen.

Nach den ersten Simstunden war George noch weit davon entfernt, gegen diese Asse einen Abschuss zu erreichen, aber immerhin war er schon in der Lage, die dreidimensionale taktische Situation zu erfassen und seinen eigenen Jäger so zu steuern, dass die anderen einige Minuten brauchten, um sich in Abschussposition zu bringen.

Tanja verzog das Gesicht. Die nachträgliche Ausbildung war in ihren Augen möglicherweise nützlich, aber sie ging zu Lasten des gemeinsamen Sterntrainings, und das gefiel ihr sichtlich nicht. Sie schwieg jedoch.

Ulern dagegen merkte missbilligend an: »Sterncaptain Natalja ist unzufrieden mit uns, und jede Sonderbehandlung, die wir oder nur einer von uns erbittet, stimmt sie missmutiger. Die Tatsache, dass der *Ursus* zwar wieder einsatzbereit ist, wegen der mangelnden Ersatzteile jedoch immer noch einige verschlissene Aktivatoren hat, ist eines der Themen, die sie immer wieder zur Sprache bringt. Sie würde es lieber sehen, wenn du jede freie Minute mit Ardath an deinem Mech arbeiten würdest.«

»Was stellt sie sich vor, dass ich zu tun vermag?«, knurrte George aufgebracht. »Sie hat hinreichend technisches Verständnis, um zu wissen, dass man einen Aktivator nicht mit der Lötpistole flicken kann. Ohne spezielle Werkzeuge oder Ersatzteile lässt sich der *Ursus* nicht wieder auf seine ursprüngliche Höchstgeschwindigkeit bringen. Das ist ihr bekannt, aber sie benutzt diese schwachen Argumente, um uns unter Druck zu setzen. Ich bezeichne das als chalcas.«

»Bist du bereit, ihr das ins Gesicht zu sagen, franeg?«, fragte Ulern herausfordernd.

»Pos!«, stieß George hervor. »Selbstverständlich.«

»Sie wird dich dafür in den Kreis der Gleichen fordern«, meinte Ulern. »Willst du das riskieren, franeg?«

George zögerte unwillkürlich. Natalja war größer und stärker als er. »Ich riskiere es nur, wenn es unbedingt erforderlich ist«, gab er zurück. »Aber auf keinen Fall lasse ich mich einschüchtern und hocke hier im Hangar, aus Angst davor, Ziel ihrer schlechten Laune zu werden!« Hand über Hand zog er sich die Hangargallerie entlang zum Luk und schwang sich hinein. Inzwischen bewegte er sich in der Schwerelosigkeit gut genug, um nicht auf die Magnetsohlen seiner Stiefel angewiesen zu sein.

Große Turnhalle, Gravdeck *Polar Breeze*,
Nadir-Aufladepunkt 732.3, Exodus Road, Caliban-Nebel

18. März 3054 TNZ, 11:16 Uhr Bordzeit

Wie die meisten Landungsschiffe waren auch Sprungschiffe so genannte Querdecker. Ihre Decks lagen also nicht parallel zur Schiffslängsachse, wodurch sich die Korridore beim Einsatz der Schubdüsen in gefährlich tiefe Schächte verwandelt hätten, sondern senkrecht dazu, sodass die Antriebsleistung Schwerkraft simulierte. Damit ähnelten die Raumschiffe weniger den Oberflächen-Wasserschiffen als vielmehr großen Türmen und Wolkenkratzern.

Die *Polar Breeze* lag während der meisten Zeit ihrer Reise in die Innere Sphäre geparkt am Sprungpunkt, denn das entfaltete Segel war zu empfindlich, um Manöver zuzulassen. Jede Erschütterung konnte die hauchdünne Kollektorfolie zu zerreißen. Für die Besatzung und die Passagiere herrschte an Bord annähernd Schwerelosigkeit, und so musste jeder Mensch täglich eine gewisse Zeit im Gravdeck verbringen. Ein Gravdeck war ein Ring im Rumpf, der sich kontinuierlich drehte und damit eine Fliehkraftwirkung erzeugte. Abweichend von der übrigen Rumpfkonstruktion war der Boden nicht zum Heck, sondern nach außen ausgerichtet, damit man normal gehen und laufen konnte. Hier lagen Aufenthaltsräume, Fitnessräume, Turnhallen und ein paar Kabinen der Medostation.

Die Fliehkraft presste George auf die Matte, und er fragte sich, ob er jemals in der Lage sein würde, gegen diesen lähmenden Sog anzukämpfen und wieder aufzustehen. Der stechende Schmerz an seiner rechten Hüfte kündete von einer Verletzung, die er dem Medtech der *Tatzenkralle* zeigen sollte. Ein wuchtiger Tritt Marshas hatte ihn dort getroffen, und der Schmerz hatte ihn so unbeweglich gemacht, dass sie eine Serie von Treffern hatte landen können, die ihn auf die Matte geschickt hatten.

Er blinzelte. Das linke Auge schwoll bereits zu. Marsha hatte sich schon abgewandt, und auch die anderen Krieger, die Zeugen des Kreises gewesen waren, hatten sich wieder dem Spielfeld zugewandt, in dem nun Sternhaufencommander Marsen Mitshans eigener Stern Eins-Alpha gegen Sterncaptain Edwin Bekkers Zwo-Alpha antrat. Beide Sterne enthielten vier MechKrieger und einen Strahl aus fünf Elementaren. Das versprach, ein interessantes Schauspiel zu werden. Den besiegten MechKrieger in der Ecke der Turnhalle beachtete niemand mehr.

Tiberius breites Grinsen schob sich in Georges Blickfeld. »Als Urtan von Nachhilfestunden für dich sprach, hatte ich angenommen, dass du zumindest *ein wenig* Standfestigkeit hättest. Aber nun erkenne ich, dass ich dir zunächst das Einstecken von Treffern beibringen muss, bevor ich dir zeigen kann, wie man richtig austeilt.« Er half ihm auf die Beine.

Er seufzte und hielt sich an der Schulter des Kameraden fest. Tiberiu war klein für einen Elementar, kaum einen Kopf größer als George, und obwohl seine Schultern doppelt so breit waren wie seine und er Oberarme hatte, die dicker waren als Georges Schenkel, war er für einen hochgezüchteten Eliteinfanteristen der Clans eher zierlich. Unter diesem Manko litten die meisten Elementare eines Hauses, das Krieger aus mehreren Waffengattungen hatte. Dennoch hatte es Tiberiu immerhin geschafft, zum Strahlcommander aufzusteigen. Er führte die vier Elementare des Strahls Vier-Bravo-Gamma in Novacommander Marco Tsengs Nova, die an Bord der *Bärenpirsch* untergebracht war. Wie Urtan auch gehörte Tiberiu zum Bluthaus Mitshan und hatte es übernommen, Georges Kenntnisse und Fähigkeiten zu erweitern.

»Ich *kann* einstecken!«, murrte George.

Tiberiu schüttelte den Kopf. »Sie hat nicht einmal Stiefel getragen und dich mit sechs Treffern außer Gefecht gesetzt«, widersprach er. »Ich gebe zu, dass sie gut ist und dass die Treffer auch mir wehgetan hätten. Aber ich weiß den Schmerz zu unterdrücken und meine Aktionsfähigkeit zu erhalten. Und das werde ich dir beibringen.«

George nickte. »Aber nicht sofort.«

»Pos, nicht sofort«, stimmte der Elementar zu. »Da entsteht eine Schwellung an deiner Hüfte, die sich ein Medtech ansehen sollte.«

Großer Kinosaal Gravdeck *Polar Breeze*,
Nadir-Aufladepunkt 691.9, Exodus Road

26. März 3054 TNZ, 14:56 Uhr Bordzeit

Sterncaptain Edwin Bekker hatte von Tukayyid berichtet. Er hatte begonnen mit den Dingen, die jeder wusste und die allgemein bekannt waren. Er hatte von den Verhandlungen zwischen ComStars Präzentor Martialum und ilKhan Ulric Kerensky gesprochen und von dem, was sich daraus für die Invasionsclans ergab, für die

Wölfe und für die Geisterbären, für die Nebelparder, für die Novakatzen, für die Jadefalken. George hatte den Stolz gefühlt, als wäre er schon damals dabei gewesen, als der 371ste Sturmsternhaufen ausgewählt wurde, seinen Clan in der Schlacht um Tukayyid zu vertreten.

In Edwin Bekkers Worten hatten der Anflug und die Landung auf jenem Planeten lebendig vor ihren Augen gestanden, die Zuhörer waren dabei, als sie den langen Marsch zum Einsatzziel antraten, sie hatten den Willen zum Sieg in sich getragen und die Ungewissheit gespürt, als sie so lange keine Feinde sichteten. Und dann kamen die Überfälle, die ZUV-Taktiken, die erbitterten Schusswechsel und die erste Ahnung, dass diese Schlacht nicht so sein würde wie die anderen Eroberungen. Die Verluste stiegen, und der Weg war noch weit, aber sie erreichten wenigstens eines ihrer beiden Ziele. Die Wölfe siegten, die Jadefalken und die Geisterbären errangen ein Patt, aber die Clans erlitten eine Niederlage.

Edwin Bekkers Kampfbericht war anders als die anderen Kampf-ROM-Analysen, die George bisher in der nachmittäglichen Trainingseinheit gehört hatte. Er war voller Emotionen, obwohl sich Krieger normalerweise unwohl fühlten, wenn eine Situation zu gefühlsbetont war. Doch wer konnte emotionslos an Tukayyid denken?

Jedenfalls fand George diesen Augenzeugenbericht wesentlich fesselnder als die üblichen Weiterbildungsmaßnahmen, die Marsen Mitshan organisiert hatte, um seine Krieger auch geistig nicht abstumpfen zu lassen: Strategieseminare, Vorträge über spezielle Kampftechniken der anderen Waffengattungen, Kampf-ROM-Analysen von den Eroberungen in der Besatzungszone, Anleitungen zum Entwurf von Manöverszenarien des gesamten Sternhaufens und Vorbesprechungen von speziellen Simulatormanövern wechselten einander ab.

»Vielen Dank für diese Erinnerung, Edwin Bekker.« Marsen Mitshan erhob sich. »Krieger des 371sten, Kameraden. Der Grund für diese ungewöhnliche Darbietung heute ist das Datum. Heute vor zwei Jahren haben wir etwas lernen müssen, das wir bis dato so nicht kannten: Wir mussten lernen, welchen Geschmack die Niederlage hat. Der Geisterbär errang einen Sieg und steckte eine Niederlage ein. Wir erreichten ein Patt und verloren viele Krieger, aber wir waren nicht besiegt. Die Clans jedoch waren es, denn es waren nur vier Siege von uns gegen eine so viel größere Zahl von Siegen unserer Feinde, und der Besitztest um Terra, ausgetragen auf jenem schicksalhaften Tukayyid, ward entschieden. Seit damals müssen wir Waffenstillstand und Frieden mit der Inneren Sphäre halten. Noch dreizehn Jahre lang sind wir an das Wort unseres ilKhans gebunden.«

»Seyla!«, stimmten die Krieger des Sternhaufens ihm widerwillig zu.

»Der 20. Mai ist der verfluchte Tag des Waffenstillstands von Tukayyid und gleichzeitig der herbeigesehnte Tag seines Endes. Am 21. Mai 3067 werden wir erneut auf Tukayyid landen, und diesmal werden unsere Geschütze nicht verstummen, bis der letzte Mech der Inneren Sphäre sich uns ergeben hat oder vernichtet am Boden liegt.«

»Seyla!«

»Wir werden unseren Marsch nach Terra wieder aufnehmen, wir werden die Innere Sphäre befreien und einen neuen Sternenbund errichten, unter dessen Banner die Menschheit ein neues Zeitalter des Lichts erblicken wird.«

»Seyla!«

»Die Erfahrungen von Tukayyid haben uns gezeigt, dass wir anpassungsfähig sein müssen. Wir sind tief in die Innere Sphäre vorgestoßen und haben Sieg auf Sieg errungen, weil wir bessere Krieger sind als dieser freigeborene Abschaum, der in der Inneren Sphäre BattleMechs steuert. Wir haben Planet für Planet erobert, obwohl diese ehrlosen Lügner und Betrüger kein Batchall und kein Zellbriggen kennen und sich nicht an Vereinbarungen halten. Wir haben sie besiegt, Regiment für Regiment, Garnison für Garnison, obwohl sie sogar mit den Strategien der Banditenkaste versucht haben, uns zu schaden.

Wir sind hochmütig wie die Wölfe und arrogant wie die Nebelparder geworden, und das hat es ihnen ermöglicht, uns auf Tukayyid zu besiegen. Wir ließen uns vom Wind Eiskristalle in die Augen streuen, wir ließen die Kälte uns schaudern machen, und wir ließen den Sturm uns von der Fährte abbringen. Die Eroberung der Inneren Sphäre und die Wiedererrichtung des Sternenbundes ist die schwerste Aufgabe und die größte Herausforderung, der sich die Clans je gegenübergesehen haben. Sie enthält viele Tests und Prüfungen, für jeden von uns, für jeden Stern, für jeden Sternhaufen. Manche Beute werden wir nur dann erlegen, wenn Wolf und Nebelparder, Geisterbär und Jadefalke gemeinsam jagen. Und manchmal werden wir unsere knurrende Mägen nur dann füllen können, wenn der Wolf fliegt wie der Falke, wenn der Geisterbär rennt wie der Wolf, wenn der Nebelparder lauert wie der Bär und wenn der Falke schleicht wie die Novakatze. Das hatten wir vergessen, und Tukayyid hat uns gezeigt, dass wir das nicht vergessen dürfen.«

»Seyla!«

»Noch dreizehn Jahre sind eine lange Zeit. Der 371ste Sturmsternhaufen ist eine Eliteeinheit; die meisten von uns sind Veteranen, die auf mehr als fünf Jahre ehrenvollen Kampf zurückblicken können. Diejenigen unter uns, die noch keinen Blutnamen errungen haben, fragen sich mit Recht, ob sie am 21. Mai 3067 noch in unserer Schlachtreihe stehen werden, denn selbst wir Blutnamensträger wissen nicht, ob wir so lange einen BattleMech führen werden. Aber das ist nicht die Frage, die wir uns stellen müssen.

Mag es das Schicksal gut meinen mit uns und uns in die erste Schlachtreihe stellen, wenn der Tag kommt, oder mag das Schicksal etwas anderes für uns vorsehen und jemand anderen an unseren Platz stellen, letztendlich kommt es allein darauf an, ob die Krieger, die dann die Phalanx bilden, in der Lage sind, unsere Tradition fortzusetzen oder nicht. Ihr seid Krieger. Ihr seid so erzogen worden, dass ihr an das Jetzt denkt, und nicht an das, was in Wochen, Monaten oder gar Jahren vor euch liegt. Das muss sich ändern, auch das ist eine Prüfung, die wir bestehen müssen. Denn wenn nicht wir es sind, die am 21. Mai 3067 in der ersten Schlachtreihe stehen, so werden es doch diejenigen sein, die wir ausbilden, die wir testen, denen wir Erfahrung und Wissen mitgegeben haben.

Werden sie mit dem, was wir ihnen geben können, ihren Test bestehen? Sind wir in der Lage, unser Wissen, unsere Erfahrung, unsere Erkenntnisse und unsere heiligen Traditionen so an sie weiterzugeben, dass sie mit der Wildheit des Bären und der Stärke ihrer Kriegerherzen die Innere Sphäre besiegen können? Wenn wir nicht schon heute anfangen, darüber nachzudenken, wie diejenigen von uns, die am 21. Mai 3067 noch einen BattleMech führen werden, den Feind besiegen können, dann wird das Schicksal uns ereilen und einen anderen Clan als ersten Clan nach Terra führen und zum ilClan werden lassen. Waffenstillstand und Frieden bedeutet nicht, dass wir nur unsere Dolchklingen wetzen müssen, auf dass sie keinen Rost ansetzen, sondern es bedeutet, dass wir die Dolche schleifen müssen, auf dass sie schärfer sind als je zuvor.«

»Seyla.«

»Inzwischen hält es die Innere Sphäre für richtig, einseitig den Waffenstillstand zu brechen. Die offiziellen Hauseinheiten der Herrscher bleiben in ihren Kasernen, die Garnisonen verhalten sich ruhig, und doch kaufen sie heimlich die schmutzigsten Banditen und ehrlosesten Söldner, die für Geld kämpfen, um sie über die Frontlinie in unsere Besatzungszonen zu schicken und Raumüberfälle zu verüben. Diese Banditen sind keine offiziellen Vertreter der Inneren Sphäre, angeblich handeln sie ohne Befehl und Anweisung nach eigenem Ermessen und auf eigene Rechnung. Deshalb sieht sich der ilKhan nicht veranlasst, ob der schändlichen Verletzungen des Vertrags von Tukayyid, den Waffenstillstand zu beenden. Gebt euch keinen falschen Hoffnungen hin, Krieger. Was wir alle uns ersehnen, wird nicht geschehen. Und so sehr wir auch Abscheu empfinden, wenn sie tun, was dreckige Freigeburten eben tun, wenn sie einen Vorteil darin zu sehen glauben, so begrüßen wir sie doch aufs Herzlichste mit unseren Geschützen, geben sie uns doch Gelegenheit, unsere Dolchklingen an ihnen zu erproben.«

»Seyla.«

Simübungsgelände IV-08, Landungsschiff *Tatzenkralle*, angedockt am Sprungschiff *Polar Breeze*, Zenit-Aufladepunkt 627.8, Exodus Road

10. April 3054 TNZ, 17:31 Uhr Bordzeit

Der *Ursus* bewegte sich schwerfällig durch die zerklüftete Landschaft voller Felsbrocken und kleinen Rinnen. Nirgendwo gab es Felstrümmer, die groß genug waren, um einen BattleMech vollständig zu verbergen, und dennoch führte die Unebenheit des Geländes dazu, dass ein zehn Meter großer Stahlgigant schon auf wenige hundert Meter allen Blicken entschwand. Einmal mehr bedauerte George, dass der 50-Tonner keine Sprungdüsen besaß. Auf vertikales Aufklärungsmanöver hätte ihm den Standort des *Timber Wolf* verraten können.

Mit Sicherheit hätte er damit auch sich selbst verraten, aber das war ihm egal. Genauso, wie es ihn nicht kümmerte, dass er seine befohlenen Koordinaten nicht mehr ansteuerte, seit er zum ersten Mal Marshas Mech identifiziert hatte. Ohne um Erlaubnis zu fragen hatte er sich aus dem Stern gelöst und machte allein Jagd auf den 75-Tonner, dessen vor allem auf Distanzgefechte ausgelegte Waffensysteme ihm in diesem Gelände nicht zum Vorteil gereichen würden. George hielt die Chancen für ausgeglichen, und es war an der Zeit, Marsha endlich eine Lektion zu erteilen.

Sternhaufencommander Marsen Mitshans Eins-Alpha und Sterncaptain Karina Halls Eins-Bravo fungierten in den meisten Simübungen als gegnerische Einheiten. Bei einer der letzten Übungen hatte Fünf-Bravo die zweifelhafte Ehre gehabt, über freies Gelände gegen eine Verteidigungsposition von Eins-Bravo anstürmen zu müssen.

Ulerns Stern besaß für eine solche Taktik jedoch die falschen Mechs und die falsche Zusammensetzung. Die dünne Panzerung der drei leichten Mechs hielt einem Sturmangriff nur kurze Zeit stand, der Hauptwaffen des *Naga* waren aus großer Distanz am effektivsten, im Angriffslauf reduzierte sich seine Feuerkraft auf die drei mittelschweren Laser. Entsprechend verunsichert hatte

Ulern auf diesen Befehl reagiert, und genauso zögernd waren seine Krieger schließlich seinen Befehlen nachgekommen. Karina Halls Stern hatte Fünf-Bravo keine Minute Zeit gelassen. Das Abwehrfeuer war wild und brutal gewesen. Mick, Tanja und Sevenik waren schon nach wenigen Metern bewegungs- und kampfunfähig. Ulern hatte abgebremst, um eine weitere Arrow-IV-Salve abzufeuern, und George hatte es ihm nachgemacht, um die Formation zu halten. Fünfzig Sekunden nach Beginn des Sturmlaufs waren beide ebenfalls zu Boden gegangen. Sterncaptain Natalja hatte hinterher mit Kritik nicht gespart und davon gesprochen, dass sie erwartet hatte, die Wracks von Fünf-Bravo mindestens fünfhundert Meter näher an der Verteidigungsstellung liegen zu sehen. Auf dem Weg in die Messe der *Polar Breeze* hatte Marsha sich absichtlich in Georges Nähe aufgehalten und laut über die unclanmäßige Feigheit von Ulerns Stern und das *kätzisch eigensinnige Zaudern* einiger seiner Krieger gesprochen.

Noch immer loderte die Wut in ihm, als er den *Ursus* zwischen den Felsbrocken hindurchlenkte. Jetzt würde er Marsha in einer benachteiligten Position finden, und dann würde er ihr das Zögern beibringen, wenn er mit seiner auch für kurze Distanzen geeigneten Bewaffnung ihren *Timber Wolf* angriff.

Das reißende Krachen absplitternder Panzerung ließ ihn herumfahren. Marshas schwere Laser hatten ihn getroffen. Er fluchte und drehte den *Ursus* hinter einen Felsbrocken, hinter dem er einigermaßen in Deckung war. Er verharrte kaum eine Sekunde und trat wieder vor, den schweren Impulslaser im Anschlag und das Fadenkreuz der LSR-Lafette dort, wo er den *Timber Wolf* lokalisiert hatte. Aber Marsha war nicht mehr da.

Die Raketenwarnung schrillte, und er hatte kaum Zeit für eine Reaktion, als auch schon die massive Salve Langstreckenraketen auf den rechten Arm und den Torso hämmerte. Diesmal stand er zu ungünstig, um mit einem schnellen Schritt wieder in Deckung gehen zu können. Instinktiv wich er nach links aus.

Seinen Fehler erkannte er erst, als die schweren Laser ihm fast den linken Arm amputierten. Marshas Raketensalve war ein so genannter Treiberschuss gewesen, der ihn dazu hatte bringen sollen, sich ihr in besserem Schussfeld zu präsentieren. Dass die Raketen Schaden angerichtet hatten, war Glück für sie, aber der eigentliche Schaden war durch die Laser entstanden, die das linke Schultergelenk bloßgelegt und einige Aktivatoren und Myomerfasern beschädigt hatten. Der linke Arm des *Ursus* war nur noch eingeschränkt unter Kontrolle und baumelte als kaum gebremstes Gewicht am Torso.

George machte einige hastige Schritte vorwärts und brachte sich vor der zweiten Raketensalve in Sicherheit. Wieder fluchte er und suchte nach einem Weg, an den *Timber Wolf* heranzukommen. Nicht nur, dass er die Initiative verloren und bereits beträchtliche Schäden eingesteckt hatte, Marsha hatte es außerdem verstanden, ihn in dumme Anfängerfehler hineinzutreiben. In vielen BattleMechDuellen war es weniger entscheidend, wer den größeren Mech steuerte oder die überlegenere Feuerkraft auf seiner Seite hatte, oft gewann derjenige, der seinen Gegner dazu bringen konnte, entscheidende Fehler zu machen. Marsha war offensichtlich sehr gut in dieser Disziplin, und durch ihren 25 Tonnen schwereren *Timber Wolf* besaß sie einen Vorteil an Selbstvertrauen, das George erst nachhaltig erschüttern musste, bevor er sie in ähnliche Fehler würde treiben können.

Ein Ablenkungsmanöver durch Tanjas *Owl* oder selbst Micks *Fire Moth* wäre nun willkommen gewesen, aber das Bereitschaftslicht des Sternkanals war erloschen, nachdem er sich zu weit von den Sternkameraden entfernt hatte, um sie um Hilfe bitten zu können. Er schüttelte frustriert den Kopf. Das würde wieder einmal eine negative Beurteilung in der Nachbesprechung bedeuten.

Im nächsten Augenblick trat der *Timber Wolf* keine zweihundert Meter entfernt über einen flachen Hügel und eröffnete das Feuer. Der *Ursus* hatte keine Chance mehr, sich dem direkten Schlagabtausch zu entziehen. George gelang es, Marsha eine der Raketenlafetten und den rechten Arm wegzuschießen, bevor die Sim-Kapsel sich abschaltete, weil sie den 50-Tonner vernichtet hatte.

O-16-Deck, Steuerbord-Bugflankenbatterie *Polar Breeze*, Zenitsprungpunkt Santander-V-System, Geisterbären-Besatzungszone

4. Mai 3054 TNZ, 15:09 Uhr Bordzeit

George nickte dem PPK-Kanonier zu, der gerade über eine Wartungsklappe seiner Geschützsteuerung gebeugt stand und nach Anweisung eines Ingenieurs mit einem Schraubenzieher darin winzige Dipschalter betätigte. Er hatte nach dem Ende des nachmittäglichen Kampftrainings im Gravdeck nicht den Weg zurück ins Quartier an Bord der *Tatzenkralle* gewählt, sondern war mit dem Lift bis in den Bug hinaufgefahren.

»Ist Mark hier?«

»Zweites Backbordgeschütz, MechKrieger«, antwortete der Kanonier.

»Danke!« Er lächelte dem Mann zu.

Obwohl er einen schmuddeligen Techoverall trug, hatte er ihn seinem Rang entsprechend angesprochen. George schüttelte den Kopf. Freundlicher Umgang mit den unteren Kasten gehörte sich eigentlich nicht für einen Krieger.

»Hallo Mark«, begrüßte er einen älteren Mann, der Geschützwache hatte und bequem in seinem Sessel angeschnallt ein Heft mit bunten Bildern las.

»Hallo, Krieger George.«

Einige Simulationen mit Urtan Mitshans Jägern hatten Angriffe aus Sprungschiffe beinhaltet, die sich mit ihren Meteorgeschützen gegen die OmniJäger zur Wehr gesetzt hatten. George hatte dies zum Anlass genommen, sich einmal die Bordgeschütze der *Polar Breeze* näher anzusehen und mit den Kanonieren zu sprechen.

Dabei hatte er festgestellt, dass die Kanoniere zwar keine Mitglieder der Kriegerkaste waren, dass sie aber dennoch einige Gemeinsamkeiten hatten, mussten sie doch ihre Geschütze ebenso gut beherrschen wie ein MechKrieger seine Waffen. Irgendwann hatten Mark und er sich mit Namen angesprochen, obwohl das

Reglement eigentlich vorsah, dass untere Kasten die Krieger mit ihrem Rang, nicht mit dem Namen anzureden hatten. George hatte in ständig wiederholte mechanische ›MechKrieger‹ von Mark als störend empfunden und ihm schließlich regelrecht *befohlen*, ihn bei seinem Namen zu nennen.

Mark hatte die Reise in die Innere Sphäre schon mehrere Male mitgemacht und war gern bereit gewesen, George seine Erfahrungen zu erzählen. Von den meisten Sprungpunkten aus waren Planeten nicht sichtbar. Nach einer schier endlos erscheinenden Kette von Sprüngen drückten sich die Neulinge erfahrungsgemäß die Nasen an Bullaugen und Schotten platt, um in die Schwärze zu starren, bis sie genug davon hatten. Auch George war es nicht anders gegangen. Mark hatte ihm anvertraut, dass die Teleobjektive auf der Brücke der Landungsschiffe und der *Polar Breeze* in der Lage waren, die Planeten wenigsten als schwach farbige Kugeln auf einem Monitor abzubilden.

Natürlich durfte George als provisorisches Mitglied der Besatzung auf die Brücke – aber nur, wenn er einen guten Grund hatte. Seine Neugier war keiner, und er durfte nicht damit rechnen, dass ihn ein Schiffsoffizier mit auf die Brücke nahm, um ihn irgendein Foto bestaunen zu lassen, das keine militärischen Informationen enthielt und darum auch völlig uninteressant sein musste. Dennoch wünschte sich George nach den Monaten in der überfüllten Enge der Schiffe, wenigstens einmal einen Blick auf eine grüne Wiese werfen zu können. Oder irgendeine Landschaft der kargen Pentagonwelten. Oder wenigstens auf die bewohnten Planeten der Systeme, in denen sie sich gerade aufhielten. Wenigstens die Verheißung, dass es noch etwas anderes als stählerne Oberflächen rund um ihn herum gab, würde belebend auf sein abstumpfendes Gemüt wirken.

Inzwischen waren selbst die erfahrenen Veteranen in Brüten und lethargisches Schweigen verfallen. Die Reise der *Polar Breeze* verlief zwar schneller als die erste Reise in die Innere Sphäre, die sie mitgemacht hatten, aber damals hatten sie die Systeme erst nach und nach erobern müssen. Niemals waren sie am Stück länger als zwei Wochen am Sprungschiff angekoppelt gewesen.

Am Vortag endlich hatte die *Polar Breeze* die Innere Sphäre erreicht. Die Clans verstanden darunter das Gebiet, das im Jahre 2751, dem Jahr des Exodus, offiziell besiedelt gewesen war. Die Bewohner der Inneren Sphäre hätten die derzeitige Position der *Polar Breeze* zwar als ›irgendwo in der Peripherie‹ bezeichnet, aber für die Clanner war es bereits heimatlicher Boden der Clangründer, die Geisterbären-Besatzungszone. Bisher hatten die meisten Sprungpunkte der Exodus Road in Sonnensystemen ohne besiedelte Planeten gelegen, von nun an würden sie stets in der Nähe einer Basis sein. Sie alle hatten unwillkürlich aus den Fenstern der Panoramalounge gespäht. Selbstverständlich war da draußen nichts zu sehen gewesen.

Mark hatte ihm schließlich zögernd eine weitere Möglichkeit auf einen Blick nach draußen eröffnet: die Zielerfassung seiner LSR-Batterie.

»Komm rein.« Mark legte das Heft zur Seite und aktivierte die Konsole. »Brücke, Geschütz B-zwo macht einen Testlauf!«

»Verstanden, B-2. Melden Sie Ergebnis und Testende!«

»Aye.«

»Was war das?«, wollte George wissen.

Mark lächelte, als er die Lafetten aktivierte und zu schwenken begann. »Jede Aktivität hier oben wird auf der Brücke registriert. Jede unbefohlene Bewegung des Geschützes löst sofort automatischen Alarm aus. Der Wachoffizier würde mir die Energie abschneiden, bevor ich Piep sagen könnte. Ich darf mir die Langeweile vertreiben, wie ich will, solange ich wach bleibe. Also melde ich vorher, wenn ich mit den Kontrollen spiele, und der Wachoffizier schaltet den Alarm für mein Geschütz ab.«

»Das klingt plausibel. Aber wozu dient diese Alarmsicherung?«

»Keine Ahnung. Vielleicht is' schon mal 'n Kanonier ...«, Mark hielt inne und korrigierte sich betont: »Vielleicht ist schon einmal ein Kanonier auf der Konsole eingeschlafen, hat dabei die Feuertaste erwischt und auf das Sprungsegel geschossen.«

»Deine lässige Sprechweise stört mich nur unbedeutend«, erklärte George. Das stimmte nicht ganz. Allein die Andeutung der Freigeburt jagte ihm einen Schauer über den Rücken. Wenn Freigeborene durch ihre unzivilisierte Sprechweise ständig an ihre barbarische Herkunft erinnerten, erregten sie damit äußerstes Missfallen bei den wahrgeborenen Kriegern. George hatte jedoch das Gefühl, dass er Marks Bemühungen in dieser Hinsicht ein klein wenig belohnen musste.

»Hey, danke, George.«

Mark hatte ihm anvertraut, dass die normale Zielerfassung der Geschütze nur über einige hundert Kilometer reichte, aber die LSR-Lafette hatte eine extreme Reichweite und deshalb einen zusätzlichen Satz Fernortungssensoren, mit denen Mark sogar sonnennahe Planeten einfangen konnte, wenn er die ungefähre Position wusste.

»Brücke, Porthos-Koordinaten für B-zwo, bitte!«

Auf einem Hilfsbildschirm erschienen die gewünschten Daten.

»Diese Koordinaten werden ohne Rückfrage überspielt?«, staunte George, der sich über Marks Schulter beugte.

»Klar!«, gab der Kanonier selbstgefällig Auskunft. »Um uns fit zu halten, gibt es viele Möglichkeiten, zum Beispiel endlosen Drill. Oder das Ballern auf Übungsziele. Oder simuliertes Schusstraining. Oder Zielübungen auf tatsächliche Objekte. Die Brückenmannschaft langweilt sich genauso wie ich. Würd' mich nich'... nicht wundern, wenn sie über die Geschützkamera auch zugucken.«

Mark richtete die Batterie auf die Koordinaten aus. Porthos war ein riesiger Gasplanet. Einer seiner Satelliten, Porthos Delta, wies atembare Atmosphäre auf und war von Menschen besiedelt worden. Der Mond war natürlich nicht sichtbar, aber der Planet selbst erschien nach einigen Einstellungen schließlich auf dem Monitor der Konsole.

»Na?«

»Hmmm ...« George wusste nicht, was er erwartet hatte. Jedenfalls ... »Nicht schlecht«, sagte er, um Mark nicht zu enttäuschen.

»Danke.«

George zog sich in seine Kabine zurück.

**O-12-Deck Stabsquartiere *Polar Breeze*,
Nadirsprungpunkt Damain-System, Geisterbären-Besatzungszone**

8. Mai 3054 TNZ, 15:09 Uhr Bordzeit

»Alshain hat endlich auf unsere Meldung reagiert, Obkhan«, verkündete Karina Hall und überreichte ihrem Kommandeur das Memopad. »Nachricht von Khan Bjorn Jorgensson, per Hyperpulsgenerator nach Damian übermittelt und von dorten per Richtstrahl an uns gesendet.«

Nachdem er gelesen hatte, sagte Marsen Mitshan: »Also hatte ich Recht mit meiner Einschätzung, dass sich die Situation verändern wird. Die Clanwache berichtet von Söldnerüberfällen im Territorium der Novakatzen und Nebelparder. Das Zentrum der Aktivitäten liegt bei Bangar, vier Sprünge von der Grenze zu unserer Besatzungszone entfernt. Wir sollen uns darauf vorbereiten, Polceniga anzusteuern. Das ist exakt auf der entgegengesetzten Seite von Goito. Wann können wir dort sein?«

»Das sind fünf Sprünge«, stellte sie fest. »Ich habe bereits mit Sterncaptain Presanella Snuka darüber gesprochen. Sie hält es für möglich, in der ersten Juniwoche das Polceniga-System zu erreichen.«

**Panoramalounge Gravdeck *Polar Breeze*,
Zenitsprungpunkt Pinnacle-System, Geisterbären-Besatzungszone**

11. Mai 3054 TNZ, 21:27 Uhr Bordzeit

Die Sterne zogen langsam an den großen Transplexfenstern vorüber. Das Licht in der Panoramalounge war gelöscht worden, nur vorn auf der flachen Bühne erhellten einige dünne Lichtstrahlen die drei Personen, die die Versammlung unterhielten. Die Töne der Panflöte sanken klagend ab, während über Lautsprecher tiefe

Trommelschläge wie ein langsamer Puls ertönten und die getragene Stimmung der Musik untermalten.

Sterncaptain Edwin Bekker und seine Coregn Igeta, die beiden Anführer des zweiten Binärsterns rechts und links von Urtan und intonierten abwechselnd die Verse der *Erinnerung*, die die vergangenen Heldentaten der Clans priesen, die mit ihren Worten die Krieger zu neuen Großtaten inspirierten.

Urtan Mitshan entlockte der Flöte ein fröhliches Trillern und ließ die Klänge lebhaft auf- und absteigen. Meisterhaft untermalte er Edwins und Igetas Vortrag, ließ verhaltene und lang gezogene Melodien zu den nachdenklichen und ausdrucksvolleren Passagen hören, setzte auflockernde Akzente, wenn neue Personen vorgestellt wurden und unterstrich die Verse ihrer Taten mit passenden Klängen.

George kannte viele Passagen der *Erinnerung* beinahe auswendig, die in Versform die wichtigsten Ereignisse überlieferte. Mit der *Erinnerung* brachte man den Geschkos das Sprechen bei, später lernten sie Lesen und Schreiben und übten mit den Strophen, die die Abenteuer der Clankrieger beschrieben. Bis zu seiner Kadettenzeit kannte jedes Geschkomitglied die Gründungsgeschichte und die Aufsehen erregenden Ereignisse eines jeden Clans, und gelegentlich studierte jemand auch noch besonders schön gedichtete weitere Passagen. Als selbstverständlich galt es, sämtliche Strophen zu kennen, die in irgendeiner Form Bezug zum eigenen Clan hatten. George kannte inzwischen nicht nur die Novakatzen-Verse, sondern auch fast alle Geisterbärenverse.

Viele Rezitationen hatte er bereits gehört, aber noch nie war er so gefesselt worden wie heute Abend. Lag es an der besonders gut vorgetragenen Betonung von Edwin Bekker und Igeta? Oder war es Urtan Mitshans Panflötenspiel, das aus den Worten lebendige Bilder machte?

Edwin und Igeta sprachen die letzten Verse gemeinsam und verneigten sich zusammen mit Urtan. Zum Beifall der trommelnden Fäuste auf den Sessellehnen schritten die drei durch den Mittelgang, um die kleine Bühne vorn den nächsten Sprechern und dem nächsten Musiker zu überlassen.

Urtan ließ sich neben George in den Sessel fallen und rieb sich die Lippen. Über eine Stunde lang hatte er hochkonzentriert gespielt. Er gähnte und massierte sich die Wangen.

»Das war sehr beeindruckend«, flüsterte George. »Du bist ein Meister deiner Kunst, frapos?«

Urtan lächelte. »Danke, aber das ist zu viel der Ehre. Die Meisterwürde gebührt mir nicht, solange ich nicht in der *Erinnerung* erwähnt werde.«

George nickte und lauschte eine Weile den Strophen, die Deeta und Yerli, zwei MechKrieger aus Atak Snukas Stern Fünf-Alpha, zu den Melodien einer Violine vortrugen, die von einem der Schiffsoffiziere der *Polar Breeze* gespielt wurde. Allerdings gelang es dem Streicher nicht ganz so gut wie Urtan, die Verse zu untermalen und lebendig werden zu lassen. Außerdem kam George die Violine zu laut vor oder die Stimmen von Deeta und Yerli zu leise, jedenfalls konnte er manche Worte nur mühsam verstehen, sodass sich bei ihm der vorige Genuss nicht einstellen wollte.

Ohne den Blick von der Bühne zu nehmen, beugte er sich zu Urtan hinüber. »Wird es mir zum Nachteil gereichen, dass ich kein Künstler bin?«

»Wie meinst du das?«, flüsterte er überrascht.

»Mein Sterncommander widmet sich in seiner Freizeit der Versdichtung, genauso wie unser Sternhaufencommander, Edwin Bekker und Igeta beherrschen die Rezitation, und Deeta und Yerli üben sich ebenfalls darin. Du spielst ein Musikinstrument, Sevenik übt sich in Glasbläserei, und Mick und Tanja tanzen häufig zusammen. Ich dagegen verbringe meine Freizeit damit, den Clan Geisterbär und das Haus Mitshan zu studieren. Ich habe keine Zeit, mich einer Kunst zu widmen, wie es offenbar von jedem Geisterbären erwartet wird.«

Urtan schwieg einige Zeit nachdenklich. Dann nickte er. »Du hast Recht, George. Es passt nicht zu uns, wenn man keine Kunst für sich zu entdecken vermag. Malerei und Bildhauerei in jeglicher Form, Gesang und Rezitation, Musik und Tanz, all das sind die schönen Künste, und sie bilden einen wichtigen Ausgleich zu unseren Kriegerpflichten. Ich betrachte die Ausübung einer Kunst als notwendig und sinnvoll, und so denken die meisten Geisterbären. Sie werden es als fremdartig ansehen, wenn du dich weigerst, es zu versuchen. Fremdartig bist du bereits, denn du bist adoptiert. Noch akzeptieren dich längst nicht alle Krieger, nicht einmal alle Krieger unseres Hauses.«

Unwillkürlich starrte George zu Marsha hinüber.

»Je weniger Fremdartigkeit du an dir hast, desto wohler wirst du dich hier fühlen«, meinte Urtan. »In den nächsten Wochen solltest du dein Training nicht vernachlässigen, aber wenn wir die Innere Sphäre erreichen, bin ich dir gern behilflich, eine Kunst zu finden. Ich werde dir die Musik zeigen.«

O-11-Deck Kommandobrücke *Polar Breeze*,
Nadirsprungpunkt Last-Frontier-System, Geisterbären-Besatzungszone

23. Mai 3054 TNZ, 17:04 Uhr Bordzeit

Im ersten Augenblick befürchtete George, dass Sterncaptain Presanella Snuka an seinem verschwitzten Overall Anstoß nehmen könnte, aber Urtan Mitshan hatte darauf bestanden, dass er den Overall und sein neues Abzeichen anbehielt, wenn er ihn auf die Brücke führte.

Die Kommandantin der *Polar Breeze* ließ ihren Sessel surrend herumfahren und musterte ihn lächelnd, als er in der Schwerelosigkeit versuchte, so etwas wie Haltung anzunehmen. »Schwebe bequem, Krieger! Du bist von nun an nicht nur MechKrieger im Touman der Geisterbären, sondern auch Luft-/Raumpilot. Ich beglückwünsche dich.«

»Vielen Dank, Sterncaptain Presanella Snuka«, antwortete er grinsend. Für ihn war es der Höhepunkt der Reise. Urtan Mitshan hatte ihn wochenlang im Simulator gedrillt, bevor er ihn in ein echtes Cockpit gesetzt hatte. Zusammen mit dem Sterncommander und zwei weiteren *Sabutai*-OmniJägern hatte George eine Routinepatrouille geflogen. Schon der rasante Start aus dem magnetischen Katapult der *Polar Breeze* hatte einen Adrenalinschub in ihm ausgelöst. Er hatte zum ersten Mal an den Kontrollen eines OmniJägers gesessen und war vier Stunden lang allen Manövern Urtans gefolgt. Der aufregendste Moment war jedoch erst zum Schluss gekommen, als er das, was er im Simulator gelernt hatte, hatte anwenden müssen, um den 75-Tonnen-Jäger mit annähernd 250 Stundenkilometern Relativgeschwindigkeit in die Öffnung der Landedeckschleuse gesteuert hatte.

Er hatte *gewusst*, dass diese winzige Öffnung, die nicht größer schien als eine Wartungsluke, ausreichte, um selbst den größten 100-Tonnern die Landung zu ermöglichen, und dennoch hatte es ihn fast alles, was er an Selbstbeherrschung aufbringen konnte, gekostet, um die Sidesticks nicht herumzureißen und abzudrehen. Die Landung war gelungen, ohne abgerissene Flügelspitzen oder andere Schäden, und die Piloten von Urtans Stern hatten ihm in einer lautstarken Zeremonie, die allerlei derbe Scherze auf Georges Kosten beinhaltete, die aus einem kleinen Stückchen Holz grob geschnitzten Pilotenschwingen an den schweißgetränkten Overall geheftet, eine Karikatur ihrer eigenen golden funkelnden Abzeichen.

Sie nickte ihm zu und schien zu ahnen, welche Bilder noch immer durch seinen Kopf geisterten. »Ich bin glücklich, dich heil und gesund wieder an Bord zu haben, Krieger«, sagte sie, »und ich freue mich für den Sterncommander meiner Jäger, dass es ihm gelungen ist, dich so gründlich auf deinen ersten Flug vorzubereiten, dass weder an meinem Schiff noch an seinem Jäger Schäden zu beklagen sind.«

Urtan nickte seiner Kommandantin dankend zu.

»Die Belohnung ist dir also mit Recht zuteil geworden.« Presanella Snuka deutete anerkennend auf das lächerliche Abzeichen, auf das George so stolz war. »Du bist nun außerordentliches Mitglied von Urtan Mitshans Jägerstern, und damit gehörst du zur Besatzung der *Polar Breeze*. Diese Ehre öffnet dir von heute an alle Luken an Bord. Bedenke jedoch, dass du zwar nunmehr keine Begleitung brauchst, um dich dorthin zu begeben, wo du hin möchtest, aber die belegten Frachträume bleiben auch weiterhin für dich versiegelt, wie für alle anderen an Bord auch, und du musst auf der Kommandobrücke um Erlaubnis fragen, wenn du hierher oder in den Reaktorkontrollraum willst.«

»Danke, Sterncaptain«, antwortete er förmlich, während er sich überlegte, ob es eigentlich zulässig war, dass er nun zwei kommandierende Offiziere hatte. Er hoffte, dass er niemals in die Situation kommen würde, von beiden gleichzeitig Befehle befolgen zu müssen.

»Coregn«, sprach die Kommandantin ihren Wachoffizier an, »dieses neue Besatzungsmitglied wünscht eine Besichtigung der Kommandobrücke. Ich habe ihm diese Bitte nun gewährt. Erkläre ihm die Konsolen und die Systeme, die wir von hier steuern, und beantworte alle seine Fragen.«

»Aye, Sterncaptain.«

Fast eine Stunde lang erklärte ihm der Offizier die Feuerleitkonsolen der Meteor-Abwehrgeschütze, mit denen sich der Comitatusfrachter notfalls auch gegen Luft-/Raumjäger verteidigen konnte, die Jägerleitstation, die Navigationskonsole, die Stationen, an denen die Sensoroperatoren saßen, die Kommunikationsanlage, das Steuerpult für die schiffsinternen Systeme, von wo aus sich die Sperrschotten in den Korridoren im Notfall öffnen und schließen ließen, um Enterangriffe zu behindern und abzuwehren und die Verbindungen zu Computerzentrale und Reaktorkontrollraum.

»Nun, was für Erkenntnisse hat dir diese Besichtigung gebracht?«, fragte Presanella Snuka abschließend.

George dachte einen Augenblick nach, bevor er antwortete: »Sterncommander Urtan Mitshan hat mich darauf aufmerksam gemacht, dass ich jetzt zwar einen Luft-/Raumjäger *steuern* kann, dass ich aber noch lange nicht qualifiziert bin, einen OmniJäger in den Kampf zu führen. Ihr habt mir soeben demonstriert, dass ich in Bezug auf Luft-/Raumjäger eine Menge gelernt habe, aber dass mir noch eine Menge Wissen fehlt. Es mag sein, dass ich als MechKrieger nicht oft gegen ein Sprungschiff kämpfen muss, aber es könnte nützlich sein, ein bisschen mehr über Steuerung und Waffentechnik von Landungsschiffen zu wissen.«

»Aye«, stimmte sie zu, »wenn du es wünschest, so spreche ich mit dem Kommandanten der *Tatzenkralle*, auf dass er dir die Kenntnisse vermittelt, nach denen dich gelüstet.«

»Pos, ich wünsche es.«

Als sie die Brücke verließen, fragte Urtan: »Du verbringst sehr viel freie Zeit mit mir und mit meinem Stern. Nimmt dir das dein eigener Stern übel, frapos?«

George verzog das Gesicht. »Pos. Sterncaptain Natalja übt Druck auf Novacommander Atak Snuka und Sterncommander Ulern aus. Sie nutzt den mangelhaften Zustand meines Mechs und meine Abstammung aus. Außerdem missfällt deine intensive Ausbildung meinem Stern, weil ich nicht viel mit ihnen trainiert habe. Es zeigt sich immer deutlicher, dass mein zwar schlagkräftiger, aber langsamer Mech taktisch nicht in den Stern passt. Ich sehe mich entsprechend gehindert, perfekte Leistungen zu erbringen, und das merken auch meine Kameraden. Sie sehen jedoch die Ursache nicht in meinem BattleMech, sondern in meiner häufigen Abwesenheit. Bisher hat Mick dennoch stets zu mir gehalten und war offen für Unterhaltung, aber seit die Techs eine kritische Fehlfunktion des *Fire Moth*-Fusionsreaktors festgestellt haben, setzt Natalja auch ihn stark unter Druck, und Mick ist mir unzugänglich.«

»Deine provisorische Mitgliedschaft in meinem Stern gibt dir jedes Recht, deine Zeit mit uns zu verbringen, und tatsächlich entsprichst du den Wünschen deines Sternhaufencommanders, der mich dir zum Mentor machte, aber dennoch lass dich fragen: Haben sie Recht?«

George seufzte. »Pos, zum Teil haben sie Recht. Ich spüre, wie ich als Pilot besser werde und gleichzeitig als MechKrieger schlechter. Noch kann ich Fehler vermeiden, jedoch gelingen mir nicht mehr alle Manöver so perfekt, wie ich es selbst von mir erwarte.«

»Deine Fähigkeiten als Pilot sind noch immer ausbauwürdig. Wir werden von nun an vor allem Bodenangriffe simulieren, damit du deine Erfahrungen als MechKiller später einsetzen kannst. Allerdings werde ich die Intensität des Trainings verringern, damit du mehr Zeit mit Tiberiu und deinem Stern verbringen kannst.«

»Die Erzählungen deiner Piloten waren sehr wertvoll. Ich habe dabei so manches gelernt, was ich in allen Simulationen nicht erfahren hätte. Ich möchte das nicht missen, aber vielleicht sollte ich mich nun etwas mehr um meinen Stern kümmern. Noch immer sind wir innerhalb des 371sten nur geduldet, und meine Kameraden mögen es illoyal finden, dass ich meine Freizeit bei euch verbringe. Sogar Tanja hat sich schon lange nicht mehr mit mir gepaart und Mick bevorzugt.«

Urtan klopfte ihm auf die Schulter. »Diese Situation müssen wir verbessern.«

O-12-Deck Stabsquartiere *Polar Breeze*,
Zenitsprungpunkt Jerzersko, Geisterbären-Besatzungszone

23. Mai 3054 TNZ, 20:39 Uhr Bordzeit

»Es ist eine neue Bedrohung aufgetaucht, Obkhan«, meldete Karina Hall, als sie sich nach einem kurzen Anklopfen in die Kabine schwang. »Hier ist eine dringende Depesche von Alshain.«

Marsen Mitshan nahm das Memopad in die Hand. »Die Banditenaktivitäten in der Novakatzen-Besatzungszone sind beinahe vollständig zum Erliegen gekommen. Die Jadefalken haben auf ihren Welten ein paar Mechs erbeutet, die Piloten jedoch alle umgebracht. Das passt zu ihrer arroganten Art. Statt Informationen zu erbeuten, vernichten sie sie.«

»Der zweite Teil der Nachricht besagt, dass wir die Garnison auf Mannedorf verstärken sollen, Obkhan. Ich kann keinen Grund dafür erkennen. Mannedorf liegt nicht direkt an der Front und beherbergt außer einigen ehemaligen Sternenbunddepots, die wir wieder in Betrieb genommen haben, überhaupt nichts von Wert für ein paar dreckige Banditen.«

»Ich erinnere dich an deine eigenen Worte, Coregn: Wir müssen uns auf eine neue Art Gegner einstellen. Wie du weiß auch ich nicht, was diese Freigeburten auf Mannedorf so attraktiv finden mögen, um es zu überfallen. Vielleicht ist Mannedorf auch überhaupt nicht ihr Ziel, aber der Khan schickt uns dort hin, und das muss uns genügen.«

»Aye, Obkhan.«

M-Deck *Bärenpirsch*, angedockt am Sprungschiff *Polar Breeze*, Zenitsprungpunkt Soverzene, Geisterbären-Besatzungszone

8. Juni 3054 TNZ, 23:09 Uhr Bordzeit

»Willkommen im Atelier.« Tiberiu grinste ironisch, als er sich durch die Luke in den kleinen Lagerraum schwang, in dem sich flackernd das Licht einschaltete.

Die kleine Kabine war fast vollständig mit Regalen auf Laufrollen gefüllt, nur vor den Stirnflächen blieb ein für einen Elementar nur schulterbreiter Gang frei, an dessen Seite viele kleine Schränke mit Gittertüren hingen, in denen die Krieger, die der Malerei frönten, ihre Farben, Pinsel, Lappen, Mischtöpfe und anderen Utensilien aufbewahrten.

Tiberiu öffnete die Riegel seines Schranks und prüfte die Pinsel behutsam mit den Fingern. Er nickte zufrieden und drehte sich zu den Regalen um, die mit den Namen der Krieger beschriftet waren. Er drehte leicht an dem Stellrad, und die Regale links von seiner Nische rollten an die Wand. Nachdem er auch an dem anderen Stellrad gedreht hatte, waren die Regale so auseinander gerückt, dass zwischen ihnen ein etwa zwei Meter breiter und vier Meter tiefer Raum entstanden war, der Tiberiu als Arbeitfläche diente.

Er zog vorsichtig die Vorhänge beiseite, mit denen die Regale verhängt waren, um unerwünschte Blicke fern zu halten.

»Ich dringe in deine Privatsphäre ein, frapos?«

»Ich gewähre dir Einblick«, entgegnete Tiberiu, zog zwei Stangen aus dem obersten Regalfach und befestigte sie horizontal vor der Rückwand, eine in Gürtelhöhe und eine oben an der Decke. Die Stangen wiesen verschiedene Klammern und Befestigungselemente auf. Tiberiu stemmte sich zwischen die Regale, zog einen schweren Kasten aus einem der Fächer und brachte ihn zwischen den Stangen an. »Komme her und siehe! Das hier ist gerade fertig geworden. Wie findest du es?«

George trat blinzelnd vor die kleine Stafette, in der die Bilder in Rahmen aufgespannt waren und sich von rechts nach links und zurück klappen ließen wie ein altertümliches Buch. Er betrachtete die beinahe nackte Frau auf dem Rücken eines ... wurmähnlichen Ungeheuers? ... das mühsam durch eine karge Landschaft kroch. Der Gesichtsausdruck, den Tiberiu ihr mit Ölfarbe auf Leinwand verliehen hatte, wirkte seltsam hoffnungslos und leer. »Ich fühle mich nicht qualifiziert, ein Urteil abzugeben«, meinte er unsicher und blätterte um.

Das Bild im nächsten Rahmen gefiel ihm schon besser. Wieder war die Zentralfigur eine kaum bekleidete Frau, den gut entwickelten Muskeln nach eine Elementare, die am Rand eines Dschungels stand, aus dem sie soeben herausgetreten zu sein schien. Der Blick öffnete sich aus der Dunkelheit des Waldes auf die Silhouette einer in der Sonne liegenden Großstadt mit gewaltigen Türmen. »Was ist das für eine Stadt?«

»Das ist keine bestimmte Stadt. Das Bild ist in meiner Phantasie entstanden. Es trägt den Titel ›Terra‹.«

George sah sich das nächste Bild an. Diesmal war die Frau nicht ganz so muskulös, im Gegenteil, sie wirkte wie eine Tech, wenig Muskeln, dicker Busen, und sie war völlig nackt. Sie schien im Licht eines Scheinwerfers zu stehen, und aus der Dunkelheit um sie und hinter ihr griffen kräftige Hände nach ihren Hand- und Fußgelenken, grüngraue Arme schlangen sich um ihren Leib und hinderten sie an der Flucht. Leidend hatte sie die Augen geschlossen und den Kopf nach hinten sinken lassen. »Was soll das sein?«

»Vielleicht errätst du es. Es heißt ›Waffenstillstand‹.« Tiberiu musterte ihn erwartungsvoll.

George schüttelte den Kopf. »Neg, ich weiß nicht ... Waffenstillstand? Du meinst den Waffenstillstand von Tukayyid, frapos?« Er betrachte das Bild noch einmal. »Die Frau ist eine Ikone, die Hände, die sie fesseln, sind Symbole. Die Frau steht für die Clans, und die Hände sind die Waffenstillstandsregeln.«

»Pos, fast in allen Details richtig.« Der Elementar lächelte erfreut.

Leonid blätterte zurück zu dem Terra-Bild. »Wenn diese blonde Elementare für die Clans steht ... neg, du bist Elementar, und du hast eine Elementare gemalt, also ist es persönlicher, frapos? Du meinst, dass unser Clan Terra erreicht als erster Clan und ilClan. Der Dschungel ist wieder eine Symbolik und bedeutet unseren langen Weg durch die ewige Nacht des Alls zum Licht Sols auf Terra.«

»Pos, wieder beinahe richtig, George. Allerdings steht der Dschungel mit seiner Dunkelheit für das Zeitalter des Niedergangs nach dem Sternenbund.«

George betrachtete noch einmal das erste und neueste Bild mit der nackten Kriegerin auf dem Ungeheuer, das in seiner Fremdartigkeit vielleicht Furcht erregend hätte sein können, wenn es nicht so behäbig und hilflos gewirkt hätte. »Wie heißt das Bild?«

»Es heißt ›Reisezeit‹.«

George begriff. »Du hast versucht, die Langeweile unserer Reise in einem Bild darzustellen, frapos?«

»Pos.«

Gespannt blätterte George zu den älteren Bildern Tiberius. Bei einem düsteren Bild in Grau- und Grüntönen hielt er inne. Es zeigte ein eigenartiges Fabelwesen, teils Mensch, teils Adler, aber mit einem löwenartigen Kopf und aufgerissener Schnauze, die gewaltige Reißzähne entblößte. Hinter den ausgebreiteten Schwingen tobten die Elemente des Himmels, Blitze zuckten durch die schwarzen Wolken. Unter der linken Schwinge schwebte eine nackte Frau und schien nach etwas zu greifen, das außerhalb des Bildes lag. »Das stellt den Flug durch einen Sturm dar. Sind das Erinnerungen an eine schwierige Landeoperation?«

»Pos«, gab Tiberiu zögernd zu, »es heißt ›Angriff‹. Ich habe es nach der Eroberung von Alshain gemalt.«

»Ich kann es nicht interpretieren«, meinte George. »Was tut die Frau? Ich verstehe die Symbolik nicht.«

Tiberiu schüttelte den Kopf. »Malerei ist wie jede Kunst auch ein wenig mystisch. Es geht nicht um die Antworten, die du in einem Bild findest, es geht um die Rätsel, die du darin entdecken kannst. Wenn keine Rätsel zu erkennen sind, ist entweder der Betrachter zu dumm, sie zu finden, oder der Künstler zu ungeschickt, sie richtig herauszuarbeiten.«

George grinste. »Deine Rede ist beinahe visionär, Tiberiu. Bist du sicher, dass du keine Novakatzengene hast?«

Der Elementar schüttelte sich. »Wenn ich es nicht besser wüsste, würde ich mich beleidigt fühlen, George aus dem Bluthaus Lenardon. Es ist kein Privileg der Novakatzen, über Rätsel und Geheimnisse nachzudenken. Ich verabscheue jedoch ihre Methoden, die sie benutzen, um sie die Bedeutung ihrer Visionen zu erschließen. Rauschmittel sind chalcas.«

George ging nicht darauf ein. »Du hast also keine Interpretation zu diesem Bild, franeg?«

»Jeder Betrachter hat eine eigene Interpretation«, entgegnete Tiberiu. »Das macht die Kunst aus. Es ist eine Selbstverständlichkeit, dass ich die Erlebnisse und Eindrücke meiner Missionen in den Bildern verarbeite. Oft liegen die Inhalte dicht unter der Oberfläche und sind für jeden leicht erkennbar, aber manchmal gelingt mir auch ein Bild, über das selbst ich immer wieder nachdenken muss.«

»Das ist interessant«, meinte George nachdenklich und blätterte um. Auch das nächste Bild war recht dunkel, seitlich angestrahlt saß eine Frau in einer violetten Robe auf einem Diwan, sie war üppig, wie der Ausschnitt sehen ließ, ihre Schuhe wirkten elegant und dennoch ein wenig ausgetreten, ihre Augen hatten dunkle Ränder, und ihre Gesicht wirkte kraftlos und trotzig zugleich. Zu ihren Füßen lagen die Körper zweier Männer, und sie hielt eine rauchende Pistole in der Hand, aber sie saß entspannt zurückgelehnt da und hob ein Glas mit einem wahrscheinlich alkoholischen Getränk. Fragend sah er Tiberiu an.

»Es heißt ›Innere Sphäre‹.«

»Das ist eine abschreckende Vision, zu was wir werden könnten, wenn wir Terra nicht erreichen, frapos?«, riet er.

»Neg, es ist der Eindruck, den ich von der Inneren Sphäre gewonnen habe. Die Frau ist zu schwach, um gegen zwei Männer zu kämpfen. Sie hat sie getäuscht oder betört und die Waffe aus dem Verborgenen gezogen, um sie niederzustrecken.«

»Kraftlos, verbraucht, hinterhältig, verräterisch, trickreich ... pos, das sind die chalcas Attribute der Inneren Sphäre. Du hast sie sehr treffend dargestellt.« Er ging zum nächsten Bild über. »Was ist das für ein riesiger Raubvogel, der in seinen kräftigen Armen eine verängstigte Frau aus den Ruinen einer Stadt rettet?«

Der Elementar lächelte. »Es heißt ›Luft-/Raumjäger‹. Ich habe es für Urtan gemalt. Er soll es bekommen, wenn er seinen zehnten Abschuss schafft. Im Augenblick hat er neun. Verrate ihm nichts, denn ich möchte ihn überraschen.«

»Das heißt ›Blutrecht‹.«

»Pos, der Name erscheint mir sehr passend. Aber was soll das sein?« Das letzte Bild zeigte eine nackte Frau, die in gehockter Stellung saß und eine Schlange mit langen Giftzähnen mit den Händen festhielt. Es war allerdings nicht klar, ob sie mit der Schlange kämpfte oder sie nur beschützend hielt. Seltsam war auch, dass Hände und Beine dort, wo sie das Reptil berührten, genauso grün wurden wie die Haut der Schlange.

»So stelle ich mir das Phänomen ›Liebe‹ vor«, erklärte Tiberiu.

George brummte unbestimmt und klappte die Rahmen an die Wand. »Woran arbeitest du zurzeit?«

Der Elementar winkte ab. »Es ist noch lange nicht fertig. Ich kann es dir noch nicht zeigen.«

»Was ist der Grund dafür? Wenn ich die Kunst der Malerei, wie du sie betreibst, richtig verstehe, strebst du nicht nach Perfektion. Also ist auch ein unfertiges Bild bereits ein Bild, frapos?«

»Pos, aber ich zeige nicht gern, woran ich gerade arbeite. Es ist wie ... es ist unpassend, so unpassend, als würde ich mich mitten im Konklave mit einer Kriegerin paaren.«

George nickte beschwichtigend. »Jetzt verstehe ich, warum an jedem Regal Vorhänge sind.« Er deutete auf die anderen Regale. Selbst im zusammengefahrenen Zustand blieb überall eine handbreite Lücke, durch die man die Arbeiten der anderen Künstler hätte sehen können, wenn nicht sorgfältig für Sichtschutz gesorgt wäre.

»Pos, kein Künstler sieht es gern, wenn ein anderer in seinen Sachen herumstöbert. Ehre und Vertrauen unter Kriegern sichern diesen Raum, als wäre er mit elektronischen Codes versiegelt. Ich würde mir nicht einmal einen Pinsel oder Farbe aus einem anderen Schrank borgen, ohne zuvor zu fragen.«

»Ich verstehe, und ich respektiere es. Ich lasse dich nun allein, damit du an deinem neuesten Werk arbeiten kannst. Es ist schon spät, aber vielleicht ist Tanja noch wach.«

»Tanja ist deine dunkelhaarige Koschwester in deinem Stern, frapos? Paarst du dich mit ihr?«

George lächelte unsicher. »Schon sehr lange hat sie mir nicht mehr die Gunst erwiesen, aber in der letzten Woche hatte unser Stern ein paar Erfolge im Simulator, und heute Vormittag haben wir gegen Karinas Stern Eins-Bravo einen Sieg im Kampfsport errungen. Obwohl Natalja noch immer alles versucht, um uns zu schikanieren, habe ich zumindest alles getan, um wieder ein integriertes Mitglied meines Sterns zu sein. Ich halte meine Bemühungen für von Erfolg gekrönt und hoffe, dass sie mir erneut ihre Gunst schenken wird.«

Tiberiu nickte zustimmend. »Ich habe euren Sieg in der Turnhalle gesehen. Die blonde Kriegerin, die du niedergerungen hast, war doch MechKriegerin Marsha, die dich damals im Kreis der Gleichen verprügelt hat, als wir noch im Caliban-Nebel waren, frapos?«

George lächelte zufrieden. »Pos, deine Lektionen und dein Training zeitigen Wirkung.«

»Du kommst aber noch nicht auf die dumme Idee, Sterncaptain Natalja herauszufordern, franeg?«

»Neg, aber vielleicht stelle ich demnächst fest, dass es Zeit ist, meinen Sterncommander herauszufordern. Ich habe mehr Erfahrung als Ulern, und ich halte mich für den besseren Krieger.«

Tiberiu wirkte betroffen und drehte sich zu dem Regal um, in dem sein noch unfertiges Bild verhüllt lag. »Ich halte es für das Beste, wenn du nunmehr dennoch einen Blick hierauf wirfst.« Er zog die Tücher weg und hielt es so, dass George es sehen konnte. Das Bild war noch lange nicht fertig, Tiberiu hatte noch nicht alle

Farben aufgetragen und alle Details dargestellt, aber die Hauptmotive waren bereits gut zu erkennen.

Eine beinahe nackte Kriegerin mit rotbrauner Haarmähne kauerte sprungbereit auf einem liegenden Baumstamm oder Felsen, die Fäuste geballt, die Arme zum Schlag ausholend richtete sie ihren Blick fest auf eins der beiden schlangengleichen Ungeheuer, die sich anschickten, sie von zwei Seiten anzugreifen. »Es zeigt das Thema unserer augenblicklichen Mission: den Kampf gegen die chalcas Banditen und stravag Söldner der Inneren Sphäre, frapos?«, riet George.

»Pos«, bestätigte Tiberiu und fragte. »Glaubst du, sie kann die beiden Ungeheuer besiegen?«

»Da bin ich mir sicher«, nickte George. »Sie wirkt stark und kompetent, sie hat Mut und Siegeswillen im Blick.«

»Wie groß sind ihre Siegchancen, wenn ich eine Ameise male, die sie in den Fuß zwickt?«

»Sie wird die Ameise ignorieren können und sich nicht ablenken lassen.«

»Und wird sie auch siegen, wenn ich einen Skorpion male?«

George war leicht verwirrt. »Was willst du mir damit sagen, Tiberiu?«

»Ich werde mich nicht einmischen, wenn du meinst, der bessere Sterncommander zu sein. Das ist deine Entscheidung und deine Verantwortung allein. Aber es mag Zeiten geben, da solche Ablenkungen unnötige Ressourcen beanspruchen, die anderweitig sinnvoller eingesetzt wären.«

»Du rätst mir, mich zu gedulden und abzuwarten, frapos?«

»Pos. Wenn du meinst, dass sich Ulern als der schlechtere Sternführer erwiesen hat, dann fordere ihn *nach* der Mission heraus. Wir sind nur noch vier Sprünge von Mannedorf entfernt, die Front ist nur noch fünf Sprünge weit. Ich halte es für besser, von nun an nicht mehr untereinander zu kämpfen, sondern alles so zu lassen, wie es ist und den Blick nach vorn zu richten.«

»Ich verstehe deinen Rat und danke dir dafür. Ob ich ihn befolgen werde, weiß ich noch nicht, aber ich werde darüber nachdenken.«

Er nickte zufrieden. »Dann lass uns nun über deine Kunst sprechen.« Er musterte ihn eingehend. »Du möchtest es nicht versuchen, franeg?«

Bilder mit Bedeutung und gelegentlich schwer zu interpretierenden Inhalten kenne ich bereits aus den Visionen meines ehemaligen Clans, dachte George und blickte auf seine Hände. *Dies sind die Hände eines Kriegers. Sie können zupacken, sie können schlagen, abblocken, zugreifen und zerstören. Aber können sie auch etwas erschaffen?* »Ist es schwer, Malen zu lernen?«

»Neg, aber bevor du ernsthaft zu malen beginnst, musst du zunächst deinen Stil finden. Ich habe jahrelang auch mit Kohlezeichnungen und Radierungen experimentiert, bevor ich mir sicher war, dass die Farbgebung in Öl meinen Neigungen am besten entspricht.«

George betrachtete hilflos die Regale mit Leinwand, Farbtöpfen, Spannrahmen und Skizzenblöcken.

»Du hast nie den Drang verspürt, etwas in einem Bild oder in einer Zeichnung darzustellen, franeg?«

»Neg«, sagte George bekümmert, weil er befürchtete, dass ihm nach seinen misslungenen Versuchen mit Panflöte, elektronischer Orgel, Schlagzeug und Cello nun auch Tiberius Kunstrichtung verschlossen bleiben würde.

»Ich erkenne keinen Sinn darin, dir das Malen beizubringen, nur damit du *irgendeine* Kunst ausübst. Kunst ist kein Sport, in dem man allein durch Übung ans Ziel gelangt. Du musst eine innere Ruhe darin finden können. Vielleicht könnte man die Formulierung wählen: Du musst deine Seele in die Vision deines Bildes einfließen lassen. Ist die Malerei jedoch nicht deine Kunst, so wird sie nicht mehr als eine Fingerübung für dich. Vielleicht wirst du interessante Bilder malen können, aber wirst du in ihnen etwas von dir ausdrücken können?«

»Ich weiß es nicht, Tiberiu.«

»Das musst du herausfinden, bevor ich dir mehr zeigen kann. Schließlich musst du eine Kunst finden, bei der dich die Muse küsst, wie wir Künstler sagen. Wenn du noch nie diese Neigung zum Zeichnen gespürt hast, halte ich es für sehr unwahrscheinlich, dass die Malerei deine Muse ist.« Der Elementar klang ein wenig enttäuscht. »Sehr gern zeigte ich es dir.«

»Gern hätte ich von dir gelernt, aber ich muss tatsächlich erst herausfinden, ob es die Malerei ist, die mir diese Befriedigung verschaffen kann, von der du gesprochen hast. Ich habe inzwischen sehr unterschiedliche Formen von Kunst kennen gelernt. Ich habe mich sogar einmal darin versucht, Marsha in ihrer Kunst des Schachspiels zu schlagen, aber ich bin offensichtlich kein Stratege.«

»Denksport kann eine Kunst sein«, stimmte Tiberiu zu, »aber wenn du herausfinden willst, ob es eine Kunst für dich ist, solltest du auch diese nicht mit einer Meisteraufgabe versuchen. Ich könnte mir vorstellen, dass MechKriegerin Marsha kein Interesse daran hatte, dich den Reiz ihrer Kunst zu lehren oder dir ein paar von ihren besonderen Kombinationszügen beizubringen.«

»Das war vermutlich nicht der Fall«, meinte George. »Aber wenn ich das Schachspiel als Kunst für mich entdecken sollte, müsste ich meine Freizeit gelegentlich mit Marsha verbringen, und dass ist für mich zurzeit nicht erstrebenswert.«

»Wie du willst.« Tiberiu schüttelte leise lachend den Kopf. »Ich möchte dich jedoch darauf hinweisen, dass dein Ausweichen keine dauerhafte Lösung sein kann. Stelle dich den Herausforderungen und meistere sie!«

»Aye, Tiberiu, das werde ich tun. Aber nicht alle Herausforderungen an einem Tag, franeg?«

O-12-Deck Stabsquartiere *Polar Breeze*,
Zenitsprungpunkt Sheliak-System, Geisterbären-Besatzungszone

15. Juni 3054 TNZ, 18:16 Uhr Bordzeit

George stand zwischen Ulern und Tanja in strammer Haltung am Schott der kleinen Kabine. Der gesamte Stern Fünf-Bravo war auf Befehl des Sternhaufencommanders angetreten, der nun an dem im Deck verschraubten Sessel hinter dem Schreibtisch saß, während Karina Hall, seine Stellvertreterin, den Besucherstuhl vor dem Schreibtisch bekommen hatte. Sterncaptain Natalja und Novacommander Atak Snuka, die beiden Binärsternkommandeure an Bord der *Tatzenkralle*, saßen nebeneinander auf der Couch, wobei Atak Snuka ganz den Eindruck machte, als stünde er lieber neben seinen MechKriegern, während Cheftech Ardath neben Mick ebenfalls Haltung angenommen hatte.

»Heute Morgen begann ein neuer Zyklus, der Sterncaptain Marco Tsengs Drei-Alpha und Sterncommander Ulerns Fünf-Bravo betraf«, fuhr Karina Hall fort. »Tech, erläutere den Vorfall!«

»Aye, Sterncaptain Karina Hall. Schon gestern Abend haben meine Techs und ich die Maschinen von Fünf-Bravo vorbereitet und hochgefahren. Die Systemchecks zeigten alles in bestem Zustand, und wir begannen kurz nach Mitte der Bordnacht, die Mechs zu munitionieren. Das hat nicht lange gedauert, weil der *Fire Moth*, der *Kit Fox* und der *Owl* nur mit Energiewaffen bestückt sind, sodass wir nur den *Ursus* und den *Naga* munitionieren mussten. Ich habe mich selbstverständlich um den Prototyp gekümmert. Wir waren fast fertig, als meine Techs mich wegen eines kompletten Systemausfalls zum *Naga* gerufen haben. Mehrere Stunden lang haben wir nicht einmal die Diagnosesysteme dazu gebracht, uns verwertbare Daten zu liefern, sodass wir uns schließlich gezwungen sahen, Schritt für Schritt die Aktivierung des Mechs rückgängig zu machen, angefangen damit, die in die Arrow-IV-Lafetten geladene und für den Check bereits scharf gemachte Munition von Hand wieder zu entladen.«

»Das war der Dekompressionsalarm heute Morgen, frapos?«, knurrte Natalja.

»Aye, Sterncaptain Natalja, er wurde aus Sicherheitsgründen ausgelöst. Nachdem sämtliche Raketen entladen und gesichert waren, ließ sich bereits ein kompletter Systemcheck an dem *Naga* des Sterncommanders durchführen. Daraus zogen wir den Schluss, dass die Raketen entweder vollständig oder zumindest teilweise als Störfaktoren betrachtet werden mussten. Die Diagnosesysteme des Mechs sind zwar wieder in Betrieb, aber die meisten Steuerplatinen in sämtlichen Komponenten des Bordcomputers zeigen Fehlfunktionen und beschädigte Bauteile. Dazu gehören sowohl sämtliche Aktivatoren, die Feuerleitsysteme, die Kommunikationssysteme und die Steuerung des Bordcomputers. Um die Schäden einzugrenzen, haben wir verschiedene Teile des Bordnetzes ausgebaut und einzeln geprüft. Teilweise konnten wir sogar wieder Funktionstests durchführen und haben dabei feststellen müssen, dass sämtliche E-PROMs entweder verschmorte Kontakte aufweisen oder nur noch Nullen in den Speichern haben.«

»E-PROMs sind, wie der Name schon sagt, Speicherchips, die nur ausgelesen aber nicht überschrieben werden können«, unterbrach Atak Snuka. »Wie ist das möglich?«

»Ein ausreichend starker elektromagnetischer Impuls kann auch ROM-Speicher beeinflussen und die darauf gespeicherten Daten unbrauchbar machen«, entgegnete der Tech. »Normalerweise sind die Systeme in eingebauten Zustand durch die faradaysche Wirkung der Panzerung ausreichend gegen solche EMP-Störungen gesichert, aber wenn die Quelle des EMP *innerhalb* des Torsos war, konnte sie die Komponenten beschädigen.«

»Ist der *Naga* reparabel?«, fragte Karina Hall.

»Neg, Sterncaptain. Wegen der ungewöhnlichen Art der Beschädigung sind wir nicht einmal in der Lage, den vollen Umfang der Schäden festzustellen. Ich kann nach den wenigen Stunden Analyse, die mir seit heute Morgen zur Verfügung standen, lediglich sagen, dass es eine äußerst heimtückische Art von EMP-Sabotage war, die zunächst die die Waffensysteme und dann die übrigen Bordcomputer mit einem Virusprogramm *infizierte*, sodass einige interne Komponenten zu EMP-Sendern wurden, die hernach zu physischen Schäden führten.«

»Wenn sämtliche Computerplatinen beschädigt sind, warum ist dann der Fusionsreaktor nicht außer Kontrolle geraten?«, fragte Natalja.

»Ich kann nur Vermutungen anstellen, Sterncaptain Natalja. Diese Wirkung ist möglicherweise erwünscht gewesen, denn sie hätte nicht nur den *Naga,* sondern auch die übrigen Mechs des Sterns im Hangar, den Hangar selbst und beträchtliche Teile des

Landungsschiffes vernichtet oder schwer beschädigt. Wenn das der Plan war, haben wir Glück gehabt, dass die Infizierung mit den Virusprogrammen verhältnismäßig langsam in dem noch nicht ganz aktivierten Mech ablief und noch nicht abgeschlossen war, als die EMP-Attacke ihre Wirkung entfaltete. Im Gegensatz zu den übrigen Computerkomponenten besitzt die Reaktorsteuerung eine interne Abschirmung, die sie auch bei defekter Rumpfpanzerung noch zuverlässig schützt. Es waren die Überspannungsschläge, die als Nebenwirkung der EMP-Attacke durch die Leitungen gingen, die die Reaktorsteuerung eine Notabschaltung vornehmen ließen. Dennoch gelang diese Notabschaltung nicht schnell genug. Teile der Reaktorsteuerung und der Magnetfessel sind ebenfalls beschädigt, und wir haben weder an Bord der Landungsschiffe noch der *Polar Breeze* die Möglichkeit, das exakte Ausmaß abzuschätzen, ohne den Mech wieder in Betrieb zu nehmen. Aus offensichtlichen Gründen rate ich dringend von einem solchen Versuch ab.

Ich gehe zwar davon aus, dass die Sicherheitssperren funktioniert haben und noch immer funktionieren, sodass ein Startversuch nichts weiter als zahlreiche Fehlermeldungen produzieren dürfte, aber ich kann es nicht garantieren, dass der Mech sich nicht doch in eine Fusionsbombe verwandelt, sollte man es versuchen.«

»Damit haben wir jetzt schon *drei* Mechs in diesem unglückseligen Stern, die nicht voll einsatzfähig sind!«, fauchte Natalja frustriert. »Ich will wissen, wer dafür verantwortlich ist!«

»Beherrsche deine Manieren, Sterncaptain Natalja!«, wies Marsen Mitshan sie zurecht. »Zunächst interessiert mich die Methode der Sabotage. Kannst du darüber Auskunft geben, Tech Ardath?«

»Pos, Obkhan, ich kann es sogar demonstrieren. Ich bitte um Erlaubnis, an euren Tisch zu treten.«

»Erlaubnis erteilt.«

Ardath trat vor und zog ein Tuch sowie einige Utensilien aus den großen Beintaschen seines Techoveralls. Das Tuch diente als Unterlage, um den Schreibtisch nicht zu beschmutzen. Er breitete die Bauteile darauf aus und legte ein kleines Messgerät daneben. »Die Technik, eine Rakete im Abschussrohr scharf zu schalten, ist bei KSR, LSR und allen anderen Projektilen mit Eigenantrieb prinzipiell gleich: Wenn die Rakete vom Ladesystem ins Abschussrohr geschoben wird, berühren die aerodynamischen Flossen einen Schalter, der mehrere automatische Vorgänge auslöst. Einer dieser Vorgänge ist der Raketenselbsttest, der in Millisekunden abläuft und erst bei positivem Ergebnis die Statuslichter im Cockpit grün schaltet, um Feuerbereitschaft anzuzeigen.

KSR-Lafetten haben den primitivsten Ablauf: ein Induktionsring im vorderen Teil des Rohrs sendet magnetische Schwingungen aus und induziert auf diese Weise Strom in den Schaltkreisen im Sprengkopf der Rakete. Der Strom ist gering, ein Mensch würde ihn nicht wahrnehmen, aber er genügt, um eine Selbstdiagnose und ein Scharfschalten auszulösen. Das Scharfschalten wird mit einem ebenfalls sehr schwachen magnetischen Puls an den Induktionsring im Rohr zurückgemeldet. LSR und alle anderen Raketen durchlaufen denselben Test, aber sie bekommen dann aus Sicherheitsgründen eine Negierungssignal, das die Sprengköpfe in einen gesicherten Zustand zurückversetzt. Im Gegensatz zu LSR-Lafetten, die nichts weiter tun können, als die Raketen zu entsichern und zu sichern, sind Arrow-IV-Lafetten geradezu Kommunikationsgenies. Immerhin müssen sie den Sprengköpfen der Raketen zusätzlich komplizierte Koordinaten und Flugbahndaten übermitteln können. In diese Zusatzfunktionen sind unter anderem Abfrage der Zielkoordinaten, Änderung und völlige Löschung der Koordinaten enthalten.«

»Mach es kurz, Tech!«, knurrte Natalja. »Dein technisches Geschwätz ist irrelevant! *Wie* ist es gemacht worden?«

Ardath zuckte zusammen. »Dazu komme ich gerade, Sterncaptain Natalja. Ich habe hier die Kommunikationseinheit aus dem Sprengkopf einer normalen Arrow-IV-Rakete mitgebracht und eine gleiche Einheit aus einer der sabotierten Raketen. Das Messgerät hier dient dazu, die in einem Depot gelagerte Munition zu überprüfen. Man hält das Messgerät an die Rakete und drückt diesen Knopf. Der Sender funktioniert genauso wie der Induktionsring im Abschussrohr und kann mit den Raketen kommunizieren. Auf diese Weise lässt sich problemlos feststellen, ob ein Raketenpack funktionsbereit ist oder nicht *bevor* er in den BattleMech geladen wird.«

»Ist dieser Check gemacht worden?«

»Neg, Sterncaptain Karina Hall. Dieser Check gehört zu den Routinekontrollen im Feld und in Depots, in denen die Munition länger als sechs Terranormmonate lagert. Aber es eignet sich dazu, die Sabotage zu demonstrieren.« Er hielt das Prüfgerät an die Kommunikationseinheit der normalen Arrow-IV-Rakete.

Marsen Mitshan und Karina Hall beugten sich stirnrunzelnd vor, die anderen waren zu weit entfernt, um das kleine Display lesen zu können. »Was bedeutet Fehlercode 17-A2?«

»Das Gerät gibt diese Fehlermeldung hier aus, Obkhan, weil es nicht in der Lage ist, mit dem Sprengkopf zu kommunizieren und ihn scharf zu schalten«, erklärte Ardath und hielt das Gerät an die sabotierte Kommunikationseinheit. Er achtete darauf, dass die beiden Offiziere das Display sehen konnten.

»Kerensky, was sind das für Zeichen?«, fragte Marsen Mitshan überrascht.

»Savashri, und warum hört es nicht mehr auf?«, fragte Karina Hall.

»Krieger, das weiß ich nicht. Ich hatte bisher nicht die Zeit und auch nicht die Autorität, um Versuche damit zu machen. Meine Vermutung ist, dass es sich hierbei um einen hexadezimalen Code in Maschinensprache handelt, der sich selbst in die Speicher der angeschlossenen Raketenlafette schreibt und von dort immer weiter ausbreitet. Irgendwie sorgt er dafür, dass der Induktionsring kontinuierlich Energie zur Verfügung stellt, bis er durchbrennt, was ungefähr nach drei bis fünf Sekunden der Fall ist. Diese Zeitspanne ist für die Computer und Mikroprozessoren jedoch so wie ein Jahrhundert. Auf jeden Fall ist genug Zeit für den Virus, um sich in allen angeschlossenen Systeme auszubreiten und sie zu infizieren, um von dort weiter fortgeschrieben zu werden.«

»Wie viele unserer Munitionspacks sind sabotiert worden?«

»Wir haben zunächst die Bereitschaftsmunition im Hangar kontrolliert, Novacommander Atak Snuka. Von denen war keiner weiter betroffen, und ich habe meine Techs vor einer halben Stunde beauftragt, sämtliche Munitionsvorräte an Bord der *Tatzenkralle* zu überprüfen. Außerdem habe ich noch entsprechende Berichte an die *Bärenpirsch*, die *Polarhöhle* und die *Polar Breeze* weitergegeben.

Dieser Bericht hat ebenso euch erreicht, Obkhan, und darauf erging euer Befehl an uns, hier anzutreten.«

»Das ist eine gute Zusammenfassung der Ereignisse und eine anschauliche Darstellung der technischen Zusammenhänge gewesen«, lobte Marsen Mitshan. »Ziehe dich nun zurück, während wir beraten, Tech Ardath.«

»Aye, Obkhan.«

»Ohne *Ursus*, *Naga* und *Fire Moth* ist Stern Fünf-Bravo praktisch kampfunfähig«, stellte Natalja fest, als der Cheftech der *Tatzenkralle* gegangen war. »Der *Naga* fällt wegen Sabotage komplett aus, der *Ursus* hat noch immer eine reduzierte Höchstgeschwindigkeit, die weit unter der Marschgeschwindigkeit des übrigen Sterns liegt, und der Reaktor des *Fire Moth* zeigt derartige Verschleißerscheinungen, dass er ausgewechselt werden muss. Ein Einsatz des Mechs ist riskant und sollte nur noch im Notfall in Betracht gezogen werden. Damit brauchen wir neue Mechs.«

»Ich wage, dir zu widersprechen, Natalja«, warf Atak Snuka ein. »Zunächst sollten wir ausschließen können, dass es zu weiteren Sabotageakten kommen kann. Die Situation des *Ursus* ist stravag, aber sie ist leicht zu erklären. Die Ausfälle von *Fire Moth* und *Naga* sind dagegen keine Routinefälle, und ich vertrete die Ansicht, dass auch der erst in den letzten Wochen festgestellte Verschleiß an dem leichten OmniMech genau untersucht werden muss.«

»Im Namen Kerenskys, Atak Snuka, deine Andeutungen sind chalcas!«, stieß Karina Hall hervor. »Wir alle hier sind Krieger, wir alle hier sind Geisterbären! Deine Verdächtigung entbehrt jeder Grundlage und ist aufs Äußerste ehrlos!«

»Neg, Sterncaptain«, widersprach Marsen Mitshan, »wie auf Tukayyid lehrt uns die Innere Sphäre jeden Tag, dass es gefährlich ist, sich auf alte Werte zu verlassen, nur weil sie schon immer so waren. Selbst wenn wir für uns persönlich eine derart ehrlose Tat ausschließen können, ohne darüber nachdenken zu müssen, so sollten wir dennoch gewärtig sein, dass es auch im Clan der Geisterbären Individuen gibt, die zu solch einem Akt fähig sind. Karina Hall, hast du vor deinem Kommen die Daten abgerufen, wie ich es dir aufgetragen habe?«

»Pos, Obkhan.«

»Sprich.«

Sie zuckte verständnislos die Schultern. »Sämtliche Mechs des Sterns Fünf-Bravo sind von der Far-Range-Akademie auf Bearclaw zum 371sten überstellt worden. Die Ersatzteile für den Prototypen sowie die Munition für den *Naga* stammen ebenfalls von dort, weil die Raumhafendepots keine Arrow-IV-Bestände mehr hatten. Sterncolonel Sharleen Bekker hatte sich deshalb auf meine Bitte hin bereit erklärt, uns auch Arrow-IV-Packs zu liefern.«

»Ich fasse die bisher bekannten Tatsachen zusammen«, sagte der Sternhaufencommander. »Sämtliche Probleme sind im Stern Fünf-Bravo aufgetreten. Sämtliche Probleme sind geschickt getarnt und – falls es sich um Sabotageakte handelt – für die Kriegerkaste untypisch. Alle Probleme hängen mit Material zusammen, das uns von der Akademie übergeben worden ist. Habe ich etwas vergessen, Sterncaptain?«

»Du weißt, dass das nicht der Fall ist, Obkhan.«

»Eine Ermittlung innerhalb des 371sten würde der Einheit zu diesem Zeitpunkt, kurz vor dem Einsatz, sehr schaden und den Saboteuren einen unverdienten Erfolg bescheren. Dazu bin ich nicht bereit. Ich werde keine Spekulationen darüber zulassen, welcher Kaste ein Saboteur angehören mag, wenn er wirklich an Bord sein sollte, und warum er sich auf Stern Fünf-Bravo hätte beschränken sollen, wenn ihm für seine raffinierten Anschläge *ein ganzes Sprungschiff* zur Verfügung stand. Wir werden auch nicht darüber spekulieren, ob wir überhaupt das Ziel dieses Anschlags waren oder versehentlich betroffen sind. Sämtliche Äußerungen und Informationen dazu bleiben in diesem Raum!« Er sah nacheinander seinen Offizierem und jedem der MechKrieger eindringlich in die Augen. »Sterncaptain Natalja, du sorgst dafür, dass Cheftech Ardath und seine Leute den Mund halten!«

»Aye, Obkhan.«

»Karina Hall, du gibst das Gleiche an die übrigen Techs auf unseren Schiffen weiter, die Ardath' Bericht erhalten haben und an der Überprüfung der Munitionsvorräte beteiligt waren!«

»Aye, Obkhan.«

»Bis dass die Ereignisse meine Worte gegenstandslos machen, gehen wir davon aus, dass wir keine Saboteure an Bord und keine weiteren Sabotageakte zu befürchten haben. Wir werden einen vollständigen Bericht zusammenstellen und per HPG nach Alshain und zu den Heimatwelten übermitteln lassen. Damit ist der Fall für uns abgeschlossen. Wir müssen uns auf unsere Mission konzentrieren. Die Nachrichten, die ich von Alshain erhalten habe, sind Besorgnis erregend, aber davon werden wir in diesem Kreis nicht sprechen, bis es Zeit ist, den Sternhaufen zu informieren.

Khan Bjorn Jorgensson hat mich darüber informiert, dass wir bereits als Bestandteil seiner Abwehrstrategie der zahlreichen Überfälle aus der Inneren Sphäre fest eingeplant sind. Weder an unserem Reiseziel noch an der Dringlichkeit, mit der wir es erreichen müssen, hat sich etwas geändert. Mein Binärstern eins, Edwin Bekkers Binärstern zwo, Marco Tsengs Nova drei und Nataljas Binärstern vier sind vollzählig und einsatzbereit, wie es unter den Umständen einer derart langen Reise entspricht.

Atak Snukas Binärstern fünf ist jedoch kritisch geschwächt, und ich stimme dir zu, Natalja, dass wir Nachschub in Form von Mechs benötigen. Die nächste mögliche Quelle ist Alshain, zurzeit nur einen Sprung entfernt, aber wir können den Flugplan der *Polar Breeze* nicht ändern, ohne unsere Ankunft auf Mannedorf unakzeptabel hinauszuzögern.

Deshalb hört meine Befehle: Sterncaptain Karina Hall, Sterncaptain Natalja, Novacommander Atak Snuka und Sterncommander Ulern, ihr überlegt euch mögliche Szenarien, wie wir mit Nachschub versorgt werden können. Nehmt Kontakt mit Mannedorf und Alshain auf, was für Mechs uns von dort bereitgestellt werden können, denn Fünf-Bravo braucht schnelle und sprungfähige Maschinen. Außerdem prüft ihr, auf welche Weise die Maschinen in unseren Besitz gelangen können. Entweder muss die *Tatzenkralle* nach Alshain, um dort die Mechs abzuholen, oder wir vereinbaren ein Rendezvous mit einem Schiff, das von Alshain aus auf unsere Reiseroute springt. Unter diesen besonderen Umständen besitze ich die Autorität des Khans, sogar Sprungschiffe für unsere Zwecke zu requirieren, denn Aletha Kabrinski hat einer schnellen Reise des 371sten höchste Priorität zugeordnet. Berücksichtigt das bei euren Plänen!«

»Aye, Obkhan.«

»Entlassen.«

Kriegerquartiere O-1-Deck, Landungsschiff *Tatzenkralle*, Bremsphase zum Rendezvouspunkt, Alshain-System, Geisterbären-Besatzungszone

16. Juni 3054 TNZ, 02:16 Uhr Bordzeit

Ulern, George und Mick saßen eng aneinander gepresst auf der linken Bank, um gemeinsam Ulerns Memopad lesen zu können, während Tanja und Sevenik ihnen gegenübersaßen und die Hälse reckten. Endlich waren die Daten von Alshain eingetroffen, welche Mechs das Landungsschiff, mit dem sie sich mitten im Nirgendwo treffen würden, ihnen mitbrachte.

Zunächst hatte die *Tatzenkralle* kurz vor dem Sprung der *Polar Breeze* abgekoppelt, um den dreistündigen Flug zum Zerstörer der Yorkklasse *Glory Warrior* anzutreten. Das Kriegsschiff war nach Alshain gesprungen und hatte an einem leeren Dockkragen die *Tatzenkralle* mitgenommen. Die *Glory Warrior* war an einem Piratensprungpunkt in der Nähe des großen Gasplaneten materialisiert, um seinen Landungsschiffen den Transit nach Alshain auf drei Tage zu verkürzen. Auf Befehl Nataljas steuerte die *Tatzenkralle* die Rendezvouskoordinaten jedoch nicht mit Standardschub, sondern mit doppelter Beschleunigung an, und der Frachter von Alshain hatte von ihr die gleichen Befehle erhalten. In wenigen Stunden bereits würden sie die neuen Mechs an Bord haben.

»Man hat mir einen *Supernova* zugedacht«, bemerkte Ulern gleichzeitig überrascht und ein wenig enttäuscht. Ein *Supernova* trug sechs schwere Extremreichweitenlaser und keine weiteren Waffensysteme. George wusste inzwischen, dass der Sterncommander mit Projektilwaffen am besten umgehen konnte. Langstreckenraketen waren seine bevorzugten Geschütze, und der *Naga* mit Arrow-IV-Lafetten hatte sehr gut zu Ulerns Talenten gepasst. Der ErsatzMech war zwar zehn Tonnen schwerer und außerdem sprungfähig, aber mit nur 54 Stundenkilometern Höchstgeschwindigkeit passte er nicht sehr gut zu einem schnellen Scoutstern. Seine Laser trug der avoide Mech in zwei gewaltigen Unterarmmanschetten, die den Geschützen ein besseres Schussfeld verliehen als im Torso montierte Waffen, aber der *Supernova* war kein OmniMech und ließ eine Anpassung seiner Bewaffnung auf besondere strategische oder taktische Bedingungen nicht zu.

»Hinzu kommt, dass der Mech beschädigt ist«, stellte Ulern fest. »Nach dem Wartungsbericht ist eine Sprungdüse defekt, und zwei der Laser müssen ausgetauscht werden. Unter *Sonstiges* ist vermerkt, dass er nicht vollständig gepanzert ist.«

»Das alles sind Ersatzteile, die wir an Bord haben sollten«, meinte Mick. »Die beiden mittelschweren Mechs sind auch keine Omnis. Es handelt sich um einen *Conjurer* und einen *Mist Hawk*. Bekomme ich den leichteren?«

»Beide besitzen dieselbe Sprungkapazität und dieselbe Höchstgeschwindigkeit«, sagte Ulern, »sodass der leichtere Mech keine Vorteile birgt. Warum wählst du diesen?«

»Ich beanspruche den fünf Tonnen leichteren *Conjurer*, auf dass ich mich leichter auf ihn einstellen kann. Das sind nur dreißig Tonnen Unterschied zu dem *Fire Moth* statt fünfunddreißig, und George wird es nicht schwer fallen, sich auf fünf Tonnen Mehrgewicht umzustellen, frapos?«

»Pos«, bestätigte George. »Ich habe nichts dagegen, dass Mick den *Conjurer* bekommt. Ich bevorzuge den 55-Tonnen-*Mist Hawk*. Er ist in seiner Bewaffnung dem *Conjurer* recht ähnlich, aber er hat dennoch ein wenig mehr Feuerkraft.«

»Der *Conjurer* ist der einzige Mech, der aus einem Depot kommt, der *Supernova* und der *Mist Hawk* hingegen kommen von der Silverdale-Akademie auf Alshain, weil nirgendwo sonst so schnell

Mechs verfügbar waren, die unserem Anforderungsprofil entsprochen haben«, sagte Ulern. »Deshalb hat auch der *Mist Hawk* diverse Gefechtsschäden, die noch nicht vollständig behoben sind: Die drei Maschinengewehre im linken Arm sind weggeschossen worden, ebenso wie das Hauptgeschütz, und unter *Sonstiges* stehen hier Elektronikfolgeschäden durch einen Cockpittreffer und fehlende Panzerung. Du wirst dich zu Ardath' Techs gesellen und ihnen helfen müssen, den Mech kampfbereit zu machen, George.«

»Ich bin dazu bereit, Sterncommander, aber bei doppeltem Andruck werden sich die Arbeiten als äußerst mühselig gestalten und sehr langsam vonstatten gehen.«

»Das ist mir klar, MechKrieger. Dennoch muss ich den sofortigen Beginn der Arbeiten befehlen, damit wir mit unseren Sternsimulationen beginnen können, sobald wir das Sprungschiff erreichen. Auch ich werde den Techs helfen, den *Supernova* einsatzbereit zu machen. Unsere Zeit ist knapp bemessen, und wir haben innerhalb von Fünf-Bravo eine völlig neue taktische Situation, auf die wir uns erst einstimmen müssen.« Ulern blickte Mick, Tanja und Sevenik an. »Natalja verlangt von uns, dass wir unsere technische Einsatzfähigkeit vor dem Sprungpunkt erreichen. Jegliche Hilfe eurerseits ist willkommen.«

Ein Frachter der Händlerkaste, die *Bear's Legacy*, war für den Transport der *Tatzenkralle* requiriert worden. Das kleine Sprungschiff der Hunterklasse lag am Nadirsprungpunkt über dem Südpol von Alshains Sonne, sodass nach dem Transfer der BattleMechs beinahe eine volle Transitdistanz von der *Tatzenkralle* zurückgelegt werden musste, um das Sprungschiff zu erreichen. Für Sterncaptain Natalja zählte bereits jetzt jede Minute, und sie trieb ihre Krieger und die Besatzung des Landungsschiffes in ihren Wutanfällen unbarmherzig an.

Hangardeck *Tatzenkralle*, angedockt am Sprungschiff *Bear's Legacy*,
Zenitsprungpunkt Marawi, Geisterbären-Besatzungszone

20. Juni 3054 TNZ, 03:39 Uhr Bordzeit

Ulerns Blick verfinsterte sich, als die Wut in ihm aufstieg. George wappnete sich. Der Instandsetzungsbericht des *Mist Hawk* enthielt einige erledigte Arbeiten, für die er normalerweise die Genehmigung seines Vorgesetzten gebraucht hätte. »George, du bist chalcas!«, stellte Ulern schließlich fest und blickte ihn direkt an.

Mick, Tanja und Sevenik wurden ob der lauten Stimme aufmerksam und schwangen sich herüber.

»Du hast den Zielcomputer entfernen lassen, weil wir kein Ersatzsystem an Bord haben. Das lasse ich nachträglich zu. Aber du hast das Maschinengewehr im Torso durch ein Raketenabwehrsystem ersetzt, ohne mich oder Novacommander Atak Snuka zu fragen. Das lasse ich *nicht* zu. Du wirst Ardath anweisen, das RAS wieder auszubauen.«

George schüttelte den Kopf und packte das Geländer fester, an dem er sich festhielt. »Neg, das Raketenabwehrsystem bleibt eingebaut.«

Ulern funkelte ihn an. »Du forderst einen Widerspruchstest, frapos?«

Er nickte. »Pos. Der schwere Impulslaser ist überhaupt nicht mehr vorhanden gewesen und musste aus den Beständen der *Tatzenkralle* geholt werden. Die drei mittelschweren Impulslaser im Torso waren völlig dejustiert, aber jetzt funktionieren sie wieder normal. Die Feuerleitsysteme der beiden Blitz-KSR-Lafetten waren so zerschossen, dass wir beide komplett austauschen mussten. Das Cockpit des *Mist Hawk* war schwer beschädigt und an so vielen Stellen undicht, dass wir fast die gesamte Versiegelung und Panzerung neu aufbauen mussten. Ardath und seine Techs haben alle diese Arbeiten abgeschlossen, aber sie sind mit der Konfiguration und Programmierung der Steuersysteme noch immer nicht fertig geworden. In Anbetracht dieser umfangreichen Mühen, die wir mit dem Nachschub hatten, habe ich mir erlaubt, über die vier Maschinengewehre nachzudenken, die dieser Mech trägt. Mit nur einer Tonne Munition dürften die Geschütze schon nach kurzer Zeit schweigen, und so habe ich beschlossen, dass ich zumindest auf das Torsogeschütz verzichten kann. Die drei MGs im linken Arm sind für den Preis einer kaum verringerten Feuerkraft etwas länger im Gefecht. Die Nutzung des Freiraums im Torso für ein RAS mit zwei Tonnen Munition ist eine sinnvolle Ergänzung der Bestückung, die sich positiv auf die Ausdauer des *Mist Hawk* auswirkt.«

»Beende deine Argumentation und kämpfe!«, rief Ulern wütend. »Nicht die Arbeiten stehen zur Debatte, sondern dein chalcas Verhalten!« Er stieß sich von der Leiter ab, an der er sich festgehalten hatte, und schwebte mit geballten Fäusten auf George zu.

George sah ihn kommen, reagierte jedoch nicht. Ulern hatte offensichtlich erwartet, dass er auswich, sodass er sich an dem Geländer fangen und zum eigentlichen Angriff ansetzen konnte, aber nun zwang George ihn, den Schwung seines Flugs auszunutzen. Ein zusätzlicher Pluspunkt in den Augen der Sternkameraden war, dass George ihm den ersten Schlag gewährte. Ulerns Faust drosch zu, riss Georges Kinn herum und hätte ihn beinahe den Griff am Geländer lösen lassen – aber sie stoppte auch den Körper des Sterncommanders und ließ ihn nahezu unbeweglich in der Luft hängen.

Mit blutender Lippe grinste George ihn grimmig an. »Ich gewähre dir Hegira, Sterncommander Ulern, wenn du dich nun geschlagen gibst.«

Er hatte inzwischen seinen Fehler erkannt. Nach einigen krampfhaften Verrenkungen, die ihn in eine langsame Drehung versetzten, ihn jedoch nicht in die Nähe von irgendetwas brachten, hielt er inne. Ulern würde noch eine ganze Weile durch den Hangar treiben, bevor er sich von einer Wand abstoßen und wieder normalen Bewegungsmustern würde folgen können. Mit sichtlicher Anstrengung unterdrückte er seine Wut und seufzte. »Hegira?«

»Hegira«, bestätigte George.

»Hegira«, akzeptierte Ulern resignierend.

George schwang sich an dem Geländer nach oben und brachte die Beine in die Reichweite seines Sterncommanders.

In diesem Augenblick kam Alois in den Hangar, der Anführer des Elementarstrahls in Artan Snukas Stern Fünf-Alpha, und hangelte sich an dem Laufsteg entlang zu den MechKriegern. »Warnung vor dem Sterncaptain«, raunte er, als er vorbeikam. »Natalja hat *extrem* schlechte Laune.«

»Was ist passiert?«, fragte Mick.

»Die *Polar Breeze* ist nicht hier«, erklärte Alois. »Sie muss von Sheliak zum Nadir von Malawi gesprungen sein.«

»Damit stirbt der Traum, den 371sten wieder einzuholen«, stellte Sevenik fest.

Fast vier Tage lang war die *Tatzenkralle* mit knochenbrechenden zweieinhalb g durch das Alshain-System gerast, um den Sprungpunkt zu erreichen. Durch ein Versäumnis bei der Planung der Nachschubaktion für Fünf-Bravo wusste niemand an Bord von *Bear's Legacy* und *Tatzenkralle*, ob die *Polar Breeze* am Zenit oder am Nadir von Marawi stand. Auf Nataljas Befehl hatte der Frachter den Zenitsprungpunkt angesteuert. Offensichtlich hatte sich dieser Versuch jedoch nun als Fehlschlag erwiesen.

Laut Flugplan hatte das Sprungschiff des Sternhaufens am 16. Juni das Marawi-System erreicht und würde es nach ungefähr 130 Stunden Aufladezeit am 21. Juni – morgen – wieder verlassen. Die schnelle *Polar Breeze* benötigte im Durchschnitt einen Tag weniger zum Aufladen ihres Sprungantriebs als die *Bear's Legacy*, die zwar mit Lithium-Fusionsakkumulatoren ausgestattet war, um zwei Sprünge direkt hintereinander machen zu können, aber die zusätzlichen Energiespeicher waren noch leer gewesen, als die *Tatzenkralle* das Schiff erreichte, und es würde ungefähr eine Woche dauern, sie aufzuladen.

Der nächste Sprung würde die Schiffe nach Ardoz führen, wo die *Polar Breeze* vom 21. Juni bis 24. Juni aufladen würde. Die kurze Ladezeit erklärte sich durch den kurzen Sprung nach Mannedorf, für den das Schiff keine volle Ladung mehr benötigte. Die

Bear's Legacy würde erst am 23. Juni in der Lage sein, nach Ardoz zu springen, sodass sich eine nur eintägige Parallele ergab.

Sevenik schien diesen Umstand übersehen zu haben, als er davon sprach, dass man den 371sten nicht mehr würde einholen können. Sollten sie jedoch auch im Ardoz-System auf den falschen Sprungpunkt setzen, würde die *Bear's Legacy* sie nach Mannedorf bringen müssen, wo sie nach derzeitigem Flugplan am 26. Juni – zwei Tage nach der *Polar Breeze* – eintreffen würde.

Alois schwang sich an der Leiter herum und schwebte durch eine Luke ins Panzerplattenmagazin. Ulern und Mick wandten sich geistesgegenwärtig ihren Mechs zu, um sich der Arbeit in den Cockpits zu widmen. Tanja zog George hinter sich her in den Waschraum. In diesem Augenblick störte es ihn nicht, dass es der Waschraum für die Techs war.

Kriegerquartiere O-1-Deck, Landungsschiff *Tatzenkralle*, angedockt am Sprungschiff *Bear's Legacy*, Zenitsprungpunkt Ardoz-System, Geisterbären-Besatzungszone

25. Juni 3054 TNZ, 07:56 Uhr Bordzeit

»Dein *Mist Hawk* hat einen schweren Impulslaser und zwei 2er-Blitz-KSR-Lafetten als Primärgeschütze, gleichsam wie mein *Conjurer*«, erläuterte Mick. »Als sekundäre Bewaffnung trägt mein *Conjurer* zwei mittelschwere ER-Laser, während du drei mittelschwere Impulslaser und obendrein noch die drei MGs als IAW-Waffen hast.«

»Damit sind die taktischen Bedingungen für beide Mechs gleich«, stellte George fest.

»Pos. Mit knapp einhundert Kilometern in der Stunde sind beide gleich schnell, und mit je sechs Sprungdüsen haben wir auch dieselbe Sprungkapazität. Das macht uns nicht nur taktisch, sondern auch operativ nahezu gleichwertig.«

»Die Konfiguration unseres Sterns mit dem überschweren *Supernova*, unseren beiden mittelschweren Mechs und den beiden leichten Aufklärern prädestiniert eine Aufgabenteilung, in der Ulern als Rückendeckung fungiert, während Tanjas *Owl* und Seveniks *Kit Fox* die Flanken decken, um uns beiden einen schnellen Vorstoß zu gestatten«, stimmte George zu. »Denkbar wäre auch eine ungleiche Aufteilung, bei der einer von uns jeweils einen Scout als Flanken- und Rückendeckung auf einem schnellen Vorstoß begleitet, während Ulern seinen *Supernova* als eine taktische Reserve bereit hält.«

»In einem solchen Fall würdest du es vorziehen, mit Tanja zusammenzuarbeiten, frapos?«, fragte Mick lächelnd.

»Pos, sie ist eine verlässliche Kameradin im Kampf, und ich schätze ihre Fähigkeit, in hektischen Situationen einen kühlen Kopf zu behalten.« George grinste zurück. »Du möchtest ebenfalls lieber mit Tanja als mit Sevenik in den Kampf ziehen, frapos?«

»Pos. Seveniks Hand ist manchmal schneller als sein Kopf. Auch er ist ein treuer Mitstreiter und ein tödlicher Gegner, aber er hat noch immer ein taktisches Defizit, das auch seinen Kameraden im entscheidenden Moment zum Nachteil gereichen kann.«

»Wenn die Sorge um Sevenik dein Handeln beeinträchtigt, bin ich bereit, mit dir zu tauschen. Ich traue mir zu, auch für ihn zu denken.«

Mick bemühte sich, sich die Erleichterung nicht allzu sehr anmerken zu lassen. »Ich schulde dir Ehre, George. Selbstverständlich hängt alles von Ulerns Entscheidungen ab.«

George nickte lächelnd. »Wir werden ihn im richtigen Moment zu beraten wissen.«

Mick und Tanja kamen herein, gefolgt von Ulern und Novacommander Atak Snuka.

»Soeben ist eine Depesche vom 371sten übermittelt worden«, gab der Sterncommander bekannt. »Der Sternhaufen hat Mannedorf vor wenigen Stunden erreicht und steht mit der inzwischen fast vernichteten Garnison zusammen bereits im Gefecht mit den Banditen.«

Auch im Ardoz-System war es ihnen noch nicht gelungen, die *Polar Breeze* zu treffen. Der von Marawi aus besser erreichbare Sprungpunkt war der über dem Nadir, aber von Ardoz' Zenit aus erleichterte man sich den Sprung zu dem Piratenpunkt im Mannedorf-System, von dem aus der Planet nur vierzehn Flugstunden entfernt war. Daher hatte Natalja befohlen, den Zenit anzusteuern, aber offenbar hatte die *Polar Breeze* den Nadir angesteuert gehabt, denn der Sprungpunkt war leer gewesen.

»Hoffentlich lassen sie noch etwas für uns übrig«, warf Mick ein. »Wir springen morgen, frapos?«

»Pos«, bestätigte Atak Snuka. »Wir werden sofort abkoppeln und unter starker Beschleunigung den Planeten ansteuern. Sterncaptain Natalja hat mich angewiesen, alles für einen Gefechtsabwurf bereit zu machen. Sie wird nicht einmal eine Minute verschwenden wollen, um an den Feind zu kommen. Ulern, du wirst deshalb deinen Stern auf einen Gefechtsabwurf vorbereiten und noch einmal alles überprüfen lassen. Die Mechs müssen einsatzbereit sein. Sobald wir in die Bremsphase nach Mannedorf eintreten, werden die Munitionsbunker der Maschinen aufgefüllt. Ich ordne hiermit Gefechtsbereitschaft in den Cockpits an, sobald wir den Orbit erreichen!«

»Aye, Novacommander Atak Snuka.«

Als er die Kabine verlassen hatte, sahen sie sich erwartungsvoll an. George sah in Tanjas Gesicht die Kampflust glühen.

»Ihr habt die Befehle vernommen, Fünf-Bravo«, sagte Ulern. »Geht in den Hangar, und kümmert euch um die Mechs!«

»Aye, Sterncommander«, antworteten sie im Chor und schwangen sich an ihm vorbei in den Korridor hinaus.

Im Sturm

MechHangar *Tatzenkralle*, im Anflug auf die HPG-Polarbasis Nord, Mannedorf, Geisterbären-Besatzungszone

27. Juni 3054 TNZ, 4:19 Uhr Ortszeit

Die Innere Sphäre! Endlich sehen wir sie mit eigenen Augen! Dieser seltsam anmutende Gedanke lenkte George einen Augenblick ab, als sich das große Tor zur halb ausgefahrenen Rampe öffnete. Zu sehen war dort draußen nichts. Das neblige Schneegestöber außerhalb der Tatzenkralle heulte als orkanartiger Fahrtwind am Tor vorbei, als das Schiff immer noch abbremste.

»Stern Fünf-Bravo, Bereitschaft melden!«, befahl Ulerns Stimme über Takcom.

George biss die Zähne zusammen, um den Sternkanal zu öffnen. »Fünf-Bravo-Beta, *Mist Hawk* gefechtsbereit.«

Tanja reagierte prompt: »Fünf-Bravo-Gamma, *Owl* gefechtsbereit.«

»Fünf-Bravo-Delta, *Kit Fox* gefechtsbereit«, fügte Sevenik hinzu.

»Fünf-Bravo-Epsilon, *Conjurer* gefechtsbereit«, schloss Mick.

»Fünf-Bravo-Alpha«, vervollständigte Ulern, »*Supernova* gefechtsbereit. Fünf-Bravo, bereit halten zum Lösen der Halteklammern!«

Noch standen die fünf BattleMechs in ihren Wartungsgerüsten, von elektronisch gesperrten Halteklammern gegen die Erschütterungen des Anflugs gesichert, und warteten auf das Startsignal.

Als das Union-C-Landungsschiff den Orbit von Mannedorf erreicht hatte, war erneut eine Depesche von der Keshik der Mannedorf-Garnison eingegangen, die den Informationsaustausch und die Befehlsweitergabe der im Kampf stehenden Geisterbären-Einheiten koordinierte. Das Hauptgefechtsfeld war die Küstenebene westlich der Zentralbasis am Äquator, zu der neben den Garnisonsquartieren und den größten Industrieanlagen auch den Hauptraumhafen Mannedorfs gehörte. Mit Guerillataktiken war es dem Abschaum aus der Inneren Sphäre bisher gelungen, den 371sten in tagelangen Gefechten hinzuhalten und den entscheidenden Sieg hinauszuzögern. Noch vor drei Jahren wäre der Sturmsternhaufen nach bereits einem Tag am Ende gewesen, mit leer geschossenen Lafetten und Kanonen zum kläglichen Rückzug gezwungen, aber der Geisterbär hatte aus den Erfahrungen von Tukayyid gelernt und auf Kosten von nur wenigen Prozenten Schlagkraft die Mechs so konfiguriert, dass sie im Feld mit wenig Munition auskamen und notfalls auch mehrere Tage ganz ohne Nachschub kämpfen konnten.

Nun gab es zusätzliche Meldungen über feindliche Einheiten in der Nordpolarregion, und Marsen Mitshan sah sich gezwungen, Sicherungskräfte für die HPG-Station abzustellen. Es war ein glücklicher Umstand für ihn, dass sich zu dieser Stunde einige seiner Sterne im Anflug befanden, sodass er keine Kräfte aus dem Gefecht abziehen musste.

Natalja dagegen empfand es anders. Der Befehl, einen Stern zur Sicherung der HPG-Basis abzustellen, würde ihr Kommando schwächen. Sie spuckte Gift und Galle, während sie sich fügte. Undenkbar, ihren eigenen Binärstern aufzuteilen. Vier-Alpha und Vier-Bravo, ihre Todesspringer und Sterncommander Kris' Eiswinde, waren excellent aufeinander eingespielt. Die logische Wahl wären daher Novacommander Atak Snukas Schneestürmer gewesen, aber Stern Fünf-Alpha war der Einzige mit einem Strahl Elementare unter Nataljas Kommando, und sie wollte nicht auf die taktische Flexibilität, die sie ihr verliehen, verzichten.

So traf es Ulerns Stern Fünf-Bravo, die Ehre der Verteidigung der Polarbasis zu übernehmen. Sie empfanden es nicht als Ehre, sondern als Dezgra, auf diesen Außenposten abgeschoben zu werden, und jeder von ihnen hoffte inständig, dass die stravag Banditen, die hier nichts anderes vorhaben konnten, als ein Ablenkungsmanöver zu versuchen, einen anständigen Gegner im Gefecht darstellen würden.

Ein Glockenton erklang in ihren Neurohelmen, die *Tatzenkralle* hatte hinreichend abgebremst, um den Mechs das Manövrieren im Fahrtwind auf der Rampe zu gestatten. Das Landungsschiff flog noch immer mit hundertfünfzig Stundenkilometern, es ritt auf seinen sonnenhell lodernden Antriebsflammen, und Fünf-Bravo hatte dreißig Sekunden, um den Hangar zum Gefechtsabsprung zu verlassen. Auf die Funksignale aus den Cockpits hin fielen die Haltebolzen aus den Klammern, und die Wartungskokons gaben die Mechs frei.

»Achtung, Fünf-Bravo: Mick und Tanja gehen vor, dann komme ich. Mir folgt Sevenik nach, George übernimmt die Nachhut. Kein Zögern, jeder achtet beim Sprung nur auf den Vordermann! Los!«

Micks *Conjurer* stapfte auf die Rampe hinaus und schwankte etwas in dem böigen Wind. Tanjas *Owl* war ihm dicht auf den Fersen. Fast gleichzeitig ließen sie ihre Sprungdüsen in einem kurzen Schubstoß aufblitzen, um ein wenig von der Rampe abzuheben und dem dichtauf folgenden *Supernova* Platz zu machen. *Conjurer* und *Owl* sanken in die Nebelschleier weg, die für wenige Sekunden von den flackernden Bremsschüben aus den Sprungdüsen erhellt wurden. Ulerns *Supernova* sprang. Seveniks *Kit Fox* hatte sich im Wartungsgerüst verhakt, er hatte wertvolle Sekunden gebraucht, sich zu befreien. Der 30-Tonner lief beinahe auf die Rampe hinaus, um den Anschluss zu behalten, und George musste sich beeilen, um ihm folgen zu können. Beinahe im letzten Augenblick erst, bevor er über das Ende der Rampe zu fallen drohte, sprang der *Kit Fox* ab. George drückte die Sicherungsschalter der Sprungdüsen und trat die Pedale kurz, aber kräftig durch.

Der *Mist Hawk* katapultierte sich zehn Meter über die Rampe, dann wechselte der Höhenmesser auf 580 Meter, als das Landungsschiff unter ihm weg beschleunigte. Er war blind, der Boden war nicht zu sehen. Schnee und tief hängende Wolken raubten ihm jede Orientierung. *Kerensky, hoffentlich stimmen die Koordinaten!*, schoss es ihm durch den Kopf. *Wenn wir über zerklüftetem Gebirge abgesprungen sind oder auf einem zugefrorenen See landen, haben wir nicht mehr genug Sprungdüsenladung, um etwas daran zu ändern!* Schnell wechselte er auf die MAD-Sensoren und schaltete das Radar aktiv. Ohne merkliche Verzögerung baute sich das Hologramm mit den neuen Daten auf und ließ ihn aufatmen. Die *Tatzenkralle* hatte sie über einem weiten Tal abgeworfen, dessen flache Sohle eine unkomplizierte Landung ermöglichte. George kontrollierte mit kurzen Schüben die Fallgeschwindigkeit und konzentrierte sich darauf, die aufrechte Haltung des 55-Tonners zu halten. Ein Sturz bei der Landung konnte schwere Schäden zur Folge haben. Nur aus dem Augenwinkel achtete er auf den *Kit Fox*, der dreihundert Meter entfernt durch das Schneegestöber sank – keine Kollisionsgefahr –, und er nahm sich nicht die Zeit, darüber nachzudenken, dass er die anderen drei Mechs nicht mehr in der Kurzstreckenortung hatte.

Die Düsenflammen sengten Schneewehen und Eisbrocken weg, ließen den *Mist Hawk* in einer Fontäne aus Dampf und Nebel am Boden ankommen. Die Füße des 55-Tonnen-Mechs prallten auf unebenes Geröll und ließen ihn nach vorn kippen. Er stolperte vorwärts, und George benötigte sechs Ausfallschritte, bis er sein Gehzeug wieder unter Kontrolle und abgebremst hatte.

Keine Warnlichter, alle Statuslampen grün. Die Betriebstemperatur war vom kühlen Blau in den grünen Bereich gestiegen. Die Sprungdüsen hatten noch gut zwanzig Prozent Ladung und würden vom Reaktor in kurzer Zeit wieder voll aufgeladen werden. George ließ den *Mist Hawk* einen engen Kreis laufen, um mit den Primärsensoren einmal in alle Richtungen zu blicken und seine Umgebung zu sichern, dann schaltete er das Radar wieder passiv und verließ sich auf das MAD-Hologramm.

Die Sicht war nach wie vor schlecht, Nebelfetzen und Schneegestöber behinderten auch hier unten die EO-, RV- und IR-Sensoren. Er ortete einen Fusionsreaktor in sechshundert Metern Entfernung talaufwärts. Das musste Seveniks *Kit Fox* sein. Er lenkte den *Mist Hawk* in diese Richtung.

Auf der Kommunikationskonsole blinkte ein gelbes Licht, und ein Hilfsmonitor informierte ihn darüber, dass er keine Satellitenverbindung aufbauen konnte. Der Kartenbildschirm zeigte statt eines Positionssymbols nur einen zweihundert Meter durchmessenden Kreis, in dem sich der Mech aufhielt. George runzelte die Stirn. Also hatten sie auch hier am Pol mit den Störungen des planetaren Magnetfelds zu kämpfen.

Mannedorf war karg und – zurzeit – ziemlich kalt. Etwas so Heißes wie die Streitkräfte der Söldner, BattleMechs und Begleitfahrzeuge, Truppen und Panzer, musste den IR-Satelliten auffallen wie ein Feuer im Dunkeln, aber das starke Magnetfeld des Planeten verzerrte alle Ortungen auf elektromagnetischer Basis derart, dass Marsen Mitshan seine Truppen schon mehrmals zu Koordinaten dirigiert hatte, an denen sich kein Feind befand. Die exakte Aufklärung der Umgebung beanspruchte Zeit, die der 371ste besser woanders verbracht hätte, wo er tatsächlich auf einen Feind getroffen wäre. Auch auf neue Kontaktmeldungen konnte nicht sofort reagiert werden, denn bis alle Mechs wieder an Bord und gesichert waren, bis die *Bärenhöhle* und die *Bärenpirsch* abgehoben, die Strecke zurückgelegt hatten und erneut gelandet waren, waren die Banditen meist mit ihrer Beute irgendwohin entkommen.

Marsen Mitshan hatte mittlerweile sogar die Vermutung, dass die Banditen ihn mit falschen Signalen von der Oberfläche narrten und von ihren Zielen weglockten, aber sicher konnte er nie sein. Bis jetzt war es ihm nur viermal gelungen, sie in Gefechte zu verwickeln, und irgendwie hatten sie sich einer Entscheidungsschlacht immer durch feige Flucht entziehen können. Für vier feindliche Abschüsse hatte er zwei eigene und zwei GarnisonsMechs verloren – ein untragbarer Zustand gegen den Schrott, in dem die Söldner gegen die Hochtechnologie des Clans antraten.

Die Techs und Wissenschaftler hatten versichert, sie könnten die Satelliten anpassen und neu kalibrieren, sodass sie immerhin auf mindestens einem Drittel ihrer Umlaufbahn zuverlässige Daten lieferten. Es entzog sich dem Verständnis der Krieger, darin einen Fortschritt zu sehen. Die Wissenschaftler hatten versäumt, den Besonderheiten des Planeten genügend Rechnung zu tragen, und die Satelliten hatten eine erbärmliche Leistungsfähigkeit, die bei gerade zehn bis fünfzehn Prozent lag, ohne dass die Zahl der

Satelliten auf das notwendige Zehnfache erhöht worden wäre. Die Verdopplung der Effektivität mochte auf technischem Gebiet eine anerkennenswerte Leistung sein, militärisch bedeutete es jedoch, dass noch immer große Lücken in den Navigations- und Kommunikationsnetzwerken klafften. Die Landungsschiffe des 371sten hatten einige Reservesatelliten mitgebracht, aber sie reichten bei weitem nicht aus, alle Lücken zu schließen.

Auch die Luft-/Raumjäger der *Polar Breeze* konnten keine Entlastung bringen. Ohne externe Zusatztanks konnten sie die gewaltige Distanz vom Piratenpunkt, an dem das Sprungschiff parkte, nach Mannedorf nicht zurücklegen, und nach diesem Flug benötigten Maschinen und Piloten zunächst eine Zwischenlandung und eine Pause, bevor sie in den Einsatz geschickt werden konnten. Von einer Abkommandierung auf Dauer musste ebenfalls abgesehen werden, denn die beiden Jägersterne waren zurzeit die einzige Schutzeskorte der *Polar Breeze*. Falls weitere feindliche Kräfte im Mannedorf-System eintreffen sollten, war es ein erhebliches Risiko, das Sprungschiff von jeglicher Verteidigung zu entblößen. Demgegenüber stand die geringe Zahl von zwanzig Omni-Jägern, die die Lücken in den Netzwerken ebenfalls nicht schließen konnten.

Es existierten auch noch einige Wetter- und Aufklärungssatelliten deren NO- und RV-Kameras sich zur visuellen Suche bedingt eigneten, aber im Winter waren große Teile der Kontinente Mannedorfs Wolken verhangen, und die Banditen waren entweder nicht so dumm, unter freiem Himmel zu marschieren, oder die Kameras blickten zufällig stets in die falsche Richtung – BattleMechs nur von oben gesehen waren sehr klein – oder die Wachmannschaften hatten Recht mit ihren Behauptungen, dass mit Tarnfarbe lackierte BattleMechs bei dem geringen Auflösungsvermögen der Kameras nicht erfasst werden konnten, wenn sie nicht zufällig ihre Positionslichter oder Nacht-Suchscheinwerfer einschalteten – oder Waffen abfeuerten.

All das hatten sie während des Anflugs auf Mannedorf erfahren. Und dennoch wussten sie nun nicht, welchem Gegner sie hier gegenüberstanden. Allzu große Vorsicht war chalcas und mochte zu einer Dezgra-Beurteilung führen, aber Unvorsichtigkeit konnte den Stern in wenigen Augenblicken vernichten.

Ulerns Stimme war vor überlagerter Statik fast unverständlich, als er befahl. »Fünf-Bravo, um meine Position sammeln! Statusmeldung!«

George öffnete den Kanal. »Fünf-Bravo-Beta, gefechtsbereit. Status grün, jedoch ist das PPS-Signal erratisch, und passive Sensoren funktionieren nur eingeschränkt. Ich habe derzeit nur Fünf-Bravo-Delta als intermittierenden Kontakt.«

Die anderen gaben ähnliche Meldungen ab. Tanjas *Owl* war der einzige Mech, der bei der Landung leichte Schäden erlitten hatte. George verstand nicht alles, aber er konnte sich denken, dass sie beim Aufsetzen einen unter den Schneewehen verborgenen Felsbrocken getroffen hatte, wodurch eins der Fußgelenke beschädigt worden war. Als Folge davon war ihre Höchstgeschwindigkeit herabgesetzt.

Wenige Minuten später erreichten alle den im Schneesturm wartenden *Supernova*. »Nach den von der *Tatzenkralle* übermittelten Koordinaten unseres Abwurfgebietes ist die HPG-Polarbasis Nord ungefähr fünf Klicks südöstlich von hier«, sagte Ulern. »Sie befindet sich am Fuße eines kleinen Tafelberges auf der Nordseite von ebendiesem. Marschrichtung 130, Vau-Formation. Noch Fragen?«

»Pos. Hast du bereits Kommunikationsverbindung mit der Basis, Sterncommander?«, wollte Mick wissen.

»Neg.«

»Gehen wir davon aus, dass feindliche Kräfte in diesem Gebiet sind?«, fragte Sevenik.

»Fünf-Bravo-Delta, es gibt unbestätigte Meldungen über Banditen in der Nordpolarregion!«, erinnerte Ulern ärgerlich. »Abmarsch!«

Sie folgten dem unmerklich ansteigenden Tal, das zunächst nach Südosten verlief und sich in einem Bogen nach Osten krümmte. Eine halbe Stunde lang stapften sie dahin, Ulerns *Supernova* im Zentrum der Formation, Tanjas *Owl* fünfhundert Meter diagonal links voraus, Seveniks *Kit Fox* ebenso weit diagonal rechts voraus. George hielt den *Mist Hawk* auf Parallelkurs hundert Meter seitlich von Sevenik, genau wie Micks *Conjurer* es auf der anderen Seite bei Tanja tat. Zu sehen waren die beiden Mechs nur auf der ständig schwankenden und immer wieder einfrierenden MAD-Anzeige des Hologramms.

Der 55-Tonnen-Mech war annähernd humanoid, besaß jedoch avoide Gehplatten mit je drei Fußklauen, die auf ebenem Beton keinen Vorteil bedeuteten, in Gelände mit unsicherem Untergrund jedoch ausgezeichneten Halt gaben. Im Gegensatz zu dem *Conjurer* mit seiner konventionellen Fußkonstruktion konnte George seine Höchstgeschwindigkeit auch in diesem Gelände voll ausschöpfen. Der rechte Unterarm des *Mist Hawk* war der Geschützlauf des schweren Impulslasers, die Hauptwaffe. Der linke Unterarm war voll modelliert und mit einem Handaktivator ausgestattet. Allerdings trug der *Mist Hawk* drei Maschinengewehre in einem pistolenartigen Waffensystem zusammengefasst in der Hand. Sollte er von Elementaren angegriffen werden, würde er die Waffe abwerfen müssen, um sich verteidigen zu können. Viel Feuerkraft würde dadurch jedoch nicht verloren gehen, denn drei mittelschwere Impulslaser und zwei 2er-Blitz-Kurzstreckenlafetten im Torso vervollständigten die Bestückung. Normalerweise trug der Mech noch ein viertes MG im Torso, aber George hatte dies durch das Raketenabwehrsystem ersetzt.

Ein wenig unbehaglich fühlte er sich unter der dicken Transplexkuppel des Cockpits, das für mehr Ausblick sorgte, als in den meisten Mechs üblich, den MechKrieger jedoch seltsam schutzlos allem präsentierte, was ihm auf dem Schlachtfeld begegnen mochte. George wusste, dass ein halber Meter Transplex ihn ebenso gut schützte wie die Ferrofibritpanzerung anderer Cockpits, und das normalerweise transparente Material konnte in Millisekunden ganz oder partiell undurchsichtig schwarz werden, wenn Energiewaffen im Einsatz waren. Dennoch fühlte er sich exponiert. Einen Beitrag zu seinem Unbehagen leistete die breite Leere hinter seiner Pilotenliege, wo der defekte Zielcomputer entfernt worden war. So viel Raum in einem BattleMech war unclanmäßiger Luxus.

George betrachtete die felsgesäumten Hänge, die sie von ihrem Ziel abhielten, und fragte sich, wann Ulern endlich reagieren würde. Folgten sie weiter dem Tal, würden sie die Basis nie erreichen. Nach den Daten auf dem Navigationsbildschirm hatten sie bereits mehr als acht Kilometer zurückgelegt. Vermutlich waren sie bereits nördlich an dem Tafelberg vorbeigelaufen, aber der Sterncommander behielt Formation und Kurs bei.

»Fünf-Bravo, Stopp!«, befahl Ulern endlich. »Dieser Weg führt nicht zur HPG-Polarbasis Nord, die sich nunmehr südlich von unserer Position befinden muss. Fünf-Bravo-Beta und Fünf-Bravo-Delta, sucht einen Weg über die südliche Talflanke!«

George atmete auf, als er den Befehl bestätigte.

»Wir werden hier auf euch warten. Meldet euch alle fünf Minuten über Takcom. Solltet Ihr länger als zehn Minuten außer Kommunikationsreichweite sein, gehen wir davon aus, dass ihr Feindkontakt habt.«

George bestätigte auch diesen Befehl, während er den *Mist Hawk* hangaufwärts trieb.

Seveniks *Kit Fox* war leichter, hatte einen tieferen Schwerpunkt und noch größere Klauenflansche als der *Mist Hawk*. Auf felsigem Untergrund, auch mit Schnee- oder Eisdecke, kamen sie beide gleich gut voran, aber auf gerölligem oder erdigem Untergrund war Sevenik im Vorteil, denn er gab unter dem 30-Tonner nicht so oft und nicht so weit nach wie unter dem 35-Tonner. Trotz gleicher Antriebsdaten hatte der *Kit Fox* bald einen Vorsprung.

Allerdings hatte Sevenik nicht auf das Gelände weiter oben geachtet. George hatte seinen Kurs etwas nach links korrigiert und war diagonal den Hang hinaufgestiegen. Unvermittelt stand der *Kit Fox* vor einer senkrechten Wand, die zu einer zerklüfteten Klippe gehörte. Kaum fünfzig Meter hoch wäre sie möglicherweise mit den Sprungdüsen überwindbar gewesen, aber es gab weit und breit keine sichere Landemöglichkeit. Selbst ein Vertikalsprung zur Orientierung war höchst riskant, denn der steile Hang, den sie soeben erklommen hatten, bot nur sehr schlechte Landemöglichkeiten.

George presste die Zähne zusammen und gab seine Routinemeldung ab: »Fünf-Bravo-Beta an Fünf-Bravo-Alpha, bin noch unterhalb des Kamms.«

Die Statik knisterte bereits wieder sehr laut, als Ulern antwortete, obwohl sie kaum einen Kilometer Luftlinie voneinander entfernt waren. »Verstanden, Beta.«

»Fünf-Bravo-Delta, habe die Felswand erreicht. Hier ist kein Weg.«

Kurz darauf erreichte der *Mist Hawk* die vermeintliche Lücke zwischen den Felsen, die George angesteuert hatte. Als er näher kam, erkannte er seinen Irrtum. Die massiven Felswände links und rechts wichen hier ein wenig zurück und wurden auch niedriger, aber ein Durchgang war das nicht. George verwarf den Gedanken an ein Sprungmanöver sofort. Der geröllige Untergrund würde die Landung katastrophal gestalten.

»Fünf-Bravo-Beta ist oben. Kein Durchgang. Ich setze die Suche weiter links fort. Delta, ich schlage vor, du wendest dich nach rechts.«

»Aye, George.«

Die Tatsache, dass Seveniks Antwort fast völlig frei von Statik war, ließ ihn sich nach dem *Kit Fox* umsehen. In kaum fünfzig Metern Entfernung machte Seveniks Mech in diesem Moment kehrt, um der Felswand in entgegengesetzter Richtung zu folgen. George schüttelte ärgerlich den Kopf. Sevenik hatte wirklich kein taktisches Vorstellungsvermögen. Selbst die Aufgabe, zu zweit nach einem Weg zu suchen, überforderte seine Selbständigkeit. Anders war die Dummheit, zwei Mechs an einem Punkt zu konzentrieren, nicht erklärbar. Er fluchte leise. Mick gegenüber hatte er noch behauptet, er würde es sich zutrauen, für den Kameraden mit zu denken. Soeben hatte er gezeigt, wie schnell er dieses Versprechen vergaß. Er nahm sich vor, besser auf Sevenik aufzupassen.

Einen knappen Kilometer weiter stieß er endlich auf eine Lücke. Eigentlich war es keine Lücke, vielmehr wurde die Felswand hier so niedrig, dass er aus dem Cockpit darüber hinwegblicken konnte. Der Hang auf der anderen Seite schien ein wenig flacher ins nächste Tal abzufallen als auf dieser Seite. Er sollte also für die Mechs begehbar sein. »Fünf-Bravo-Beta auf dem Kamm, einen Klick östlich der Stelle, von der ich mich zuletzt gemeldet habe. Ich habe eine Passage gefunden.«

»Verstanden, Beta«, antwortete Ulern. Die Störungen verschluckte immer wieder Silben. »Müssen wir etwas beachten, wenn wir dir folgen?«

»Neg, Sterncommander. Ihr könnt etwas flacher steigen als Sevenik und ich es getan haben, denn ich habe keine Steilstufen im Hang erkennen können.«

»Wir sind unterwegs. Delta, begib dich zu Betas Position.«

»Aye, Sterncommander«, antwortete Sevenik, »ich habe bereits umgedreht.«

Der Tafelberg war ein klotziger und beinahe rechteckiger Schemen in den sich allmählich lichtenden Nebelschleiern. Er war annähernd zweihundert Meter hoch und eingebuchtet, sodass er eine schützende Nische für die Anlage bildete, die sich an seinem Fuße an die Felswand kauerte.

George war von der eigenartigen Architektur überrascht, die sich am ehesten mit einer Stufenpyramide vergleichen ließ. Die erste fünfzehn Meter hohe Stufe war vollständig aus schwarzem und scheinbar nahtlosem Gestein. Zwei exponierte Rampen aus dem gleichen Material führten auf die zweite Ebene hinauf, in deren Wand mehrere gewaltige Tore zu erkennen waren. Oberhalb davon machte er so etwas wie eine Brüstung mit Zinnen aus, und in regelmäßigen Abständen gab es Kuppeln, die an Geschütztürme erinnerten, aber er konnte keine Geschützläufe erkennen. Die dahinter und darüber liegenden Stufen der Basis waren nur noch halb so hoch, sie wiesen Fenster auf und hatten neben kleineren Kuppeln auch Antennen auf ihren Brüstungen.

Als er den *Mist Hawk* näher heranbewegte, erkannte er hinter der Basis, die knapp ein Drittel der Höhe des Berges hatte, die senkrechte Spalte, die den Grund für ihre Existenz bildete. Die Spalte verlief tief in den Fels hinein, durchtrennte den nierenförmigen Tafelberg jedoch nicht vollständig. Im Gipfelbereich war die Spalte mal wenige, mal zwanzig Meter breit.

Knapp dreißig Meter unter dem Gipfel befand sich eine Stahlbetonkonstruktion in der Spalte, die das Fundament einer etwa zehn Meter durchmessenden parabolischen Hyperpuls-Sende- und

Empfangsschüssel bildete, die in ihrer abgesenkten Position in der Spalte vor den ärgsten Angriffen der polaren Stürme geschützt war.

Auf allen erdähnlichen Planeten trat dasselbe Problem auf: Die wichtigsten Siedlungen bildeten sich in den äquatorialen oder gemäßigten Zonen und drehten sich innerhalb eines planetaren Tages einmal auf die Sonne zu und einmal von ihr weg. Die HPG-Kommunikation wurde durch massive Himmelskörper jedoch stark beeinträchtigt, sodass eine HPG-Station dann am effektivsten arbeiten konnte, wenn sie an einem Ort mit möglichst wenig planetarer Rotation aufgebaut wurde: an einem geografischen Pol. Allerdings war die Kommunikation dann nur in einer Richtung möglich, sodass eine Nordpolbasis zwangsläufig auch eine Südpolbasis als Gegenstück benötigte.

Auf Mannedorf hatte man sich offenbar für diesen Weg entschieden. Auf anderen Welten hatte man stattdessen drei oder vier auf dem Äquator verteilte HPG-Stationen. Gab es nur einen einzelnen Generator – wie bei den armseligen Freigeburten in der Inneren Sphäre – dann konnten HPG-Botschaften nur zu bestimmten Zeiten ausgetauscht werden, wenn die planetaren und interstellaren Konstellationen zueinander passten.

Das schrille Warntrillern in seinem Kopfhörer riss George aus seiner Betrachtung. »Feindliche Zielerfassung auf elf Uhr! Feindliche Zielerfassung auf elf Uhr!«, sagte der Bordcomputer mit tiefer Stimme.

Die dunkle Öffnung an einer der großen Kuppeln auf dem unteren Sims entdeckte er im selben Augenblick, als das Mündungsfeuer aufblitzte. Eine AK-Salve verfehlte den *Mist Hawk* nur um wenige Meter und ließ eine Schneewehe explodieren.

George drehte den Mech nach rechts und beschleunigte, um ihn quer durch das Schussfeld zu bewegen und ein möglichst schlechtes Ziel zu bieten. Er presste die Zähne zusammen. »IFF-Transponder aktivieren!«

»IFF-Transponder aktiv!«, bestätigte der Bordcomputer.

»Sternkanal!«

»Sternkanal offen!«, sagte die Stimme des *Mist Hawk*.

»Fünf-Bravo-Beta unter Beschuss. Die Basis hat das Feuer eröffnet.«

Ulern antwortete nicht. George bewegte sich allmählich aus der effektiven Entfernung der Autokanone, die inzwischen nicht mehr gefeuert hatte. Sollten in den anderen Kuppeln jedoch Gaußgeschütze, Partikelprojektorkanonen oder schwere Extremreichweitenlaser verborgen sein, war er noch in Reichweite. Er fragte sich, ob die Kanoniere ihren Irrtum inzwischen erkannt hatten. Oder war die Basis bereits von Banditen besetzt?

»Fünf-Bravo-Beta, ich stehe in Kontakt mit der Zentrale der Basis«, meldete Ulern sich endlich. »Die Geschütztechs haben versehentlich das Feuer eröffnet, weil sie noch immer in Alarmbereitschaft stehen. Vor nicht einmal einer Stunde hatten sie ein Gefecht mit ein paar IS-Aufklärern, die sich schon nach kurzer Zeit zurückgezogen haben.«

»Verstanden, Sterncommander. Fünf-Bravo-Alpha, bitte verifizieren, dass die Basis nicht in Feindeshand ist.«

»Das ist bereits geschehen, George. Alle übermittelten Codes sind gültig.«

George bremste den *Mist Hawk* ab und näherte sich erneut der Basis. Der Rest des Sterns kam inzwischen auf Parallelkurs in Sicht, als ein fahlblasser Lichtbalken die niedrige Wolkendecke durchbrach und die Umgebung des Tafelbergs in unwirkliches Sonnenlicht tauchte.

»Fünf-Bravo, ich habe soeben erfahren, dass es keine Krieger hier gibt. Somit untersteht die Polarbasis Nord ab sofort meinem Befehl. Ich werde mich noch zur Stunde mit der Leiterin der Basis, einer Wissenschaftlerin, treffen und notwendige Verfahrensweisen mit ihr besprechen. Ich kehre so bald wie möglich ins Cockpit zurück. Fünf-Bravo-Gamma, du wirst deinen Mech reparieren lassen!«

»Aye, Sterncommander«, bestätigte Tanja und bewegte den *Owl* auf eine der Rampen zu. Eins der gewaltigen Tore auf der zweiten Ebene begann in diesem Moment, sich zu öffnen.

»Fünf-Bravo-Beta, du hast die Ehre, die erste Patrouille anzuführen. Aufklärung rund um die Basis in zunehmenden Entfernungen bis 3.000 Meter, dann Rückkehr zur Basis und Wiederholung des Suchmusters. Die Warnung vor feindlichen Einheiten hat Priorität, jedoch solltet ihr euch nach geeigneten Positionen umsehen, an denen Kommunikations- und Ortungsrelais installiert werden können. Koordinaten an die Basis übermitteln oder speichern, bis sie übermittelt werden können.«

»Befehle erhalten und verstanden, Sterncommander«, bestätigte George. »Patrouille in Keilformation, Delta nach links, Epsilon nach rechts. Abstand zwohundertfünfzig, nur passive Sensoren!«

Mick und Sevenik bestätigten die Befehle und brachten ihre Mechs hinter dem *Mist Hawk* in die befohlene Dreiecksformation.

Die Wolkendecke senkte sich wieder auf das Land herab, und die drei BattleMechs stapften durch den Nebel. Die Normaloptiken waren überfordert, gelegentlich verloren sie sich aus den Augen. In den eisigen Schwaden war IR nur von begrenztem Nutzen, meistens orientierten sie sich mit den Magnetanomaliedetektoren und folgten dem Suchraster in zunehmend größer werdenden Halbkreisen mit der Basis im Zentrum.

Wenig später erfuhren sie, warum Ulern ihnen einen Suchsektor mit nur 3.000 Metern befohlen hatte. Als George seine Patrouille auf einer Linie um die Basis führte, die 3.500 Meter entfernt war, zeigten die Bordsysteme an, dass die Übertragung von Telemetriedaten abgerissen war und die Funkverbindung nur noch sehr sporadisch zustande kam. Sie kehrten um, um sich wieder der Basis zu nähern.

»Kontakt 160, 2.000!«, meldete Sevenik und beschleunigte.

HPG-Polarbasis Nord,
Mannedorf, Geisterbären-Besatzungszone

27. Juni 3054 TNZ, 5:33 Uhr Ortszeit

»Kerensky, was seid ihr für traurige Gestalten!«, fluchte Tanja, als sie die Männer und Frauen musterte, die in dem trüb beleuchteten

Korridor angetreten waren. Einige von ihnen waren in ihren Uniformoveralls erschienen, wie auch sie sich einen übergestreift hatte, nachdem sie im eiskalten Hangar aus dem Cockpit geklettert war, andere trugen warme Zivilkleidung. »Antwortet!«

Nach unsicherem Umherblicken fand endlich einer von ihnen den Mut zum Sprechen: »Wir sin' all' Kanoniere, MechKrieger'n. Wir hab'n uns're Station ...«

Tanjas Faust streckte ihn nieder. Wütend funkelte sie die daneben stehende Frau an: »Du! Sprich weiter, Freigeburt! Und lass dir raten, ordentlich zu sprechen! Ich dulde keine Obszönitäten!«

»Aye, MechKriegerin.« Sie unterdrückte ihre Nervosität gut. »Bis zur Stunde waren wir seit zwei Nächten auf Halbwache auf unseren Gefechtsstationen. Vor knapp fünfzig Stunden erreichte uns die Warnung der Garnisonskeshik, dass sich die Banditen auch hier in der Polarzone herumtreiben. Und weil wir nichts anderes zur Verteidigung haben als die Wallgeschütze ... Wir sind wirklich froh, dass Ihr hier seid, um uns zu beschützen, MechKriegerin.«

»*Geschütztechs*!« Sie spukte das Wort geradezu aus. »Wer von Euch kann einen BattleMech reparieren?«

Der Kanonier, den sie niedergeschlagen hatte, rappelte sich mühsam auf und tupfte sich mit wehleidigem Gesichtsausdruck die blutende Lippe. Zögernd hob er die Hand.

»Du besitzt die Fähigkeit, nach der mich verlangt?«

»Neg, MechKriegerin«, antwortete er vorsichtig und achtete betont auf seine Aussprache. »Ich möchte euch mit Respekt darauf hinweisen, dass wir kaum genug Kanoniere für die Geschütze in der Basis haben. Wir hier sind alle, mehr gibt es nicht. Das Abziehen von Geschützmannschaften wird die Verteidigung der Basis schwächen.«

Sie starrte ihn an, bis er die Augen niederschlug. »Ich bin mir der personellen Unzulänglichkeiten dieser Station bewusst. Mein Mech ist jedoch entscheidend geschwächt und benötigt Reparatur. Wenn er wieder intakt ist, verstärkt er die Verteidigung dieser Basis bei weitem mehr als ein paar von euch!« Sie blickte die Reihe entlang. »Also hat noch nie einer von euch an einem Mech gearbeitet, franeg?«

Einer der Kanoniere trat vor. »Gearbeit' hab' ich scho' dran, MechKriegerin.« Er schluckte, als sie mit an die Hosennaht gepressten Fäusten auf ihn zustapfte; auch er beeilte sich, die kastentypisch schlampige Ausdrucksweise zu vermeiden. »Aber ich war damals nur Astech, und ich sehe mich außer Stande, Wartungs- oder gar Reparaturarbeiten selbständig durchzuführen.«

»Das gilt auch für mich.« Eine weitere Geschütztech trat vor.

»Ich brauche fünf Techs, die unter meiner Aufsicht arbeiten können. Euch zwei nehme ich. Wer noch?«

Kurz darauf hatte sie eine kleine Auswahl getroffen. Erleichtert stellte sie fest, dass die fünf nicht zur gleichen Geschützmannschaft gehörten, sodass sie auf ihrer Station zwar fehlen, ihre Abwesenheit das betreffende Geschütz aber nicht lahm legen würde. Sie ließ die Kanoniere wegtreten und führte ihre neuen Techs in den Hangar. »Mit Sicherheit werde ich nach der Reparatur wieder ausrücken, aber ich brauche euch auch später noch. Wenn ihr mir das nächste Mal unter die Augen tretet, werden eure Haare nicht mehr bis auf die Schultern hinabreichen, eure Bärte werden gestutzt sein, und ihr alle tragt den vorgeschriebenen Overall!«

Einige blickten sie überrascht an, andere runzelten ärgerlich die Stirn. »Aye, MechKriegerin!«, antwortete ein widerwilliger Chor.

Sie erreichten den großen MechHangar, eine gewaltige Kaverne, die größtenteils im Dunkeln lag. Eine dünne Staubschicht bedeckte den Boden, und die wenigen Arbeitslichter, die in der Nähe der Türen und neben dem Wartungsgerüst, in dem der *Owl* stand, brannten, verstärkten die Dunkelheit noch. Die Luft war eisig kalt und ließ den Atem kondensieren. Sie schauderten. Der Hangar war riesig genug, um zwei Binärsterne, zwanzig BattleMechs, aufzunehmen. Das große Stahltor, durch das sie den *Owl* hereingesteuert hatte, öffnete sich breit genug, um jeweils zwei Mechs gleichzeitig passieren zu lassen. An der gegenüberliegenden Rückwand gab es ein ähnlich großes Tor, was vermuten ließ, dass dahinter weitere Hangars oder Reparaturanlagen waren.

»Als Erstes habe ich Bedarf an Informationen zu den Ersatzteilen im Lager. Mein Mech ist ein *Owl* und hat einen Schaden am rechten Fußgelenk. Ist die Basis überhaupt dafür eingerichtet, Mechs zu warten?«

»Ihr habt Glück, MechKriegerin«, sagte der Tech, der sich zuerst gemeldet hatte, »diese Station hier war den Bewohnern der Inneren Sphäre unbekannt und stand Jahrhunderte lang vollkommen leer. Erst als unser Clan hier gelandet ist und den Hyperpulsgenerator installiert hat, sind auch die Depots wieder aufgefüllt worden. Allerdings hatten andere Stationen auf Mannedorf höhere Prioritäten, und so sind die Lager noch lange nicht vollständig. Insbesondere an Ersatzteilen für OmniMechs fehlt es noch, aber für leichte Mechs der Garnisonsklasse sollte ausreichend Nachschub vorhanden sein, dass wir Euren *Owl* reparieren können.

»Dank sei den edlen Gründern!«, stieß sie erleichtert hervor. »Du führst mich ins Lager, wo ich die richtigen Teile aussuchen werde, und du kommst mit!« Sie zeigte auf die anderen drei: »Öffnet die Wartungsklappen am rechten Fußgelenk und entsichert die Sperrklinken, die die Gelenkkapsel verschließen. Mit dem Kran dort fixiert ihr das Knie und entlastet den Unterschenkel. Dann könnt ihr die Gelenkkapsel gefahrlos öffnen und die verbogenen Lagerschalen demontieren. Merkt euch, was wohin gehört, und säubert alle Teile mit Lappen. Wenn ich wiederkomme, zeige ich euch, wie man die Teile richtig fettet und wieder einbaut.«

»Aye, MechKriegerin.«

3.000 Meter südlich HPG-Polarbasis Nord, Mannedorf, Geisterbären-Besatzungszone

27. Juni 3054 TNZ, 5:39 Uhr Ortszeit

George richtete seine Sensoren in die angegebene Richtung, konnte aber nichts erfassen. Der Nebel hatte sich ein wenig gelichtet. Er entdeckte dunkle Punkte und zoomte mit der Blickfeldvergrößerung darauf zu.

Mechs!, erkannte er. George öffnete einen Kanal. »Basis, Patrouille hat Feindkontakt!

»Fünf-Bravo-Beta, die Kampf-ROMs des letzten Gefechts zeigten vier leichte BattleMechs der Inneren Sphäre, Tonnage 30 oder leichter.«

Er versuchte erneut eine automatische Zielaufschaltung, aber selbst jetzt weigerte die Elektronik sich beharrlich, da hinten mehr als Eiswüste zu registrieren. Ohne Zielerfassung war eine Identifikation nicht möglich, aber George hoffte, dass es Feinde waren. Einer der Mechs schien ziemlich groß zu sein. Er stellte frustriert die Blickfelddarstellung zurück auf normale Werte und sah, dass auch der *Conjurer* bereits seine Geschwindigkeit gesteigert hatte. Bei jedem krachenden Schritt flogen Schneefahnen von den Füßen des Mechs. George erhöhte die Leistung des Reaktors und ließ den *Mist Hawk* in einen ausgreifenden Trab fallen, der ihn zwar unangenehm durchschaukelte, ihn aber mühelos den *Conjurer* überholen ließ.

Endlich erfasste der Computer die feindlichen Mechs. Es mussten Feinde sein, denn bei Geisterbären wären die Transponder jetzt eingeschaltet gewesen, die eine Identifikation auf größere Entfernungen ermöglicht hätten. Der Computer identifizierte einen *Hunchback*, einen alten 50-Tonner.

George kannte sich mit den Modellen der Inneren Sphäre nicht so perfekt aus wie mit sämtlichen Clanentwicklungen. Er benötigte die Informationen des Hilfsbildschirms, die ihn vor der überschweren Klasse-20-Autokanone auf der rechten Schulter warnten. Mit diesem schwerfälligen Monstrum ließ er sich besser nicht auf einen Nahkampf ein.

Der Computer identifizierte weitere Mechs, einen 30-Tonnen-*Hitman* und einen 40-Tonnen-*Clint*, beide schnell und beweglich, aber zu schwach bewaffnet, um damit einen ernsthaften Überfall durchzuführen. Erst der vierte Mech war mit seiner Feuerkraft den ClanMechs annähernd gewachsen: ein 60-Tonnen-*Dragon*, bewaffnet mit einer mittelschweren Autokanone, einer 10er-LSR-Lafette und zwei mittelschweren Lasern.

»Basis, die feindlichen Mechs haben höhere Tonnagen als die in den Kampf-ROMs«, meldete er. »Sie sind offensichtlich nicht mit denen des vorigen Angriffs identisch.«

»Fünf-Bravo, der Sterncommander ist auf dem Weg in sein Cockpit. Er befürchtet ein Flankenmanöver durch die noch nicht wieder gesichteten Einheiten des Gegners und empfiehlt euch, sich darauf einzustellen.«

Hinter ihm flackerte etwas auf und warf einen fahlen Lichtschein über die Schneedecke, über die der *Mist Hawk* hastete. Im Hologramm erhob sich der *Conjurer* auf seinen Sprungdüsen und setzte mit einem sehr flachen und sehr weiten Sprung ein großes Stück vor George wieder auf.

Der *Kit Fox* war schon weit voraus. Sevenik feuerte in diesem Augenblick seinen schweren Extremreichweiten-Laser auf den langsamen und weit entfernten *Hunchback* aus maximaler Angriffsdistanz ab, obwohl die anderen drei Mechs wesentlich näher waren. Als Reaktion darauf schwenkte Mick von dem mittelschweren Mech ab, denn er folgte instinktiv den Regeln von Zellbriggen und überließ das einmal gewählte Ziel seinem Kameraden. Der *Clint* oder der *Hitman* waren jedoch gegenüber dem 50-Tonnen-*Conjurer* beide im Nachteil, und so war es eine Selbstverständlichkeit, dass sich Mick den ehrenvollsten Gegner aussuchte, den *Dragon*.

George fluchte unclanmäßig. Nicht nur, dass Sevenik und Mick ihm die taktischen Entscheidungen abgenommen hatten – pos, seine Fähigkeiten als Sterncommander waren stravag herausragend! –, sie hatten es ihm überlassen, den unehrenhaften Kampf gegen zwei Gegner gleichzeitig, beide jedoch minderwertig, weil leichter, aufzunehmen.

»Basis, Patrouille ist im Gefecht! Eröffne das Feuer!« Ohne den donnernden Lauf des *Mist Hawk* zu verlangsamen, richtete er den schweren Impulslaser im rechten Unterarm aus und presste den Feuerknopf.

Der *Clint* hatte abgebremst und sich in Position gebracht, den Rücken des *Kit Fox* mit seiner mittelschweren Autokanone und seinen mittelschweren Lasern anzugreifen, und der *Hitman* schien dasselbe mit Micks *Conjurer* vorzuhaben. Diese dreckigen Söldner kannten wirklich keine Ehre. George grinste wütend, als er den 40-Tonner mit einem flimmernden Strahl aufspießte. Ein heißer Luftstrom wallte ins Cockpit. Kunststoffabdeckungen und Metallstreben knackten, als sie sich unter der plötzlichen Temperaturänderung ausdehnten. Es roch nach heißem Gummi und erhitzten Platinen. Am feindlichen Mech begannen ganze Panzerplatten zu qualmen und orangerot aufzuglühen. Der schwere Laser des *Mist Hawk* hatte eine Funken sprühende weiß glühende Narbe auf der Stahlarmierung des linken Arms hinterlassen, an einigen Stellen von dunklen Löchern unterbrochen, wo die Energie die Panzerung durchschlagen hatte. Ein schlechter Schuss, denn der linke Arm des *Clint* trug keine Waffen, der Treffer hatte weder die Feuerkraft noch die Beweglichkeit des Gegners beeinträchtigt.

Er hatte ihm lediglich Respekt verschafft und die Aufmerksamkeit des Söldners von Sevenik abgezogen. Der Bandit hob den rechten Arm, in dem die Klasse-5-Autokanone untergebracht war. George sah das Mündungsfeuer aufblitzen, ohne dass seine Bordsysteme ihn vor einer Zielerfassung gewarnt hätten. Knapp zweihundert Meter rechts voraus sprengte eine Kette von feurigen Fontänen die Schneewehen zu einer undurchsichtigen Wand in die Luft. Spektakulär anzusehen, aber harmlos.

George wusste, dass er noch einige Sekunden Zeit hatte und bremste ein wenig ab, während er das Ziel wechselte. Sowohl für die mittelschweren Impulslaser als auch für die Blitz-Kurzstreckenraketen waren die Gegner noch zu weit entfernt, und mit den MGs in der linken Faust des *Mist Hawk* konnte er über diese Distanz schon gar nichts ausrichten. In der Hoffnung auf einen Beintreffer visierte die untere Hälfte des *Hitman* an, der aus taktischer Sicht wahrscheinlich der gefährlichere Gegner war. Mit überragender Geschwindigkeit, einem Zieleinweisungssystem, Störsendern, Reconsonden und einem Artemis-IV-Feuerleitsystem bestückt war er elektronisch bestens gerüstet, um seine Bewaffnung, drei mittelschwere Laser und eine 5er-LSR-Lafette, zum Tragen zu bringen.

Der flimmernde Energiestrahl spießte Torso und Hüfte des 30-Tonners auf, eine qualmende Narbe sprühte kurz Funken, dann sprudelte Kühlflüssigkeit wie grüngraues Blut aus der Bresche.

George hatte einen Wärmetauscher getroffen. Die Temperatur im Innern des *Mist Hawk* stieg in den gelben Bereich.

Dieser Bandit war klüger. Zwar ließ er augenblicklich von dem Versuch ab, Mick in den Rücken zu fallen, und brachte seinen linken Arm mit den drei glühenden Lasermündungen in Anschlag, aber er feuerte nicht über diese aussichtslos große Entfernung. Stattdessen beschleunigte er plötzlich auf George zu – nein, er hielt Kurs links an ihm vorbei – und zeigte, was das MASC der Inneren Sphäre wert war, als er mit über 130 Stundenkilometern über den Schnee rannte und damit Georges Schussfelder teilte, denn der *Clint* näherte sich auf der rechten Flanke, um in eine Kreuzfeuerposition zu kommen. Das immer wieder aufblitzende Mündungsfeuer der Autokanone und die spektakulären Schneeexplosionen waren offensichtlich nur Ablenkungsmanöver, denn noch immer feuerte der Söldner ohne Zielerfassung.

»So leicht werde ich es euch nicht machen, Freigeburten!«, knurrte George und änderte den Kurs nach links, um näher an dem schnelleren *Hitman* zu bleiben. Der *Mist Hawk* richtete die Torsowaffen auf den leichten Mech und die Armwaffen auf den *Clint*. Er presste die Feuerknöpfe aller Waffen und ächzte unter der Hitzewelle, die über ihm zusammenschlug. Mit einem Glockenton warnte ihn der Bordcomputer, als die Wärmeskala kurz an den oberen Rand des orangen Warnbereichs stieß. Der kalte Wind half dem Mech, die enorme Abwärme schnell wieder abzubauen.

Die Schüsse lagen gut im Ziel. Die tief gezielten mittelschweren Laserimpulse gingen teilweise daneben, rissen Harschdecke und Schnee in einer nicht weniger spektakulären Explosion auseinander wie zuvor die AK-Granaten, und der *Hitman* strauchelte, als er im vollen Lauf durch die Löcher trampelte. Dann zischten die vier Blitz-Kurzstreckenraketen heran, das Raketenabwehrsystem des 30-Tonners trat in Aktion und fegte zwei aus der Flugbahn. Für George verschwand der Feind für einige Augenblicke hinter einer Feuerwand. Aber dennoch schien er Treffer eingesteckt zu haben, denn das Fadenbild im Hologramm, das über dem Bild des 30-Tonners lag, seine Konturen hervorhob und als Panzerungsindikator diente, zeigte den linken Unterschenkel und den Fuß in leuchtendem Gelb. Der Söldner hatte deutlich Tempo verloren, als er sein Umkreisungsmanöver jetzt fortsetzte, und zwei weitere gelbe Flecken auf dem Torso zeigten, wo die KSR eingeschlagen waren. Am *Clint* war George ein ganz ähnlicher Treffer gelungen, obwohl er mit dem schweren Impulslaser nicht tief gezielt hatte. Dennoch qualmte die Panzerung an rechter Hüfte und rechtem Oberschenkel des 40-Tonners, und durch Löcher in der Panzerung konnte er die Bewegung der Myomermuskeln und gelegentliches Funkensprühen beschädigter Platinen erkennen. Der *Clint* schien das rechte Bein ein wenig nachzuziehen, und auch auch seine Höchstgeschwindigkeit von knapp 100 Stundenkilometern war offenbar deutlich reduziert.

George hatte den *Mist Hawk* auf Marschgeschwindigkeit abgebremst, die optimale Kampfgeschwindigkeit, wie er im Simulator herausgefunden hatten, denn nun hatten die Fußklauen auf jedem Untergrund genug Halt, um auch abrupte Ausweichmanöver zu gestatten.

Clint und *Hitman* brachten fast gleichzeitig ihre Geschütze in Anschlag, aber George war vorbereitet. Der *Mist Hawk* machte zwei Seitschritte, als die Laser des 30-Tonners aufblitzten. Zwei Energielanzen zuckten vorbei, die dritte beschädigte die Panzerung auf dem linken Unterarm. Das Raketenabwehrsystem ließ drei der fünf Langstreckenraketen bereits vor dem Einschlag detonieren, die restlichen zwei explodierten harmlos auf dem breiten Schulterschild des 55-Tonners. Die erste Granatensalve des *Clint* jagte kreischend vorbei und pulverisierte ein weiteres Mal Schnee und Eis, und einer der mittelschweren Laser zuckte über ihn hinweg in die aufleuchtenden Nebelschwaden. Der zweite Laser traf die linke Hüfte, aber auch hier war der Schutzschild, der wie eine breite Schürze die Gelenke umgab, so massiv, dass er den Hochenergiestrahl absorbieren konnte. Das Panzerdiagramm, dass George auf dem Hilfsbildschirm zwischen seinen Knien hatte, zeigte den linken Unterarm, die rechte Schulter und die linke Hüfte in warnendem Gelb; die nächsten Treffer hier würden ernste Folgen haben, aber im Augenblick war der *Mist Hawk* praktisch unbeschädigt.

Allerdings zeigte die Wärmeskala noch immer gelb, erhöhte Betriebstemperatur, und er würde seine drei mittelschweren Impulslaser oder den schweren Impulslaser sehr überlegt einsetzen müssen, wenn er nicht eine automatische Stilllegung riskieren wollte. Andererseits konnte sich der *Mist Hawk* nur abkühlen, indem er abwartete, und Abwarten bedeutete, dem Feind die Initiative zu überlassen, was in der Regel als tödlicher Fehler galt.

Der *Clint* hatte ihn rechts und der Heckenschütze links beinahe umrundet.

George wendete nach rechts und drehte den Torso auf dem Hüftgelenk. Die schnelle Drehung überraschte die beiden Banditen offensichtlich, denn der 40-Tonner hatte gerade die Autokanone gehoben, um erneut zu feuern, und erstarrte vor Überraschung, als er sich plötzlich sämtlichen Hochenergiegeschützen des ClanMechs gegenübersah.

Er feuerte. Er hatte einen der mittelschweren Impulslaser aus dem Feuerleitkreis genommen, um die Hitzeentwicklung in Grenzen zu halten. Aber inzwischen waren die BanditenMechs nah genug, um mit den MGs einen Schuss anzubringen. Ein Gluthauch füllte das Cockpit. Ein Glockenton als Warnung, dass die Temperaturskala erneut sehr nah an den roten Bereich stieg. George schnappte nach Luft.

Als die Laserimpulse flimmerten, stolperte der *Clint* rückwärts, wahrscheinlich mehr aus Schreck des Piloten als wegen der Schäden, denn Laser übertrugen keine kinetische Energie und wirkten nur aufgrund ihrer auf einen winzigen Punkt konzentrierten Hitze. Die Treffer hinterließen Funken sprühende Narben in der glühenden Panzerung, an mehreren Stellen des Torso war die Armierung durchschlagen, und jetzt schlugen die funkelnd über den ganzen Torso spritzenden MG-Garben ein. Schwere Maschinengewehre, wie sie Mechs und Panzer trugen, waren gegen schwer gepanzerte Ziele nur bedingt wirksam, aber das Drillingsgeschütz, dass der *Mist Hawk* in der linken Faust hielt, konnte für halb durchschlagene MechPanzerung durchaus gefährlich werden und bei Treffern in klaffenden Breschen erhebliche interne Schäden verursachen.

George sah mehrfach das Aufblitzen sekundärer Schäden, und aus mehr als einer Bresche sprühten nach dem MG-Beschuss die bunten Funken zerschossener Schaltkreise und Energieleitungen. Für fast jedes Bordsystem hatte ein BattleMech redundante Reserven, aber das spastische Zucken des *Clint* zeigte, dass er dem Söldner entweder auch die Sekundärsysteme bereits zerschossen hatte oder der Pilot nicht schnell genug die Reserven in Betrieb nehmen konnte. Das schreckhafte Rückwärtsstolpern ging in ein zuckendes Straucheln über, dann kippte der 40-Tonner um. Die Erschütterung des Aufschlags schickte einen Übelkeit erregenden Impuls über das Gyroskop des *Mist Hawk* und den Neurohelm in Georges Innenohr, aber einen Lidschlag später war es bereits wieder vorbei.

Das Knattern des Raketenabwehrsystems und das reißende Krachen weggesprengter Panzerung kündeten davon, dass der *Hitman* nicht untätig abgewartet hatte. Die Transplexhaube wurde einen Augenblick schwarz, als die Salve des 30-Tonners den oberen Torso in Feuer hüllte, aber das Hologramm blieb klar. Tiefe Risse in der Oberarmpanzerung rechts und das rote Blinken auf dem Statusdisplay zeigten einen weggeschossenen Wärmetauscher an.

George beendete seinen engen Rechtskreis und lief auf den *Hitman* zu. Nur ein mittelschwerer Impulslaser voll, die anderen wurden noch nachgeladen, die KSR-Lafetten waren feuerbereit, T-Skala noch immer im orangen Warnbereich, aber fallend. George zielte auf die gelben Flecken am Torso und hörte das Klingeln der Zielerfassung in seinem Neurohelm. Er feuerte den mittelschweren Laser ab und startete erneut eine 4er-Salve KSR.

Das Raketenabwehrsystem des *Hitman* hatte auf die nur noch knapp 150 Meter geschrumpfte Distanz kaum noch Reaktionszeit und verfehlte sämtliche Raketen. Einige Querschläger des RAS-MGs prallten klirrend von der Panzerung des *Mist Hawk* ab, hinterließen außer Kratzern auf dem Lack aber keine Spuren. Der Laserimpuls fraß sich durch die Panzerung auf der rechten Torsoseite und stieß ins Innere durch. Schwarzer Qualm und weißer Dampf kündeten von internen Bränden und einen funktionierenden Löschsystem. Die Raketen hämmerten in den Torso und ließen den leichten Mech rückwärts stolpern.

Das Antwortfeuer war lediglich ein zögerlicher Links-Rechts-Schuss aus zweien der drei Laser. Offensichtlich war der *Hitman* stark überhitzt. Mit nur zehn Standard-Wärmetauschern konnte er sich einen längeren Schlagabtausch mit seinem Laserdrilling nicht leisten.

Der *Mist Hawk* steckte Treffer am linken Knie und auf der rechten Schulter ein, aber noch immer war die Panzerung nicht durchschlagen worden. Die T-Skala sank aus dem orangen Bereich auf Gelb. Alle Energiegeschütze waren aufgeladen, aber George ließ die Temperatur weiter fallen und richtete nur die MGs auf den Banditen, um einen langen Feuerstoß abzugeben. Das anhaltende Krachen der Einschläge hallte durch den Nebel, und der *Hitman* verlor seine beiden dämonisch geformten Sensorantennen rechts und links am Kopf. Der Söldner stolperte wieder ein paar Schritte rückwärts.

George hob erwartungsvoll den schweren Impulslaser. Sollte diese ehrlose Freigeburt den Fehler machen, ihm die dünne Rückenpanzerung zu zeigen, würde er das Duell schnell beenden können. Der *Clint* richtete sich schwerfällig wieder auf.

T-Skala im grünen Bereich. George feuerte den mittelschweren Impulslaser links auf den *Hitman* ab und traf. Zu der qualmenden Narbe an der Hüfte fügte er mit dem nächsten Schuss eine sprühende Bresche auf dem linken Arm hinzu. Zuletzt stieß der dritte mittelschwere Laser in einen weiteren Wärmetauscher vor. T-Skala im gelben Bereich. Der *Clint* kam wieder auf die Beine.

Schließlich leerte George die MG-Magazine auf den 30-Tonner und erzielte endlich die gewünschte Wirkung. Das pausenlose Einschlagen der Treffer kostete Nerven, und der Bandit verlor seine in dem Augenblick, in dem sich die taktische Situation wieder zu seinen Gunsten veränderte. Offenbar in dem Glauben, noch immer allein gegen einen 55-Tonnen-ClanMech zu kämpfen, geriet der Söldner in Panik und drehte ab, um zu flüchten.

Ehrlosigkeit wurde bei den Clans nicht belohnt, sondern bestraft. Es gab nur Sieg oder Kapitulation. Der flimmernde Energieimpuls des schweren Lasers hatte im dichten Nebel einen beinahe blendend hellen Halo, als er die dünne Rückenpanzerung des 30-Tonners traf, sie fast mühelos durchstieß und die rechte Torsohälfte ausweidete.

Der *Hitman* strauchelte, Sekundärexplosionen schüttelten den Mech, getroffene oder überhitzte Kühlleitungen platzten mit explosiver Gewalt, dann schlug die Energie in den Munitionsbunker des RAS durch, und die Detonation ließ den leichten Mech ein letztes Mal zucken, bevor er zusammenbrach.

Die Druckwellen waren in die übrigen Torsobereiche geschlagen und hatten den Reaktor schwer beschädigt, sodass die Bordsysteme eine Notabschaltung eingeleitet hatten. Der Qualm der internen Brände, die grauen Dampfschwaden aus den digten Hüftgelenk des *Clint* und gaben dem Banditen hinreichend Grund zur Verunsicherung.

George startete erst die linke, dann die rechte KSR-Lafette. Er hatte an dem 40-Tonner kein RAS entdeckt, und tatsächlich, der Bandit versuchte, sich unter den Einschlägen wegzudrehen, die einzige Abwehrmaßnahme, um kritische Schäden nicht an einem Punkt zu konzentrieren. Aber das beschädigte Hüftgelenk gab bereits nach, erstarrte und ließ den Mech aus der Balance geraten, bevor das zweite Raketenpaar heranraste. Die Treffer warfen den *Clint* erneut um, und der Aufschlag war hart.

Qualm stieg aus den Breschen der Panzerung, als der *Mist Hawk* näher trat und den schweren Laser auf das Cockpit richtete, um die Kapitulation zu fordern. Der mittelschwere Laser im Zentrum des *Clint*-Torso feuerte trotzig dicht über die rechte Schulter des 55-Tonners in den Himmel.

»Wenn es dein Wunsch ist zu sterben, so soll es so sein.« George machte zwei Schritte rückwärts, um das Cockpit des Banditen-Mechs ins Schussfeld der Torsolaser zu bekommen. Es lohnte sich nicht, für den Fangschuss den schweren Impulslaser einzusetzen und eine erneute Stilllegungswarnung zu riskieren. Zwei Impulse, und der Kopf des SöldnerMechs brannte aus.

MechHangar HPG-Polarbasis Nord, Mannedorf, Geisterbären-Besatzungszone

27. Juni 3054 TNZ, 5:43 Uhr Ortszeit

»Vergiss nicht, diesen Lagerring wieder über den Schaft zu schieben, bis er hinten anliegt«, wies Tanja die Geschütztech an. »Anschließend muss der Ring mit etwas Sprühfett behandelt werden. Achte darauf, dass du dabei kein Fett auf den Schaft sprühst ... Was ist das für ein Alarm?« Ein ohrenbetäubendes Hupen hatte ihre Erklärungen unterbrochen.

»Das ist Gefechtsalarm, MechKriegerin«, informierte die Geschütztech sie. »Wir müssen auf unsere Stationen!«

»Neg!«, stieß sie hervor. »Setzt meinen Mech zusammen! So schnell wie möglich!«

»Aye, MechKriegerin.«

Ulern stürmte in den Hangar und rannte auf sie zu. »Die Basis wird angegriffen!«, rief er. »Die Banditen sind zurückgekehrt! Wie weit bist du mit deinem Mech gediehen?«

Frustriert hob sie die Schultern. »Wir haben alle beschädigten Teile ausgebaut und fangen gerade damit an, alles zusammenzusetzen. Aber das wird länger dauern als die Demontage, weil jede komplett montierte Baugruppe erst getestet werden muss.«

»Kannst du auf diese Tests nicht verzichten und die Arbeit beschleunigen, frapos?« Er blieb neben ihr stehen.

»Neg, Sterncommander. Das Fußgelenk ist selbst bei einem leichten Mech ein zu komplexes System, um es ungeprüft in den Kampfeinsatz zu schicken. Fehler sind sehr wahrscheinlich und können zu Gelenkblockaden führen. Ich kann es mir im Gefecht nicht leisten, so etwas zu riskieren.«

»Eile dich!«, befahl Ulern.

»Aye, Sterncommander.«

Anstatt sofort zu dem ein Stück weiter wartenden *Supernova* zu sprinten, blieb Ulern noch stehen und fragte sie: »Hast du schon die Möglichkeit geprüft, unsere Mechs hier mit einem Winterschema zu versehen, franeg?«

Verblüfft hob sie die Augenbrauen. »Das Tor dort drüben führt in eine Lackieranlage, und im Lager habe ich ausreichend Farbe gesehen, sodass es möglich sein sollte. Ich weiß allerdings noch nichts über die Funktionsbereitschaft der Anlage.«

Ulern nickte und wandte sich ab. Im Laufen rief er über die Schulter zurück. »Prüfe das bei Gelegenheit!«

»Aye, Sterncommander.« Sie konnte sich gerade noch beherrschen, den Kopf zu schütteln und damit vor den Techs Kritik an ihm – sei es auch nonverbale – zu üben.

3.000 Meter südlich HPG-Polarbasis Nord,
Mannedorf, Geisterbären-Besatzungszone

27. Juni 3054 TNZ, 5:44 Uhr Ortszeit

Als er er sich von dem Wrack des *Clint* abwandte, hatte Micks *Conjurer* den *Dragon* bereits besiegt. Das kopflose Wrack lag Funken sprühend und brennend am Boden, aber der Preis dafür war hoch gewesen. Überall am Torso des 50-Tonners war die Lackierung verschwunden, und ganze Panzerplatten waren zerfetzt. An mehreren Stellen erkannte George deutliche Spuren von Kühlflüssigkeit und Löschschaum, und von den beiden 2er-Blitz-KSR-Lafetten auf der linken Schulter existierten nur noch ausgeweidete Trümmer. Dennoch bewegte sich der *Conjurer* schnell und sicher, als er sich dem letzten noch stehenden SöldnerMech näherte.

Sevenik war nicht ganz so erfolgreich gewesen. Mit Tempo und überlegener Geschwindigkeit hätte es ihm nicht schwer fallen sollen, den langsamen *Hunchback* aus großer Distanz lahm zu schießen und zu zermürben, bis es selbst für den leichten *Kit Fox* möglich war, auf Nahkampfdistanz vorzurücken. Selbst eine taktische Niete wie Sevenik hätte dazu in der Lage sein müssen.

Offenbar hatte sich die Freigeburt jedoch als geschickter Kämpfer erwiesen und es verstanden, den schnellen 30-Tonner heranzulocken, um ihm mit der überschweren Klasse-20-Autokanone auf seiner Schulter zuzusetzen. Nicht nur, dass dem *Kit Fox* fast sämtliche Panzerung fehlte, auch der rechte Arm mit dem Extremreichweitenlaser war weggeschossen worden. Aus mehreren Lecks rannen Kühlflüssigkeit und Hydrauliköl, ohne dass Sevenik offensichtlich im Stande war, etwas dagegen zu unternehmen.

Als er mühsam in Richtung Norden hinkte, erkannte George, dass der *Kit Fox* außerdem die rechten Fußflansche fast komplett verloren hatte, sodass er beinahe manövrierunfähig war. Selbst wenn die verbeulten Sprungdüsen noch intakt waren, Sevenik hätte nur ein einziges Sprungmanöver versuchen können, denn die Landung hatte sicherlich katastrophale Folgen.

Abgesehen von einem fehlenden rechten Arm und einem ungepanzerten rechten Oberschenkel sah der *Hunchback* dagegen überraschend kampftüchtig aus. Lediglich sein langsames Humpeln zeigte, dass auch er noch weitere Schäden davongetragen haben musste. Trotz der Langsamkeit des *Kit Fox* war er nicht in der Lage, sein Opfer einzuholen.

»Patrouille Fünf-Bravo von Fünf-Bravo-Alpha! Ein Angriff auf die Basis erfolgt in diesem Augenblick! Eure Anwesenheit hier ist von Nöten! Eilt euch!«

Die T-Skala des *Mist Hawk* fiel endlich wieder in den grünen Bereich, und George beschleunigte auf den SöldnerMech zu. Er biss die Zähne zusammen. »Verstanden, Sterncommander. Unser Gefecht ist nahezu beendet. Wir werden eilen, dir zu helfen.«

Mick war schneller. Der *Hunchback* bemerkte ihn und drehte sich zu ihm um, die Mündung der gewaltigen Autokanone suchte ein Ziel, aber der ClanMech hatte die Geschütze bereits ausgerichtet und feuerte.

Panzerung und glühende Funken spritzten von der Hüfte des Banditen, dann erreichten die Energien die Bresche. Knallend rissen die dicken Myomerstränge, die die Beinmuskulatur bildeten, und der Söldner brach hilflos zusammen.

Der Aufschlag war hart, und mit nur einem Arm konnte der Pilot ihn nicht richtig abfangen. Der *Hunchback* rammte die rechte Schulter in den Schnee. Funken und Lichtbögen knisterten über den zusammengebrochenen Mech, die Gliedmaßen zuckten, gelegentlich krachte etwas.

George konnte nicht erkennen, ob die Munition in den Bunkern explodierte oder ob nur die Dichtungen des Kühlsystems platzten. Er bremste ab und drehte den *Mist Hawk* auf den Kurs zur Basis. »Epsilon, mit höchster Marschgeschwindigkeit zur Basis! Delta, folge uns, sobald du kannst!«

MechHangar HPG-Polarbasis Nord,
Mannedorf, Geisterbären-Besatzungszone

27. Juni 3054 TNZ, 5:49 Uhr Ortszeit

»Negativ, MechKriegerin«, meldete der Tech, »das Gelenk blockiert bereits nach dreißig Grad. Irgendwas hängt noch drin und behindert den Mechanismus.«

»Die Gründer mögen euch gnädig sein! Stellt euch nicht so ungeschickt an!«, fauchte sie. »Auseinander nehmen, alles kontrollieren und wieder zusammensetzen! Eilt euch!«

»Aye, MechKriegerin.«

Ebene vor der HPG-Polarbasis Nord,
Mannedorf, Geisterbären-Besatzungszone

27. Juni 3054 TNZ, 5:58 Uhr Ortszeit

»Soeben waren es noch leichte Mechs, aber sie zogen sich nach einigen Schüssen zurück«, berichtete Ulern, als Mick und George ihn erreichten. Der *Supernova* stand in angriffslustig vornüber gebeugter Haltung einige hundert Meter vor der Basis und schwenkte den Torso immer wieder suchend von links nach rechts. »Kurz bevor ihr eingetroffen seid, habe ich jedoch stärkere Fusionsemissionen geortet.«

»Da sind sie! Kontakt!«, rief Mick. Die Sensoren des *Conjurer* besaßen die beste Empfindlichkeit der drei Mechs und damit die größte Reichweite. »Richtung 228, Distanz 4.000!«

»Angriff!«, befahl Ulern und ließ seinen überschweren 90-Tonner in einen raumgreifenden Trab fallen. »Pfeilformation!«

»Aye, Sterncommander!«, bestätigte George und ließ den *Mist Hawk* links hinter dem *Supernova* auf Kurs gehen. Ihm gegenüber auf der anderen Seite tat es Mick mit dem *Conjurer* genauso.

Endlich erfasste auch Georges Feuerleitsystem die drei feindlichen Mechs und identifizierte sie als 70-Tonnen-*Daikyu*, 55-Tonnen-*Wolverine* und 45-Tonnen-*Blackjack*. Die Banditen wurden langsamer und wirkten verunsichert durch den Sturmlauf der ClanMechs. Zuerst machte der schwere *Daikyu*, kurz darauf gefolgt von den mittelschweren Mechs, einige Schritte rückwärts, um sich dann zur Flucht zu wenden.

Auf maximale Entfernung eröffnete Ulern das Feuer mit seinen schweren ER-Lasern. George sah, dass Panzerung an der Schulter des *Daikyu* aufglühte und Splitter davonflogen. Die Söldner setzten nun sogar ihre Sprungdüsen ein, um schneller fliehen zu können.

Noch war die Entfernung zu groß für die schweren Impulslaser von *Conjurer* oder *Mist Hawk*. Aber das würde sich in wenigen Sekunden ändern. George zielte bereits auf die rennende Gestalt des *Wolverine* und war sich sicher, dass Mick dasselbe mit dem *Blackjack* tat.

In diesem Augenblick zerriss eine Explosion den rechten Fuß des *Supernova*, hob den überschweren Mech mehrere Meter an und ließ ihn schwer auf die Eislandschaft stürzen. Die Erschütterungen waren so heftig, dass George sie als Übelkeit erregendes Ziehen im Innenohr spürte. Der avoide Torso zermalmte den rechten Waffenarm unter sich, als er zu Boden krachte.

»Minen!«, schrie Mick warnend und warf den *Conjurer* herum, um abzubremsen. Der 50-Tonner verlor das Gleichgewicht, und Mick kämpfte mit den Kontrollen, während der Mech auf das Minenfeld zuschlitterte.

George reagierte, indem er auf die Sprungdüsenpedale stieg. Statt zu bremsen, katapultierte sich der *Mist Hawk* in die Luft und über die Minen hinweg, wie es die Freigeburten auch getan hatten. Als er zur Landung ansetzte, wo es auch die Banditen getan hatten, bemerkte er, dass die Mechs abgebremst und umgedreht hatten.

In diesem Augenblick explodierte hinter George die Welt. Eis und Schnee verdampften augenblicklich und bildeten gewaltige weiße Turbulenzen, die sogar die niedrigen grauen Wolken durchdrangen, eine Feuerwand schoss hinter dem *Mist Hawk* in die Höhe und verschlang die Sternkameraden. Ob durch Mick ausgelöst oder per Funkbefehl gezündet, wusste George nicht zu sagen.

Er bereitete sich mental auf sein letztes Gefecht vor. Der *Mist Hawk* ging tief in die Hocke bei der Landung und hob die Geschütze. Vierhundert Meter war beinahe schon Nahkampfdistanz, und die Freigeburten rückten näher. Die Fadenkreuze lagen über der Silhouette des *Wolverine*. George presste die Feuerknöpfe. Hitze schoss ins Cockpit und sengte ihm über die Haut der nackten Arme und Beine. Er keuchte auf, als die T-Skala in den orangen Bereich hinaufschoss.

Die Hochenergiestrahlen fraßen tiefe Breschen in die Panzerung des Banditen, und die Raketen schlugen große Brocken aus der Stahlhaut, aber diesmal wandte er sich nicht zur Flucht, sondern er feuerte trotzig zurück. Das Mündungsfeuer der mittelschweren Autokanone flackerte, der mittelschwere Laser an dem Geschützturm hoch auf dem Torso blitzte auf, und sechs Kurzstreckenraketen fauchten auf ihren Rauchspuren heran.

Nur einen Lidschlag später fielen auch die beiden anderen Söldner mit ein und bombardierten den *Mist Hawk* mit AK-Granaten und Laserimpulsen. George wurde schwer durchgeschüttelt, als die Raketen und Granaten auf seinen Mech einhämmerten, aber er behielt die Balance. Die leer geschossenen MGs im linken Arm explodierten unter einem Treffer, ja der ganze Unterarm fehlte abrupt, aber auch das konnte er ausgleichen und das Gleichgewicht wahren. Der Verlust von zwei weiteren Wärmetauschern war kritischer.

»Unser Tod liegt in noch weiter Ferne!«

George zuckte zusammen, als er Ulerns Stimme erkannte. Zwei Energielanzen spießten den *Daikyu* auf und rissen ihm die Beinpanzerung in Fetzen. George entdeckte das Wrack des *Supernova*, das noch immer am Boden lag, schräg auf eine Seite gekippt, aber dennoch hatte der Sterncommander den Torso ein wenig herumgewälzt und mit dem verbliebenen Arm das Feuer eröffnet.

In nur geringer Entfernung zu ihm hatte sich der *Conjurer* aufgerichtet und hinkte mit Minimalgeschwindigkeit auf seine Feinde zu, fast völlig bar jeder Panzerung, eine deutlich sichtbare Rauchfahne hinter sich herziehend und mit einem verdrehten Geschützlauf dort, wo zuvor der schwere Impulslaser gewesen war. Aber Mick würde kämpfen.

Die beiden Banditen schwenkten ihr Feuer auf die neuen Widersacher, und Georges *Mist Hawk* akkumulierte die Schäden nicht mehr mit ganz so großer Geschwindigkeit. Als die T-Skala zurück in den gelben Bereich fiel, feuerte er erneut eine komplette Salve auf den *Wolverine* ab und japste unter der Backofenglut, die das Cockpit ausdörrte. Ein Warngong zeigte an, dass der Mech heißlief, die T-Skala stand im roten Bereich und sank nur sehr langsam wieder nach unten.

Die Treffer rissen große Löcher in die Panzerung des *Wolverine*, mindestens zwei Wärmetauscher explodierten, als die Laser durch die Panzerung stießen, dann hüllten die Kurzstreckenraketen den Torso in feurige Wolken, als sie auf Hüfte und Oberschenkeln detonierten. Der Bandit stolperte einige Schritte rückwärts.

Der *Daikyu* konzentrierte seine gefährliche Feuerkraft auf den am Boden liegenden *Supernova*. Mit den beiden Ultra-AK/5 in den Armen suchte er die Schwachstellen in der Panzerung des verbeulten Torsos. Der blaugleißende Blitz einer Partikelprojektorkanone ließ die tief ziehenden Wolkenfetzen aufleuchten, donnernd traf der Impuls das Wrack des 90-Tonners und ließ Funken und Lichtbögen über die unkontrolliert zuckenden Beine knistern.

Für seine 5er-LSR-Lafette war der Söldner bereits zu dicht am Sterncommander, aber die Impulse des mittelschweren Lasers zielten offensichtlich auf das Cockpit. *Kerensky, dieser feige Surat!* Georges beschädigter *Mist Hawk* hatte im Augenblick keine Möglichkeit, sich aus dem Gefecht mit dem *Wolverine* zu lösen, um Ulern zu helfen.

Die T-Skala des *Mist Hawk* war noch immer im orangen Bereich und fiel viel zu langsam. Die mittelschweren Impulslaser waren bereits wieder geladen, aber George konnte es nicht wagen, sie abzufeuern. In der erstickenden Hitze des Cockpits mühsam nach Luft ringend wartete er darauf, dass wenigstens die KSR-Lafetten wieder feuerbereit waren und knirschte mit den Zähnen, als der *Wolverine* sein Gleichgewicht wieder erlangte und die Waffen hob.

Er ließ den *Mist Hawk* einige seitliche Ausfallschritte machen. Der Laser des Banditen blitzte auf, aber auf den Anzeigen erschien keine Reaktion. Waren die Sensoren bereits zu beschädigt, oder hatte der Söldner daneben geschossen? Auch ein Großteil der Granatensalve kreischte vorbei, nur zwei Granaten sprengten etwas Panzerung vom linken Torso.

Mick hatte eigene Sorgen. Normalerweise wären die leichten Autokanonen des *Blackjack* kaum eine Gefahr für den *Conjurer* gewesen, aber da die Panzerung praktisch nicht mehr vorhanden war, weideten die Hochexplosivgranaten den 50-Tonner geradezu aus, und die vier mittelschweren Laser hatten bereits an mehreren Stellen die Myomermuskeln in Brand gesetzt. Mick würde sich nur noch wenige Sekunden halten können, bevor er zusammenbrechen musste. Zur Unbeweglichkeit verurteilt und nahezu schutzlos steckte er mehr ein, als er mit seinen beiden verbliebenen mittelschweren ER-Lasern austeilen konnte, während der *Blackjack* mit den Sprungdüsen vorwärts sprang, seine Waffen abfeuerte und schnell wieder in Sicherheit zurück sprang, ohne dass Micks Lasertreffer eine nennenswerte Wirkung zeigten.

Endlich waren die Blitz-Lafetten des *Mist Hawk* wieder aufgeladen, und George schickte die schrill fauchenden Projektile zu dem *Wolverine* hinüber, alle vier Raketen trafen hoch an Schultern und Cockpit, und der 55-Tonner stolperte abermals einige Schritte rückwärts. Plötzlich strauchelte er. Ein verborgener Felsen oder eine besonders stark vereiste Schneewehe? Der Bandit kippte rückwärts um und entlastete George für einen Augenblick.

Er ließ den ClanMech herumdrehen und hob den schweren Laser. Obwohl die T-Skala noch immer im oberen gelben Bereich war, feuerte er einen schnellen Rechts-Links-Schuss aus zwei Torsolasern auf den *Daikyu*, um ihn von dem *Supernova* abzulenken.

George spürte den erneuten Anstieg der Backofenwärme kaum, die den Schweiß schneller verdunsten ließ, als er aus seiner Haut treten konnte, aber der Gongton warnte ihn erneut vor einer Überhitzung. Der 70-Tonner hatte bereits klaffende Löcher überall in der Panzerung, ein Hinweis auf Ulerns ungebrochenen Kampfgeist und seine Zielsicherheit, und Georges Laserimpulse stießen ins Innere durch und ließen Wärmetauscher platzen.

Der SöldnerMech wandte sich der neuen Bedrohung zu und richtete die Doppelmündung des linken Arms auf den mittelschweren ClanMech.

»Kontakt! *Raven*! Fünf-Bravo-Delta im Gefecht!«, hörten sie Seveniks Stimme über Takcom. George glaubte, trotz der starken elektronischen Filter Besorgnis in der Stimme des Kameraden zu hören. »Position fünfhundert Meter vor der Basis. Der Sieg sollte mein sein, aber ich bin fast manövrierunfähig, und diese Freigeburt setzt ihre Störsender ein. Auch die Abwehrgeschütze der Basis schießen daneben. Hilfe ist erwünscht!«

George sah die Ladespulen in der Partikelprojektorkanone des *Daikyu* blau aufleuchten. Schweiß rann ihm in die Augen. Er ignorierte die T-Skala und presste den Feuerknopf des schweren Impulslasers. Wieder erklang der Glockenton der Überhitzungswarnung, unmittelbar gefolgt von dem schrillen Summen der Stilllegungswarnung. Die Laserenergie verfehlte die ER-PPK des *Daikyu* um Haaresbreite. Jeder Atemzug verbrannte ihm die Schleimhäute in Mund und Nase. Die Lanze aus kohärenten Lichtimpulsen fraß sich dicht neben dem Geschützlauf der mittelschweren Autokanone in den Lademechanismus. George verzog das Gesicht, als er auf den Vetoschalter schlug, um den *Mist Hawk* im Gefecht zu halten.

Die einschlagende Energie brachte die Hochexplosivgranaten zur Detonation. Dem hellen Aufblitzen im Verschluss der AK folgte augenblicklich ein Feuerball, der linken Unterarm des *Daikyu* einhüllte. Im nächsten Augenblick explodierten die voll aufgeladenen Spulen der PPK und rissen den zerfetzten Arm vom Rumpf.

Splitter durchsiebten die Reste der Panzerung im linken Torso und zerrissen interne Systeme, eine Kette von Explosionen sprengte sich die Lademechanik entlang bis in den Munitionsbunker im Torso.

Der bereits ins Wanken geratene 70-Tonner wurde von der Munitionsexplosion schwer herumgeworfen. Brände loderten überall im Torso. Der Söldner verlor die Kontrolle und brach zusammen. Der Kopf öffnete sich in einem Funkenschauer, und der Schleudersitz des Piloten stieg auf einer flammenden Rauchspur in die Wolken, um wenige Sekunden später am Fallschirm hängend wieder in Sicht zu kommen. Die fast nackte Gestalt würde einige hundert Meter entfernt im Schnee landen. Keiner der Clankrieger verschwendete auch nur einen Gedanken an das Wohlbefinden oder die Gesundheit des Söldners.

Die Raketenwarnung trillerte. Das Hologramm war von Störungen durchzogen, immer wieder wurde es am Rand dunkel, als die Bildprozessoren mit dem durch die Überhitzung verursachten Datenverlust kämpften. Warnlichter zeigten eine bedenklich steigende Temperatur in den KSR-Munitionsbunkern an. Wenn er die Systeme weiter so überlastete, würden die eingelagerten Raketen explodieren.

Die Sensoren erfassten die Umgebung nur noch ungenügend, und die Holoprojektion fror mehrmals kurz ein, als die Daten ausblieben. George war auf seine Augen angewiesen, und zum ersten Mal störte ihn die große Cockpitkuppel nicht, als er durch das mit Einschlagkratern, Schrammen und Rissen überzogene Transplex blinzelte und nach dem *Wolverine* suchte.

In diesem Augenblick schlug die KSR-Salve ein, wie von Hammerschlägen getroffen wurde der *Mist Hawk* nach links geworfen. Ein Unheil verkündendes Krachen, ein Ruck, dann fiel der 55-Tonner umso schneller, und George konnte mit dem linken Armstumpf wenig tun, um den Sturz aufzufangen. Der ClanMech schlug schwer auf.

»Fünf-Bravo-Delta steigt aus!« Seveniks Ruf folgte das Krachen von Sprengbolzen, dann rauschte es in dem offenen Kanal, bevor die Rauschsperre wieder aktiv wurde.

Farbwirbel flimmerten vor Georges Augen. Er stöhnte und holte unwillkürlich etwas tiefer Luft. Sengende Hitze brannte ihm im Rachen und in der Luftröhre. Er hustete, aber das machte es nur schlimmer.

Blinkend, piepsend und trillernd verlangten mehrere Systeme nach Aufmerksamkeit. Weitere Wärmetauscher ausgefallen, die automatischen Ventile beschädigt, Druckverlust im Kühlmittelkreislauf, ein kritischer Schaden, weil in kurzer Zeit auch der Reaktor nicht mehr gekühlt werden würde. Hydraulikausfall, der Munitionstransporter war defekt. Nur noch die vier geladenen Blitz-KSR würden verschossen werden können, die restlichen Raketen im Bunker stellten bei Treffern und Überhitzung nichts anderes als eine Bombe dar. Der rechte Arm war weggeschossen worden, der *Mist Hawk* hatte sein Hauptgeschütz und die Balance verloren. Sprungmanöver konnten außer Kontrolle geraten. George war überrascht, dass er keine Brandwarnleuchte sah. Wenigstens die Feuerlöscher schienen funktioniert zu haben. Er brachte seinen Mech wieder auf die Beine.

»Basis an Patrouille! Wir werden angegriffen! Sofortige Unterstützung erforderlich!«

Der *Wolverine* stapfte siegessicher näher. Der *Conjurer* war ebenfalls zu Boden gegangen, aber er regte sich noch. Dicht neben dem beschädigten *Supernova* lag der zerschossene *Blackjack*, der offenbar im Kreuzfeuer von Mick und Ulern gefallen war.

»Rückzug zur Basis, George!«, befahl Ulern. »Verteidige die Station und gewähre mir die Ehre, diese Freigeburt über die Waffenstillstandslinie zu blasen!«

Der einarmige *Conjurer* wälzte sich im selben Moment herum, als der *Supernova* mit seinem letzten schweren ER-Laser das Feuer eröffnete.

»Ich stehe dir bei, Alpha!« Auch Mick konnte einen der mittelschweren Torsolaser ins Gefecht bringen, als er den Torso aufrichtete.

George verzichtete auf einen Abschiedsschuss. Die T-Skala sank ungewohnt langsam durch den orangen Bereich. Kerensky mochte wissen, wie lange das Kühlsystem überhaupt noch funktionierte.

Er drehte den angeschlagenen *Mist Hawk* nach Norden und rannte auf die Basis zu.

Der Gongton ließ ihn zusammenzucken. Erschrocken bemerkte er, wie die T-Skala wieder kletterte, obwohl er keine Waffen eingesetzt hatte. Er verringerte die Geschwindigkeit. Die Temperatur sank nicht wieder, aber sie stieg auch nicht weiter. George stöhnte.

Er griff nach den Hebeln, die die Notrutschen der Munitionsbunker freigaben. Der *Mist Hawk* ruckte ein wenig, als er eine halbe Tonne KSR-Muniton hinter sich in den Schnee poltern ließ. Als George nach dem Hebel für die RAS-Munition griff, bemerkte er, dass der Bunker bereits leer geschossen war.

Die Wolken hoben sich ein wenig, und die Sicht klärte sich. Der Tafelberg kam in Sicht, und George konnte die in die Flanke gekauerte Basis ausmachen, aber er entdeckte keinen Banditen. Er öffnete einen Kanal. »Basis von Fünf-Bravo-Beta, wo ist die Freigeburt?«

»Fünf-Bravo-Beta, der *Raven* hat soeben abgedreht und entfernt sich auf südwestlichem Kurs.«

George drehte den *Mist Hawk* nach links und entdeckte den fliehenden 30-Tonner.

»Habt ihr noch etwas für mich übrig gelassen?«, fragte Tanja. George entdeckte den *Owl*, der gerade aus dem Hangartor trat.

»Eile dich, Gamma: Verfolgen und Vernichten!«, wies er sie an. »Er ist schneller als du, aber er scheint beschädigt, denn er nutzt seine Höchstgeschwindigkeit nicht aus.«

»Aye, George.« Der *Owl* sprintete die Rampe herunter, schwenkte auf den Kurs des Söldners und beschleunigte auf volles Tempo. Dann löste Tanja die Sprungdüsen aus und überbrückte mit einem schnellen flachen Sprung eine große Distanz.

George nickte befriedigt. Sie würde den Banditen nicht entkommen lassen.

**MechHangar HPG-Polarbasis Nord,
Mannedorf, Geisterbären-Besatzungszone**

27. Juni 3054 TNZ, 14:32 Uhr Ortszeit

Wie umfangreich die Schäden am *Mist Hawk* waren, hatte er erst ermessen können, nachdem er mit schmerzenden Gelenken und zitternden Gliedern aus dem Mech auf das Wartungsgerüst gekrochen war, um die dort angeschweißte Metalleiter benutzen zu können anstatt der Kettenleiter.

Dass überall Panzerung fehlte, wusste George von den Instrumenten. Dass sie teilweise durchschlagen worden war, wusste er auch. Wärmetauscher, Aktivatoren und Myomermuskeln im linken Bein, Aktivatoren und Muskeln im rechten Bein, der rechte Arm hatte komplett ersetzt werden müssen, der linke Unterarm wurde noch repariert. Die vorderen Infrarotsensoren, das Koaxialkabel der Radarantenne, diverse Kühlmittelleitungen ... Natürlich hatte George es geahnt, aber als er Stunden nach seiner Rückkehr die tatsächliche Liste von den Techs der Basis vorgelegt bekam, hatte er gestaunt, dass sich der *Mist Hawk* überhaupt noch bewegt hatte. Die Techs hatten sich sofort an die Arbeit gemacht.

Während Tanjas *Owl* draußen patrouillierte, wurden die geborgenen Mechs repariert. Der *Supernova* hing jedoch vernachlässigt in seinem Wartungsgerüst, noch immer fehlten ihm ein Arm und ein Bein, weil Ulern ohnehin nicht in der Lage war, ihn zu steuern.

Es hatte der Mühe von zwei Medtechs und zwei Astechs bedurft, den noch immer benommenen und kaum bewegungsfähigen Ulern aus dem Cockpit zu zerren und durch die breite Munitionsluke am Heck – oder Hinterkopf, je nach Auffassung – zu schaffen, damit man ihn auf eine Bahre legen und per Kran auf den Boden schaffen konnte, von wo er umgehend in die Krankenstation der Basis kam.

Die wenigen Techs mussten sich um die Mechs kümmern, die in kurzer Zeit wieder kampftüchtig gemacht werden konnten. Deshalb hatte Mick nur zwei Techs zur Verfügung, während sich alle übrigen um Seveniks *Kit Fox* und Georges *Mist Hawk* kümmerten, die in wenigen Stunden wieder einsatzbereit sein würden. Überall am *Mist Hawk* glänzte neue Ferrofibritpanzerung, die noch lackiert werden musste.

George hielt die gelbe ›Banane‹ mit den Knöpfen in der Hand, mit der er den Kran bediente. Es hatte keines Befehls von Natalja oder Ulern bedurft; diesmal hatte er sich selbst als Tech eingeteilt. Schließlich hatte er Interesse daran, seinen Mech möglichst schnell wieder kampfklar zu bekommen. Er hatte sich mit seinem ersten Gefecht als Geisterbär bewiesen – sich selbst und seinem neuen Clan –, dass er ein Krieger war. Er hatte gezeigt, dass seine Gefangennahme als Leibeigener gerechtfertigt gewesen war. Einer ruhmreichen und ehrenvollen Kriegerlaufbahn stand nun nichts mehr im Weg.

Es mochte eine bittere Pille sein, dass die meisten Blutrechte, zu denen er aufgrund seiner Abstammung berechtigt gewesen wäre, weit entfernt auf der Heimatwelt der Novakatzen oder in der Novakatzen-Besatzungszone abgehalten werden würden. Abgehalten von Novakatzenkriegern, die von Novakatzen-Blutnamensträgern vorgeschlagen wurden, die kaum je auf den Gedanken kommen würden, ihn zur Teilnahme vorzuschlagen.

Seine Zugehörigkeit zum Bluthaus Mitshan war bisher noch von keinem der Mitshan-Krieger akzeptiert worden, wie Marshas Verhalten deutlich gezeigt hatte. Er würde sich ihnen erst noch beweisen müssen. Ein einzelnes Gefecht reichte dazu nicht aus. George war entschlossen, sich ihnen als würdig zu erweisen, denn denen, die nie nominiert wurden, blieb nur, am Gestampfe eines Blutrechts Teil zu nehmen und zu hoffen, dass sie sich allen Einschätzungen zum Trotz bis ins Blutrecht vorkämpfen konnten.

Jedenfalls war es als Krieger seine Pflicht, so schnell wie möglich wieder kampfbereit zu sein. Solange Ulern dienstunfähig war, lastete außerdem die Verantwortung des Sterncommanders auf ihm. Da die Basis keine weiteren Krieger hatte, war er gleichzeitig für die gesamte Basis verantwortlich.

Er gähnte und blinzelte in das blendende Scheinwerferlicht, als er den Kran steuerte, um die Ferrofibritplatte in die richtige Position zu bringen. Die mangelnde Ruhe nach der Landung machte sich bemerkbar.

Seit er den *Mist Hawk* in den Hangar gebracht hatte, hatte er sich noch nicht einmal hingesetzt und ausgeruht. Geschlafen hatte er das letzte Mal vor dem Sprung der *Bear's Legacy* ... er war zu müde, um nachzurechnen, wie lange das her war. Sprung ins Mannedorf-System, Anflug auf den Planeten, Abstieg aus dem Orbit, Landung, Suche nach der Basis, Gefechtspatrouille, Kampf und zum Schluss die langen Stunden im Hangar ...

Der Tech hoch oben auf dem Rumpf gab Zeichen. George ließ den Knopf los und betätigte andere.

»Hier, George, trink ein wenig«, Mick hielt ihm eine Flasche hin. »Solltest du dir eine Pause gönnen, frapos?«

»Pos«, seufzte George und ergriff die Flasche. In einem Zug leerte er sie zur Hälfte. »Aber wir können es uns nicht leisten, die Verteidigung der Basis derart geschwächt zu lassen.«

»Ich bin mir dessen bewusst, und ich weiß auch, welche Verantwortung du im Augenblick trägst, aber wenn du vor Müdigkeit im Cockpit zusammenbrichst, sind die Folgen ebenso katastrophal.«

George blickte ihn an. »Deine Zusammenfassung unserer Situation beschreibt meinen Konflikt sehr treffend, jedoch stellt dies keine Hilfe für mich dar.«

»Ihr wollt so bald wie möglich wieder kämpfen, MechKrieger, frapos?«

Sie drehten sich zu der weiblichen Stimme um. Die Frau war alt, ihr Haar waren voller grauer Strähnen, und die Falten im Gesicht kündeten von mehr Jahren, als ein ehrenhafter Krieger jemals erreichte. Doch sie war keine Kriegerin. Sie trug eine bequeme Stoffhose und eine Bluse mit dem Wappen des Geisterbärenclans auf der Brusttasche. Eine offene Strickjacke reichte bis zur Mitte der Oberschenkel hinab, das informelle Kennzeichen der Wissenschaftlerkaste. »Ich bin Professorin Kaye«, stellte sie sie vor, »Biologieinstitut Silverdale auf Alshain.«

»Stellvertretender Sterncommander George, 5te Bärenschweif-Galaxis, 371ster Stumsternhaufen.« Er nickte ihr zu, ohne das Kontrollgerät des Krans loszulassen. »Was tut eine Professorin für Biologie in dieser Eiswüste? Mir will scheinen, hier am Nordpol von Mannedorf gibt es keine wissenschaftlichen Herausforderungen.«

George fragte sich, ob es auch bei den Wissenschaftlern Solahma-Kommandos gab, wenn sie zu alt und senil wurden, um weiterhin gute wissenschaftliche Arbeit zu tun. Andererseits gab es für Wissenschaftler kaum Aufgaben, bei denen sie sich ehrenvoll für den Clan opfern konnten, wenn ihre Effektivität altersbedingt zurückging.

»Mein Fachgebiet ist die Sozio-Ökonomie arktischer Fauna«, erklärte sie. »Ich habe an mehreren Terraforming-Projekten in den Heimatwelten mitgearbeitet, und ich wurde bereits oft konsultiert, wenn es um die Ansiedelung xenobiologischer Spezies auf den Planeten unserer Besatzungszone ging. Wenn Ihr ein wenig Zeit habt, zeige ich Euch gern, woran ich hier arbeite.«

Er blinzelte ins Licht der Scheinwerfer an seinem Mech hinauf. »Du hättest dieses Gespräch nicht begonnen, wenn du nicht der Meinung wärest, dass ich die Informationen gebrauchen kann, die du mir geben willst, franeg?«

»Neg.« Sie nickte. »Offensichtlich gehet Ihr davon aus, dass die Banditen zurückkehren werden, und so denke auch ich. Obwohl ich ermessen kann, welch hohe Priorität die Wiederherstellung der Gefechtsbereitschaft für Euch haben muss, stellvertretender Sterncommander, erbitte ich ein paar Minuten eurer Zeit.«

»Mick, übernimm die Aufsicht beim Austausch der Cockpithauben, bis ich zurück bin.«

»Aye, George.«

Er folgte ihr durch die Luke aus dem Hangar hinaus in die Korridore, über einige steile Leitern aufwärts und abwärts und durch weitere Gänge, die unübersehbare Spuren des Alters trugen. »Diese Basis hat lange Zeit leer gestanden, frapos?«

»Pos, MechKrieger. Wir durchqueren gerade einen Bereich der Maschinenhallen und Lager, die noch nicht wieder in Benutzung sind. Mir gefällt der Gedanke, dass der letzte Fußabdruck unter der Staubschicht ward hinterlassen von den Stiefeln der Sternenbundtruppen, die die Vorräte für den Exodus an Bord der Landungsschiffe brachten.«

»Das ist eine interessante Vision, Professorin Kaye. Nun sage mir, wohin führst du mich.«

»Bitte erlaubt mir die Freude, Euch zu überraschen, MechKrieger George. Ich will Euch einstweilen jedoch verraten, dass ich mich zur Zeit mit der Ansiedelung eines Raubtiers in der Polarregion von Mannedorf beschäftige. Nach den bisherigen Analysen sind die Bedingungen durchaus günstig. Ein Laie sieht in der Landschaft um uns herum nur eine lebensfeindliche Eiswüste, und für einen ungeschützten Menschen mag das zutreffen.«

»Wie das Beispiel der in weniger als zwanzig Minuten erfrorenen Söldner beweist«, pflichtete er ihr bei.

Das Bergungsteam der Basis hatte die mit dem Schleudersitz ausgestiegenen Banditen nicht rechtzeitig erreichen können. Noch immer wussten sie nicht, was die ehrlosen Angreifer hier gewollt hatten. Informationen aus dem HPG-Netz? Einen vermeintlichen Schatz aus Sternenbundzeiten? Angesichts eines ganzen Sturmsternhaufens auf Mannedorf war eine dauerhafte Eroberung illusorisch. Wenn es jedoch nur ein Raubzug hatte werden sollen, war fraglich, was in dieser kaum wieder richtig in Betrieb genommenen Station die geldgierigen Surats angezogen haben sollte.

»Pos«, stimmte sie zu. »Sie sind erhebliche Risiken eingegangen, um auch nur in die Nähe dieser Basis zu gelangen.«

Sie erreichten eine gesicherte Tür. Sie drückte auf einen breiten Knopf, und auf einem kleinen Display leuchtete die Identifikation auf. Klickend entriegelte die Tür, und sie traten hinaus in das kalte Dämmerlicht einer Art Kaverne, deren Wände aus grobem Fels bestanden.

»Das Sicherheitssystem hat dich ungewöhnlich identifiziert«, stellte er fest. »Was stand auf der Anzeige?«

Verlegen blickte sie zu Boden. »Das war mein Wissenschaftsname, MechKrieger.«

Er verstand. Die Clans gestatteten keine Benutzung von Nachnamen. Allein die Krieger durften Nachnamen tragen, und innerhalb der Kriegerkaste durften das auch nur die Blutnamensträger. Er hatte davon gehört, dass die Kaste der Wissenschaftler in einigen Clans ein den Blutnamen recht ähnliches System aus Ehrennamen entwickelt hatte, um Verdienste zu belohnen. Diese Namen waren jedoch nicht offiziell in Gebrauch, und bisher hatte auch kein Wissenschaftler gewagt, dem Konklave eine entsprechende Petition vorzutragen, stellte dies doch eine Anmaßung und Beleidigung der Krieger dar. Die Wissenschaftler benutzten ihre Ehrennamen daher nur inoffiziell und kastenintern.

»Wie nennen deine Wissenschaftlerkameraden dich?«, fragte er neugierig.

»Ihr beschämt mich, MechKrieger. Es ist Eurer Aufmerksamkeit nicht wert.«

»Überlasst diese Beurteilung mir«, beschied er ihr. »Also?«

»Meine Kollegen nennen mich Doktor Kaye Jung. Den Doktorgrad habe ich durch meine Forschungsarbeiten mit den Geisterbären auf Strana Metschty und Bearclaw erreicht, indem ich nachgewiesen habe, dass nicht das Nahrungsangebot der entscheidende Faktor für die schneller wachsende Population unseres Wappentiers auf Bearclaw ist, sondern die unterschiedliche Dauer der Jahreszeiten, insbesondere des Winters.

Den Ehrennamen Jung habe ich für meine Ausarbeitungen zum Sozialverhalten der Geisterbären während der Aufzucht der Jungen erhalten, wobei ich gestehen muss, dass es weniger ein wissenschaftliches Verdienst ist, als eines, dass ich einer gefährlichen Mischung aus Mut und Dummheit in meinen jugendlicheren Jahren zuschreibe. Der Geisterbär gehört auch heute noch zu den am wenigsten erforschten Wappentieren aller Clans, was in erster Linie daran liegt, dass diejenigen, die ihm begegnen, leider nur zu oft nicht zurückkehren, um davon zu berichten.«

George nickte verstehend. »Dir ist eine umfassende Beobachtung gelungen, ohne gefressen zu werden, frapos?«

Kaye führte ihn die Kaverne entlang, und George bemerkte, dass er die Decke nicht richtig erkennen konnte. Manchmal glaubte er sogar, überhaupt keine Decke über sich zu haben, aber das konnte unmöglich sein, denn draußen herrschte noch immer heller Tag. Ein scharfer Raubtiergeruch stieg ihm in die Nase.

»Pos. Die Daten, die wir über den Geisterbären gewannen, stellten im Vergleich zu dem Wissen über unser Wappentier von vorher eine Verdreifachung der Erkenntnisse dar. Es ist zu einem nicht unerheblichen Teil mein Verdienst, dass wir heute wissen, zu welcher Jahreszeit die Betatzungsrituale durchgeführt werden dürfen und in welcher Zahl, damit sie die Populationen auf den Heimatwelten nicht gefährden.«

Bei den Geisterbären gab es neben dem Blutrecht noch eine weitere Auszeichnung für Krieger, die so genannte Betatzung. Die meisten Bärenmasken und Bärenfellumhänge, die die Krieger bei rituellen Anlässen trugen, waren aus täuschend echtem Kunstleder und Kunstfell gefertigt, das sich äußerlich nicht vom echten Geisterbärenfell unterschied. Der Unterschied lag vielmehr im Gewicht, und man erkannte einen unechten Umhang am Gewebe auf der Innenseite, in dem die Fellhaare verankert waren. Wollte ein Krieger einen echtes Fell, gab es nur eine Quelle: Er musste es einem lebendigen Geisterbären nehmen. Die Zulassung zur Jagd war eine Ehre, die oft als Belohnung gewährt wurde. Die Erfolgsquote lag jedoch bei lediglich dreißig Prozent. Zwei Drittel aller Krieger, die sich nur mit einem Speer bewaffnet auf die Jagd begaben, kehrten nicht zurück. Es gab keinen direkten Zusammenhang zwischen einem betatzten Krieger und einer Nominierung zum Blutrecht, aber dieselben Fähigkeiten, die einen Krieger die Betatzung überleben ließen, erregten auch die Aufmerksamkeit der Blutnamensträger und erhöhten die Chancen auf eine Nominierung. Demzufolge gab es kaum einen Blutnamensträger, der ein künstliches Geisterbärenfell trug, und es gab nur wenige betatzte Krieger, die noch nicht an einem Blutrecht teilgenommen hatten.

Seit der Invasion jedoch ergab sich für die Betatzung ein Problem. Die große Entfernung zu den Heimatwelten erschwerte es den Kriegern, die sich in der Inneren Sphäre ausgezeichnet hatten, sich einem Betatzungsritual zu unterziehen. Und allein für dieses Ritual wurde niemand in den Kerensky-Sternhaufen geschickt, das wäre Verschwendung gewesen.

»Ich habe gehört, dass es auf Alshain seit kurzer Zeit Geisterbären gibt.«

»Das ist richtig, und es gibt sie nicht erst seit kurzer Zeit, sonder fast seit der Eroberung. Der Khan hat mich vorausschauenderweise sehr früh in die Besatzungszone geholt, damit ich auf verschiedenen Welten die Möglichkeiten einer Aussetzung unseres Wappentiers untersuche. Gelegentlich schmeichle ich mir selbst, wenn ich sage, dass die Entscheidung, Alshain als Zentralwelt unserer Besatzungszone zu wählen, nicht zuletzt darauf zurückzuführen ist, dass die Geisterbärenpopulation in der Südpolarregion von Alshain die am schnellsten wachsende auf allen eroberten Planeten ist. Seit einem halben Jahr können in begrenztem Umfang dort Betatzungen stattfinden.«

»Das ist sehr beeindruckend. Und es macht mir das Raten leicht, welches Tier du mir sogleich zeigen willst, frapos?«

»Pos.« Sie blieb lächelnd an einem stabilen Gitter stehen, dessen Ferrofibritstäbe halb so dick waren wie Georges Handgelenke. »Hier ziehen wir eine Population von Bären heran, die zahlreiche medizinische Tests bestehen und ausreichend groß werden muss, bevor wir sie hier auf Mannedorf freilassen können.«

George starrte durch das Gitter und glaubte, im Schatten an der Rückwand eine Bewegung zu erkennen. Sicher war er sich jedoch nicht. Der Anblick war enttäuschend, es gab nicht viel zu sehen. Und dennoch spürte er so etwas wie heilige Ehrfurcht, denn er war noch nie einem Wappentier so nahe gekommen, bei den Novakatzen nicht, und bei den Geisterbären auch nicht. »Wäre es denkbar, dass die Banditen nicht nach wertvollem Gut auf Jagd waren, sondern uns beschämen wollten, indem sie diese Geisterbären erobern und töten?«

Kaye runzelte die Stirn und schüttelte dann den Kopf. »Das halte ich für theoretisch möglich, aber die Wahrscheinlichkeit ist gering. Es gibt zahlreiche ... technische Hindernisse. Diese Geisterbären hier sind wild. Sie sind nur insofern an Menschen gewöhnt, als dass sie uns gelegentlich wittern, wenn wir kommen und die Anlagen überprüfen. Es gibt jedoch absichtlich keinen direkten Kontakt, sie werden automatisch gefüttert und von ferngesteuerten Sensoren überwacht. Jeder Versuch, in das Gehege einzudringen, ist mit Sicherheit tödlich.«

»Wie erfolgt denn unter diesen Voraussetzungen die Freilassung?«

Sie grinste. »Mit Hilfe von BattleMechs und Elementaren in voller Rüstung.«

»Ich verstehe. Wie viele Bären haben wir hier?«

»Nach letzter Zählung vor einer Woche haben wir 53 Tiere. Sobald es hundert sind, können wir sie frei lassen. Dann ist trotz der Weite der Polarregion die Wahrscheinlichkeit eine Begegnung zu Fortpflanzungszwecken hoch genug, um die Population weiter anwachsen zu lassen, und ein bis zwei Jahre später könnte auch auf Mannedorf das erste Betatzungsritual stattfinden.«

»Ist es möglich, dass sie sich über den ganzen Planeten ausbreiten?«

»Neg, Geisterbären sind in dieser Hinsicht mit BattleMechs vergleichbar: Sie können nur bei ausreichender Kühlung aktiv sein. Das ist auch der Grund für die relativ warmen Temperaturen hier. Knapp über dem Gefrierpunkt haben wir keine Probleme mit eingefrorenen Wasserleitungen, und die Tiere sind zu träge, um sich an den engen Verhältnissen hier im Gehege zu stören. Die ständige Dunkelheit suggeriert ihnen eine Polarnacht, sodass sie die meiste Zeit schlafen.«

»Wo sind wir hier überhaupt?«

»In der großen Felsspalte des Tafelbergs, direkt unter der HPG-Antenne.«

»Wie kommt es, dass die einzelgängerischen Tiere trotz der Trägheit die Nähe so vieler Artgenossen akzeptieren?«

Sie blickte ihn überrascht an. »Ihr habt überraschend viel Verständnis für das Sozialverhalten von Geisterbären, MechKrieger George«, stellte sie fest. »Ihr habt Recht. Die Aggressivität bei mangelnder Reviergröße ist das Hauptproblem, wenn man Geisterbären in Gefangenschaft halten will. Deshalb mischen wir dem Futter eine Hormonmixtur bei, die sie auch dann verhältnismäßig friedlich bleiben lässt, wenn wir alle fünf Monate die Temperatur für einige Tage absenken, um die Fortpflanzungsaktivitäten zu unterstützen. Trotzdem verlieren wir regelmäßig zwei bis drei Männchen bei diesen Zyklen. Den Clangründern sei dank werden aber erheblich mehr geboren, sodass die Population ständig anwächst.«

»Welche dieser Informationen benötige ich im Kampf?«, wechselte George das Thema.

»Keine«, gab sie zu. »Ich habe Euch dieses Gehege gezeigt, um Euch wissen zu lassen, dass diese Station nicht nur den HPG enthält.«

»Das ist der Grund, warum sie unter der Leitung einer Wissenschaftlerin stand, bis wir gekommen sind, und nicht unter der eines Seniortechs. Das verstehe ich. Weiter!« Er wurde ungeduldig.

»Und ich wollte Euch zunächst wissen lassen, wer ich bin, damit Ihr nicht glaubt, mit einer dummen Freigeborenen zu sprechen, wenn ich Euch militärisch bedeutsame Informationen zur Verfügung stelle.«

»Eine *Wissenschaftlerin* will mit mir über Kampftaktik sprechen, franeg?«, fragte er ungläubig.

»Pos, weniger über Eure Einsatztaktik als vielmehr die Strategie der Angreifer. Ich entnehme Eurer Reaktion, dass Ihr nicht einmal jetzt gewillt seid, mich anzuhören, obwohl ich euch eine Demonstration meiner Fähigkeiten gezeigt habe?«

»Was haben deine wissenschaftlichen Fähigkeiten mit ...« Er unterbrach sich und rieb sich die Augen. »Sprich, und lass mich selbst beurteilen, ob ich die Informationen verwerten kann.«

»Ich war in der Kommandozentrale, als der *Raven* den *Kit Fox* besiegt hat und bis dicht vor die Mauern vorgestoßen ist. Es war mir möglich zu beobachten, dass er trotz des heftigen Abwehrfeuers bis dicht an die Basisfundamente heranlief und sie dann in ganzer Länge abschritt. Der Sensortech hat gemeldet, dass er starke Scannerimpulse empfängt. Offensichtlich hat der *Raven* versucht, durch die Mauern hindurch die Basis mit seiner Aufklärungssonde zu inspizieren.«

»Ist es ihm gelungen? Was hat er gesucht?«

»Das wissen wir nicht. Er drehte jedoch ab, kurz *bevor* Ihr in Eurem *Mist Hawk* aufgetaucht seid. Das lässt vermuten, dass er entweder keinen Erfolg hatte und aufgab, oder ...«

»Oder dass er Erfolg hatte und seine Mission durch Rückkehr zum Sammelpunkt oder zum Landungsschiff beenden wollte, als Tanja ihn verfolgt und zur Strecke gebracht hat«, ergänzte George und machte sich auf den Rückweg. »Das sind interessante Informationen. Wollten sich die Freigeburten zunächst vergewissern, dass der HPG funktioniert, bevor sie ihn erobern?«

»Alle Spekulationen haben einen gewissen Wahrscheinlichkeitsgehalt.« Kaye hob die Schultern und folgte ihm.

»Wenn sie einen Scout in heftiges Abwehrfeuer schicken, wollen sie Informationen«, resümierte er. »Haben Sie lediglich nach einem Schwachpunkt in der Verteidigung gesucht, um den nächsten Angriff zielgerichtet ausführen zu können, oder haben sie etwas anderes gesucht?«

Die Wissenschaftlerin schwieg wohlweißlich. Der MechKrieger erwartete keine Antwort von ihr.

»Falls dem *Raven* Erfolg beschieden war, stellt sich eine weitere Frage: War er in der Lage, seine Informationen an seine Kameraden weiter zu geben, bevor Tanja ihn vernichtete, oder war seine Vernichtung gleichsam unsere Rettung?«

Den Rest des Rückwegs legten sie schweigend zurück.

Kurz vor dem Hangar fragte George: »Kaye, existiert in dieser Basis noch etwas anderes als der Hyperpulsgenerator und die Bärenzucht?«

Nach einem nachdenklichen Zögern antwortete sie: »Neg, MechKrieger. Ihr habt bemerkt, dass es noch sehr weitläufige Hangars und Wartungsanlagen für BattleMechs und Gefechtsfahrzeuge gibt, die teilweise unterirdisch liegen, aber sie alle sind völlig leer gewesen, als wir die Basis wieder in Betrieb genommen haben. Für die Banditen dürfte hier nichts von Wert sein, was wir nicht mitgebracht hätten.«

Nachdenklich kehrte George in den Hangar zurück.

Der Tech auf dem *Mist Hawk* machte wieder Zeichen, und Mick ließ den von seiner Last befreiten Kran zur Seite fahren, um mit dem Munitionieren zu beginnen. Mehrere Tonnen Raketen und MG-Munition für das Raketenabwehrsystem standen auf Paletten bereit, durch die Munitionsluken im Rücken in die Torsobunker verladen zu werden.

Rumpelnd öffneten sich die großen Hangartore. Trotz der Windvorhänge wurde ein eisiger Schwall kalter Luft herein geblasen, als der *Owl* von seiner Patrouille zurückkehrte. Kurz darauf floss beißende Kälte wie eine spürbare Flüssigkeit in Kniehöhe über den Hangarboden.

»Wieso stimmt eigentlich der Wetterbericht immer nur dann, wenn Mistwetter angesagt worden ist?«, beschwerte sich ein Tech, der halb in einer Wartungsklappe über dem Fußgelenk des *Mist Hawk* hing.

»Weil hier immer Mistwetter ist!«, antwortete ein Astech, der ihm Teile anreichte oder abnahm.

»Warum sagen sie dann nicht gleich Mistwetter für immer an?«

»Dann würde der Wetterbericht ja immer stimmen! Das können sie uns nicht antun!«

George trat zu Mick. der gerade einen Raketenpack nach oben schweben ließ. Mick hatte Ringe unter den Augen und sah aus, als würde er jeden Moment im Stehen einschlafen. »Ihr seid gut vorangekommen«, sagte er anerkennend. »Aber warum kommt Tanja herein?«

Mick zeigte auf einen der Astechs, der mit einem Päckchen im Arm das Wartungsgerüst hinaufturnte, neben dem der *Owl* geparkt hatte. »Verpflegung. Sie geht gleich wieder hinaus.«

»In Ordnung«, stimmte er zu. »Wir brauchen noch ein paar Stunden Entlastung, bevor wir sie ablösen können.«

»Da du gerade Entlastung erwähnst, George, was ist mit dir? Bist du nicht wenigstens geneigt, auf einer Pritsche auf dem Wartungsgerüst zu schlafen? Der *Mist Hawk* kann neben dir hochgefahren werden, wenn es Alarm gibt, sodass du auf Fünf-Minuten-Bereitschaft wärest. Aber diese Tortur ohne Pause hilft keinem, wenn wir dafür zum Kämpfen zu müde sind! Ich übernehme für dich die Aufsicht der Techs.«

George nickte bedächtig. Das war das Problem. Der Vorteil, rechtzeitig vor einem Angriff gewarnt werden zu können, wurde durch den Nachteil, im Notfall keine kampffähigen Krieger zu haben, aufgehoben.

»Aber wir dürfen nicht nachlassen!«, wandte er ein. »Irgendetwas haben sie doch hier gewollt! Etwas Wichtiges!«

»Pos, sie wollten die HPG-Schüssel zerschießen.«

»Neg, es muss etwas Wichtigeres sein!«, erklärte George entschieden, während Mick den leeren Kran wieder auf den Boden zurückkehren ließ, damit die nächste halbe Tonne Raketenmunition an die Gurte gehängt werden konnte. »Die HPG-Station hier ist nicht die einzige auf Mannedorf! Comstar hat noch eine, und am Südpol wird auch eine in Betrieb sein, um die südliche Hemisphäre abzudecken. Ich gehe davon aus, dass die Söldner das auch wissen.«

»Wahrscheinlich hast du Recht«, brummte Mick,

»Was macht diese Basis so wichtig?«, sinnierte George. »Immerhin hat Marsen Mitshan trotz knapper Truppen einen ganzen Stern hierher abkommandiert.«

»Er tat es mit Recht, wie sich herausgestellt hat.«

»Pos, aber dadurch ist der Grund nicht klarer erkennbar, franeg?«

»Willst du meine ... Meinung hören?«, fragte Mick zögernd.

Auf allen Kriegerakademien wurde es den Kadetten ausgetrieben, Meinungen zu haben, Vermutungen anzustellen, Hypothesen und Spinnereien zu verfolgen. Was zählte, waren nur Taten und Tatsachen. Dennoch musste George zugeben, dass es Situationen gab, in denen man auf Vermutungen und Intuition angewiesen war. Mick war ein gewisses Risiko eingegangen, als er George gegenüber Vermutungen erwähnte. Ulern gegenüber wäre es ein klarer Disziplinverstoß gewesen, aber unter Sternkameraden ...

»Sprich!«, verlangte George leise.

»Wir sitzen auf einem Sternenbunddepot«, flüsterte Mick.

»Kerensky!«, entfuhr es George laut. Einige Techs sahen zu ihnen herüber. Er fuhr leiser fort: »Nach den Auskünften, die ich bisher erhalten habe, war das Depot leer, als es wieder in Betrieb genommen worden ist. Außerdem hätten wir keinen Nutzen von dem Depot, falls es nicht ganz leer war. Die Waffen wären minderwertig, die Ersatzteile für unsere Mechs nur bedingt verwendbar.«

»Für uns mögen SternenbundMechs nichts Besonderes sein«, knurrte Mick verärgert, »aber für die armen Teufel aus den Nachfolgerstaaten mit ihrer Lostech-Ausrüstung ist es bestimmt sehr wertvoll.«

»Das gestehe ich zu«, murmelte George. Er war noch nicht überzeugt. »Warum sagt man uns dann nichts davon?«

»Darüber mag ich nicht spekulieren, George. Aber lass uns zu einem passenderen Zeitpunkt über die Geheimnisse hier nachdenken. Leg dich hin!«

Mick hatte Recht. Das Problem mit den Mechs war, dass sie nicht von verschiedenen Piloten gesteuert werden konnten. Die Abstimmung und Kalibrierung auf ein neues Gehirnwellenmuster, damit das Gyroskop sich am Gleichgewichtssinn des Kriegers orientieren konnte, nahm mehrere Stunden in Anspruch. Natürlich hätte man die Einstellung von mehreren autorisierten Personen im Computer eines BattleMechs speichern können, aber kein Krieger ließ sich gern darauf ein. Wenn die Maschine im Gefecht Kampfschäden erlitt und teilweise über Reservesysteme und Sekundärschaltkreise gesteuert wurde, konnten widersprüchliche Daten ins Gyroskop eingespeist werden. Solche Fälle hatte es bereits gegeben. Darum wurden die Daten jedes Kriegers auf ein E-PROM geschrieben und in die Platinen gesteckt. E-PROMs waren robust und kaum manipulierbar.

Aus Sicherheitsgründen – damit der Mech nicht von einer nichtautorisierten Person gestohlen werden konnte – waren die E-PROM-Stecker jedoch so angebracht, dass man mehrere Module ausbauen musste, bevor sie gewechselt werden konnten. Eine Prozedur, die den Mech mindestens genauso lange im Hangar festhielt wie ein erschöpfter Pilot brauchte, um wieder zu Kräften zu kommen. Für Testläufe konnte ein qualifizierter Tech die Maschine in Bewegung setzen, aber nur mit weit reduzierter Leistung, Geschwindigkeit und Waffenkapazität, solange Georges E-PROM im Computer steckte.

»Mick, sie werden wiederkommen«, teilte er ihm mit.

»Aye, George. Und wir werden sie zu empfangen wissen. Notfalls mit bloßen Fäusten. Wir sind Geisterbären.«

»Wir sind mehr als das. Wir sind Krieger des 371sten Sturmsternhaufens.«

Glossar und Abkürzungen

AC Armbandcomp (engl. PC = personal computer) ehemalige Standardausrüstung der SBVS, heute bei den Clans weit verbreitetes, am Handgelenk getragenes Kommunikationsgerät mit Tastatur, begrenzter Rechenkapazität, programmierbarer Uhrzeitanzeige und winziger Lichtquelle. Weitere integrierte Funktionen sind die Überwachung von Puls- und Körpertemperatur des Trägers und eine Lokalisationsfunktion, die den Aufenthaltsort des Trägers verraten kann, solange er sich innerhalb des AC-Funknetzes befindet, was auf den meisten Raumschiffen, Stützpunkten und Kasernen der Fall ist. Außerhalb dieser Bereiche sind ACs wenig mehr als intelligente Uhren mit Taschenrechnerfunktion.

AO Akustik-Ortung Mit Hilfe mehrere Außenmikrofone ist der Computer an Bord eines BattleMechs in der Lage, die Richtung, aus der ein Geräusch kommt, zu bestimmen. Das System funktioniert ähnlich wie das räumliche menschliche Hören und ersetzt weitgehend diesen natürlichen Orientierungssinn des Piloten.

Batchall 1. die Herausforderung zum Kampf und die damit verbundene Verabredung, welche Truppen an den Kämpfen teilnehmen. Ein Batchall ist nur zwischen ehrenvollen Kriegern möglich.

2. das Bieten um das Recht des Angriffs zwischen Truppenkommandeuren desselben Clans wird auch Batchall genannt.

BattleMech: Ein BattleMech (kurz Mech) ist eine mehr oder weniger humanoid gestaltete Kampfmaschine mit einer Größe zwischen 10 und 20 Metern. Diese Metallgiganten wiegen zwischen 10 und 100 Tonnen. Angetrieben werden sie durch einen Fusi-

onsreaktor. Über einen Neurohelm, der das Gleichgewichtsgefühl des MechPiloten anhand von Nervenimpulsen auf den Mech überträgt, und einen Kreiselstabilisator (Gyroskop) wird die Maschine im Gleichgewicht gehalten. Die Schlagkraft und Widerstandsfähigkeit eines BattleMechs reicht aus, um ein ganzes Panzerbataillon des 20. Jahrhunderts zu vernichten.
Im Jahre 2449 entwickelte die Terranische Hegemonie den ersten BattleMech, den *Mackie*, der auf zuvor entwickelten ArbeitsMechs für Bergwerksarbeiten basierte. Es war ein 100 Tonnen schweres Monstrum, das die Terranische Hegemonie an die Spitze der Militärmächte des besiedelten Weltraums brachte. Erst durch eine Kommandoaktion des Lyranischen Commonwealth gegen die Mechfabriken der Hegemonie auf New Earth im Jahre 2455 wurde es den übrigen Staaten der Inneren Sphäre nach und nach möglich, eigene BattleMechs zu konstruieren und zu fertigen. Allerdings trieb die Terranische Hegemonie ihre Forschungen schnell genug voran, um immer neue, verbesserte Modelle mit erhöhter Beweglichkeit und weiterentwickelten Waffensystemen zu konstruieren und so ihre Vormachtstellung zu halten.

Binärstern militärische Einheit aus zwei Sternen

Bluthaus Gruppierung innerhalb der Kriegerkaste, die sämtliche Träger eines Blutnamens und die matrilinear mit ihnen verwandten Krieger umfaßt

Blutrecht Ritual, in dem 32 nominierte Krieger eines Bluthauses in Ausscheidungsduellen um einen Blutnamen kämpfen. Die Kriegerkaste benutzt keine Nachnamen. Nur diejenigen Krieger, die sich im Kampf ausgezeichnet haben, werden für das sog. Blutrecht nominiert und müssen sich gegen alle Gegner behaupten, um den Blutnamen zu erringen, der durch den Tod des vorherigen Trägers freigeworden ist.
Nur Blutnamensträger können ihr Erbgut (Giftake) in den Genpool ihres Clans einbringen, haben Sitz und Stimme im Clankonklave und können sich zum Khan wählen lassen. Aufgrund des direkten Zusammenhangs zwischen kriegerischem Erfolg und der Nominierung gibt es in den höheren Rängen (ab Stern-

Einheitsgrößen Militärische Einheiten:

Innere Sphäre	
Infanterie	*Mechs /Panzer*
-	-
Zug (60 Mann)	Lanze (4 M/P)
Kompanie (3 Züge)	3 Lanzen (12 M/P)
Bataillon (3-4 Komp.)	3 Komp. (36 M/P)
Regiment (2-4 Bat.)	2-4 Bat. (72-144 M/P)

captain aufwärts) nur noch selten Krieger ohne Blutnamen. Umgekehrt sind Blutnamensträger selten »nur« Sterncommander.

chalcas Jede Person oder Sache, die das Kastensystem der Clans anzweifelt oder bedroht, wird als Chalcas bezeichnet. Chalcas ist selten gleichzusetzen mit »unclanmäßig«.

Clearcom unverschlüsselter (militärischer) Funkverkehr

Dezgra Schande; jeder Krieger oder auch jede Einheit, die Schande auf sich lädt, wird als Dezgra-Einheit bezeichnet. Meist folgt ein gleichnamiges Ritual, indem der Krieger oder die Einheit verurteilt und bestraft wird.

ECM electronic counter measures engl. für: elektronische Gegenmaßnahmen. Störsender können Radarsysteme, MAD und Funk mit sog. weißem Rauschen überstrahlen. Der Effekt ähnelt dem Blenden mit einem starken Scheinwerfer oder dem Übertönen mit leistungsfähigen Lautsprechern.

Eugenik abgeleitet aus dem Griechischen, etwa für »gute Genetik«; bezeichnet das Streben der Clanwissenschaftler nach der für einen künftigen Krieger bestmöglichen Kombination von Genen.

Elementar Die Eliteinfanteristen der Clans werden Elementare genannt. Sie sind speziell auf Körpergröße und große Kraft gezüchtet und tragen im Kampf gegen BattleMechs schwer gepanzerte Exoskelette, die selbst direkte Treffer aus leichten Mech-Waffen überstehen können. Für den Fall einer Verletzung ver-

Clans	
Infanterie	*Mechs /Panzer*
Strahl (5 E.)	Strahl (1 M/P)
Stern (25 E.)	Stern (5 M/P)
Nova (25 E. +5 M.)	Nova
Binärstern (2 St.)	Binärstern (10 M/P)
Trinärstern (3 St.)	Trinärstern (15 M/P)
Supernova (50 E. + 10 M.)	Supernova
Sternhaufen (10 Sterne)	Sternhaufen. (50 M/P)
Galaxis (3-5 Sernhaufen)	Galaxis (120-200 M/P)

sorgen diese Gefechtsanzüge ihre Träger mit Medizin, Drogen, Aufputschmitteln und versiegeln Wunden mit einer schwarzen Paste, die Blutungen stillt.

ER Extremreichweiten-... Die Abkürzung bezieht sich meistens auf Energiewaffen: ER-Laser und ER-PPKs.

ETA estimated time of arrival engl. für: geschätzte Ankunftszeit

freigeboren bezeichnet die natürliche Zeugung und Geburt im Gegensatz zur künstlichen Befruchtung und Aufzucht der Embryos im Brutkasten (Wahrgeburt), wie es die Eugeniker der Clans mit den Nachkommen der Kriegerkaste machen.

Freigeburt Nach dem Empfinden der herrschenden Kriegerkaste bedeutet natürliche Fortpflanzung Minderwertigkeit, und »Freigeburt« ist unter ihnen ein tödliches Schimpfwort.

Gestampfe die einzige Möglichkeit, sich die Nominierung für ein Blutrecht zu erkämpfen, wenn weder ein Blutnamensträger noch das Tribunal eine Nominierung ausgesprochen hat: alle Bewerber kämpfen in einer wüsten Schlacht jeder-gegen-jeden, und wer daraus als Sieger hervorgeht, darf am Blutrecht teilnehmen.

Giftake Erbgut eines Kriegers im Genpool des Clans

Galaxis militärische Einheit aus drei bis fünf Sternhaufen (max. 120 Mechs)

Hegira ehrenvoller Rückzug; Gelegentlich gestatten siegreiche Clankrieger dem besiegten Gegner aus Anerkennung Hegira, um ihm den Rückzug vom Schlachtfeld ohne weiteren Beschuss und Ehrverlust zu ermöglichen.

HPG Hyperpuls-Generator Die Erfindung des Kearny-Fuchida-Antriebs für Raumsprünge in Nullzeit ermöglichte - quasi nebenbei - die Entwicklung eines interstellaren und überlichtschnellen Kommunikationsnetzes. Hauptbestandteil sind die als Sender und Empfänger fungierenden Hyperpulsgeneratoren, die sehr groß und sehr schwer sind und enorm viel Energie benötigen, so daß man sie nur auf Planetenoberflächen und ganz selten in sehr großen Raumschiffen vorfindet.

IAW Infanterie-Abwehr Mechs sind primär dazu entworfen, große und schwere Ziele wie Festungen, Geschützkomplexe, Landungsschiffe, Luft-/Raumjäger und andere Mechs zu bekämpfen. Sogenannte weiche Ziele wie Infanteristen, Frachter, Schweber usw. sind eigentlich keine legitimen Ziele für BattleMechs. Die Bekämpfung dieser u.U. auch für einen BattleMech gefährlichen Objekte erfordert daher besonderes Geschick.

ID Identifikation Gemeint ist entweder die Identität einer Person oder die Typenbezeichnung eines (feindlichen) Fahrzeugs.

IFF Identifikation Freund oder Feind Computergestützte Hilfe zur Identifizierung von Kampfeinheiten und ihrer Zugehörigkeit zu den im Gefecht stehenden Parteien.

ilKhan Khan aller Khane aller Clans

IS Innere Sphäre Die Bewohner der IS verstehen darunter den Herrschaftsbereich des Sternenbundes von 2751, heutzutage also das Staatsgebiet der fünf Nachfolgerstaaten. Jenseits dieser Grenzen liegt die Peripherie, in der sich zahlreiche Banditenkönige, Piraten und Ausgestoßene niedergelassen haben. Nach den Begriffen der IS kommen die Clans von jenseits der Peripherie. Die Clans zählen das 2751 kartographierte Gebiet zur IS. In ihrem Sprachgebrauch ist die Peripherie das unerforschte Gebiet jenseits der IS. Die sogenannten Peripheriestaaten und Banditenkönigreiche gehören auch zur IS, da sie zur Zeit des Exodus bereits kartografiert waren.

Isorla Beute eines Kampfes, einschließlich Leibeigene

IR Infrarot unsichtbare Lichtstrahlung im Wärmebereich, Waffensysteme und MechSensoren können sich damit orientieren, wenn normales Licht oder Restlichtverstärkung nicht ausreichen.

Keshik militärischer Kommandostab des Clans, der die Befehle des Khans umsetzt und die Rahmenbedingungen einer jeden militärischen Aktion festlegt

Khan Jeder Clan wählt zwei Khane. Der erste fungiert als höchster militärischer Kommandeur und Verwaltungschef, die Position des zweiten ist weniger klar umrissen.

Kodax Der Kodax eines Kriegers ist seine persönliche Identifikation aus den Namen der Blutnamensträger seiner Abstammung, den Nummer seiner Generation, seiner Blutlinie und seiner ID-Nummer, die einzigartige Elemente seiner DNS festhält. Gleichzeitig ist der persönliche Kodax eines jeden Kriegers als eine Art Personalakte mit allen Erfolgen und Mißerfolgen zu verstehen, die sich je nach Leistung positiv oder negativ auf die Bewertung der Blutlinie auswirken können.

Leibeigene Ausgezeichnete besiegte Krieger werden nicht getötet, sondern vom Sieger als Gefangene in den eigenen Clan adoptiert, zunächst als Leibeigene des Kommandeurs der Einheit, die die Gefangennahme durchgeführt hat. Der Status eines Leibeigenen wird durch eine geflochtene Kordel am Handgelenk in den Farben des Clans und der Einheit gekennzeichnet.
Während der Eroberung der Inneren Sphäre haben die Clans Leibeigene auch aus anderen Gründen genommen: als Geiseln für die Unterwerfung der Bevölkerung von eroberten Planeten.

LZ Landezone Bereich rund um ein Landunggschiff; der Begriff bezeichnet traditionell die Zone, in der die Waffen des Schiffes wirksam sind, kann aber auch auf den Bereich angewandt werden, in dem unmittelbar zum Schutz des Schiffes eingeteilte Mechs patrouillieren, wodurch die LZ in ihrer Größe maximal verdoppelt werden kann.

Klick (MechKriegerslang) Kilometer.

Kontakt (Pilotenslang) Eine Kontaktmeldung bedeutet, daß der betreffende Pilot etwas gesehen oder geortet hat, das möglicherweise feindlich sein könnte oder gerade gesucht wird.

MA MechAbwehr

MAD Magnet-Anomalie-Detektor Mechs mit ihren Reaktoren und ihrer Metallmasse sowie alle ähnlich aufgebauten Konstrukte verursachen im natürlichen Magnetfeld eines Planeten oder Asteroiden eine deutliche Verzerrung, die von den MAD-Sensoren meßbar ist. MAD-Hologramme sind mit entsprechender Ausbildung genauso leicht ablesbar wie IR-Holos, haben aber den Vorteil, nicht auf Wände oder die Licht-Sichtweite beschränkt zu sein.

Myomerfaser Die künstlichen Muskeln von Mechs bestehen aus Bündeln rötlich-schwarzer Fasern, die sich unter elektrischer Spannung zusammenknäueln. Myomermuskeln müssen von Aktivatoren genannten Computerplatinen aus angesteuert werden, die dafür sorgen, daß jede Faser exakt im selben Moment unter derselben Menge Strom steht wie die Nachbarfaser, um die optimale Kraftentfaltung zu entwickeln.

Nav Navigationspunkt Etappenziel einer Patrouillen- oder Marschroute, wird üblicherweise mit griechischen Buchstaben bezeichnet.

NO Normaloptik Elektrooptische Kameras, die mit Bewegungsmeldern gekoppelt sind und ihre Bilder im Cockpit-Hologramm projizieren.

Nominierung (Clanbegriff) Von den 32 Kriegern, die an einem Blutrecht teilnehmen, werden 24 matrilinear verwandte Krieger von den noch lebenden Blutnamensträgern des Hauses nominiert. Sieben weitere Nominierungen werden von einem Tribunal nach verschiedenen Gesichtspunkten ausgesprochen. Die letzte Nominierung ergibt sich für den Sieger des sog. Gestampfes, an dem jeder Krieger teilnehmen darf, der am Blutrecht teilnehmen will.

Nova militärische Einheit, dem Binärstern ähnlich, umfaßt jedoch BattleMechs und Elementare in einer Mischung

Obkhan respektvolle Anrede für einen Krieger höheren Ranges (jedoch unterhalb eines Khans) bei den Clans.

Pentagonwelten General Alaksandr Kerensky besiedelte nach dem Exodus die in einem ungefähren Fünfeck (Pentagon) liegenden Welten Arcadia, Babylon, Dagda, Circe und Eden. Wenig später wurden die in einem kleinen Sternhaufen, bekannt als Kerenskys Cluster, liegenden Planeten erschlossen, von denen Strana Metschty heute die Zentralwelt der Clan-Heimatwelten ist.

PPS Planetares Positionsbestimmungssystem (Nachfolger des terranischen GPS) Ein starker Transponder strahlt einen Code in alle Richtungen aus, der von Satelliten mit GPS-Modulen mit einem Gegencode beantwortet wird. Anhand von minimalen Zeitdifferenzen zwischen den »Antworten« kann der Abstand von den Satelliten - und somit per Kreuzpeilung die Position des Transponders an der Oberfläche eines Planeten - auf wenige Meter genau berechnet werden.

RAS Raketenabwehrsystem automatisches Schnellfeuer-MG, das selbständig LSR- und Blitz-KSR-Salven in der Endphase des Anflugs abschießen kann, bevor sie den Mech treffen, indem es sich an den Steuerimpulsen der schießenden Lafetten orientiert. Normale KSR-Salven lassen sich damit genausowenig abwehren wie Autokanonen- und Gauß-Projektile

RV Restlichtverstärker

RWE Radarwarnempfänger passives Radargerät, das fremde Radaremissionen empfangen und analysieren kann. Die ausgewerteten Informationen enthalten Daten über Entfernung, Richtung und Radarmodus (z.B. »Suche« oder »Zielaufschaltung«) des Ziels und verraten auf diese Weise viel über den Mech, der mit aktivem Radar durch die Landschaft stapft, ohne daß der Mech, der seine Radaremissionen empfangen hat, selbst schon geortet worden sein muß. RWE funktionieren i.a. über größere Distanzen als aktives Radar.

saKhan zweiter Khan eines Clans.

Savashri ein Clan-Fluch

Sphäroid, sphärisch Gelegentlich von den Clans und häufig von Wolfs Dragonern benutzter Begriff, der Menschen aus der Inneren Sphäre beziehungsweise Eigenschaften aus der Inneren Sphäre bezeichnet.

Stern militärische Einheit aus fünf Strahlen (fünf BattleMechs oder 25 Elementare)

Sternhaufen militärische Einheit aus acht bis zehn Sternen (max.

50 Mechs)

stravag ein anderes Wort für freigeboren

Strahl kleinste operative Einheit bei den Clans; ein Strahl umfaßt einen BattleMech oder fünf Elementare oder zwei Luft-/Raumjäger

Supernova militärische Einheit aus zwei Novae

TNZ Terranormzeit genormte Zeitrechnung in der gesamten Inneren Sphäre, die sich nach dem 24-Stunden-Tag und dem 365,26-Tage Jahr der Erde richtet, auch wenn jeder andere Planet andere Tagesdauern und Jahresrhythmen hat. Sie wird hauptsächlich für Vertragsabschlüsse und in Raumschiffen im Flug verwendet.

Todeskreis BattleMechKampfmanöver, bei dem man seinen Gegner umkreist und durch Torsodrehung die Geschütze auf ihn gerichtet hält, so daß man ständig ein unbewegliches oder sich nur langsam bewegendes Ziel beschießen kann, dessen Gegenwehr wegen der hohen Geschwindigkeit des eigenen Mechs zum größten Teil daneben geht.

Todessprung BattleMechKampfmanöver, bei dem ein sprungfähiger Mech versucht, auf dem Kopf seines Gegners zu landen. Die Hitze der Sprungdüsen und die Tatsache, daß die Beinpanzerung der meisten Mechs wesentlich dicker ist als die Kopfpanzerung jeden Gegners, führen zu erheblichen und meist endgültigen Schäden beim Feind bei nur geringen Schäden am eigenen Mech.

Todessprünge sind extrem riskant, da sie erstens mißlingen können, wenn das Opfer die Absicht erkennt und beweglich genug ist, auszuweichen, so daß es seinserseits zum Angriff übergehen kann, solange der Todesspringer noch mit der Landung beschäftigt ist, und zweitens deshalb, weil bei der Kollision häufig auch der Angreifer außer Kontrolle gerät und schwer aufschlägt, so daß er sich ebenfalls erhebliche Schäden zuzieht.

Touman (Clanbegriff) Die Gesamtheit des Militärs eines Clans. Die Struktur der Einheiten sieht folgendermaßen aus:

Strahl:	1 Mech oder 5 Elementare	(Krieger)
Stern:	5 Mechs oder 25 Elementare	(Sterncommander)

Nova: 5 Mechs und 25 Elementare (Novacommander)
Binärstern: 2 Sterne (10 Mechs)
Trinärstern: 3 Sterne (z.B. 15 Mechs) (Sterncaptain)
Supernova: 10 Mechs und 50 Elementare (Novacaptain)
Sternhaufen: 4 Binärsterne (40 Mechs) (Sternhaufencommander)
Galaxis: 3-5 Sternhaufen (120-200 Mechs) (Galaxiscommander oder Sterncolonel)

Trinärstern militärische Einheit aus drei Sternen

Tukayyid Planet in der Freien Republik Raselhaag. Anfang Mai des Jahres 3052 fand die Entscheidungsschlacht zwischen den an der Eroberung der Inneren Sphäre beteiligten Clans und den fünfzig Regimentern der ComGuards auf dem Planeten Tukayyid statt. Im Falle eines Clansieges sollte ComStar sich unterwerfen und Terra, die einstige Zentralwelt des Sternenbundes, übergeben. Aufgrund einer auf längere Gefechte ausgelegten Feldzugstrategie, die der Clanphilosophie von kurzen Entscheidungsgefechten widersprach, gelang es dem Oberbefehlshaber ComStars, Präzentor Martialum Anastasius Focht, alle Clantruppen bis auf die der Wölfe, Jadefalken und Geisterbären zu besiegen, so daß der damalige ilKhan Ulric Kerensky vom Wolfclan am 20. Mai 3052 einen fünfzehnjährigen Waffenstillstand, der Preis für die Niederlage der Clans, ausrief, der trotz des Widerspruchstests der Jadefalken bis zum heutigen Tage anhält. Der Waffenstillstand wird am 19. Mai 3067 ablaufen.

wahrgeboren Clankrieger werden künstlich gezeugt und ausgebrütet, bis sie dem Brutkasten entnommen werden (Wahrgeburt).

Zellbriggen (Clanbegriff) Bezeichnung für die claneigenen Duellregeln und -rituale, nach denen sich Krieger in Einzelduellen gegenübertreten, auch wenn gleichzeitig mehrere Krieger jeder Partei auf dem Schlachtfeld anwesend sind.
Nach Zellbriggen ist strikt verboten:
- Angriff auf Gegner, die bereits mit einem anderen Kontrahenten kämpfen
- Angriff mit physischen Mitteln eines BattleMechs (stechen, schlagen, treten), solange er noch andere Waffen hat.

Die nicht direkt herausgeforderten Teilnehmer sind verpflichtet, auf ein Eingreifen zu verzichten, bis ein Gegner für sie frei ist (indem er seinen Kontrahenten besiegt hat). Ein Bruch dieser Regeln gilt als schweres Vergeehen und wird in der Regel mindestens mit der Degradierung um eine Rangstufe bestraft.
Nach Zellbriggen unehrenhaft ist:
- Angriff auf Gegner, die bereits mit einem anderen Kontrahenten kämpfen
- Angriff auf Gegner, die deutlich im Nachteil sind oder sich zurückziehen (Gewähr von Hegira)
- Beschießung von gefallenen oder abgeschalteten Gegnern
- Zielen auf den Rücken des Gegners
- Zielen auf den Kopf des Gegners
- Angriff schwächerer Gegner, solange stärkere Gegner verfügbar sind

Je nach Clan unterschiedlich sind die Konsequenzen bei Verstößen gegen diese Regeln, die aber in jedem Fall eine Verschlechterung des Kodax zur Folge haben.
Das Ignorieren der Gefechtsregeln von Zellbriggen ist in Einzelfällen zulässig, wenn:
- der Gegner als erster Zellbriggen mißachtet hat. Die Regeln sind aber nur gegenüber diesem einen Gegner außer Kraft und nur insoweit wie dieser sie gebrochen hat.
- der kommandierende Offizier ausdrücklich Zellbriggen außer Kraft setzt.

CLAN-RAUM-KARTEN

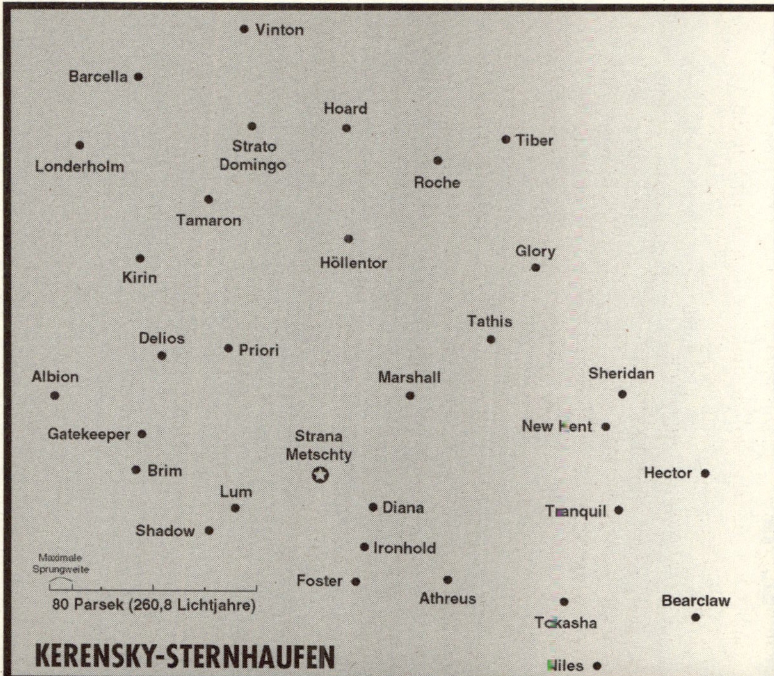

Bei Fanpro erschienen bzw. erscheinen folgende Titel:

ISBN 3-89064-

Classic BattleTech

Schrapnell	Hrsg. M. Immig	Anth.	551-8
Wahnsinn & Methode	Michael Diel	1. Roman	592-5
Clangründer: Abkehr	Randall N. Bills	2. Roman	596-8
Das Schwert und der Dolch	Ardath Mayhar	3. Roman	425-2
Über dem Gesetz	Michael Diel	4. Roman	517-8
Clangründer: Traum	Randall N. Bills	5. Roman	597-6
Die Albatros-Akte	Reinhold H. Mai	6. Roman	526-7
Warrior: En Garde	Michael A. Stackpole	7. Roman	545-3
Warrior: Riposte	Michael A. Stackpole	8. Roman	546-1
Warrior: Coupé	Michael A. Stackpole	9. Roman	547-x
Früchte voll Bitterkeit	Ritter &Schreiber	10. Roman	458-9
Katze unter Bären	Arous Brocken	11. Roman	490-2
In Ungnade	Chris Hartford	12. Roman	i. V.
Wiege der Basilisken	Reinhold H. Mai	13. Roman	i. V.

Shadowrun

Chromscherben	M. A. Stackpole	Anth.	550-x
Shadowrun - die 6. Welt	Hrsg. T. Hamelmann	Reader	540-2
Wiener Blei	Leo Lukas	41. Roman	555-0
Nachtstreife	Björn Lippold	46. Roman	558-5
Auf dem Sprung	Harri Aßmann	49. Roman	567-7
Töne der Unendlichkeit	Harri Aßmann	50. Roman	569-0
Elementares Wissen	Harri Aßmann	52. Roman	570-4
Die Anfänger	Ivan Nedic	54. Roman	572-0
ASH	Lara Möller	57. Roman	574-7
Pesadillas	Maike Hallmann	58. Roman	575-5
Vertigo	Maike Hallmann	59. Roman	581-x
Hand am Hort	Sebastian Schaefer	60. Roman	583-6
Flynns Weg	Lara Möller	61. Roman	585-2
Shelley	André Wiesler	62. Roman	580-1
Matrixfeuer	Hrsg. Beck / Hallmann	63. Anth.	587-9
Born to Run	Stephen Kenson	64. Roman	564-x
Im Namen des Herrn	André Wiesler	65. Roman	594-1
Quickshot	Lara Möller	66. Roman	595-x
Giftmischer	Stephen Kenson	67. Roman	565-8
Wiedergänger	Maike Hallmann	68. Roman	593-3
Feuerzauber	André Wiesler	69. Roman	519-4
Im Fadenkreuz	Petra Prinz	70. Roman	543-7
Kettenhund	Alexander Wichert	71. Roman	548-8

Fallen Angels	Stephen Kenson	72. Roman	549-6
GmbH	Christian Riesslegger	73. Roman	463-5
Machtgelüste	Jason M. Hardy	74. Roman	484-8
Cash Flow	Christian Riesslegger	75. Roman	483-x
Böses Erwachen	André Wiesler	76. Roman	473-2
Der Schattenlehrling	Boris Koch	77. Roman	482-1

Atlan

Totentaucher	Wim Vandemaan	1. Roman	**486-4**
Die acht Namenlosen	Christian Montillon	2. Roman	**i. V.**

Hardcover

Sturm über Windhaven	Martin & Tuttle	Roman	531-3
Die Flamme erlischt	George R. R. Martin	Roman	530-5
Dead Man River	George R. R. Martin	Roman	529-1
Die »Eis und Feuer«-Saga:			
Eisenthron	George R. R. Martin	1. Roman	532-1
Königsfehde	George R. R. Martin	2. Roman	533-x
Schwertgewitter	George R. R. Martin	3. Roman	534-8
Krähenfest	George R. R. Martin	4. Roman	i. V.

Weitere Titel

Vellum	Hal Duncan	Roman	i. V.
Cugels Irrfahrten	Jack Vance	Roman	462-7
Das Voynich-Rätsel	Florian F. Marzin	Roman	541-0
Vor Adam	Jack London	Roman	524-0
Am Anfang war das Feuer	J. H. Rosny	Roman	525-9
Der große Heliumkrieg	M.A. Stackpole u.A.	Anth.	563-1
Lexikon der Fantasy-Literatur	Hrsg. Alpers u. A.		566-6

Dies ist eine Bibliographie und kein Verzeichnis lieferbarer Titel. Es ist leider nicht möglich, alle Titel vorrätig zu halten.
Sollten Sie Fragen haben, kontaktieren Sie uns bitte unter

Fantasy Productions GmbH
Postfach 1517
40675 Erkrath
www.fanpro.com